SALVATORE BASILE

Die wundersame Reise
eines verlorenen Gegenstands

SALVATORE BASILE

DIE wundersame REISE EINES VERLORENEN Gegenstands

ROMAN

DEUTSCH VON ELVIRA BITTNER

blanvalet

Die Originalausgabe erschien 2016 unter dem Titel
»Lo strano viaggio di un oggetto smarrito« bei Garzanti S.r.l., Mailand.

FSC
www.fsc.org
MIX
Papier aus verantwortungsvollen Quellen
FSC® C014496

Verlagsgruppe Random House FSC® N001967

1. Auflage

Redaktion: Kathrin Wolf
KW · Herstellung: sam
Satz: KompetenzCenter, Mönchengladbach
Druck und Bindung: GGP Media GmbH, Pößneck
Printed in Germany
ISBN 978-3-7645-0600-1
www.blanvalet.de

Für Tina, meine ganze Kraft
Für Viola und Arianna, meinen Atem
Für Roberto und Geppina, Ursprung meiner besten Seite

Es ist verrückt, alle Rosen zu hassen,
nur weil eine Rose dich gestochen hat,
alle Träume aufzugeben,
nur weil einer sich nicht erfüllt hat,
auf jeden Neubeginn zu verzichten,
nur weil einer gescheitert ist …
Da werden immer andere Gelegenheiten sein,
andere Freundschaften, eine andere Liebe,
eine neue Kraft.
Auf jedes Ende folgt ein neuer Anfang.

Antoine de Saint-Exupéry

»Mama …«

Die Frau dreht sich um, überrascht.

»Michele …«

Der Junge lächelt. Er hat seine Schultasche über der Schulter hängen und ist ein wenig außer Atem.

»Wir durften eine Stunde früher gehen, die Lehrerin ist krank …«

Die Frau nickt, sieht ihn aber nicht an.

Der Junge geht auf sie zu, will ihr sagen, dass er furchtbar schnell nach Hause gerannt ist, das Meer ganz wild war und er die roten Fahnen, die Gefahr bedeuten, im Wind hat flattern sehen, obwohl November ist und sich kein Mensch am Strand aufgehalten hat.

Aber dann fällt sein Blick auf das rote Heft in der Hand seiner Mutter.

»Das wirst du doch wohl nicht lesen wollen? Das ist mein geheimes Tagebuch …«

»Ich weiß, keine Sorge.«

Die Frau will ihm das Heft gerade zurückgeben, als sie mitten in der Bewegung innehält.

»Wenn ich dir verspreche, dass ich es nicht lese, darf ich es dann behalten?«

Michele versteht nicht: Warum sollte sie es behalten, wenn sie es gar nicht lesen will? Aber er weiß ja, wenn man erst sieben ist, gibt es eben jede Menge Dinge, die die Großen verstehen und man selber noch nicht.

»Gibst du es mir später wieder?«

Die Frau nickt kaum merklich.

»Versprichst du's mir?«

Sie zögert.

»Versprichst du's mir?«, fragt der Junge beharrlich.

»Ich versprech's dir.«

Die Frau steckt das rote Heft in ihren Koffer und macht ihn zu. Michele bemerkt das Gepäckstück erst jetzt.

»Was hast du vor, fährst du weg? Wo willst du denn hin?«

Sie hat damals nicht geantwortet.

Vielleicht wurde ihre Stimme aber auch vom Rattern des ankommenden Zugs übertönt.

Michele kennt das metallische Kreischen und das rhythmisch schnaufende Geräusch nur zu gut, den plötzlichen warmen Windstoß, der, angeschoben durch die bremsende Lokomotive bei offen stehenden Fenstern durch die Wohnung fegt, das seltsame Gefühl, dass der Zug direkt in die Küche einfahren und im Gang zum Stehen kommen könnte, dass die Fahrgäste aussteigen und ihm im Schlaf die Spielsachen klauen könnten.

Als die Frau nach dem Koffer greift, blickt der Junge sie wie gebannt an, als müsste er sich später an sie erinnern. Ihre schmale, leicht nach oben weisende Nase, die Augen, schwarz schillernde Ölpfützen, die weichen Wellen der kastanienbraunen Haare, die Lippen, die ihn immer an Kirschen erinnern. Doch nun, da sie auf die Tür zugeht, scheint sich ihr Bild im Halbdunkel der heruntergelassenen Rollläden aufzulösen.

»Wann kommst du zurück, Mama?«

Sie nimmt einen tiefen Atemzug, verschlingt förmlich die Luft, die ihr in die Lungen strömt und alle Schwäche, alles Bedauern vertreibt. Nur die Schuldgefühle nicht. Die Schuldgefühle, das weiß sie, wird sie mitnehmen müssen, wie ein Gepäckstück, das man nicht auspacken und auch nicht in Verwahrung geben kann.

»Sobald ich kann«, flüstert sie.

Sonnenlicht umfängt sie, als sie über die Schwelle tritt.

Michele geht ihr nach.

Sie ist in den Zug gestiegen.

Der Junge lässt die Mutter nicht aus den Augen, läuft mit der immer noch umgehängten Schultasche den Bahnsteig an dem einzigen Gleis entlang, während sie drinnen im Zug auf der Suche nach einem Sitzplatz von einem Waggon in den nächsten geht.

Dann sieht er plötzlich seinen Vater, der in seiner Eisenbahneruniform dasteht und die Trillerpfeife an die Lippen setzt, um den Zug in die Ferne zu schicken.

Aber warum haben er und Mama sich nicht voneinander verabschiedet? Warum pfeift Papa überhaupt? Weiß er denn nicht, dass der Zug dann losfahren wird und Mama mit sich fortnimmt?

1.

Sie hockten alle zusammen in dem dunklen Zimmer. Es war der letzte Abend im November, und auch heute fuhr der Interregio aus Piana Aquilana – Ankunft 19.45 Uhr – wieder pünktlich auf die Minute in den Bahnhof von Miniera di Mare ein.

Bewegungslos horchten sie auf das Schnaufen der Lokomotive und das metallische Kreischen der Bremsen, die in die Stille des Raums eindrangen. Auch als die Holzbohlen des Fußbodens unter dem Druck der sich festfressenden Bremsen und dem kraftvollen letzten Schnaufer der Maschine erzitterten, verharrten sie unerschütterlich auf ihren Plätzen. Dann war es wieder still.

Später würde sich die Tür der kleinen Wohnung öffnen, und der Mann aus dem Zug würde heimkommen.

Wie jeden Abend.

Die Fahrgäste waren schon dabei auszusteigen. Michele stand auf dem Bahnsteig und sah ihnen nach, wie sie sich in Richtung Ausgang entfernten, um nach Hause zu gehen oder wohin auch immer. Die erwartungsvollen Mienen der Reisenden waren ihm nur zu vertraut, die Art, wie sie sich umsahen, als würden sie zum ersten Mal in die Freiheit hinaustreten, als wäre die allabendliche Heimkehr eine immer wieder neue Erfahrung, ein unerwartetes Wunder.

Auf dem Weg zum letzten Waggon fiel sein Blick auf sein Spiegelbild in einem der Zugfenster. Er blieb stehen, um sein Gesicht zu betrachten: das Gesicht eines jungen Mannes von dreißig Jahren, umrahmt von kastanienbraunem Haar, das an den Schläfen allmählich dünner zu werden begann, und mit Augen, schwarz wie Ölpfützen. Wie immer trug er seine Eisenbahnerjacke, die ihm um die Hüften herum etwas weit zu werden begann.

»Michele …«

Hastig wandte er sich der wohlbekannten Stimme zu. Sie gehörte dem Kontrolleur, der zusammen mit dem alten Lokführer auf ihn zukam.

»Sag mal, du würdest mir nicht zufällig deinen überfälligen Urlaub vermachen? Ich habe gehört, du hast noch viel zu viele Tage übrig. Dann hätte wenigstens einer was davon. Was meinst du?« Im Gesicht des Kontrolleurs prangte ein ironisches, fast schon unverschämtes Grinsen.

Michele nickte kaum merklich und gab ein befangenes Lächeln zurück.

»Was würdest du auch damit anstellen? Du bist doch sowieso immer hier …«, fügte der Lokführer hinzu.

»Er hortet freie Zeit, weißt du das nicht? … Er ist ein Sammler nicht genommener Urlaubstage.«

»Ist ja offensichtlich, dass der Junge nicht gerade ein Genießer ist …«

Hässlich lachend entfernten sich die beiden Richtung Ausgang. Die Bahnstation blieb verlassen zurück.

Michele atmete erleichtert auf: Endlich gehörte der Zug nur ihm allein. Wie jeden Abend. Bis zum nächsten Morgen.

Er öffnete die Tür des letzten Waggons und trat ein. Vor ihm lag eine lange Flucht, die er auch heute wieder abzugehen hatte. Er atmete ein und setzte sich in Bewegung, um seinen abendlichen Kontrollgang zu beginnen, der ihn ans andere Ende des Zugs bis hin zur Lokomotive führen würde.

Wie immer drang ihm gleich zu Anfang der vertraute Geruch nach Metall und dem Kunstleder der Sitze in die Nase. Er liebte diesen Geruch, der immer gleich war und doch jeden Abend anders. Mit ihm verwoben war der Geruch der Fahrgäste, die den Zug tagsüber bevölkert hatten, nach ihren Kleidern, nach dem Essen, das sie verspeist hatten, und nach dem kalten Rauch der Zigaretten, heimlich geraucht an den offenen Fenstern in den Gängen. Und schließlich der Kaffee, der ihren mitgebrachten Thermoskannen entströmt war.

Stille. Eine Stille, die ihm Sicherheit gab. Keine Stimmen, keine Gesichter. Zwar erwarteten ihn neben den Gerüchen auch noch Abfälle und Essensreste, aber immerhin waren die Leute selbst verschwunden. Nur eine leise Ahnung von ihrem fernen, unbekannten Leben war noch in der Stille haften geblieben. Es gab niemanden, der hätte beobachten können, wie er von einem Waggon zum anderen ging, niemanden, der lästige Fragen stellte, niemanden, der ihn in die Verlegenheit brachte, erklären zu müssen, warum er ein so einsames Leben führte.

Sorgfältig prüfte Michele, ob alles in Ordnung war, schloss offen stehende Zugfenster, beseitigte Müll und polierte die verchromten Türgriffe.

Als er die Lokomotive an der Spitze des Zuges betrat, sammelte er ein paar nach Wein riechende Plastikbecher und eine fetttriefende Alufolie ein, um gleich darauf den Rückweg zum letzten Waggon anzutreten. Die letzte Etappe seiner Arbeit, das Abgehen der Sitzplätze, war gleichzeitig die, die er am meisten liebte. Es war, als hätten sich die Umrisse der Fahrgäste in die weichen Sitze gegraben und als könnte er sie nun, im Schutz seiner Einsamkeit, in aller Ruhe inspizieren.

Im dritten Waggon, bei Platz 24, stach ihm etwas ins Auge. Er ging näher heran und spürte diese leichte Erregung, die ihn stets befiel, wenn er auf etwas Außergewöhnliches stieß.

Eine kleine Puppe, etwa so groß wie eine Hand, aus schon etwas mitgenommenem Hartgummi. Sie hatte dicke Pausbacken und große blaue Augen, rund wie zwei Monde. Ihr grünes Kleid war aus grober Baumwolle und mit weißen und gelben Blumen gesprenkelt: Margeriten und Sonnenblumen.

Lächelnd nahm Michele sie an sich.

»Willkommen«, flüsterte er und steckte sie in seine Jackentasche.

Als er kurze Zeit später die Haustür öffnete, war immer noch alles unverändert. Jeder Gegenstand befand sich an seinem Platz.

»Tut mir leid für die Verspätung …«, murmelte er müde und schaltete das Licht an, sodass es im Zimmer plötzlich hell war. Langsam ging er zu einem Tisch in der Mitte des Raums und zog die Puppe aus seiner Tasche.

»Wir haben einen Neuzugang«, verkündete Michele und hielt sie in die Höhe, als wollte er sie den anderen Gegenständen vorführen, die er im Laufe der Jahre im Zug gefunden hatte und die sich auf den Regalen und Tischchen seiner Wohnung aneinanderreihten: Dutzende Regenschirme, jede Menge Stöcke, Brillen und Sonnenbrillen, Bücher, Mützen und Hüte, Armbanduhren, Chromfeuerzeuge, Jacken, Westen und Tücher, Kleidungsstücke in allen Größen, auf Kleiderbügeln und an Garderobenständern, Transistorradios und alte Fotoapparate, ein Tonbandgerät, vier Kassettenrekorder, zwei alte Autoradios, ein Handy mit kaputtem Display, mehrere Wollknäuel mit darin steckenden Stricknadeln, Unmengen von Korkenziehern, ein Boxhandschuh, ein paar Trinkflaschen, eine alte Trompete, Mundharmonikas, Steinschleudern, Spielzeugpistolen, ein Fahrradlenker und zu guter Letzt mehrere Rucksäcke und leere Koffer. Inzwischen waren all diese Dinge ein Teil seines Lebens.

Michele trat näher und legte die Puppe bei den anderen Spielsachen ab, die sich dort angesammelt hatten, darunter ein Teddybär, ein kleiner Holz-Pinocchio, eine einarmige Batmanfigur aus Gummi und ein Roboter. Schweigend betrachtete er die Komposition, dann glitt sein Blick weiter zu einem gerahmten Foto an der Wand: Es zeigte einen Mann von etwa vierzig Jahren mit traurigem Blick, der in einer Eisenbahneruniform steckte. Daneben eine junge Frau mit kastanienbraunem Haar, die einen lächelnden Jungen an der Hand hielt, die Augen schwarz wie zwei Ölpfützen. Das Foto war vor einem kleinen Haus aufgenommen, das auf die Bahnhofsgleise von Miniera die Mare hinausging, dem Licht nach zu urteilen an einem eher wolkigen Herbsttag.

Im Inneren des Hauses, desselben wie auf dem Foto, erklang das *Dingdong* der kleinen Pendeluhr. Michele fuhr zusammen, drehte sich um und fixierte das Zifferblatt. 20.30 Uhr. Abendessenszeit. Um Punkt 22 Uhr würde er schlafen gehen, um sich am nächsten Morgen um 6.15 Uhr für die Abfahrt des ersten und einzigen Zuges fertig zu machen. Er hatte sein Leben auf den Rhythmus der Bahnstation ausgerichtet, deren einziger Wärter er war. Ein Leben, getaktet nach Abfahrt und Ankunft des Interregio, der Miniera di Mare täglich um 7.15 Uhr verließ und den ganzen Morgen und den ganzen Vormittag seinem Ziel entgegenrollte, um schließlich um 12.45 Uhr in Piana Aquilana anzukommen. Drei Haltestellen waren auf dieser Reise vorgesehen: Solombra Scalo um 7.38 Uhr, Prosseto um 8.15 Uhr und Ferrosino um 9.20 Uhr. Pünktlich um 14.15 Uhr trat derselbe Zug dann die nachmittägliche Rückreise an und traf um 19.45 Uhr wieder in Miniera di Mare ein.

Michele war immer zur Stelle, sowohl, um dem Zug im Morgenlicht nachzublicken, als auch, um ihn bei Sonnenuntergang wieder in Empfang zu nehmen, zumindest im Sommer. Im Winter war es schon dunkel, wenn er abends in die Station einfuhr. Und dann also sein üblicher Kontrollgang. Wohltuende Routine.

Er ging in die Küche, öffnete den Kühlschrank und nahm zwei Eier und einen Teller mit bereits vorgegartem Spinat heraus. Er stellte einen Topf mit Wasser auf den Herd und gab einen halben Würfel Gemüsebrühe hinzu.

Dann breitete er eine Tischdecke über dem Küchentisch aus, holte den Teller mit dem Spinat, ein Glas und eine Flasche Mineralwasser, um dann noch eine Papierserviette sowie Gabel und Löffel dazuzulegen.

Er schlug die beiden Eier in einer Schüssel auf, salzte sie und verrührte sie mit einer Gabel. Anschließend ließ er sie in die kochende Brühe einlaufen.

Er rechnete mit drei Minuten Kochzeit, bis die Stracciatella schön weich würde und nicht zu viel von der Brühe verdampfte.

Während er den Eiern beim Gerinnen zusah, geschah etwas gänzlich Unvorhergesehenes. Es kündigte sich mit einem leisen, aber nachdrücklichen Geräusch an, einem Pochen, das ihm vorkam, als klopfte ein Vogelschnabel ans Fenster. Ein eigensinniges Rotkehlchen vielleicht. Es wäre nicht das erste Mal. Allerdings geschah das eher tagsüber, wenn die Tiere die im Sonnenlicht blitzende Fensterscheibe mit einer glitzernden

Wasserpfütze verwechselten. Aber draußen war es schon dunkel, und Rotkehlchen schliefen bei Dunkelheit. Außerdem pickten sie immer nur wenige Sekunden an das Glas. Dieses Klopfen aber wollte gar nicht aufhören, sondern wurde im Gegenteil drängender und lauter. Fast hatte Michele den Eindruck, der Eindringling wollte die Scheibe einschlagen. Ganz deutlich war jetzt auch eine Frauenstimme zu hören, die keinesfalls nach einem Rotkehlchen klang.

»Ist da jemand? Bitte … Ist da jemand?«

Michele fuhr erschrocken zusammen: Es war durchaus nicht üblich, dass sich jemand zu so später Stunde an der Station herumtrieb, und dass man einfach so an seine Haustür klopfte, war überhaupt noch nie vorgekommen. Er warf einen besorgten Blick auf die vor sich hinköchelnde Stracciatella und dachte, dass er den öffentlichen Zugang noch nicht abgeschlossen hatte. Gewiss, oft erledigte er das erst nach dem Abendessen, bevor er schlafen ging, aber genau das hatte sich in diesem Moment als fataler Fehler erwiesen. Wie hatte sein Vater immer gesagt? »Man kann nie vorsichtig genug sein!« Und er hatte eindeutig recht gehabt, auch wenn ihm seine Vorsicht kein langes Leben beschert und auch nicht verhindert hatte, dass seine Frau an einem relativ warmen Novembermorgen in den Zug gestiegen und auf Nimmerwiedersehen verschwunden war.

Er nahm sich fest vor, den Zugang von morgen an immer schon vor dem Abendessen abzuschließen. Jetzt allerdings konnte er nicht länger ignorieren, dass dieses Weibsbild da draußen immer heftiger gegen seine Haustür hämmerte. Wenn sie so weitermachte, würde die Scheibe am Ende wirklich noch in tausend kleine Splitter explodieren.

»Warum antwortet mir denn keiner? Ich sehe doch, dass Licht brennt …«, rief sie. Ihre Stimme war nun sehr laut.

Michele seufzte und verbrachte eine weitere Minute damit, im Kopf zu überschlagen, wie lange die Stracciatella noch köcheln musste und ob er es in dieser Zeit schaffen würde, der aufdringlichen Dame zu erklären, dass der Zug erst am nächsten Morgen um 7.15 Uhr abfuhr, ihr höflich den Weg zum Ausgang zu weisen und dann in die Küche zurückzukehren und den Herd auszuschalten. Wenn er das hinbekam, würde ihn aber ganz sicher nichts und niemand mehr daran hindern, in seiner gewohnten Seelenruhe zu Abend zu essen! Und zwar allein. In Sicherheit.

Er durchquerte das Zimmer mit den Fundsachen, ging eilig zur Haustür und öffnete sie. Er fand sich einer jungen Frau im Trainingsanzug gegenüber, nicht älter als fünfundzwanzig, deren langes schwarzes Haar zum Pferdeschwanz gebunden war. Ihre großen Augen waren von einem ungewöhnlichen Grau, das im Licht der Deckenlampe kleine grüne Fünkchen zu sprühen schien. Ihr ebenmäßiges Gesicht war völlig ungeschminkt, und sie reichte Michele, selbst nicht größer als eins achtzig, bis zur Schulter. Sie war nicht im eigentlichen Sinne schön, aber sie hatte ein entwaffnendes Lächeln.

»Ciao … guten Abend, meine ich. Ich bin Ele. Also, eigentlich heiße ich Elena«, sagte sie, und es klang, als wollte sie sich für ihren Namen entschuldigen.

Michele versuchte, dem Mädchen zuvorzukommen, bevor es auf die Idee kam, ihn in ein Gespräch zu verwickeln.

»Der nächste Zug fährt morgen um 7.15 Uhr«, sagte er schnell, »und …«

»Ich weiß – ich fahre jeden Tag mit dem Zug«, unterbrach ihn Elena.

Michele wusste nicht, was er sagen sollte. Er öffnete den Mund, aber das Mädchen kam ihm schon wieder zuvor.

»Weißt du, ich bin Pendlerin, und mein Platz ist die 24 im dritten Wagen. Ich fahre jeden Morgen von Solombra Scalo bis Prosseto. Da arbeite ich, aber das wirst du dir schon gedacht haben. Am Nachmittag, wenn ich fertig bin, geht's wieder nach Solombra zurück. Aber das ist eigentlich völlig unwichtig. Es ist so, dass … also, vielleicht kannst du mir helfen. Ich hab was im Zug verloren, heute früh erst … und da das hier ja die Endhaltestelle ist, dachte ich, ob du vielleicht … also, ob es vielleicht sein könnte, dass du eine kleine Puppe gefunden hast?«

Michele fiel keine Erwiderung ein. In den fast zehn Jahren, die er in der Station arbeitete, hatte noch nie jemand nach einem verlorenen Gegenstand gefragt. Fast immer waren es wertlose Dinge, und selbst wenn nicht – normalerweise machte sich niemand die Mühe, ernsthaft nach den Sachen zu suchen. Abgesehen davon konnte er sich auch wirklich nicht vorstellen, dass die abgegriffene Puppe für irgendjemanden von besonderem Wert war.

»Also? Weißt du was von Milù?«

»Milù?«

»Ja, die Puppe … So heißt sie.«

Michele zögerte. Das hier war wirklich alles andere als ein korrektes Vorgehen: Er hatte Feierabend und befand sich in seinen eigenen vier Wänden, und auch wenn die nicht auf dem Bahnhofsgelände lagen, war das noch lange kein Grund, sein Haus als Fundbüro zu betrachten! Davon abgesehen: Die Fundsache musste morgen katalogisiert werden. Erst dann konnte sie innerhalb der üblichen Bürozeiten seiner rechtmäßigen Eigentümerin zurückgegeben werden. Und genau das würde er diesem Mädchen jetzt verklickern.

»Ähm … ja, vielleicht habe ich eine Puppe gefunden, aber …«

Es gelang ihm nicht, den Satz zu Ende zu bringen, denn Elena stieß einen gellenden Jubelschrei aus und fiel ihm unvermittelt um den Hals. Noch bevor er wusste, wie ihm geschah, hatte sie ihm einen dicken Kuss auf die Backe gedrückt. Es war das erste Mal, dass ihn jemand umarmte, seit seine Mutter fortgegangen war. Und es war erst recht das erste Mal, dass eine Frau ihn küsste.

Wie zur Salzsäule erstarrt stand er vor ihr. Offensichtlich hatte Elena seine Verlegenheit bemerkt, denn sie zog sich schnell zurück, grinste ihn aber weiterhin breit an, als wäre die Welt etwas absolut Wunderbares.

»Du musst mir verzeihen … Ich weiß, ich kann ziemlich überschwänglich sein. Das sagen alle. Aber wenn ich mich freue, kann ich mich einfach nicht bremsen. Es ist … wie soll ich das erklären? Als ob ich einen Schlag bekäme, also einen elektrischen, meine ich. Ja genau, so ungefähr.«

Michele starrte sie wie betäubt an. Auf seiner Stirn bildeten sich erste Schweißtröpfchen.

»Oh Gott, du weißt ja gar nicht, wie glücklich ich bin … Aber wo ist sie denn nun?«

»Äh, wer?«

»Na Milù. Wo steckt sie? Kann ich sie wiederhaben?«

Michele wurde von der leisen Ahnung beschlichen, dass es besser wäre, sich über das übliche Verfahren hinwegzusetzen und ihr die Puppe gleich zurückzugeben. Dasselbe morgen noch mal, mit diesem Wirbelwind von einer jungen Frau, das konnte Konsequenzen haben, die nicht zu überblicken waren.

Er bedeutete ihr zu warten. »Ich gehe sie holen, dann können wir schauen, ob es sich wirklich um die richtige Puppe handelt.«

Hastig und bevor Elena etwas erwidern konnte, machte er auf dem Absatz kehrt und eilte ins Haus.

Er durchquerte das Zimmer mit den Fundsachen. Als er gerade nach dem Püppchen auf dem Spielzeugregal greifen wollte, hörte er ihre Stimme hinter sich.

»O MEIN GOTT!!!«

Michele fuhr herum, verdattert wie ein Dieb, den man in flagranti erwischt hatte.

Sie stand mitten im Zimmer und sah sich erstaunt um.

»Aber … ist das hier etwa … das Fundbüro?«

»Verlasse auf der Stelle mein Haus!«, hätte Michele am liebsten gebrüllt, aber er hatte das Gefühl, als hätte sein Atem ausgesetzt und als hätte er gar nicht genug Luft dafür. Seit dem Tod seines Vaters, oder besser seit dessen Beerdigung, hatte niemand mehr einen Fuß in seine Wohnung gesetzt. Das war fast elf Jahre her, und jetzt wurde ihm bewusst, dass er keine Übung mehr hatte im Umgang mit Menschen. Sich in den eigenen vier Wänden nicht nur mit stummen Gegenständen, sondern mit einer Person aus Fleisch und Blut auseinanderzusetzen – das war er nicht mehr gewohnt. Wie hatte das nur geschehen können, und wann hatte die Einsamkeit die Oberhand in seinem Leben gewonnen? Wann war die Stille hier eingezogen, wann waren die täglichen Verrichtungen und die Abwesenheit anderer zur Essenz seines Lebens, oder vielleicht besser, Überlebens geworden?

Elena hatte begonnen, im Zimmer auf und ab zu gehen, sämtliche Gegenstände eingehend zu studieren und zu allem Überfluss noch wortreich zu kommentieren. »Meine Güte, das ist ja unglaublich, dass die Leute all diese Dinge einfach vergessen haben. Und dass sie dann nicht mal herkommen, um sie sich wiederzuholen! Sieh nur, hier … seit ich klein war, habe ich keinen Kassettenrekorder mehr gesehen … Und diese Autoradios erst! Ich weiß noch, dass mein Vater so eins hatte und es beim Aussteigen immer unter dem Sitz versteckt hat. Einmal hat jemand das Fenster eingeschlagen und es trotzdem geklaut.«

Sie griff nach einem Boxhandschuh und zog ihn sich über die Hand.

»Toll!«, rief sie hin und her hüpfend, während sie ihre Fäuste wie im Ring durch die Luft wirbelte. »Weißt du, dass ich früher immer boxen wollte? Aber dann hatte ich Angst, dass mir jemand die Nase bricht, also habe ich lieber mit Pilates angefangen. Habe ich dann aber auch nicht weitergemacht. Ich bin nicht sehr beständig, weißt du? Vielleicht müsste ich einfach mal ein richtiges Ziel haben, etwas, das mich wirklich packt, und mich dann voll hineinstürzen. Aber was soll ich machen? Es gibt viel zu viele Dinge, die mich interessieren. Oh, das ist aber eine schöne Jacke … kann ich die mal anziehen?«

Michele hob schwach die Hand, wie um Elena aufzuhalten, aber da hatte sie sich die Jacke schon halb übergezogen. Nur der Boxhandschuh hinderte sie daran, auch den anderen Arm einzufädeln.

»Ach Mist, wie dumm von mir … ich hätte den Handschuh vorher ausziehen sollen. Kannst du mir … Entschuldigung, wie heißt du noch mal?«

»Mi… Michele.«

»Oh, ciao, Michele. Also, ist mir ein Vergnügen. Dass ich Elena heiße, hab ich dir schon gesagt, nicht wahr? Also kannst du mich jetzt bitte befreien?«

Sie kam näher und hielt ihm den Handschuh hin. Seine Hände zitterten und er war ganz fahrig, als er mit einem Ruck daran zog. Sie dankte ihm mit einem strahlenden Lächeln und streifte sich dann die Jacke über, ein leichtes Damenjackett in einem herbstlichen Grünton, der perfekt zu ihren Augen passte.

»Und, wie sehe ich aus?«, fragte sie und drehte eine leichtfüßige Pirouette. Michele hätte nie gedacht, dass die Jacke so elegant wirken könnte.

»Wenn du willst ... kannst du sie behalten«, wisperte er. Er konnte nicht glauben, dass es seine Stimme war, die das gesagt hatte. Wahrscheinlich war er noch verblüffter als Elena selbst, die überrascht die Augen aufriss und ihn anstrahlte, als wollte sie das ganze Zimmer zum Leuchten bringen. Bestimmt war ihm das nur so herausgerutscht, um dieses aufdringliche Mädchen so schnell wie möglich loszuwerden und in seine Stille und das Alleinsein zurückzukehren. Doch davon konnte fürs Erste keine Rede sein, denn schon fand er sich von Neuem in einer Umarmung wieder, offenbar auch dies ein Ausdruck ehrlicher, überschwänglicher Freude.

»Michele, bist du denn verrückt geworden? Was für ein wunderschönes Geschenk!«, rief Elena und platzierte noch einen dicken, schmatzenden Kuss auf seiner Wange. Michele schluckte und sah ihr wortlos zu, wie sie überglücklich Pirouetten drehte. Dann wurde sie plötzlich ernst.

»Aber wenn nun jemand kommt und seine Jacke wiederhaben will? Was machst du dann? Denkst du dir eine Geschichte aus?«

»Mach dir keine Sorgen ... Es wird keiner danach fragen«, antwortete er verlegen und wandte ihr den Rücken zu, vorgeblich, um sich dem Regal mit den Spielsachen zuzuwenden, in Wirklichkeit jedoch, um sich in Sicherheit zu bringen, bevor sie ihm ein weiteres Mal um den Hals fiel. Außerdem konnte er ihr so gleich die Puppe zeigen.

»Milù!«, jubelte sie und strich ihr liebevoll durch die künstlichen Haare. »Ich bin ja so froh, dass ich dich wiedergefunden habe ... Milù wäre wirklich traurig gewesen. Ach so, das muss ich dir noch erklären, Michele: Milù ist meine

Schwester. Das heißt, meine Schwester ist natürlich nicht die Puppe, auch wenn die ebenfalls Milù heißt … also, *die Puppe,* meine ich. Meine Schwester heißt Milù und die Puppe auch. Sie haben denselben Namen, wenn du verstehst. Puppe und Schwester. Und sie hängt ja so wahnsinnig an Milù … meine Schwester, meine ich. Und ich hab sie ihr weggenommen, ohne ihr was davon zu sagen, und wenn ich heute Abend ohne Milù nach Hause gekommen wäre, hätte Milù mir ganz bestimmt eine schlaflose Nacht bereitet. Also meine *Schwester* Milù. Na gut, schätze, du hast es kapiert, oder?«

Michele nickte erschöpft und streckte ihr die Hand hin, wie um sich von ihr zu verabschieden. Sie drückte sie begeistert, bedankte sich und setzte plötzlich eine besorgte Miene auf.

»Michele, also ich weiß nicht … riecht es hier nicht irgendwie verbrannt?«

Michele wurde bleich und rannte in die Küche.

Von der Stracciatella war nur noch ein kleiner verkohlter Haufen übrig, eingehüllt in dichten schwarzen Rauch, der einmal eine Gemüsebrühe gewesen war. Michele packte den Topf, riss ihn vom Herd und wollte schon zum Spülbecken laufen, als er auf halbem Weg bemerkte, wie heiß die Henkel waren. Er stieß einen leisen Fluch aus, bevor er den Topf ins Becken warf und seine verbrannten Finger schüttelte.

»Hast du dir wehgetan?«, fragte Elena, die nun ebenfalls mitten in der Küche stand, besorgt.

Michele stöhnte. Offensichtlich hatte dieses Mädchen keinen blassen Schimmer davon, dass man nicht einfach in die Häuser und die Leben anderer Leuten einbrach, ohne vorher um Erlaubnis zu bitten.

»Ist nicht schlimm«, murmelte er, »du gehst jetzt wohl besser und ...«

»Zeig mal.«

Bevor Michele noch etwas einwenden konnte, hatte Elena schon nach seinen Händen gegriffen und untersuchte sie aufmerksam.

»Du hast dich verbrüht. Oder verbrannt, um genau zu sein. Sieh dir nur mal diesen Finger an! Und den hier erst! Wenn wir da nicht gleich was draufschmieren, bekommst du Brandblasen.«

Michele entzog sich ihr entschlossen.

»Das geht schon. Ich halte sie einfach unters Wasser und ...«

»Bist du verrückt? Wasser macht es nur noch schlimmer! Wir brauchen eine Brandsalbe. Hast du so was?«

»Nein, aber mach dir keine So ...«

»Dann eben Olivenöl. Am besten extravergine. Wo finde ich das?«

Michele sah automatisch zum Küchenschrank neben dem Herd. Elena folgte seinem Blick, und es gelang ihr tatsächlich, die Flasche aufzustöbern. Sie nahm eine Papierserviette vom gedeckten Tisch, gab etwas Öl darauf und sagte Michele, er solle sich setzen. Sie selbst nahm auf dem Stuhl gegenüber Platz.

»Ich mach das schon, gib mir mal deine Hände ...«, sagte sie mit einem Lächeln, das ihm unendlich sanft erschien.

Michele fühlte einen leichten Schwindel. Bereitwillig überließ er sich Elena, während die Erinnerung an einen Abend im Mai vor vielen Jahren sein Bewusstsein überlagerte.

»Gib mir deine Hände, dann tun sie gleich nicht mehr weh«, flüstert die Mutter, und der kleine Michele gehorcht. Vorsichtig

macht sie sich daran, die Schürfwunden an seinen Fingern zu säubern. Sie erzählt ihm von Kriegern aus alten Zeiten, die so stolz auf ihre Wunden waren, wie sie im Kampf ihre Narben zeigten, damit ihre Feinde erkannten, welch tapfere Männer sie vor sich hatten und wie viele Kämpfe diese schon ausgefochten hatten, ohne je aufzugeben. Die Tränen des Jungen trocknen, er weint nicht mehr. Die Mutter sagt ihm, er solle sein wie ein Krieger, seine Wunden nicht verbergen und niemals kapitulieren im Leben.

»Geht's besser?«

Michele fuhr zusammen, und ja, er kapitulierte. Auch diesmal wieder. Er kapitulierte, indem er seine Hände zurückzog und sich schnell erhob. Er kapitulierte, wie unzählige Male zuvor in seinem Leben, indem er vorgab, es gehe ihm gut, er fühle keinen Schmerz, er sei ganz bestimmt nicht verletzt. Er kapitulierte und hoffte, dass Elena nun endlich gehen würde, bevor er auf die Idee kam, auf ihre Rückkehr zu hoffen. Niemand kehrte je zurück, auch nicht, wenn er es versprochen hatte. Vor allem dann nicht.

2.

Als der frühe Morgen das Haus in helles Licht tauchte, schienen auch all die Fundstücke, stille Zeugen einer ungewöhnlich quälenden Nacht, erschöpft zu sein.

Michele konnte sie im Badezimmerspiegel sehen, da die Tür nur angelehnt war. Er stand am Waschbecken und war mit seiner Morgenrasur beschäftigt. Als er sich einen kleinen Schnitt unter dem linken Backenknochen zufügte, empfand er keinen Schmerz. Er sah zu, wie ein Blutstropfen langsam über seine Wange lief, sich am Kinn mit Rasierschaum vermischte und ihn rot färbte. Offensichtlich waren seine Hände noch etwas zittrig vom Abend zuvor.

Am Ende war er ohne Abendessen ins Bett gegangen und hatte eine unruhige Nacht verbracht. Immer wieder war er kurz eingeschlafen und dann wieder hochgeschreckt, sobald Elenas Gesicht in seinen Träumen aufgetaucht war.

Er hatte ihr nachgeschaut, als sie, in die grüne Jacke gehüllt und mit dem wiedergefundenen Püppchen in der Hand, fortgegangen war. Sie hatte sich noch einmal umgedreht und ihm zum Abschied gewinkt, bevor sie den Bahnhof hinter sich gelassen hatte. Er war unwillkürlich zurückgezuckt, hatte sich hinter dem Vorgang versteckt und sich redlich bemüht, ein Gefühl der Erleichterung in sich heraufzubeschwören. Später hatte er den von der verbrannten Stracciatella geschwärzten

Topf gespült und die Küche wieder in Ordnung gebracht, um sich dann wie jeden Abend seinen Fundsachen zu widmen. Sie waren das einzig Gegenwärtige in seinem Haus, dem er traute.

Erst hatte er die Uhren aufgezogen und sich von ihrem rhythmischen Ticken einlullen lassen. Das Geräusch erinnerte ihn an das vertraute Platschen von Regentropfen, wenn er an Winterabenden auf dem Bahnsteig stand und den Zug erwartete. Dann war sein Blick auf den Boxhandschuh gefallen, den Elena auf dem Tisch zurückgelassen hatte. Er hatte ihn an sich genommen, um ihn wieder auf seinen Platz zu legen, aber dann hatte er dem Impuls, ihn anzuziehen, nicht widerstehen können. Seine Hand, so war es ihm vorgekommen, hatte in dem warmen Innenfutter Elenas Hand gefunden. Verärgert hatte er ihn wieder abgestreift, entschlossen, sich ein Vergnügen, das er sich nicht zugestehen konnte, so schnell wie möglich aus dem Kopf zu schlagen.

In der Nacht war er mehrmals aufgestanden, um sich schließlich um drei Uhr morgens einen Kamillentee zu kochen, in der Hoffnung, dass er dann endlich schläfrig würde. Er hatte sich in der Küche ans Fenster gestellt und die Umrisse des Zugs draußen betrachtet, der ihm im Halbdunkel vorgekommen war wie eine riesige schlafende Schlange. Kurz hatte er daran gedacht, aus dem Haus zu gehen, in den ruhenden Zug zu steigen und sich auf den Platz zu setzen, den sonst Elena jeden Morgen einnahm. Er erinnerte sich gut, es war die Nummer 24, im dritten Waggon. Gleich darauf hatte er die absurde Idee verscheucht und den Teebeutel ins heiße Wasser getaucht, in der Hoffnung, mit dem Schlaf, den er nun finden würde, auch den Riss zu schließen, der sich ganz plötzlich in der Mauer all seiner Sicherheiten aufgetan hatte, die er über die Jahre mit Geduld und Entschlossenheit errichtet hatte.

Er hatte den Fernseher eingeschaltet, noch ein altes Modell mit Leuchtröhre, und sich in einer nächtlichen Wiederholung von *Harry und Sally* wiedergefunden, einem Spielfilm, den er schon mehrmals gesehen hatte. An seinem Kamillentee nippend war ihm plötzlich aufgefallen, dass ihn Meg Ryan wegen der komischen Grimassen, die sie manchmal schnitt, an Elena erinnerte. Aber solche Gedanken, hatte er sich eingeschärft, durfte er gar nicht erst zulassen. Elena war einfach nur die erste Frau, mit der er nach langen Jahren des Schweigens gesprochen hatte, die erste Person, die zu ihm ins Haus gekommen war und seine Isolation mit einem wahren Paukenschlag durchbrochen hatte. Statt sich davon in Aufruhr versetzen zu lassen, sollte er sie einfach nur so schnell wie möglich vergessen. Also war er aufgestanden und hatte den Fernseher ausgeschaltet, und zwar genau an der Stelle, als Sally im Restaurant einen Orgasmus simulierte. Der Gedanke, dass Frauen ihre Lust nur vortäuschen konnten, stürzte ihn in Hoffnungslosigkeit und verstärkte sein Gefühl schutzlosen Ausgeliefertseins. Wenn man es recht bedachte, hatte ja auch seine Mutter nur so getan, als würde sie ihn lieben, um ihn dann einfach so aus dem Nichts zu verlassen. Und da er selbst noch ein Kind gewesen war, hatte er keine Chance gehabt, nicht auf sie hereinzufallen. »Ich kann Wahrheit nicht von Lüge unterscheiden«, dachte er bitter. Dann – beim letzten Schluck Tee – war ihm die Schlussszene des Films eingefallen, als Billy Crystal Meg Ryan eine Liebeserklärung machte. Mindestens viermal hatte er das schon gesehen, und jedes Mal hatte es ihn fast zu Tränen gerührt. Als würde es ihn persönlich betreffen. Es schien wirklich wahr – er konnte erfundene Geschichten nicht vom wirklichen Leben unterscheiden. Höchste Zeit, ins Bett zu gehen und mit dem Licht auch seine Gedanken auszuschalten.

Um 6.15 Uhr erlöste ihn das Klingeln des Weckers und beendete seinen aussichtslosen Kampf mit der Schlaflosigkeit. Schnell war er auf den Beinen, voller Ungeduld, dem neuen Tag entgegenzutreten und seine alten Gewohnheiten wieder aufzunehmen.

Es war gerade hell geworden, als die ersten Fahrgäste auf den Zug zueilten, der schon zur Abfahrt bereitstand. Fast alle waren Pendler auf dem Weg zur Arbeit, daneben ein paar wenige Touristen und eine Schulklasse, die mit ihren Lehrerinnen einen Ausflug machte. Michele sah zu, wie der Lokführer die Lokomotive bestieg, während der Kontrolleur die Fahrgäste mit der üblichen Leidensmiene zum Einsteigen aufforderte. Pünktlich um 7.15 Uhr fädelte sich der Interregio in den frühen Morgen ein und fuhr zunächst auf gerader Strecke, um dann pfeifend die erste Kurve zu nehmen. In aller Gemütsruhe ratterte er auf die Berge am Horizont zu, vor deren fernem Bild er gegen Abend wieder auftauchen würde.

Den ganzen Tag hindurch verspürte Michele ein neues Gefühl der Einsamkeit. Er verrichtete seine Arbeit am Informationsschalter, überprüfte, ob der Fahrkartenautomat korrekt funktionierte, machte einen Ausflug in die Realität, als er auf dem alten Computer im Büro die Nachrichten las, und atmete die feuchte Luft des Wartesaals, der eigentlich überflüssig geworden war, da ja kaum mehr Züge in Miniera di Mare hielten. Die Zeit bis zum Abend verstrich langsam, monoton, ereignislos.

Eingeschlossen in ein Vakuum, das aus nichts als Vorhersehbarkeiten bestand, fasste Michele dennoch neuen Mut. Er spürte, wie die Erinnerung an die Gefühle des vorigen Abends verblasste, während die Schatten der Pappeln, die den Bahnhof umstanden, mit dem Lauf der Sonne länger wurden und sich über einen Nachmittag legten, den er ebenso wie alle anderen zuvor in Einsamkeit verbrachte.

Dann kam der Zug zurück. Pünktlich auf die Minute erreichte er sein Ziel und brachte die abendliche Dunkelheit mit. Michele beobachtete, wie Schüler und Lehrerinnen eilig zum Bahnhofsausgang strebten, wie die Pendler sich umblickten, in den Gesichtern Zufriedenheit angesichts des wohlverdienten Feierabends, und wie der Lokführer und der Kontrolleur sich auf den Heimweg machten, nachdem sie sich mit einem kurzen Gruß von ihm verabschiedet hatten.

Nun stieg er endlich in den Zug. Zufrieden registrierte er den Geruch nach Metall und Kunstleder. Er atmete ihn tief ein und kam sich dabei vor, als hätte er einen alten Freund wiedergefunden.

Auf seinem Kontrollgang zur Spitze des Zuges sammelte er wie üblich Papiere und Abfälle auf, musste aber immer wieder feststellen, dass er ziemlich zerstreut war. Schneller als sonst durchwanderte er die Waggons. Den Grund dafür kannte er genau, auch wenn er versuchte, ihn vor sich selbst zu verbergen: Er hatte es eilig, in den dritten Wagen zu Platz Nummer 24 zu gelangen. Er versuchte, nicht auf das Pochen seines Herzens zu achten, das immer lauter und schneller wurde. Als er endlich angekommen war, meinte er, einen ganz besonderen Duft in der Luft wahrzunehmen, der sich von den gewohnten Gerüchen des Zugs abhob. Der Duft von Elenas Haut, der förmlich greifbar schien. Verdutzt blieb Michele stehen. Er glaubte seinen Augen nicht zu trauen, als er auf der Nummer 24 eine menschliche Gestalt erblickte, die ihm den Rücken zuwandte. Sein Atem stockte.

Sie war es tatsächlich.

Da saß sie, auf ihrem Platz, die grüne Jacke in der Hand, als hätte sie auf ihn gewartet. Als ihre Blicke sich trafen, hätte

Michele für einen Augenblick fast das Gleichgewicht verloren. Hastig ließ er sich in den Sitz ihr gegenüber fallen.

»Aber … was machst du denn hier?«, fragte er mit einer Stimme, von der nur mehr ein Hauch übrig war.

Elena seufzte. Sie schien ihm etwas mitteilen zu wollen, reichte ihm aber nur die Jacke und sagte: »Michele, es tut mir wirklich leid, aber ich muss dir das hier zurückgeben.« Sie klang verletzt.

Er sah sie bestürzt an, unfähig, das Kleidungsstück entgegenzunehmen, das sie ihm immer noch hinhielt. Schließlich legte sie es ihm in den Schoß und setzte zu einer längeren Rede an, die sie allem Anschein nach schon vorbereitet hatte:

»Also, es war ja sehr nett von dir, dass du mir die Jacke geschenkt hast, aber heute früh habe ich ein bisschen im Internet gesurft. Damit wir uns richtig verstehen, ich hab das nicht gemacht, weil ich dir nicht vertraue oder so, sondern einfach, weil ich wissen wollte, wie deine Arbeit funktioniert. Um es kurz zu machen: Diese ganzen Sachen, die du da sammelst … ich hab rausgefunden, dass du die gar nicht behalten darfst. Das heißt, bis zu zwei Wochen schon, danach musst du sie bei der Polizei abgeben. Die Polizei schickt sie dann ans Fundbüro und dort werden sie ein Jahr lang aufbewahrt. Wenn niemand sie haben will, werden sie zur Auktion freigegeben, damit jeder, der Interesse hat, sie kaufen kann.«

»Das weiß ich doch alles«, sagte Michele, bleich geworden.

»Ach, das weißt du alles? Und warum behältst du die Sachen dann bei dir, statt sie abzugeben? Vielleicht laufen da draußen Leute rum, die nach ihnen suchen und nur nicht auf die Idee kommen, bei dir nachzufragen.«

»Du bist tatsächlich die Einzige, die das je getan hat …« Michele war wie hypnotisiert.

Elena seufzte und sagte dann in einem Ton, aus dem Bedauern, aber auch Offenheit herauszuhören waren: »Michele … hör zu, du scheinst mir ein anständiger Kerl zu sein, und genau deshalb solltest du die Sachen abgeben. Vielleicht kannst du sie nach und nach zur Polizei bringen, sodass man dir keine unangenehmen Fragen stellt und sich alles in Wohlgefallen auflöst. Ich habe nicht vor, dich anzuzeigen, aber ich finde es einfach nicht richtig, dass du das Zeug behältst … Das war es, was ich dir sagen wollte.«

Sprachlos starrte Michele sie an. Mit ihrer bekümmerten Miene schien sie noch schöner als zuvor. Ihr Anblick bereitete ihm unerträglichen Schmerz. Sie sollte ihn nicht für einen schlechten Menschen halten. Er hatte nicht damit gerechnet, dass sie Nachforschungen anstellen würde, aber genau genommen hatte er auch nicht damit gerechnet, dass Elena plötzlich in sein Haus schneien und von seinen Gedanken Besitz ergreifen würde. Er war entschlossener denn je, sie aus seinem Leben zu vertreiben, so wie er im Lauf der Zeit jegliche Quelle sinnloser Illusionen und vermeidbarer Schmerzen aus seinem Dasein entfernt hatte. Ihm kam ein Gedanke: Wenn sie ihn für einen Lügner hielt und glaubte, dass er sich die Sachen unrechtmäßig angeeignet hatte, würde sie bestimmt aus freien Stücken aus seinem Leben verschwinden. Aber im Grunde seines Herzens wollte er weder, dass sie verschwand, noch, dass sie eine falsche Meinung von ihm hatte.

»Ich … ich habe sie ja zurückgegeben, und zwar alle«, sagte er zögerlich.

Elena musterte ihn mit einer Mischung aus Überraschung und Verärgerung. Abrupt stand sie auf.

»Ach ja? Du hast sie zurückgegeben? Wann denn bitte? Heute früh? Das will ich sehen …«

Mit grimmiger Miene stürmte sie auf die Waggontür zu. Wie vor den Kopf geschlagen griff Michele nach ihrer Jacke und folgte ihr.

Wenig später stand Elena in seinem Wohnzimmer, in dem sich immer noch genauso viele Gegenstände befanden wie am Abend zuvor. Sie seufzte und musterte Michele enttäuscht.

»Alles noch da. Warum lügst du mich an? Machst du dir einen Spaß daraus, die Leute zum Narren zu halten?«

Michele bedeutete ihr zu warten, ging zu einem Kästchen und entnahm ihm einen Papierstapel.

»Lies«, sagte er schlicht. Aufmerksam studierte Elena die Unterlagen. Vom Fundbüro ausgestellte Quittungen für jeden einzelnen Gegenstand in diesem Zimmer.

»Das heißt also ... du ... du hast das alles vom Fundbüro abgeholt?«, fragte Elena. Es klang, als würde sie mit sich selbst sprechen.

»Nur die, die ich im Zug gefunden habe«, erwiderte Michele. »Nach zwei Wochen übergebe ich sie vorschriftsmäßig der Polizei und warte ein Jahr ... und wenn sie dann niemand abholt ... naja, dann habe ich einen Bekannten im Fundbüro, der sie mir schickt. Bevor sie entsorgt werden ...«

»Aber ... sollen die Sachen nicht in einer Auktion verkauft werden?«, fragte Elena stirnrunzelnd.

»Nur solche von einem gewissen Wert. Die anderen werden verschenkt oder einfach weggeworfen. Und bevor das passiert, hole ich sie mir zurück«, erwiderte Michele.

Elena lächelte. Ein Lächeln wie eine Liebkosung. »Warum tust du das?« Sie trat nahe an ihn heran und musterte ihn, als wollte sie die Gründe dafür an seinem Gesicht ablesen.

»Ich weiß es nicht«, erwiderte Michele. Und begriff, dass

er es wirklich nicht wusste. Er begriff aber auch, dass er Elena, die ihn schon wieder an sich drückte, ebenfalls gerne umarmt hätte. Dennoch zwang er sich stillzuhalten, auch dann noch, als sie ihm einen Kuss auf die Wange drückte.

»Das hätte ich mir denken können. Ich urteile wirklich viel zu schnell. Milù sagt immer, ich soll mal für fünf Pfennig nachdenken. Und sie hat recht, verdammt noch mal. Aber mir wollte das Ganze einfach nicht in den Kopf ... Entschuldige bitte, ich nehme alles zurück. Aber ich konnte ja nicht wissen, dass du so ... so ... besonders bist.«

Michele hatte sich noch nie wie jemand Besonderes gefühlt und die Angst, Elena könne sich über ihn lustig machen, lähmte ihn.

»Was machen wir jetzt? Ich habe meinen Vater gebeten, dass er mich mit dem Auto abholt, wenn ich mit dir fertig bin. Also, ›mit dir fertig bin‹ ist natürlich nur so eine Redensart. Ich meine, wenn ich bereit bin, nach Hause zu gehen. Wie auch immer ... Ich kann ihn aber auch erst später anrufen, dann haben wir noch ein bisschen Zeit zusammen, wenn du Lust hast. Hast du denn Lust? Ich habe was gutzumachen bei dir. Schließlich ist dir gestern nur wegen mir das Abendessen angebrannt. Am besten, ich koche was für dich und wir essen gemeinsam, okay? Ich bin eine gute Köchin, weißt du? Eine sehr gute sogar. Gibt es etwas, das du besonders gern magst?«

Am liebsten hätte er gesagt, dass er nur sie ganz besonders gern mochte. Und dass sie ihm genau aus diesem Grund Angst machte. Eine Angst, die er weder bezwingen noch ertragen konnte.

Er sagte nichts von alledem, natürlich nicht, sondern sah ihr schweigend zu, wie sie den Kühlschrank aufriss, um ihn nach Essbarem zu durchforsten, und wie sie von Herzen lachte, als sie nur Eier, Brühwürfel, ein wenig frisches Gemüse und Mineralwasser fand. Keinen Wein. Auch sonst nichts Alkoholisches.

»Aber Michele! Du kannst dich doch nicht wie ein klappriger Pensionär ernähren! Jetzt muss ich wohl dafür sorgen, dass hier was Ordentliches auf den Tisch kommt.«

Von ihrer letzten Zugfahrt wusste sie, dass es ganz in der Nähe einen Supermarkt gab. Dort wollte sie jetzt hin und alles kaufen, was sie zum Kochen brauchte. Michele machte noch ein paar schüchterne Anstalten, sie zurückzuhalten, aber sie wollte nichts davon hören.

»Ich habe doch was gutzumachen«, sagte sie lächelnd. »Du wartest hier auf mich, in Ordnung?«

Eilig griff sie nach ihrer grünen Jacke und ging zur Haustür, als sie noch einmal kehrtmachte, um Michele mit neugieriger Miene zu mustern.

»Da fällt mir etwas ein: Welche Farbe bist du eigentlich?«

Michele starrte sie verdutzt an.

»Was … was meinst du damit?«

»Jeder Mensch hat eine bestimmte Farbe im Kopf, wenn er nur mal nachdenkt und sich fragt, wie er sich gerade fühlt. Die Farbe kann sich immer wieder ändern, je nachdem, was man gerade für einen Tag hat. Du willst ein Beispiel? Während der Zugfahrt hierher habe ich mich dunkelviolett gefühlt. Ist klar, warum, oder? Und jetzt fühle ich mich … orange. Auch das ist völlig eindeutig: Ich bin gerade sehr froh, und Orange ist eine frohe Farbe. Finde ich jedenfalls. Wie auch immer, Michele, du solltest wissen, was deine Farbe ist, damit du dich nur mit Farben umgibst, die zu deiner passen. Also … Wenn du dich blau fühlst, geh nicht in die Nähe von etwas Braunem, die mögen sich wirklich gar nicht. Du solltest dann übrigens auch Leute meiden, die etwas

Braunes anhaben. Es ist schon seltsam … Normalerweise sehe ich sofort, was die Leute für eine Farbe haben. Aber bei dir … Sag du es mir. Und wenn du es selbst nicht weißt, dann denk einfach ein bisschen nach, bis ich zurückkomme. Aber komm mir bloß nicht mit Schwarz, Schwarz ist keine Farbe, genauso wenig wie Weiß, übrigens. Das sind nur Gefäße. Schwarz ist die Dunkelheit. Weiß ist das Licht. Aber echte Farben sind was anderes … Ich habe mal gelesen, dass alles, was eine Farbe hat, in Wirklichkeit sämtliche Farben des Lichts enthält. Und die Farbe, die wir sehen, ist nur die, die eigentlich abgewiesen wird. Also besteht meine Jacke praktisch aus allen Farben, weist aber Grün zurück, und deshalb sehen wir sie grün. Komisch, oder? Wie auch immer, ich muss los, sonst macht der Supermarkt zu und ich kann uns nichts Anständiges mehr zum Abendessen kochen.«

Sie schenkte ihm noch ein Lächeln, dann war sie verschwunden.

Michele dachte über ihre Frage nach: »Welche Farbe bist du eigentlich?«

Er hatte keine Antwort. Als er sich im Raum umsah, in dem ihm seine Fundsachen schweigend entgegenblickten, wurde ihm mit einem Mal bewusst, dass auch sie keine Farbe hatten. Eigentlich, so dachte er, waren doch all die Dinge, mit denen er sich umgeben hatte, nichts anderes als versiegelte Türschlösser zum Leben, die, einmal geöffnet, dem Schmerz freie Bahn ließen, kleine Barrikaden, die er um seine Einsamkeit herum errichtet hatte, um sie erträglicher zu machen und sich mit ihrer Hilfe sicherer zu fühlen. Und jetzt bestand die Gefahr, dass all diese Sicherheitsvorrichtungen unter dem Ansturm von Elenas Vitalität und ihrem Lächeln zerbröckelten. Durch ihr plötzliches Auftauchen riskierte er, von Neuem schutzlos dazustehen, genau wie damals,

als er noch ein Kind war. Denn Liebe bringt ja Hoffnung hervor. Und Hoffnung macht schwach und verletzlich. Das hatte sein Vater schon immer gesagt.

Über dem Küchentisch, an dem er auf Elena wartete, hing auf einmal das Bangen. Die Angst, sie könnte nicht wiederkommen und ihn noch heute Abend, sonst aber demnächst, verlassen. Und er würde hier sitzen und warten, dass sie vom Einkaufen zurückkam, Tag für Tag, Nacht für Nacht, immer vergeblich.

Als die Minuten verstrichen, wurde die Angst zur Gewissheit, und schließlich erhob sich Michele und verließ das Haus.

Er hastete den Bahnsteig entlang am Wartesaal vorbei und zum Gittertor am Bahnhofseingang. Er hob den Sperrpfosten am rechten Türflügel und ging dann zum linken Pfosten, um ihn ebenfalls auszuhebeln, doch er war blockiert. Michele überwand seine Abneigung gegen ölverschmierte Finger und zog noch einmal mit aller Kraft. Er keuchte schwer und stieß ein heimliches Stoßgebet aus, um es erneut zu versuchen. Der Schweiß brach ihm aus. Der Pfosten steckte wie eingerammt in seinem Eisenloch. Er zog und riss mit aller Kraft – vergebens.

»Vielleicht ist das ein Zeichen«, dachte er. »Vielleicht will mir das blockierte Ding, das sonst *verdammt noch mal* nie Zicken macht, sagen: Du darfst das Tor nicht schließen. Du musst auf sie warten. Vielleicht will es mir sagen, dass dies meine große Chance ist … und vielleicht nicht nur meine, sondern auch ihre.«

Er richtete den Blick in die Ferne, dorthin, wo die Straße war, die zum Supermarkt führte. Von Elena keine Spur.

Ein Gefühl der Enttäuschung breitete sich in ihm aus, das ihn noch mehr in Aufruhr versetzte und Ähnlichkeit hatte mit der Leere im Bauch, die er als Kind verspürt hatte, wenn er immer wieder vergeblich darauf gewartet hatte, dass seine Mutter aus einem ankommenden Zug stieg.

»Da siehst du mal, wie schnell man sich täuschen lässt und doch nur wieder auf die Schnauze fällt«, dachte er mit Blick auf den störrischen Pfosten.

Plötzlich begriff er, dass er nur vergessen hatte, den kleinen Sicherheitsriegel zu lösen. Jetzt ließ sich der Pfosten problemlos aus seiner Verankerung lösen.

Er würde das Tor also schließen können, und Elena würde, wenn sie denn zurückkam, den öffentlichen Zugang versperrt vorfinden. Und sie würde begreifen, dass Michele ihr in Wahrheit den Zugang zu seinem Leben versperrt hatte.

3.

»**Hallo, Papa** … Kommst du mich abholen?«

»Ja, Schatz. Wo bist du denn?«

»Am Bahnhof von Miniera di Mare. Ich warte hier auf dich.«

»Gut, Liebes. Bis gleich.«

»Bis gleich.«

Elena legte auf und steckte das Handy wieder in ihren Rucksack. Sie drehte sich um und warf einen letzten Blick auf das geschlossene Bahnhofstor, hinter dem der beleuchtete Zug aufragte. Wenn sie an Michele dachte, der sich mit seinen Fundsachen in sein Schweigen eingesperrt hatte, wurde ihr schwer ums Herz. Michele, der sie nicht zurückkommen ließ, trotz gekühltem Weißwein und roter Garnelen. Michele, der zu Eis erstarrte, wenn sie ihn in den Arm nahm. Michele, der seine zitternden Hände mit brüsken Gebärden verbarg. Michele, ihr schüchterner, schweigender Michele, bei dem sie sich so wohlfühlte wie noch nie in ihrem ganzen Leben. Michele, den sie heute Abend vielleicht für immer verloren hatte.

Ein Wagen hielt neben ihr. Der junge Fahrer taxierte sie mit einem arroganten Lächeln und fragte, ob er sie irgendwohin mitnehmen könne. Er kam ihr vor wie ein Jäger, der es großzügig seiner Beute überließ, auf welche Weise sie am liebsten erlegt werden wollte. Statt ihm zu antworten schüttelte Elena nur leicht den Kopf, trat vom Gehsteig zurück und ging auf ein Seitengässchen zu. Als der Wagen des jungen Mannes mit einem Ruck anfuhr, hallte das Kreischen der Reifen wie eine vulgäre Beschimpfung durch die Stille.

Elena wollte sich die Füße vertreten. Bis ihr Vater kam, würde es noch dauern, und sie hielt es für klüger, nicht auf dem Bahnhofsplatz herumzustehen, der zwar beleuchtet, aber menschenleer war.

Sie vernahm das Rauschen des Meeres. Es war ganz nah. Sie hörte, wie die Wellen an den Felsen zerbarsten, das Klatschen des Salzwassers auf Stein. Kurz darauf stand sie am Strand, nur wenige Meter vom Ufer entfernt. Salzhaltige Luft wehte ihr ins Gesicht.

Kommst du nie hierher, um das Meer zu sehen, Michele?, dachte sie. Dringt seine ewige Erzählung nicht in dein Haus? Vielleicht hast du vergessen, wie nah es ist und hast irgendwann aufgehört, hingehen zu wollen …

Als Michele seine Stracciatella in den Teller schöpfte, achtete er zum ersten Mal seit langer Zeit wieder auf den Klang der Wellen. Eine salzgetränkte Brise, die sich durch das angelehnte Fenster stahl, wehte ihn an. Wie lange war es her, dass er zum letzten Mal am Meer gewesen war? Ihm fiel ein, wie er an lauen Sommerabenden mit seiner Mutter zum Strand gegangen war. Hand in Hand waren sie barfuß durch den Sand spaziert und immer wieder stehen geblieben, um auf die Wellen zu lauschen, die an den Felsen zerbarsten, jenes vertraute Klatschen von Salzwasser auf Stein. Der Blick seiner Mutter hatte sich im abendlichen Dunkel am Horizont verloren, als suchte sie dort die Antwort auf eine Frage, die nur sie selbst kannte. Das Kind indessen hatte im Blick der Mutter seine eigene Zukunft gesucht.

Als sie ihn verlassen hatte, hatte er sich vom Meer abgewandt. Er war einfach nicht mehr hingegangen, genauso, wie er alle anderen liebgewordenen Dinge aufgegeben hatte. Und auch jetzt würde er aufhören, an Elena zu denken.

Der erste Löffel Suppe riss ihn aus seinen Gedanken. Auf einmal wurde ihm klar, wie sehr ihn die Stracciatella anekelte, und zwar schon seit geraumer Zeit. Statt missmutig in seinem Teller herumzumanschen, hätte er viel lieber rote Garnelen gegessen. Bevor seine Mutter in den Zug gestiegen war, hatte sie ihm jeden Abend etwas Gutes zum Essen gemacht.

Du lieber Himmel, der Zug!

Vor lauter Elena hatte er gar nicht mehr an seine Arbeit gedacht. Er hatte die Waggons gerade mal zur Hälfte überprüft, die Lichter waren bereits erloschen. So war das also, wenn man seinen Träumen und Hoffnungen nachhing: Man verlor den Kontakt zur Realität und vergaß alles, was es zu erledigen galt.

Michele griff nach einer Taschenlampe und ging hinaus zu dem wartenden Zug.

Im Dunkeln schienen die Gerüche noch intensiver als sonst. Er wanderte von einem Waggon zum nächsten, sammelte Abfälle und Getränkedosen vom Boden auf, durchforstete die Gepäckablage nach zurückgelassenen Gegenständen und kontrollierte, ob alle Fenster geschlossen waren.

Als er bei Elenas Platz angekommen war, beschleunigte er den Schritt.

Er. Durfte. Nicht. Mehr. An. Sie. Denken. Punkt.

Im letzten Waggon fiel Michele ein Gegenstand auf. Er richtete seine Taschenlampe auf den betreffenden Sitz, doch ihr Strahl wurde schwächer. Bei dem spärlichen Licht konnte er nicht erkennen, um was es sich handelte. Um ein Buch vielleicht. Oder ein Heft. Die Taschenlampe erlosch. Im

Dunkeln tastete er nach dem Gegenstand, bis er ihn zu fassen bekam und steckte ihn in seine Tasche. Gott sei Dank hatte er seine Arbeit noch zu Ende gebracht. Jetzt konnte er beruhigt nach Hause gehen.

»Dieser Mann ist ein Mysterium …«, flüsterte Elena, die im Dunkeln ausgestreckt auf ihrem Bett lag. Sie war mit ihrem Vater nach Hause gekommen, hatte die Mutter umarmt, in aller Eile mit beiden zu Abend gegessen und dabei so getan, als sei nichts Besonderes geschehen. Die Geschichte mit Michele erwähnte sie mit keinem Wort. Warum sie sich in Miniera di Mare aufgehalten hatte? Weil sie dort etwas für ihren Chef erledigt hatte. Das war die offizielle Version. Die Wahrheit wollte sie lieber nur Milù erzählen, ihrer Schwester Milù.

Oder genauer, ihrer Zwillingsschwester.

Sie waren zwar zusammen auf die Welt gekommen, Elena war die ältere. Sieben Minuten hatte es gedauert, bis Milù ihr an diesen neu eroberten Ort gefolgt war, wo Geräusche und Stimmen nicht mehr wattiert gedämmt, sondern kantig und deutlich waren und Lichter ungewohnt hell leuchteten. Die eine war das Echo der anderen. Sie waren Frage und Antwort in einem, eine Seele in zwei identischen Körpern.

Milùs Stimme drang aus dem Dunkel des Zimmers.

»Hast du dich verliebt? Du hast ihn erst zweimal gesehen und bist schon verliebt?«

Elena lächelte und dachte darüber nach, was genau sie eigentlich empfand. »Schwer zu sagen, er spricht ja nicht viel … immer nur ein paar Worte und dann ist wieder Ruhe. Aber weißt du, was komisch ist? Ich habe das Gefühl, dass Michele mit seinem Schweigen mehr ausdrücken kann als diese ganzen Idioten, die dir ewig in den Ohren liegen und in Wirklichkeit rein gar nichts zu sagen haben … nur unnötiges, abgedroschenes Geschwätz … Eigentlich wollen sie dir sowieso bloß an die Wäsche und versprechen dir das Blaue vom Himmel herunter …«

Elena schloss die Augen und hoffte, dass sich ihre Schwester damit zufriedengeben würde.

»Das ist keine Antwort auf meine Frage«, flüsterte Milù.

Elena seufzte und gab sich geschlagen. »Du hast ja recht. Was soll ich sagen? Keine Ahnung, ob ich verliebt bin. Er gefällt mir, das ja. Und er hat etwas, das ich noch nicht genau benennen kann, und dieses Etwas zieht mich an. Aber wer weiß … vielleicht täusche ich mich auch. Ich müsste ihn einfach öfter sehen. Wahrscheinlich ist es genau das – eine Täuschung. Aber da mich der blöde Kerl ja gar nicht haben will, werde ich es wohl nie herausfinden. Ist vielleicht auch besser so. Oder ganz bestimmt. Problem gelöst.«

Sie wollte schlafen, ohne sich weiter mit dem Thema beschäftigen zu müssen. Aber Milù war hartnäckig, wie immer.

»Das heißt also, du findest dich jetzt damit ab.«

»Ja, was soll ich denn sonst tun? Er hat mir ja buchstäblich die Tür vor der Nase zugeschlagen.«

»Bist du traurig?«

»Ja. Sehr.«

»Und jetzt willst du unseren Pakt noch einmal brechen?«

Elena schwieg betroffen. Sie öffnete die Augen und schloss sie dann gleich wieder, da sie sich noch nicht an das dichte Nachtdunkel gewöhnt hatte. »Du bist böse auf mich, stimmt's, Milù?«, flüsterte sie. »Ich breche unseren Pakt nicht, keine Sorge. Inzwischen bin ich klüger.«

Sie streckte die Hand nach dem Bett aus, das wenige Zentimeter von ihrem eigenen entfernt stand, und strich über das seidige Haar ihrer Schwester, lang und schwarz, über ihre warme Wange. Sie spürte, wie Milù ihre Hand ergriff, und als sie die weiche Haut ihrer Schwester an der ihren fühlte, wurde sie von einer Welle der Zuneigung durchströmt. Suchend tastete sie durch das Dunkel und fand die Puppe, die andere Milù.

»Ich gebe sie dir gleich zurück, okay?« Elena drückte sie an ihre Brust. »Ich schwöre, ich nehme sie nicht mehr mit, Milù. Ich könnte es mir nie verzeihen, wenn ich sie verlieren würde. Und du würdest mich lynchen, das weiß ich.«

Sie hörte das helle Lachen ihrer Schwester. Es hatte eine beruhigende Wirkung auf sie. Sie drehte sich auf den Rücken, legte die Hände hinter den Kopf und starrte an die Decke.

»Eines wollte ich dir noch sagen, dann gebe ich Ruhe, ich schwör's … Weißt du, welche Farbe Michele hat? Keine Ahnung, ob das wirklich stimmt, aber je mehr ich darüber nachdenke, desto mehr komme ich zu der Überzeugung, dass es Rot sein muss … Warum weiß ich nicht. Okay, Milù, schon gut, ich halte den Mund. Gute Nacht.«

»Gute Nacht.«

Michele war wieder in sein Haus zurückgekehrt und betrachtete in stiller Freude seine an den Wänden aufgereihten Fundsachen.

»Wir haben einen Neuzugang.« Er zog den Gegenstand aus seiner Tasche, den er im Zug gefunden hatte, um ihn seinen stummen Freunden zu präsentieren. Doch zunächst betrachtete er ihn neugierig: Tatsächlich, ein altes, zerknittertes Heft. Und es war rot.

Michele durchlief ein Schauer, ein Gefühl der Angst, das er nicht entschlüsseln konnte. Er warf das Heft auf den Tisch, als hätte es Feuer gefangen, und trat instinktiv einen Schritt zurück, wie um sich so weit wie möglich von ihm zu entfernen. Er ging zum Fenster, riss es auf und ließ die frische Nachtbrise herein. Dann, langsam und zögernd, näherte er sich wieder dem Heft.

Sein Herz schlug heftig und seine Hände zitterten, als er es an sich nahm und den leicht vergilbten Umschlag betrachtete. Mit angehaltenem Atem las er den Eintrag auf der ersten Seite, geschrieben von der unsicheren Hand eines Kindes:

Miniera die Mare, 1. Oktober 1991
Geheimes Tagebuch von Michele Airone

Auf einmal schien die frische Nachtbrise den Duft nach Kindheit mit hereinzutragen, und sie führte Michele mit sich fort. Er blickte sich um. Für einen Augenblick war ihm, als seien alle Fundsachen verschwunden und das Haus wieder das von einst, in helles Licht getaucht und mit Blumen auf dem Fensterbrett.

Er sah das Gesicht seiner Mutter vor sich, sah, wie sie ihm lächelnd über den Kopf strich, während er am Tisch saß und in ein rotes Heft schrieb.

Die Erinnerung verflog, aufgesogen von der Gegenwart.

Die Fundsachen im Zimmer waren noch da, ebenso wie das Heft.

Sein Tagebuch.

Es war nach Hause zurückgekehrt, mit demselben Zug, der es vor vielen Jahren mitgenommen hatte.

4.

21. Mai 1992

Seit heute sind die Wunden an meiner Hand weg, sie sind nicht mehr zu sehen. Mir ist das aber gar nicht recht, weil Mama ja gesagt hat, dass die Krieger aus alten Zeiten ihre Wunden den Feinden gezeigt haben, um ihnen klarzumachen, dass sie stark sind und im Krieg nicht sterben.
Ich habe sie auch allen gezeigt, damit sie wissen, dass ich ein Krieger bin. Aber wie soll das jetzt gehen, wo sie verheilt sind? Mama muss mir zeigen, wie man ohne Wunden ein Krieger sein kann. Papa könnte ich auch fragen, aber der ist immer zu müde, weil er den ganzen Tag arbeitet. Er will dann nur noch essen und auf dem Sofa sitzen und fernsehen. Vielleicht ist er ja auch ein Krieger gewesen, bevor er Bahnhofsvorsteher wurde, und musste dann damit aufhören, um Geld zu verdienen. Wenn er böse wird, sieht man, dass er mal ein Krieger war. Schon allein, wie er die Kontrolleure schimpft. Und die müssen ihm gehorchen, weil wenn nicht, entlässt sie die Bahn.

Michele schlug das rote Heft zu, nachdem er es immer wieder gelesen hatte. Seine Kinderschrift, die kleinen, längst vergessenen Episoden, hatten ihn in eine von Nebeln verhangene Zeit zurückversetzt. Er hatte sich nicht wiedererkannt in diesen Seiten, die er vor mehr als zwanzig Jahren geschrieben hatte. Als hätte dieser Junge, der genauso hieß wie er selbst und im selben Haus gewohnt hatte, nie existiert. Dieser Junge hatte eine Mutter an seiner Seite gehabt. Michele hingegen hatte fast nur noch Erinnerungen an die Tage, Monate und Jahre nach ihrem Verschwinden.

Er schwieg, und der Gedanke, welch vollkommenes Glück das Tagebuch ausstrahlte, grub sich als tiefer Schmerz in ihn ein.

Er empfand Neid auf diesen Jungen, der er einst gewesen war, auf all die Hoffnungen, die in seinen unbeholfenen Sätzen schlummerten, Sätze, die von einer Zeit erzählten, in der es keinen Schmerz gegeben hatte. Dabei hatte sich der Schmerz schon damals, als der kleine Michele von seinem Glück berichtete, nur hinter einer Ecke versteckt, um im richtigen Moment zuzuschlagen.

Er stand auf und betrachtete seine Fundsachen, die ihn ihrerseits anzustarren schienen, stumm verharrend, vorwurfsvoll.

»Ich weiß, ich habe euch den Neuankömmling nicht vorgestellt. Aber diesmal ist alles anders. Das ist nämlich mein Tagebuch.«

Plötzlich überkam Michele das Gefühl, weinen zu müssen. Aber eigentlich war er dazu gar nicht mehr in der Lage. Seine Mutter hatte ja nicht nur sein Tagebuch mit sich genommen, sondern auch einen Teil seiner Empfindungen, seiner Tränen. Die mickrige Reserve, die noch übrig geblieben war, hatte Michele in jenen Tagen, die ihrer Abreise folgten, aufgebraucht. Danach war es vorbei gewesen. Die Tränen waren versiegt, wie auch jede Anteilnahme am Leben um ihn herum. Und jetzt konnte ihm selbst das zurückgekehrte Tagebuch nichts davon zurückgeben.

Seine Finger glitten über den roten Umschlag, und er schloss die Augen.

Endlich ließ er die Frage zu, die schon die ganze Zeit in seinen Gedanken rumorte: Wie zum Teufel war *sein* Tagebuch in *seinem* Zug gelandet? Und vor allem, wer hatte es dort zurückgelassen? Jemand, dem es im Lauf der Jahre in die Hände gefallen war? Jemand, der von seiner Mutter den Auftrag erhalten hatte, es zurückzubringen? Eine solche Person müsste sie kennen und vielleicht noch weitere Informationen über sie haben …

Der Gedanke riss ab. Micheles Blick wanderte zu der Fotografie an der Wand, auf seine Mutter, die ihren Jungen im Helldunkel jenes vergangenen Oktobertags an der Hand hielt. Ihr Lächeln wirkte ganz anders als das müde, ausgebrannte Gesicht seines Vaters.

Nur eine einzige Frage beherrschte Micheles Gedanken, alle anderen traten in den Hintergrund.

»Du hast in dem Zug gesessen, nicht wahr, Mutter?«

Er hatte die ganze Nacht wach gelegen und ungeduldig auf den Morgen gewartet. In aller Herrgottsfrühe war er dann aus dem Haus gegangen und stand nun vor dem Bahnhof, um auf den Lokführer und den Kontrolleur zu warten. Überrascht sahen sie ihm entgegen, als er mit dem Tagebuch in der Hand auf sie zukam.

»Was ist passiert, Michele?«, fragte der Kontrolleur. Er zwinkerte dem Lokführer zu, wie um zu sagen: »Komm, jetzt amüsieren wir uns ein bisschen über diesen Dödel.«

Michele zögerte, ehe er ihm das rote Heft hinhielt. »Das habe ich im Zug gefunden …«, sagte er. Es kostete ihn einige Mühe, mit den beiden Männern ins Gespräch zu kommen, und sie machten es ihm auch nicht gerade leicht.

»Ja, und?«, unterbrach ihn der Kontrolleur geringschätzig. »Schmeiß das doch weg!«

Der Lokführer fügte hinzu: »Sonst musst du wieder die ganze Prozedur durchlaufen … zwei Wochen aufheben, weiterschicken und so weiter und so weiter.« Er machte Anstalten zu gehen.

Michele nahm all seinen Mut zusammen: »Nein, es ist so, dass … also … Ist euch gestern vielleicht jemand mit diesem Heft aufgefallen?«

Belustigt sahen die beiden einander an.

»Na klar! Wir haben den lieben langen Tag nichts anderes zu tun, als nach Leuten Ausschau zu halten, die mit einem Schulheft durch die Gegend laufen.«

Sie lachten hämisch, als der Kontrolleur plötzlich eine misstrauische Miene aufsetzte.

»Wieso interessierst du dich so für dieses blöde Teil? Was steht denn da drin?«

Er streckte eine Hand aus, aber Michele zog sein Tagebuch gerade noch rechtzeitig zurück.

»Nichts«, erwiderte er, »nichts, was von Bedeutung wäre.«

Er drehte sich um und hastete nach Hause. Die beiden Männer sahen ihm achselzuckend nach, bevor sie zum Kaffeeautomaten gingen.

Viel Zeit hatte er nicht. Er würde handeln müssen, bevor die Reisenden am Bahnhof ankamen, und bevor der Lokführer und der Kontrolleur den Zug bestiegen.

Er durchwühlte Schubfächer. Fand das, was er suchte. Ging dann eilig aus dem Haus und zum Zug. Als er den letzten Waggon bestieg, überkam ihn ein befremdliches Gefühl. Alles schien seitenverkehrt, als hätte sich seine Perspektive geändert und als würde er seine Umgebung in einem Spiegel betrachten. Er hatte nicht die Zeit, das seltsame Gefühl zu enträtseln, sondern eilte weiter zum dritten Waggon.

Der schrillende Wecker holte Elena aus dem warmen, dunklen Teich ihres Tiefschlafs. Sie erinnerte sich an nichts. Hatte sie geträumt? Da war nur dieses Gefühl von Enttäuschung, von Verlust. Das verschlossene Tor fiel ihr ein, und Michele, den sie wahrscheinlich nie wiedersehen würde. Leere machte sich in ihr breit. Als sie sich umdrehte, traf sie Milùs Blick, die ihr wie jeden Morgen vom anderen Bett aus zulächelte, und plötzlich fühlte sie sich wie von neuer Energie durchdrungen.

»Morgen, Schwesterchen …«

»Guten Morgen, Elena … Du solltest besser aufstehen, sonst kommst du zu spät zur Arbeit.«

»Zu Befehl«, antwortete Elena lächelnd.

Sie gähnte den letzten Rest Traurigkeit weg, streckte sich und stand auf, um sich gleich darauf unter den Strahl der lauwarmen Dusche zu stellen. Dann zog sie sich eilig an.

In der Küche bereitete sie wie jeden Morgen das Frühstück vor. Sie füllte die Espressokanne mit Pulverkaffee und ließ sie, fertig zum Gebrauch, auf dem kalten Herd stehen. Neben den Teller mit den Marmeladen stellte sie ein paar Kekse, schaltete das Radio an und suchte einen Sender mit Unterhaltungsmusik, den ihre Eltern und vor allem auch Milù mögen würden. Eilig trank sie ihren Fruchtsaft und machte sich zum Gehen fertig.

Im dunklen Hauseingang hing die grüne Jacke an der Garderobe. Ihr Anblick ließ wieder das Leeregefühl in ihr aufsteigen, und sie schmeckte den faden Geschmack der Niederlage. Die Jacke wollte sie trotzdem anziehen, auch wenn sie eine Erinnerung an Michele war.

Immerhin lächelte sie der neue Morgen an. Die Herbstluft war erfrischend und leicht, und die ersten Blätter an den Bäumen in ihrer Straße waren schon dabei, sich gelb zu verfärben. Bald würden sie aufs Pflaster herabsegeln und unter den Sohlen der Passanten rascheln.

Elena gelangte schnellen Schrittes zum Bahnhof von Solombra Scalo, und als der Zug aus Miniera di Mare einfuhr, war sie wie jeden Morgen mit einem Satz drin und dann auf »ihrem« Platz. Einige der anderen Pendler kannte sie vom Sehen und tauschte oft ein Lächeln oder einen kurzen Gruß mit ihnen. Heute jedoch erschien ihr das Gefühl von Vertrautheit noch wärmer und fast mit Händen zu greifen. Betont langsam schritt sie den Gang entlang, die Augen auf den Linoleumboden geheftet, als würde sie den Weg von Micheles allabendlichen Kontrollgängen nachempfinden.

Sie lächelte wehmütig, als sie sich ihres eigenen Handelns bewusst wurde, und ging schneller.

Sie. Durfte. Nicht. Mehr. An. Michele. Denken. Punkt.

Als sie sich schließlich auf ihren Platz setzte, stieß sie einen tiefen Seufzer aus und drehte sich zum Fenster. Im selben Moment begann ihr Herz heftig zu schlagen. Sie riss die Augen auf und schloss sie dann ganz schnell wieder, aus Angst, es könne sich um eine Halluzination handeln. Und doch, er zeichnete sich ganz deutlich ab, ein Schriftzug auf der Fensterscheibe, geschrieben mit rotem Filzstift:

Elena, ich muss dich sprechen.
Michele

Den ganzen Tag flehte Michele insgeheim, dass es endlich Abend würde und der Zug ankam! Aber die Zeit schien einfach nicht vergehen zu wollen, so als hätte seine Ungeduld einen Damm gegen das Dahinfließen der Sekunden errichtet und als quälte sich der Zeiger nun langsamer über das Zifferblatt:

Tick …
Tack …
Tick …
Tack …

Ein paar Minuten vor 11.00 Uhr stellte er sich an den Bahnhofseingang und wartete auf den Lehrling aus dem Supermarkt, der ihm mittwochmorgens seine Einkäufe für die ganze Woche lieferte. Als sich der junge Mann mit einem flüchtigen Gruß verabschieden wollte, verspürte Michele zum ersten Mal, seit er ihm begegnet war, das Bedürfnis, mit ihm zu plaudern. Vielleicht, weil er hoffte, dass ihm das Warten dann ein bisschen leichter würde.

»Sag mal … Wie heißt du eigentlich?«, fragte er unvermittelt, und seine Stimme hatte einen fast panischen Beiklang.

Der Lehrling drehte sich um und starrte ihn an. Michele hatte noch nie das Wort an ihn gerichtet. Normalerweise bestellte er seine Einkäufe telefonisch beim Geschäftsführer des Supermarkts.

»Cataldo«, erwiderte der Junge nach kurzem Zögern und sah ihn an, gespannt, ob noch etwas folgen würde.

Doch Micheles Neugier hatte schon wieder nachgelassen, und er beschränkte sich darauf zu nicken. Schon diese eine Frage hatte ihn Überwindung gekostet. Es wäre ihm übertrieben erschienen, noch vertraulicher zu werden. Cataldo musterte ihn perplex.

Michele kehrte ins Haus zurück und machte sich daran, die Einkäufe in den Kühlschrank zu räumen.

Als er in sein Büro ging, den alten Computer hochfuhr und sich über die neuesten Nachrichten informierte, zeigte die Bahnhofsuhr 11.12 Uhr. Um die Zeit voranzutreiben, las er nicht nur die Berichte über ferne Kriege und politische Debatten, sondern auch noch die Börsennachrichten und die Wettervorhersage.

Um Punkt 13 Uhr setzte er sich mit einem Teller Pasta al burro zu Tisch. Er kaute betont langsam und trank nach jedem Bissen einen Schluck Wasser. Dann räumte er ab und spülte das Geschirr, wobei er viel mehr Zeit als nötig darauf verwendete, Spülmittel auf Teller, Glas und Gabel zu verteilen. Und statt das saubere Geschirr wie üblich ins Abtropfregal zu stellen, trocknete er es gewissenhaft mit einem Tuch ab.

Er kochte sich einen Kaffee, auch wenn er gar kein Bedürfnis danach verspürte, und wartete vor dem Herd, dass die schwarze Flüssigkeit in der Espressokanne zu brodeln begann. Anschließend gab er Zucker hinzu und rührte eine gefühlte Stunde in der Tasse herum.

Endlich wagte er es, einen hoffnungsvollen Blick auf die Uhr zu werfen: 13.15 Uhr.

Michele beschloss, ein Nickerchen zu halten, stellte den Wecker und streckte sich aus, aber die Furcht, er könne das Klingeln nicht hören, trieb ihn wieder aus dem Bett. Er kramte ein paar weitere Wecker zwischen seinen Fundsachen hervor, stellte sie allesamt auf Punkt 19 Uhr und platzierte sie im Kreis um sein Bett herum.

Doch auch jetzt fand er keine Ruhe. Unruhig warf er sich hin und her, umgeben von einem Chor tickender Uhren, bis er einsehen musste, dass er auf diese Weise niemals Schlaf finden würde.

Entnervt erhob er sich und trank den Rest des inzwischen

kalt gewordenen Kaffees, der ihn bis zur Ankunft des Zugs wach halten sollte. Elenas Ankunft.

Langsam ging er in das Fundsachenzimmer und holte noch einmal sein Tagebuch hervor. Wie oft seine Mutter es in den langen Jahren ihrer Abwesenheit wohl in Händen gehalten hatte? Wie oft hatte sie darin gelesen? Hatte sie es überhaupt je gelesen? Und wenn ja, hatte sie dann Sehnsucht nach ihrem Sohn empfunden? Nach ihrem Mann?

Michele setzte sich, blätterte bedächtig die Seiten um und hielt inne, um ein paar Zeilen wieder und wieder zu lesen, auch wenn er sie schon fast auswendig kannte …

24. Dezember 1991

Er war vor Kurzem sieben Jahre alt geworden.

Heute Nacht kommt der Nikolaus, und deswegen schlafe ich bei Mama und Papa. Wenn er kommt, wecken sie mich und dann schaue ich gleich, ob er mir den Liquidator und den Autobot gebracht hat, damit ich sie den anderen in der Schule zeigen kann. Hoffentlich ist es der Liquidator in Rot, das ist meine Lieblingsfarbe und der gefällt mir ganz besonders, weil er so stark aussieht …

Er hatte gar nicht gemerkt, dass Elena hereingekommen und hinter ihn getreten war. Zärtlich legt sie die Arme um ihn. Michele roch ihren Duft und spürte ihre seidigen Wangen, die seine Haut streiften. Als er sich halb umwandte, lächelte sie ihn an. Ihr Mund war ganz nah an seinem.

»Michele, was liest du da?«, flüsterte sie ihm ins Ohr, und Michele spürte den Hauch ihres Atems, einen Hauch Rosengarten. Ein Schauer durchlief seinen Körper. Elena merkte es und kam noch näher. Ihre Lippen streiften die seinen, dann zog sie sich wieder zurück.

»Zeigst du mir, was du da liest?«

Bevor Michele etwas erwidern konnte, griff sie nach dem roten Heft und blätterte es rasch durch, um ihn dann überrascht anzusehen. »Ist das dein geheimes Tagebuch?«

Michele nickte vorsichtig und streckte die Hand danach aus.

»Warte … Wenn ich dir verspreche, dass ich es nicht lese, darf ich es dann behalten?«, fragte sie mit einem traurigen Lächeln und ging zu ihrem Koffer, der neben der Tür auf dem Boden stand.

Michele hatte das Gefühl, keine Luft mehr zu bekommen.

»Aber … fährst du weg? Wo gehst du denn hin?«, fragte er mit plötzlich kindlicher Stimme.

»Ich gehe deine Mutter suchen …«, erwiderte Elena und schloss den Koffer.

»Du … du weißt, wo sie ist?«, fragte Michele ungläubig.

Sie nickte, hob den Koffer und ging zur Tür. »Ich verspreche dir, ich komme zurück«, sagte sie, bevor sie hinausging. Dann brach sie in schallendes Hohngelächter aus.

Michele spürte einen eisigen Hauch, der ihm in die Seele drang.

Hinter ihm erklang eine Stimme.

»Ich habe es dir ja gesagt …«

Michele fuhr herum und erblickte seinen Vater, der mitten im Wohnzimmer stand. Er trug seine Eisenbahneruniform, seine von grauen Fäden durchzogenen Haare waren zerrauft und seine Augen wässrig wie die eines Säufers.

»Ich habe es dir ja gesagt. Ich habe dir gesagt, dass man Frauen nicht über den Weg trauen kann …«

Das Pfeifen des ankommenden Zugs ließ Michele aus dem Schlaf hochfahren. Er war verschwitzt und hatte einen säuerlichen Geschmack im Mund. Er fühlte sich wie ein Boxer, der einen Schlag gegen die Kinnlade kassiert hatte und verzweifelt versuchte, sich auf den Beinen zu halten und seinen Gegner ins Visier zu nehmen, der ihm gleich einen weiteren Schlag verpassen würde. Erst jetzt wurde ihm klar, dass er geträumt hatte. Seit vielen Jahren war dies der erste Traum, an den er sich beim Aufwachen noch erinnern konnte.

Als der Zug in den Bahnhof einfuhr, pfiff er ein zweites Mal. Michele erhob sich mühevoll und eilte benommen nach draußen.

Einige Fahrgäste waren schon ausgestiegen und gingen auf den Ausgang zu. Michele taxierte sie, um zu sehen, ob Elena unter ihnen war. Er kam sich vor wie ein Schäfer, der im Geiste seine Lämmer durchzählte, um sicherzugehen, dass sich keins von der Weide entfernt hatte. Immer weitere Fahrgäste stiegen aus.

Eine leise Enttäuschung machte sich in ihm breit, denn mit jedem Reisenden verringerte sich die Wahrscheinlichkeit, dass Elena im Zug war. Sein nachmittäglicher Traum hatte ihm bewusst gemacht, wie sehr er sich vor einem Wiedersehen fürchtete. Trotzdem war er fest entschlossen, mit ihr zu sprechen: Er würde ihr erklären, warum er die Nachricht auf dem Abteilfenster hinterlassen hatte: um mehr über sein Tagebuch zu erfahren und um herauszufinden, ob sie die Person gesehen hatte, die es zurückgelassen hatte. Das war's, mehr wollte er nicht wissen.

Der Zug hatte sich geleert. Der Kontrolleur und der Lokführer hatten etwas von zwei müden Komplizen, die nach einem Bubenstreich auf den Ausgang zugingen. Verlassen lag der Bahnhofsplatz da. Michele fühlte sich niedergeschlagen, auch wenn er das Gefühl zu unterdrücken versuchte. Trotzdem näherte er sich dem Zug, in der Hoffnung, Elena, wie schon einmal, auf ihrem Platz vorzufinden.

Diesmal durchmaß er die Waggons mit schnellen Schritten und vergaß dabei vollkommen seine Arbeit. Weder kümmerte er sich um die Abfälle, die auf dem Linoleumboden verstreut lagen, noch um die offen stehenden Fenster. Auch die bunte Geruchsmischung, die ihm wie immer augenblicklich in die Nase stieg, verscheuchte er in dem instinktiven Versuch, Elenas Duft aus dem Durcheinander herauszufiltern.

Als er bei Platz 24 ankam, spürte er die Enttäuschung, die sich bleischwer auf seinen Schultern niederließ, und wie er sich unter ihrem niederdrückenden Gewicht krümmte. Die Botschaft auf der Fensterscheibe war nicht mehr da.

Und auch von Elena keine Spur.

5.

Während der kurzen Fahrt von Solombra Scalo nach Prosseto hatte Elena den roten Schriftzug studiert, als wollte sie sich vergewissern, dass er echt war. Sie hatte versucht, sich Micheles Schrift mit den schmalen, leicht nach rechts geneigten Buchstaben einzuprägen und sie mit dem Finger nachzuziehen, wie um sie zu bekräftigen.

Draußen zog in rascher Folge die Landschaft vorbei: Die Küstenlinie mit dem blauen, leicht gekräuselten Meer, die sanfte, weite Kurve ins Landesinnere, die ersten Kornfelder, die Weingärten, in denen ein leichter Weißwein heranwuchs, der nach Gewürzen und Granatäpfeln duftete und in den örtlichen Osterien zu verkosten war. Endlich der leichte Anstieg den Hügel hinauf, links und rechts lange Reihen von Oliven-, Kastanien- und Kirschbäumen. Danach liefen die Gleise in einer weiten Rechtskurve parallel zur Bundesstraße weiter. Die Lokomotive nahm es mit den neben ihr herfahrenden Autos auf, ein Wettrennen, das sich tagtäglich unter laut schrillenden Pfeifensignalen wiederholte, fast als wollte der Zug seine stolze Botschaft in die Welt aussenden, die Botschaft von Eisen und Stahl, hart genug, alles zu überstehen. Als schließlich die nähere Umgebung von Solombra Scalo im Fensterrahmen auftauchte, wischte Elena die Nachricht eilig mit einem Taschentuch weg. Sie wollte sie nicht den Blicken anderer Leute überlassen. Es war, als müsste sie ein Geheimnis wahren, das nur ihr und Michele gehörte.

Der Vormittag in der Arbeit war schnell, fast hektisch vorübergegangen. Sie war hinter der Bartheke gestanden und hatte unzählige Espressi und Cappuccini serviert, Cornetti erwärmt, Tramezzini getoastet sowie Säfte, Wein, Bier und Spirituosen ausgeschenkt. In ihrer halbstündigen Mittagspause war sie zu dem kleinen Gemeindepark geeilt, der nur wenige Schritte von der Bar entfernt mitten im Dorf lag, um dort wie jeden Tag Milù zu treffen.

Ihre Schwester erwartete sie bereits auf ihrer Lieblingsbank vor dem steinernen Springbrunnen unter der Weide. Seit Elena in der Bar arbeitete, war dies der Stammplatz ihrer täglichen Treffen geworden.

Nachdem sie neben Milù Platz genommen und atemlos von Micheles Nachricht erzählt hatte, wickelte Elena ihr Mozzarella-Tomaten-Sandwich aus der Alufolie und musterte es, als wüsste sie nicht so recht, was sie damit anfangen sollte. Mit einem Seufzer packte sie es wieder ein.

»Ich habe keinen Hunger. Das heißt … Du weißt schon, wenn es einem den Magen zusammenzieht, dann …«

»… weil in dir drin Schmetterlinge flattern, stimmt's?«, unterbrach sie Milù.

Elena nickte und wurde ein bisschen rot.

»Du bist völlig hinüber, Schwesterchen. Hinüber, abgedreht, total verknallt.«

»Na jetzt hör aber auf …«

Milù unterbrach sie erneut: »Na komm … Du warst doch so überzeugt, dass du ihn nicht mehr sehen willst … Was hast du gestern gesagt? ›Problem gelöst.‹ Und dann kriegst du bei der ersten Nachricht sofort Herzklopfen und kannst es gar nicht erwarten, zu ihm zu rennen.«

»Ja, stimmt. Oder, nein. Naja, ich meine … Ich bin einfach neugierig, was er mir zu sagen hat. Und wenn er mir schon eine Nachricht auf einer Fensterscheibe hinterlässt, muss es doch was Wichtiges sein, oder?«

»Also bitte, was wird er dir schon zu sagen haben? Dass er's bereut, dass er das Tor abgesperrt hat, und dass er sich eine zweite Chance wünscht.«

»Meinst du?«, fragte Elena und machte große Augen.

»Aber ja! So sind die Männer … Sie bekommen Angst und laufen davon. Dann bereuen sie, dass sie weggelaufen sind, und kommen zurück. Dann bereuen sie das auch wieder und laufen noch mal davon. Bis eine versucht, sie festzunageln. Wenn es so weit ist, verschwinden sie für immer.«

Elena lachte und merkte im gleichen Moment, dass ihr Hunger wiederkam. Sie packte ihr Sandwich aus und biss herzhaft hinein.

»Also … du meinst, ich soll ihn treffen?«, fragte sie.

»Ich meine sogar, dass du ganz schön blöd bist, wenn du's nicht tust«, antwortete Milù.

Die Kirchturmuhr schlug zweimal. Für einen Moment stand die Zeit auf der Piazza, im Park und in den Straßen, die aus dem Dorf hinausführten, still. Als verharre alles in einem Zustand absoluter Lautlosigkeit.

Als das Echo der Glocken über den Hügeln verklang, erwachte das Dorf wieder zum Leben, und wie auf ein Zeichen hin auch der schwache Tramontanawind, der das Laub in den Weiden rascheln ließ.

»Meine Pause ist zu Ende, ich muss zurück zur Arbeit«, seufzte Elena. Sie wickelte den Rest ihres Mozzarella-Tomaten-Sandwichs in die Alufolie und steckte es zurück in ihren Rucksack. Mit einem Lächeln verabschiedete sie sich von Milù und eilte davon.

»Elena, was ist denn heute mit dir los? Du bist ja ganz woanders mit deinen Gedanken!«, schimpfte Cosimo am Nachmittag, um einem Stammgast im gleichen Atemzug zuzuflüstern: »Nicht, dass das was Außergewöhnliches wäre …«

Der Gast grinste leicht, während Cosimo sich wieder an Elena wandte: »Ich hatte zwei Kaffee im Glas und zwei koffeinfreie Milchkaffee geordert. Und jetzt sieh nur, was du mir gebracht hast …«

Schnell zog Elena das Tablett mit den drei Tassen Kaffee zurück und beeilte sich, die richtige Bestellung zu bringen. In Gedanken war sie auch jetzt wieder bei der anstehenden Fahrt nach Miniera di Mare.

Um 18.00 Uhr wischte sie die Theke, warf die Pads zahlloser Kaffees, die sie den ganzen Tag über zubereitet hatte, in den Mülleimer, polierte die Gläser und richtete die Tabletts für die Abendschicht her. Dann zog sie sich im Hinterzimmer der Bar eilig um und streifte sich ihr blaues Baumwoll-T-Shirt über, ihre Jeans mit den durchgewetzten Knien und die grüne Jacke, die Michele ihr geschenkt hatte.

Im Zug rief sie ihren Vater an und sagte, dass sie noch einmal für Signor Cosimo nach Miniera di Mare fahren müsse, und dass sie ihm wieder Bescheid geben würde, damit er sie abholen kam.

Sie schloss die Augen und dachte wieder an Michele, an das, was er ihr womöglich heute Abend sagen würde.

Der Zug war pünktlich auf die Minute um 18.45 Uhr am Bahnhof von Prosseto eingetroffen und schien mit höherem Tempo als sonst Richtung Miniera di Mare zu rattern.

Während des Zwischenhalts in Solombra Scalo kam Elena plötzlich ein Gedanke.

Sie stieg kurzerhand aus und lief zu Fuß nach Hause.

Er ging durch keine Waggons, sammelte nichts auf und kontrollierte auch nicht, ob verlorene Gegenstände herumlagen. Das Einzige, was Michele im Sinn hatte, war, das Tagebuch so schnell wie möglich zu vernichten. Erst wenn er jede Illusion, jegliche Ablenkung und alle Hoffnung ausgelöscht hätte, würde er sich wieder seiner Arbeit zuwenden können.

Als sich der Abend auf den Bahnhof senkte, ging er zum Kamin, legte Holzscheite auf den Rost, schüttete Flüssiganzünder darüber, riss am rauen Stein der Umfassung ein Streichholz an, warf es hinein und beobachtete die emporzüngelnden Flammen, die sich der Holzscheite nach und nach bemächtigten. Er griff nach seinem Tagebuch und betrachtete es lange, wobei er immer wieder über das verblasste Rot des Einbands strich. Er stieß einen Seufzer aus, holte aus und wollte es gerade in die Flammen werfen, als ihn Elenas Stimme zusammenfahren ließ.

»Michele! … Bist du da?«

Hastig drehte er sich zum Fenster. Sie hatte die Nase an die Scheibe gedrückt. Trotzdem konnte er kaum fassen, wie schön sie war.

Er hatte die Hand mit dem Tagebuch immer noch erhoben, als Elena nun ihrerseits lächelnd eine Plastiktüte wie eine Trophäe in die Höhe hielt.

»Ich habe eingekauft!«, rief sie, und Michele schien es, als käme ihre Stimme geradewegs aus dem Paradies. »Aber vorher habe ich noch das Auto von zu Hause geholt, damit ich so lange bleiben kann, wie ich will. Also, so lange du willst, natürlich. Oder so lange wir wollen … Ach, egal, lässt du mich jetzt endlich rein?«

Michele warf einen erleichterten Blick auf das Kaminfeuer, legte sein Tagebuch auf den Tisch und ging zur Tür.

Er zögerte einen Moment, ehe er sich ein Herz fasste und

den Griff herunterdrückte. Einen Augenblick später kam Elena frühlingshaft hereingewirbelt und fiel ihm um den Hals, sodass ihre Einkaufstasche wie ein zu schwer geratener Schal um seinen Nacken baumelte.

»Ich bin ja so froh, du hast ja keine Ahnung, *wie* froh ich bin! Da steig' ich völlig ahnungslos in den Zug und setze mich auf meinen Platz, und dann sehe ich deine Nachricht! Ich konnte es gar nicht glauben! Geniale Idee jedenfalls, denn wie hätten wir sonst miteinander kommunizieren sollen? Ich lasse dir nachher auf jeden Fall meine Handynummer da, und am besten gibst du mir auch deine. Wir können uns ja nicht die ganze Zeit Nachrichten auf Zugfenstern hinterlassen, auch wenn es irgendwie lustig war, das muss ich schon sagen.«

Michele nickte nur und schnappte nach Luft, während sie ihn endlich von ihrer Einkaufstasche befreite und sich energisch der Küche zuwandte.

»Ich habe frische Austern mitgebracht«, verkündete sie begeistert. »… Das ist das Schöne, wenn man am Meer wohnt, man bekommt immer frischen Fisch, auch im Supermarkt. Ich habe noch ein paar andere Sachen gekauft, du wirst Augen machen …«

Austern schienen Elena ideal, um einen so besonderen Abend zu feiern. Auch wenn sie es nicht zugeben wollte: Ein bisschen rechnete sie mit einer Liebeserklärung.

»Lass uns heute das Abendessen nachholen, das gestern ausgefallen ist. Da hatte ich zwar rote Garnelen gekauft, aber … Naja. Vergessen wir das Ganze einfach, okay? … Ach, und hier habe ich ja auch noch Prosecco, zwei Flaschen sogar. Gott sei Dank waren die schon gekühlt. Hier, schau mal! Stellst du sie bitte in den Kühlschrank? Wobei, eine Flasche können wir eigentlich schon mal aufmachen, während ich mit dem Kochen anfange.«

Michele, der sich vorkam, als wäre er in einen Sturm geraten, nahm die Flaschen wortlos entgegen, um eine davon in den Kühlschrank zu stellen und die andere zu entkorken. Sie stießen an und tranken einen kleinen Schluck, ehe Elena sich wieder den Austern zuwandte und anschließend eine Schüssel mit Feldsalat, Birnen, Parmesansplittern und Nüssen herrichtete.

Immer noch schweigend begann Michele, den Küchentisch zu decken.

»Nein, warte!«, rief Elena, die schon den Salat mischte. »Ich habe eine Idee! Heute Abend ist es doch gar nicht so kalt, wir können den Tisch auch raus ins Freie tragen.«

Perplex starrte Michele auf den Tisch, der seit über zwanzig Jahren so fest auf dem gleichen Fleck stand, als sei er mit ihm verwachsen. Es wäre ihm nie in den Sinn gekommen, dass man ihn verrücken könnte, genauso wenig wie irgendein anderes Möbelstück im Haus. Seine stetig wachsende Sammlung von Fundstücken war die einzige Quelle für Veränderung. Als Elena die Tischkante packte und ihn aufforderte, ihr beim Tragen zu helfen, kam es Michele vor, als würde sie seine alten Gewohnheiten schon jetzt außer Kraft setzen. Sein Leben schien sich zu ändern, und die Geschwindigkeit, mit der dies geschah, stürzte ihn in ein seltsames Schwindelgefühl. Natürlich half er ihr trotzdem, den Tisch ins Freie zu schaffen.

»Stellen wir ihn doch da hin!«, rief Elena begeistert, als sie sich einen Platz auf dem Bahnsteig ausgeguckt hatte. Michele, längst nicht mehr in der Lage, Einwände vorzubringen, folgte ihrer Anweisung.

Als sie den Tisch endlich so platziert hatten, dass er nicht wackeln würde, bedeutete Elena ihm zu warten und lief zurück in die Küche. Michele blieb allein zurück und starrte auf die blanke Tischplatte, auf der sich ein Fenster des Zuges spiegelte. In diesem wiederum spiegelte sich der Mond. Es sah aus, als würde eine leuchtend runde Münze auf dem Tisch liegen.

Leichtfüßig kam Elena wieder aus dem Haus geschwebt, in der Hand eine weiße Tischdecke, die sie in der frischen Abendluft ausschüttelte. In einer einzigen weichen Bewegung breitete sie sie über den Tisch und brachte den Mond zum Verschwinden. Michele warf einen suchenden Blick zum Himmel, als wollte er sich vergewissern, dass wenigstens er noch an seinem Platz war.

Wenig später, am gedeckten Tisch, sah er sich verwundert um. Die frische und zugleich milde Abendluft ließ die Szenerie noch unwirklicher erscheinen: der festlich gedeckte Tisch auf dem Bahnsteig, nur wenige Meter von dem ruhenden Zug entfernt, das Rauschen der Pappeln im Mondlicht, die Luft, die vom Meer heraufkam und sich mit dem Aroma der Austern vermischte, sodass eins vom anderen kaum zu unterscheiden war. Und Elena, die mit Genießermiene zu essen begann, als wäre es das Natürlichste der Welt, an einem Herbstabend auf einem menschenleeren Bahnhof an einem weiß gedeckten Tisch zu sitzen.

»Was ist denn mit dir, jetzt iss doch was!«, drängte sie, während sie ihm Prosecco nachschenkte. Ohne eine Antwort abzuwarten, griff sie nach einer Auster, träufelte ein paar Tropfen Zitrone darauf und beugte sich vor.

»Hier, probier mal …«

Michele zögerte, doch dann schloss er brav wie ein Kind die Augen und öffnete den Mund. Die zahllosen Eierflaumsuppen und die bescheidene Kost hatten seine Geschmacksknospen in eine tiefe Lethargie versetzt, aus der sie jetzt abrupt erwachten. Es war, als sei er unversehens im siebten Himmel gelandet.

»Schmeckt's dir? Dann probier doch mal den Salat ...«, sagte Elena. Er tat wie ihm geheißen und kaute andächtig, als würde er ein lang vergessenes Geschmackserlebnis feiern.

Elena wartete, dass er etwas sagte, und musterte ihn mit einem auffordernden Lächeln. Doch Michele aß einfach nur weiter, weil er verlegen war und weil ihn der unerwartete Genuss völlig in Beschlag nahm.

»Du bist wirklich ziemlich schüchtern, stimmt's? Das ist ja noch schlimmer als bei mir«, sagte Elena schließlich lächelnd.

»Du ... du bist doch gar nicht schüchtern«, stammelte Michele und verschluckte sich fast an seinem Salat.

»Klar bin ich das. Nur dass ich es im Gegensatz zu dir vertusche, indem ich wie ein Wasserfall quassele. Ich glaube, die Leute halten mich für seltsam ... Sie sagen es mir zwar nicht ins Gesicht, aber ich merke ja, wie komisch sie mich ansehen. Aber das sollte mir eigentlich egal sein, oder? Komm, mach den Mund auf ...«

Sie reichte ihm eine weitere Auster, und er schluckte sie wortlos hinunter.

»Weißt du, was Schüchternheit im Grunde genommen bedeutet? In einer Zeitschrift habe ich mal gelesen, dass gar nicht so sehr die Angst dahinter steht, sich zu blamieren oder etwas zu verlieren, sondern vielmehr die Befürchtung, dass man gewinnen könnte. Klingt komisch, nicht? Ich habe auch erst gedacht, dass das völliger Quatsch ist, aber dann habe ich noch mal überlegt, und irgendwie könnte da schon was dran sein. Stell dir vor, du bist traurig ... dann gehört die Traurigkeit dir ganz allein. Sie ist wie ... wie ein Panzer, wenn du verstehst, was ich meine. Du igelst dich darin ein und hoffst, dass du früher oder später jemanden triffst, der dich befreit. Du kannst es gar nicht erwarten, ihn loszuwerden ... Wenn du dagegen glücklich bist, dann hast du eine ganz andere Angst. Das Glück legt sich ja nicht wie ein Panzer um dich. Im Gegenteil, anders als die Traurigkeit lässt es sich nicht mal greifen. Aber du weißt, dass du es gleich wieder verlieren kannst … das ist der Punkt. Das Glück macht dir Angst, weil es dich im nächsten Augenblick vielleicht schon wieder verlassen hat … Du lieber Himmel, warum erzähle ich das alles? Schätze, ich will einfach nur sagen, dass ein schüchterner Mensch im Grunde Angst davor hat, glücklich zu sein. Ja, genau das wollte ich damit sagen.«

Sie sah ihn nachdenklich an und fuhr dann fort: »Weißt du, ich hatte mal eine Freundin, die einen extrem schüchternen Freund hatte. Er hat eine Therapie angefangen, und weißt du, was sein eigentliches Problem war? Seine Mutter, die ihn kontrollierte und ihm ständig vorschrieb, was er zu tun und zu lassen hatte. Und weißt du, was dann passiert ist? Als er begriffen hat, dass er sich vom Rockzipfel seiner Mama lösen musste, hat er die Therapie einfach abgebrochen. Dahinter stand nichts weiter als Angst, verstehst du? Die Angst vor dem, was er zu gewinnen hätte, die Angst davor, glücklich zu sein … Tolle Geschichte, was? Schenkst du mir bitte noch ein bisschen Prosecco nach? Mein Hals ist ganz trocken, ich rede schon wieder zu viel.«

Michele nickte schweigend und füllte ihr Glas nach, in das Elena nun hineinstarrte, als suchte sie darin nach einem geeigneten Übergang, um zum wichtigsten Thema des Abends vorzustoßen. Sie hob den Blick und um ihre Verlegenheit zu verbergen, sah sie ihm mit einem strahlenden Lächeln in die Augen.

Als er immer noch nicht reagierte, sage sie: »Gut … jetzt bist du dran. Du hast gesagt, du willst mich sprechen, und ich bin da …« In ihrem Blick lag bereits die Antwort auf die Frage, ob sie ihn auch liebte.

Michele schluckte und räusperte sich. »Ich … ich habe dir geschrieben, weil ich dich um einen Gefallen bitten wollte. Du bist wahrscheinlich die Einzige, die mir helfen kann«, brachte er in einem einzigen Atemzug hervor und wirkte dabei wie ein Sportler, der beim Olympiafinale zu einem letzten Sprint ansetzt.

Elena nickte stumm und versuchte zu lächeln. Keinesfalls wollte sie ihre Enttäuschung zeigen. Das milde Lüftchen, das gerade noch mit ihren Haaren gespielt und in den Blättern der Pappeln geraschelt hatte, erschien ihr plötzlich wie ein kalter Nordwind. Sie legte die Hände vor die Brust. Ihr Panzer der Traurigkeit.

Der ahnungslose Michele bedeutete ihr zu warten und lief eilig ins Haus, während Elena versuchte, die Tränen zurückzuhalten und die Leere zu verscheuchen, die sie so lange auf Abstand gehalten hatte. Sie schenkte sich noch ein Glas Prosecco ein und nahm einen großen Schluck davon, in der Hoffnung, den Abend in angeheitertem Zustand besser zu überstehen.

Michele kam schon wieder aus dem Haus.

Er hatte ein rotes Heft in der Hand.

6.

Miniera di Mare, 4. April 1992

Heute haben wir gelernt, dass Christoph Kolumbus Amerika entdeckt hat, und genau das will ich auch mal machen. Ich will ein Amerika finden, das noch keiner gesehen hat und eine Fahne aufstellen, damit jeder merkt, dass es mir ganz allein gehört. Und dann fahre ich gleich wieder los und werde der berühmteste Entdecker der Welt, weil ich mehr gefunden habe als alle anderen. Die Mama nehme ich mit, damit sie mir beim Suchen hilft. Meine Spielsachen findet sie ja auch immer sofort. Außerdem sind wir dann zu zweit beim Entdecken von Amerikas.

Elena klappte das Tagebuch zu. Schon wenige Seiten hatten gereicht, um ins Herz des kleinen Michele zu schauen, ein Stück seines Lebens nachzuempfinden, Freud und Leid, und selbst wieder zum Kind zu werden.

Zuvor hatte er ihr in wenigen Worten die ganze Geschichte erzählt, auch wenn damit sein Schmerz wieder aufgewühlt wurde: Er hatte berichtet, wie seine Mutter fortgegangen war, wie sie sein Tagebuch genommen hatte und wie er es zu seiner grenzenlosen Überraschung gestern Abend im Zug wiedergefunden hatte. Es war das erste Mal, dass er jemandem sein Herz öffnete, flüsternd und mit gesenktem Blick, als würde er eine Schuld eingestehen. Gemeinsam gingen sie ins Haus, und während Elena in seinem Tagebuch las, verspürte er eine seltsame Erleichterung, als würden sich die Fesseln lockern, die ihn und sein Leben schon so lange einschränkten. Es tat ihm gut zu reden, das musste er zugeben.

Als Elena aufblickte, sah sie, dass Michele sie beobachtete, auch wenn er vorgab, gar nicht sie anzusehen, sondern den Blick auf irgendeinen imaginären Punkt zu richten. In Wirklichkeit jedoch lauerte er gespannt auf ihre Reaktion. In diesem Moment erkannte sie in ihm das Kind im Körper des Erwachsenen, selbst ein Verlorener unter seinen verlorenen Gegenständen, den leblosen Dingen, die er im Zug gefunden und sich zu eigen gemacht hatte, als würde er über ihr Schicksal wachen. Michele hatte ihnen ein Happy End beschert, dachte Elena plötzlich. Und dabei aufgehört, genau das für sich selbst zu erhoffen. Mit diesem Gedanken schloss sie ihn endgültig und auf immer in ihr Herz.

»Kannst du mir sagen, wie ich es anstellen soll, dich zu vergessen, Michele? Was soll ich tun, damit ich keine Sehnsucht mehr nach dir habe? Wie kann ich mich von dem Wunsch verabschieden, dir alle Küsse der Welt zu schenken, für jeden Kuss und jede Umarmung, die man dir damals vorenthalten hat? Kannst du mir sagen, wie ich mich damit begnügen soll, nur eine Freundin für dich zu sein, die du um einen Gefallen gebeten hast? Und kannst du mir bitte auch erklären, wie ich mich nicht wie ein verlorener Gegenstand fühlen soll, für den es keinen Platz an deiner Seite gibt?«

All das hätte Elena ihm gern gesagt. Stattdessen stand sie auf, fasste ihn am Arm und zwang ihn sanft, ihr in die Augen zu sehen.

»Michele, du musst los und deine Mutter suchen. Und zwar so schnell wie möglich. Du darfst nicht für immer und ewig hierbleiben und warten, bis es zu spät ist«, drängte sie.

»Aber wie soll ich das denn anstellen? Wo soll ich mit der Suche beginnen?«

Statt einer Erwiderung ging Elena zu dem Foto an der Wand, nahm es ab und betrachtete es aufmerksam.

»Ist sie das, deine Mutter?«, fragte sie und zeigte auf die Frau im Halbschatten, die einen Jungen an der Hand hielt.

Michele nickte gespannt.

»Wie alt war sie da?«

»Neunundzwanzig, das Foto wurde 1992 aufgenommen, kurz bevor sie gegangen ist«, erwiderte Michele.

»Dann ist sie inzwischen über fünfzig. Aber wahrscheinlich hat sie sich gar nicht so sehr verändert. Klar, sie ist älter geworden und wohl auch nicht mehr so schlank, aber wiedererkennen wird man sie bestimmt noch …«

Aufmerksam betrachtete Elena das Gesicht der Frau. »Ich glaube nicht, dass ich sie schon mal gesehen habe … Sie gehört in jedem Fall nicht zu den Pendlern im Zug, sonst würde ich mich an sie erinnern.«

Michele nickte resigniert. »Macht ja nichts«, sagte er.

Elena musterte ihn verdattert. »Macht ja nichts? Was soll das heißen? Immerhin lag dein Tagebuch im Zug. Und wenn es zu diesem Zeitpunkt noch im Besitz deiner Mutter war, dann heißt das, dass auch sie in diesem Zug gesessen hat. Todsicher. Weißt du, was ich an deiner Stelle tun würde? Ich würde mich in diesen Zug setzen und an jeder Haltestelle auf der Strecke aussteigen, um nach ihr zu suchen. Und wenn ich jeden einzelnen Menschen fragen müsste, der mir über den Weg läuft, und jedes einzelne Haus abklappern müsste. Irgendwann wirst du jemanden finden, der sie gesehen hat.

Und ich sag dir noch was, Michele: Selbst wenn du deine Mutter nicht finden solltest, hast du es wenigstens versucht und musst dir nichts vorwerfen.«

Elena hielt überrascht inne: Michele zitterte. Allein der Gedanke, in den Zug zu steigen und seine sichere Welt zu verlassen, schien ihn zutiefst zu erschrecken.

»Michele … Du kannst nicht ewig zu Hause sitzen und Stracciatella essen. Du hast ein Recht darauf zu erfahren, warum deine Mutter fortgegangen ist. Du könntest mit ihr sprechen, sie um eine Erklärung bitten. Bestimmt hat sie dir eine Menge zu sagen. Und du musst sie anhören, bevor es zu spät ist. Das ist wichtig. Für dich und vielleicht auch für sie. Verstehst du das denn nicht?«

Michele schüttelte den Kopf, wie um ihre Worte aus seinem Kopf zu vertreiben. »Geh jetzt, bitte«, flüsterte er.

Elena wurde steif und schloss unter dem Gewicht der Enttäuschung die Augen. Um ihren Blicken auszuweichen, ging Michele zum Fenster und legte schweigend die Stirn an die Scheibe. Auch Elena sagte kein Wort, als sie ihre Jacke um sich zog und zur Tür ging.

»Verzeih mir«, flüsterte Michele.

Elena blieb stehen, unentschlossen, ob sie gehen oder bleiben sollte.

»Es ist nur … ich habe Angst«, fügte er leise hinzu, während er den Zug draußen vor dem Fenster betrachtete.

»Ich weiß. Das habe ich schon verstanden. Entschuldige, wenn ich das sage, Michele, aber du hast vor allem und jedem Angst. Du musst dich entscheiden, was du aus deinem Leben machen willst.« Elena zuckte erschrocken zusammen, als Michele mit einem Fausthieb die Scheibe einschlug.

Sie stürzte auf ihn zu und griff nach seiner blutenden Hand. Wortlos begann sie, die kleinen Glassplitter aus seinen

Fingern zu ziehen. Dann holte sie Pflaster und Wundmittel aus seinem Bad, um die Wunden zu versorgen. Michele stand bleich und reglos da und ließ alles mit sich geschehen.

»Na so was. Sind das etwa die Wunden eines Kriegers?«, fragte Elena mit einem Lächeln.

Michele nickte kaum merklich. Auch auf seinen Lippen lag ein mattes Lächeln, als er auf seine verbundenen Hände blickte. Ihm war, als sehe er die Hände des Kindes, das er vor vielen Jahren gewesen war.

Elena führte ihn in die Küche, ließ ihn Platz nehmen, kramte im Küchenschrank herum und fand ganz hinten eine alte, noch verschlossene Flasche Cognac. Sie öffnete sie, füllte zwei Gläser und setzte sich Michele gegenüber.

»Da, trink einen Schluck, das wird dir guttun!«

»Die Flasche hat meinem Vater gehört …«, sagte Michele mit einem Blick auf das Glas, das Elena ihm reichte.

»Na, dann ist es ja höchste Zeit, dass wir sie aufmachen. Sieh nur, wie alt sie ist. Noch ein paar Jahre und man hätte den Cognac gar nicht mehr trinken können.«

Michele nickte, trank einen Schluck und schnappte nach Luft, so scharf war das Zeug. Doch die Stichflamme, die in seiner Brust aufloderte, hatte sich gleich darauf in eine wohltuende Wärme verwandelt, die sein Inneres ausfüllte. Jetzt verstand er, was sein Vater Jahre zuvor gesucht hatte, als er Abend für Abend am Küchentisch gesessen und ein Glas nach dem anderen geleert hatte, allein mit sich und seinem Schmerz.

Elena beschloss, Michele einen Vorschlag zu machen, der ihr schon seit Längerem durch den Kopf ging: »Ich kann dir helfen, wenn du willst. Es ist doch dein Job, jeden Tag den Zug zu kontrollieren, und da siehst du jeden, der ein- und aussteigt, richtig? Wenn also deine Mutter an dem Tag, als du das Tagebuch gefunden hast, hier ausgestiegen wäre, hättest du sie gesehen. Daher würde ich schon mal ausschließen, dass sie sich in Miniera di Mare aufhält. Auch weil sie sich dann sicher bei dir gemeldet hätte. Warum sollte sie sonst zurückkommen? Die nächste Haltestelle ist Solombra. Dort habe ich mein ganzes Leben verbracht, das weißt du, nicht wahr? Wobei, woher solltest du das wissen? Solombra hat ungefähr achthundert Einwohner. Jeder kennt jeden, zumindest vom Sehen. Wenn deine Mutter dort wohnen würde, wüsste ich das. Das heißt, wissen würde ich es nicht, aber wenn es eine Frau gäbe, die ihr ähnlich sieht, würde ich mich an sie erinnern. Eine Frau, die dem Foto ähnlich sieht, meine ich. Wie auch immer, so jemanden habe ich dort noch nie gesehen. In Solombra ist sie also auch nicht. Damit wären wir in Prosseto, wo ich seit zwei Jahren in einer Bar arbeite. Das habe ich dir auch noch nicht erzählt, richtig? Andererseits hast du mich ja auch nicht gefragt. Wenn du mich gefragt hättest, hätte ich es dir gesagt. Das soll jetzt aber kein Vorwurf sein. Man muss ja nicht jeden unbedingt nach seinem Beruf fragen … Herrje, manchmal blicke ich bei meinem eigenen Gequassel nicht mehr durch … Jedenfalls hat Prosseto höchstens fünfhundert Einwohner, und dann sind da noch ein paar Touristen und Pendler. Die Bar, in der ich arbeite, liegt zentral am Dorfplatz, und da ist auch ein kleiner Park, wo alle vorbeikommen. Auch hier – niemand, der deiner Mutter ähnlich sehen würde. Das muss natürlich nichts heißen, und ich könnte auf jeden Fall ein bisschen herumfragen … Okay, die Suche in Prosseto übernehme ich. Wenn du mir eine Kopie von dem Foto gibst, halte ich sie jedem, der mir über den Weg läuft, unter die Nase. Außerdem kommt der Chef von den Carabinieri immer bei uns zum Kaffeetrinken vorbei, den kann ich auch gleich fragen.

Was ich damit sagen will, ist: Es bleiben dann nur noch zwei Orte übrig, die du absuchen müsstest. Ferrosino und Piana Aquilana, die beiden letzten Haltestellen. Das ist machbar, und dann kannst du wenigstens sagen, dass du es versucht hast. Abgesehen davon: Als Kind wolltest du ein großer Entdecker werden und alle möglichen Amerikas finden, und jetzt hast du Bammel vor zwei Zughaltestellen? Moment, ich brauche einen Schluck Cognac … Ich weiß wirklich nicht, was ich noch sagen soll, um dich zu überzeugen. Vielleicht hilft das ja, damit …«

»Wenn ich meine Mutter suchen will, muss ich Urlaub beantragen …«, unterbrach Michele ihren Wortschwall und sah ihr für einen kurzen Moment in die Augen, um den Blick gleich darauf wieder schüchtern zu senken.

Elena merkte, dass sie ihn fast überzeugt hatte, und grinste breit. Sie schaffte es gerade noch, einen Freudenschrei zu unterdrücken und ihm nicht um den Hals zu fallen. Inzwischen kannte sie ihn gut genug, um zu wissen, dass selbst die geringste Geste oder ein einziges falsches Wort genügen würde, um seine Meinung zu ändern.

»Jetzt sehe ich dich endlich, Michele«, dachte sie bei sich. »Ich sehe die Farbe, die du so verzweifelt verstecken willst. Du bist rot, genau wie ich dachte. Rot wie dein Tagebuch. Rot wie die wunden Fingerkuppen deiner Kindheit. Rot wie das Blut, das du gerade vergossen hast. Das Rot, das jetzt deine Wangen färbt. Rot.«

Sie nahmen beide noch einen Schluck Cognac und begaben sich dann in das kleine Bahnhofsbüro neben dem Wartesaal. Auf einem weißen Schreibtisch ein mindestens zehn Jahre alter Computer und davor zwei Stühle, ein Regal mit mehreren Ordnern sowie ein Kopiergerät. An der Wand hing ein Zugfahrplan, daneben eine gerahmte Fotografie vom Präsidenten der Republik. Als Michele den Kopierer anschaltete, gab dieser ein Geräusch von sich, als würde er nach einem langen Atemstillstand plötzlich nach Luft schnappen. Einen Moment später spuckte er schon die Kopie der Fotografie aus, auf der er mit seiner Mutter und seinem Vater zu sehen war. Michele reichte sie Elena, die sie in ihrem Rucksack verstaute. Beide hatten sie das Gefühl, als würden sie einen Pakt schließen.

»Wie sieht's aus, gibst du mir jetzt deine Handynummer?«, fragte Elena und zog ihr Smartphone hervor, um seine Nummer einzuspeichern.

»Ich habe kein Handy.«

Michele war es etwas peinlich, als Elena ihn überrascht ansah.

»Wer soll mich schon anrufen? Mich kennt doch keine Menschenseele. Und für berufliche Telefonate gibt es das Bahnhofstelefon«, sagte er, während er auf den Apparat auf dem Schreibtisch deutete. »Das nehme ich auch, um meine Lebensmittel zu bestellen. Ich lasse sie liefern, damit ich nicht in den Supermarkt muss …«, fügte er hinzu und hatte das Gefühl, ein schreckliches Geheimnis zu enthüllen.

»Heißt das … du kommst wirklich nie von hier weg?«, fragte Elena. Sie lächelte. Michele schien wirklich aus der Zeit gefallen zu sein, wie nicht von dieser Welt. Trotzdem hatte sie den Eindruck, dass er endlich langsam aus seinem Schneckenhaus gekrochen kam, in dem er sich seit dem Verschwinden seiner Mutter versteckt hatte.

Sie vereinbarten, dass Elena am nächsten Tag nach der Arbeit wieder bei ihm vorbeischauen und ihm berichten würde, ob sie etwas in Erfahrung gebracht hatte.

»Ach, und noch was … Wie heißt deine Mutter eigentlich?«

Michele zögerte. Schon ein ganzes Leben lang hatte er ihren Namen nicht mehr ausgesprochen. Die Frau, deren Gesichtszüge er sich inzwischen nur noch ins Gedächtnis rufen konnte, wenn er das Foto betrachtete, das ihm von ihr geblieben war, hatte für ihn weder einen Vor- noch einen Familiennamen.

»Laura«, sagte er endlich. »Laura Puglia.«

»Laura Puglia …«, wiederholte Elena, als wäre der Name eine Zauberformel, mit deren Hilfe sie die mysteriöse Geschichte der Unbekannten enthüllen könnte.

»Hast du je versucht, sie über das Internet zu finden?«, fragte sie. »Man kann inzwischen alles Mögliche herausbekommen, wenn man es richtig anstellt …«

Michele nickte und räumte ein, dass er es schon oft versucht hätte, aber ohne Erfolg.

Nachdem Elena ihm noch ein letztes Mal Mut gemacht hatte, versprach sie, morgen Nachmittag mit dem Zug wiederzukommen. Sie beschränkte sich darauf, ihm zum Abschied die Hand zu drücken, statt ihn zu umarmen und zu küssen, wie sie es gerne getan hätte.

Michele begleitete sie bis zum Bahnhofstor und sah ihr nach, wie sie zu ihrem Auto ging. Als sie sich umdrehte, war sie überrascht, ihn noch immer in der Ferne stehen zu sehen. Sie winkte ihm zu, bevor sie in ihren Wagen stieg, und er winkte zurück.

Nachdem Elena die Scheinwerfer eingeschaltet hatte, die den Platz in ein gleißendes Licht tauchten, startete sie den Motor und fuhr los. Auch jetzt rührte sich Michele nicht von der Stelle und wartete, bis die roten Rücklichter in der Dunkelheit verschwanden.

Er blieb noch eine ganze Weile stehen, und als er mit einem Seufzer seinen reglosen Posten aufgab, beschloss er, etwas für ihn ganz und gar Ungewöhnliches zu tun: Er betrat die Straße hinter dem Gitter. Erst ein Schritt. Dann ein zweiter. Und ein dritter. Michele blieb stehen, um sich der knappen Distanz gewahr zu werden, die ihn nach all den Jahren, die er hinter dem Bahnhofstor verbracht hatte, von seiner Welt trennte. Ein Schauer, fast ein Schwindel überkam ihn. Seit dem Tod seines Vaters war er nicht mehr über diese Schwelle getreten. Er fasste sich ein Herz. Noch ein Schritt. Und noch einer. Und noch einer. Es war der Versuch, sich behutsam darauf einzustellen, dass er sein Schneckenhaus bald verlassen musste, um aufzubrechen und seine Mutter zu suchen. Nach ein paar weiteren Schritten fiel sein Blick auf eine Straßenlaterne auf der anderen Seite des Bahnhofsplatzes. Sie war das hell leuchtende Ziel, das er heute mindestens noch erreichen wollte, und so riskierte er einen weiteren Schritt, glaubte dann aber, vom Gittertor her einen Warnruf zu hören, der ihm gebot umzukehren. Es war, als wäre sein Rücken durch ein elastisches Band mit dem Tor verbunden. Doch auch diesmal leistete er Widerstand und wagte einen weiteren Schritt. Das Band straffte sich immer mehr, und die Kraftanstrengung, die es ihn kostete, sich der Laterne zu nähern, raubte ihm fast den Atem. Etwa einen Meter vor dem Ziel blieb Michele stehen: Wenn er noch einen einzigen Schritt tat, würde das Band reißen, dessen war er sich sicher. Der Gedanke einer endgültigen Loslösung erschreckte ihn, auch wenn sich im selben Moment eine seltsame Heiterkeit in ihm breitmachte. Er beschloss, vernünftig zu sein, noch ein einziges Mal. Ohne die Füße zu versetzen, beugte er sich vor und berührte mit den Fingerspitzen das kühle Metall der Laterne. Mit geschlossenen Augen genoss er den Sieg, den er über seine Ängste errungen hatte. Und ließ es dann geschehen, dass das Band ihn wieder zurück ins Haus zog.

Nach wenigen Kilometern sah Elena die Lichter von Solombra Scalo in der Windschutzscheibe ihres Wagens auftauchen. Ihr schwindelte, und die Umgebung verschwamm immer wieder vor ihren Augen. Am Ortseingang, an der Straße, die zu ihrem Haus führte, erkannte sie Milù, die ihr zu Fuß entgegenkam. Elena hielt an, um sie einsteigen zu lassen.

»Hast du getrunken?«

»Ein bisschen …«, gab sie mit verlegenem Lächeln zu.

»Ein bisschen zu viel, würde ich sagen, Schwesterchen.«

Statt zu antworten, seufzte Elena nur, um sich nicht anmerken zu lassen, wie betrunken sie wirklich war.

»Ist nicht so toll gelaufen, oder?«, fragte Milù.

»Macht ja nichts.«

»Von wegen. Du siehst ganz schön enttäuscht aus.«

»Das vergeht schon wieder«, erwiderte Elena.

Sie kramte in ihrem Rucksack und zog das Bild von Micheles Mutter hervor.

»Das Wichtigste, und zwar das Allerwichtigste ist jetzt, dass ich diese Frau finde …«, sagte sie entschlossen. »Alles andere ist erst mal egal.«

Sie stieß die Tür auf, taumelte aus dem Auto und hielt sich an einer Mauer fest, um sich zu übergeben.

Sie spürte Milùs kühle Hand auf ihrer Stirn.

»Na Gott sei Dank hast du nur ein bisschen getrunken …«

Elena richtete sich hustend auf und wischte sich den Mund mit einem Papiertaschentuch ab.

»Ich hab's gebraucht … Oder jedenfalls dachte ich, es wäre eine gute Idee, wenn ich mich ein bisschen aufheitere …«

»Super Idee«, antwortete Milù trocken.

»Hey, ich bin nun mal nicht perfekt, okay? Im Gegenteil, bislang war ich alles andere als das. Und das weißt du sehr gut.«

»Das ist noch lange kein Grund, sich in so einen Zustand zu bringen.«

Elena steuerte wieder auf den Wagen zu. »Du hast ja recht. Abgesehen davon muss ich morgen fit sein … Da fange ich nämlich an, Micheles Mutter zu suchen.«

»Du musst seine Mutter suchen?«

»Naja, ich möchte ihm dabei helfen, wenn es irgendwie geht.«

»Ah, so ist das also! Er sperrt dich aus, dann pfeift er dich zurück, weil ihm eingefallen ist, dass du ihm von Nutzen sein könntest … und du bist so blöd und machst das auch noch?«

»Er vertraut mir. Und ich … ich kann ihn nicht enttäuschen.«

Elena spürte Milùs bohrenden Blick, als sie den Wagen startete.

»Bist du so verliebt?«

Elenas Augen füllten sich mit Tränen. »Er gefällt mir sehr. Und vielleicht könnte ich mich auch in ihn verlieben. Aber er will mich ja gar nicht. Für ihn bin ich nur … eine Freundin oder so. Aber ich helfe ihm trotzdem. Jawohl, ich helfe ihm.«

»Wenigstens gibst du es zu. Das ist ja schon mal was …«

»Meinst du, es ist gut für mich, ihn zu sehen?«

»Das liegt ganz bei dir … Du musst selbst wissen, ob du es ertragen kannst, oder ob es dir nur wehtut.«

Elena antwortete nicht. Sie parkte das Auto an seinem üblichen Platz, löschte die Schweinwerfer und schloss für einen Moment die Augen. »Ich weiß nur, dass es mir wehtut, ihn nicht zu sehen«, brachte sie schließlich hervor.

Die beiden Schwestern stiegen aus dem Auto und gingen zum Haus. Keine von ihnen sprach noch ein weiteres Wort.

7.

Am nächsten Morgen wartete Michele ungeduldig darauf, dass das Personalbüro aufmachte.

In der Nacht hatte er lange über seinen geplanten Urlaub nachgegrübelt. Wie viele Tage würde er brauchen? Was würden die in der Direktion von ihm denken? In zehn Jahren hatte er keinen einzigen Tag gefehlt, nicht mal wegen Krankheit. Wozu hätte er auch Urlaub nehmen sollen, wo er doch beschlossen hatte, seine kleine Welt nie mehr zu verlassen? Allerdings musste er zugeben, dass er die Sonntage verabscheute, an denen keine Züge fuhren, der Tag träge dahinkroch und er neben dem Zubereiten der Mahlzeiten nichts anderes tun konnte, als sich mit seinen Fundsachen abzugeben oder sich einen Film im Fernsehen anzusehen.

Um 7.15 Uhr begab er sich zum Informationsterminal, um zu kontrollieren, ob der Zentrale die Abfahrt des Zuges ordnungsgemäß mitgeteilt worden war. Dann machte er sich noch einen Kaffee und trank ihn in kleinen Schlucken, ohne den Geschmack wahrzunehmen.

Um Punkt 8.30 Uhr überwand er sich und rief im Personalbüro an, um seinen Urlaub zu beantragen.

»Wie viele Tage brauchen Sie denn?«, fragte ihn der Angestellte am anderen Ende der Leitung.

Michele war unschlüssig. Im Kopf überschlug er, dass er

mindestens einen Tag brauchen würde, um in Ferrosino nach seiner Mutter zu suchen, und, sollte er kein Glück haben, noch zwei weitere Tage in Piana Aquilana. Piana Aquilana war ein weitläufiges Städtchen, und ein einziger Tag würde sicher nicht genügen, um Nachforschungen anzustellen. Am Ende schlug er noch zwei Tage drauf, die er mit seiner Mutter – so er sie denn finden sollte – verbringen wollte, um sich mit ihr auszusprechen und alles zu verstehen, falls das überhaupt möglich war. Zwei Tage, im Austausch gegen zwanzig Jahre Qual und Einsamkeit.

»Ich bräuchte … fünf Tage«, sagte er schließlich und zog unwillkürlich den Kopf ein, als würde er einen Vorwurf erwarten.

»Fünf Tage?«, wiederholte der Angestellte zerstreut.

»Ist … ist das zu viel?«, erwiderte Michele beklommen.

»Signor Airone, Sie haben so viele Urlaubstage, dass Sie gut und gerne ein paar Jahre wegbleiben könnten …«, kicherte der Angestellte.

»Also ist es kein Problem?«

»Wann soll Ihr Urlaub denn losgehen?«

»Morgen …«

Schweigen.

Michele war schon wieder verunsichert.

»Hätte ich vorher Bescheid sagen müssen?«

»Nein, nein … ich habe nur gerade nach einer Vertretung für Sie geschaut.«

Michele erstarrte: Daran hatte er gar nicht gedacht. Eine Vertretung … Jemand würde seinen Platz einnehmen? Würde er demjenigen sein Haus überlassen müssen? Die Fundsachen? Seine Welt, die er in all den Jahren mit so viel Mühe errichtet hatte?

»Ähm … Vertretung?«, fragte er und hielt die Luft an.

»Ja, gar kein Problem … Wir schicken abends jemanden, der sich um die Zugwartung kümmert.«

»Und dann?«

»Dann was?«

»Wird … wird die Person, die mich ersetzt, auch über Nacht bleiben?«

Der Angestellte lachte und erklärte ihm amüsiert, dass Micheles Vertretung lediglich die vorschriftsmäßige Überprüfung des Zuges durchführen und dann wieder nach Hause gehen würde. Oder wohin auch immer.

Michele atmete erleichtert auf, gleichzeitig spürte er Bitterkeit in sich aufsteigen. Ein paar Stunden nur. Das also sollte seine Arbeit wert sein, die schon seit so vielen Jahren sein Berufsleben ausfüllte? Eine Arbeit, die sein Ersatzmann nun wie nebenbei erledigen würde?

»Vielleicht bin ich ja gar nicht so unersetzlich …«, dachte er flüchtig.

»Sie sind ein Ausnahmefall, Signor Airone … Sie kümmern sich um die Zug- und Bahnhofswartung und haben gleichzeitig eine Wohnung zur Verfügung. Gar nicht schlecht in diesen Zeiten«, fügte der Angestellte mit einem Anflug von Neid in der Stimme hinzu.

»Ich … ja … ich bin hier geboren …«, stammelte Michele.

»Ja, das sehe ich auf dem Personalbogen … Ihr Vater war Bahnhofsvorsteher. Ist ein Jahr früher in Pension gegangen. Sie haben seine Stelle übernommen … Sie hatten wirklich Glück, solche Vergünstigungen gab's nur damals. Heute wäre das gar nicht mehr möglich.«

Michele beschlich die Sorge, der Angestellte könnte sich das mit seiner privilegierten Stellung noch mal überlegen und sich an die Generaldirektion wenden, um seinen Fall überprüfen zu lassen. Erst jetzt bemerkte er, wie feucht die

Luft in dem Büro war. Für einen Moment überlegte er schon, seinen Antrag zurückzuziehen, um sein Auskommen und seine kleine Welt nicht zu gefährden.

»Nun genießen Sie erst mal Ihren Urlaub, Signor Airone … Sie haben sich's ja wahrhaftig verdient, so lange wie sie ihn aufgespart haben!«, sagte der Angestellte abschließend, als hätte er Micheles Gedanken gehört. Dann legte er einfach auf.

Michele seufzte und beruhigte sich so weit, dass er wieder ins Haus zurückkehren konnte, um auf die Ankunft des Zugs zu warten.

Miniera di Mare, 29. Juni 1992

Mama ist ein bisschen traurig, weil Papa nicht in den Urlaub fahren will. Er hat so viel mit den Zügen zu tun, und genug Geld haben wir auch nicht. Es ist nicht seine Schuld, aber alle anderen fahren immer in den Urlaub, nur wir bleiben zu Hause. Eigentlich weiß ich gar nicht, ob ich das schade finde, schließlich geht Mama oft mit mir ans Meer und hat mir sogar Schwimmen beigebracht, ganz ohne Reifen. Sandburgen bauen wir auch, aber die machen sie wieder traurig, weil sie denkt, dass die Burgen irgendwann einstürzen, genau wie das Leben. Ich weiß nicht, was sie damit meint, aber sie sagt, dass ich es später, wenn ich größer bin, schon verstehen werde. Also will ich schnell groß werden, damit ich Mama verstehen kann, auch wenn sie sagt, dass es keine Eile hat und sowieso besser ist, wenn man manche Sachen nicht begreift. Ich habe Papa gefragt, was das bedeuten soll, und er hat gesagt, dass er die Mama manchmal auch nicht versteht und dass nur sie selber weiß, was sie da redet.

Es war schon Mittag, als Michele das Tagebuch zuschlug. Auf einmal kam ihm sein ganzes Leben wie die zuvor zitierte Sandburg vor, die nach dem Verlust seiner Mutter in sich zusammengefallen war. Er fragte sich, ob sie in den Jahren ihrer Abwesenheit je wieder eine solche Burg gebaut hatte, und wenn ja, ob diese Bestand gehabt hatte oder ob die Wellen des Lebens sie fortgetragen hatten. Er fragte sich, ob sie allein war, glücklich oder traurig, und was geschehen würde, sollte er sie jemals finden. Würden sie vielleicht wieder gemeinsam etwas bauen? Doch mochte der Sand, dachte Michele traurig, für immer durch ihre Finger gerieselt sein. Verlorene Zeit.

Er legte das Tagebuch beiseite und setzte Wasser auf. Dann dachte er an Elena und ihr Versprechen, dass sie ihm in Prosseto bei der Suche helfen würde. Er fühlte eine neue Zärtlichkeit in sich aufkeimen. Und Dankbarkeit. Am liebsten hätte er auch ihr eine Burg gebaut, eine, die allen Stürmen und Fluten trotzte. Aber er hatte keine Ahnung, wie er das anstellen sollte, und erst recht nicht, ob es die Mühe überhaupt wert war. Er verscheuchte seine Gedanken, fand einen Rest Penne Rigate und beschloss, sie nur mit Öl und Parmesan anzumachen. Dann wartete er, dass das Wasser kochte.

Gleich nachdem Elena am Morgen in den Zug gestiegen war, hatte sie begonnen, die Fahrgäste zu befragen, ob sie die Frau auf dem kopierten Foto schon mal gesehen hatten. Der Kontrolleur schüttelte nur den Kopf. Elena vermied es, Erklärungen abzugeben. Micheles Geschichte einem Außenstehenden zu erzählen wäre ihr wie ein Verrat an ihrem gemeinsamen Geheimnis vorgekommen.

Als sie in Prosseto ankam, ging sie nicht gleich zur Arbeit, sondern in den einzigen Tabakladen im Dorf, um drei weitere

Kopien des Fotos anfertigen zu lassen. Eine davon befestigte sie im Fenster des Geschäfts, eine zweite am Eingang des öffentlichen Parks, und eine dritte in der Bar, in der sie arbeitete. Darunter stand mit blauem Filzstift geschrieben:

Wer diese Frau gesehen hat oder etwas über sie weiß, wird gebeten, sich in Cosimos Bar zu melden. PS: Das Foto ist von 1992.

Ihr Aufruf sorgte für Aufsehen. Wesentlich mehr Leute als sonst statteten der Bar einen Besuch ab, doch nicht etwa, um Auskünfte über die Frau zu geben – denn niemand wusste etwas über sie –, sondern weil sie wissen wollten, was mit ihr geschehen war und warum sie gesucht wurde. Die Aktion brachte nicht zuletzt einen beträchtlichen Zuwachs an verkauften Getränken mit sich, und Cosimo war darüber so erfreut, dass er Elena bat, den Zettel ruhig noch ein paar Tage hängen zu lassen. Auch den Chef der örtlichen Carabinieri hatte das Foto neugierig gemacht, und er bat um eine Erklärung. Allein ihm gegenüber wagte es Elena, die Geschichte der Frau zu erzählen, die mit dem Zug aus Miniera di Mare aufgebrochen und nie zurückgekehrt war.

»Wurde damals eine Vermisstenanzeige aufgegeben?«, fragte der Carabiniere mit professionellem Ernst. Elena erwiderte, dass sie das nicht wisse, fügte aber hinzu, dass sie sich informieren werde.

Den ganzen Tag über kamen immer weitere Neugierige in die Bar geströmt. Aber keiner von ihnen war in der Lage, ihnen auch nur den geringsten Anhaltspunkt zu geben.

Am Ende ihres Arbeitstages eilte Elena zum Bahnhof und fuhr mit dem Zug nach Solombra, wo sie in ihr Auto stieg und auf direktem Weg nach Miniera di Mare düste.

Michele stand in ungeduldiger Erwartung am Gittertor.

Als sie ausstieg, genügte ihm ein Blick auf ihr entmutigtes Gesicht, um Bescheid zu wissen: Die Suche in Prosseto war ergebnislos verlaufen. Trotzdem hörte er ihren Schilderungen gebannt zu und horchte auf, als Elena am Ende fragte: »Michele, erinnerst du dich noch, ob dein Vater damals eine Vermisstenanzeige aufgegeben hat?«

Nein, hatte er nicht, das wurde Michele erst jetzt bewusst. Und darüber hinaus hatte der Vater auch nie nach seiner Frau gesucht. Es war, als sei die Trennung unvermeidlich gewesen, als hätte sie ihn nicht im Mindesten überrascht. Plötzlich kam Michele die ungewöhnliche Stille in den Sinn, die zwischen seinem Vater und seiner Mutter geherrscht hatte. Er sah es vor sich, wie sie sich morgens nach dem Frühstück kaum voneinander verabschiedet hatten, und wie sie es vermieden hatten, einander in die Augen zu sehen, als wäre das etwas Verbotenes. Damals hatte er die Zeichen nicht deuten können, aber jetzt begriff er, dass schon vorher etwas zwischen den beiden zerbrochen war.

»Nein, es gab keine Anzeige ...«, flüsterte er, als er wieder aus seinen Gedanken aufgetaucht war.

Elena nickte nachdenklich und ging dann mit energischen Schritten ins Haus.

»Komm, wir müssen für morgen alles vorbereiten. Hast du Urlaub genommen? Und hast du schon gepackt? Denk dran, in Piana Aquilana ist es ziemlich kalt, es liegt in den Bergen. Du musst auf jeden Fall eine warme Winterjacke mitnehmen.«

Michele hatte noch keinen Gedanken ans Kofferpacken verschwendet. Er besaß ja sowieso nur seine Eisenbahnergarderobe. Zwei Uniformen für den Sommer und zwei für den Winter, dazu die Mützen, ein halbes Dutzend weiße

Hemden und drei Krawatten von der Bahn, die er von seinem Vater geerbt hatte. Er schämte sich ein bisschen, als Elena belustigt und etwas ratlos die Hände vors Gesicht schlug.

»Michele, aber … aber du kannst doch nicht in Eisenbahnerklamotten verreisen! Komm, ich suche dir etwas raus.«

Schon stand sie im Zimmer mit den Fundsachen und begann, die Kleiderständer nach etwas Brauchbarem zu durchstöbern.

»Dann schauen wir mal, was davon wir verwenden können …«

Michele sah zu, wie sie nacheinander sämtliche Kleidungsstücke durchging und seine Ordnung innerhalb kürzester Zeit durcheinanderbrachte. Für einen Augenblick spürte er einen Stich: Ohne auch nur eine Sekunde zu zögern, hatten sich ihre Hände seiner Sachen bemächtigt und sie aus ihrer gewohnten Ruhe gerissen. Sie bewies keinerlei Verständnis für die zeitliche Abfolge, in der die Sachen ins Haus gekommen waren, sondern riss sie einfach so aus ihrer Versunkenheit, zwang sie, zusammen mit ihm zu verreisen und ihm in ein Abenteuer mit ungewissem Ausgang zu folgen.

Sie wählte zwei Rollkragenpullover aus, einen in Dunkel- und einen in Hellblau, einen gefütterten Anorak, auch dieser dunkelblau, zwei karierte Hemden, ein rotes Sweatshirt, eine Lederjacke und mehrere weiße T-Shirts. Als sie noch ein schwarzes T-Shirt entdeckte, auf dem das Konterfei von Freddie Mercury aufgedruckt war, rief sie:

»Das ist der Knaller! Da siehst du bestimmt super drin aus …«

Als sie zwei Paar Jeans in Micheles Größe vom Ständer zog, sagte sie verdutzt: »Also … ich verstehe ja, dass man ein T-Shirt oder eine Jacke liegen lässt … Aber wie bitte schön stellt man es an, seine Jeans im Zug zu vergessen? Hat sich der Typ während der Fahrt ausgezogen und ist aus Versehen in Unterhosen ausgestiegen, oder was?«, fragte sie mit einem Kichern.

Michele erwiderte, dass die meisten Kleidungsstücke in vergessenen Koffern und Rucksäcken gesteckt hatten. Als dann niemand nach dem Gepäck gefragt hatte, hatte er die Sachen aufgehängt und katalogisiert.

Elena nickte, griff nach einem roten Rucksack mit grünen Taschen und begann, ihn mit den ausgewählten Kleidungsstücken vollzupacken. Nur die Jeans, die Lederjacke und das Freddie-Mercury-T-Shirt ließ sie liegen, damit Michele sie am nächsten Tag für die Reise anziehen konnte.

»Gut … fehlen noch Unterwäsche, Zahnbürste, Rasierapparat und so weiter, aber darum kümmerst du dich selbst, nicht wahr?«

Michele nickte wortlos und immer noch etwas überrumpelt.

Elena wühlte inzwischen in ihrem eigenen Rucksack herum und zog ein Handy hervor, das sie Michele hinhielt. »Für dich. Damit wir unterwegs miteinander sprechen können.«

Überrascht nahm er es entgegen. »Aber …«

»Keine Sorge. Ich habe zwei Handys, ich leihe es dir gerne.«

Die einzige eingespeicherte Nummer war die ihres anderen Handys. Alle übrigen Kontakte hatte sie gelöscht und nur auf dem Gerät behalten, das sie selbst nutzen würde.

»Wenn du mich anrufen willst, musst du lediglich diese eine Taste hier drücken, siehst du? Ja, genau die. Versuch's doch mal.«

Michele starrte auf das Handy in seiner Hand und drückte die Taste. Prompt ertönte aus Elenas Rucksack ein Klingelton.

»Siehst du, geht ganz einfach!«, rief sie strahlend, zog ihr zweites Handy aus dem Rucksack und nahm den Anruf entgegen.

»Ciao, Michele! Wie geht's?«

»Gut«, erwiderte er verdattert. Elena bedeutete ihm, das Handy ans Ohr zu führen.

»Hörst du mich?«

Michele nickte.

»Du musste schon reinsprechen.«

»Ich höre dich. Aber ich höre dich auch ohne Handy, du stehst ja direkt vor mir.«

»Das weiß ich auch ... Aber hey, das ist unser erstes Telefongespräch. Das Eis ist gebrochen«, witzelte sie und legte auf.

»Danke ...«, flüsterte Michele, und in seiner Stimme schwang eine ehrliche Zärtlichkeit mit, die Elena als ebenso unerwartet wie überwältigend empfand. Verlegen senkte sie den Blick, um ihn gleich wieder zu heben und ihm fest in die Augen zu schauen.

»Nichts zu danken. Für dich gerne ...«

»Du bist ... du bist wirklich eine Freundin«, flüsterte Michele und errötete leicht.

Elena schluckte ein Gefühl resignierter Bitterkeit hinunter. Schweigend machte sie sich daran, die Wunden zu versorgen, die er sich am Abend zuvor zugezogen hatte. Sie nahm die Pflaster ab, besah sich die Schnitte, von denen sich die tieferen noch nicht ganz geschlossen hatten und reinigte und desinfizierte sie sorgfältig, bevor sie – immer noch wortlos – neue Pflaster darauf klebte.

Anschließend steckte Elena das Wundmittel und das Päckchen mit den frischen Pflastern in Micheles Rucksack und riet ihm, die Schnitte noch mindestens ein paar Tage lang zu säubern und die Pflaster regelmäßig zu wechseln. Sie reichten sich die Hand und verabredeten sich für den nächsten Tag im Zug.

»Ach, noch was … Hast du schon eine Fahrkarte?«

»Brauche ich nicht. Ich fahre umsonst.«

»Na, das ist doch mal was …«, sagte sie zufrieden.

Gemeinsam gingen sie zum Tor, und wie schon am Vorabend blieb er auf der Schwelle stehen und sah zu, wie sie ins Auto stieg und langsam losfuhr. Es war schon ziemlich dunkel und sie war bereits ein gutes Stück entfernt, doch Michele konnte Elenas Augen im Rechteck des Rückspiegels erkennen.

Ein flüchtiger Moment nur … Aber es schien ihm, als habe er Liebe in ihrem Blick gesehen.

8.

Durch das weit geöffnete Küchenfenster drangen mit der kühlen Luft auch das dumpfe Donnern der Meeresbrandung und das Rauschen der Pappelblätter. Die Nacht, die ihn kaum hatte schlafen lassen, wich der Morgenröte. Im Inneren des Hauses waren Schritte zu hören, Licht flammte auf, das die Schatten zahlreicher Gegenstände an die Wände warf. Die Spielsachen auf dem Regal tauschten stumme Blicke. Was ging da vor sich? Michele spürte sie in seinem Rücken. Ihm war unbehaglich zumute, als er Kaffee aufsetzte, um ihn schweigend und mit bedächtigen Schlucken zu trinken. Er spülte seine Tasse, stellte sie ins Spülbecken und ging ins Bad, wo er den kräftigen Strahl der Dusche auf sich niederprasseln ließ. Er rasierte sich sorgfältiger als sonst, putzte sich die Zähne und schlüpfte in die Kleider, die Elena für ihn bereitgelegt hatte: Jeans, das Freddie-Mercury-T-Shirt, die Lederjacke. Er nahm seinen Rucksack und schloss das Fenster. Auf dem Weg zur Tür blieb er noch einmal im Wohnzimmer stehen und sah sich um: Auch wenn es sich nur um wenige Tage drehte, war es ein sehr seltsames Gefühl, sein Zuhause zu verlassen. Für seine Fundsachen würde die Zeit bis zu seiner Rückkehr stehen bleiben, denn nur seine Existenz gab der ihren einen Rhythmus. Allein dadurch, dass er am Morgen aufstand und am Abend schlafen ging, dass er regelmäßig seine Mahlzeiten zubereitete, und dass er an den Fundstücken vorbeiging, von einem Raum in den anderen. Als würden seine Schritte das Fließen der Zeit in kleine Intervalle unterteilen und so die Tage vorantreiben. Mit seinem Aufbruch kam den Gegenständen nun das Zeitgefühl abhanden – was aber auch bedeutete, dass sie nicht auf ihn warten würden. Der Gedanke beruhigte ihn und befreite ihn von welcher Verantwortung auch immer. Leichten Herzens verabschiedete er sich, als er noch einmal in die Runde blickte und sie alle wie in eine Umarmung einschloss. Er stieß einen Seufzer aus, öffnete die Haustür und ging hinaus. Nachdem er den Schlüssel dreimal im Schloss gedreht und abgezogen hatte, lenkte er seine Schritte in Richtung Wartesaal, wo sich ein Geldautomat befand. Er hob den maximalen Geldbetrag ab, den das Bankkonto, das ihm sein Vater kurz vor seinem Tod übertragen hatte, zugestand. Er ließ sich die neuen Karten per Post schicken, und so musste er normalerweise nicht mal vor die Tür gehen, um sich das nötige Bargeld für die zugestellten Einkäufe zu beschaffen. Er steckte die Banknoten ein und ging weiter zum Bahnsteig, wo der Zug in der Morgendämmerung stand. Bis zur Abfahrt würde es noch einige Zeit dauern. Inzwischen hatte sich Micheles Angst in Ungeduld verwandelt. Er stellte seinen Rucksack auf einer Bank ab, setzte sich daneben und blickte in den sich mehr und mehr rötenden Himmel. Er war von hellblauen und weißen Adern durchzogen, und die Röte breitete sich rasch aus wie eine achtlos hingegossene Flüssigkeit. Michele hieß sie schweigend willkommen und atmete sie vollen Herzens ein, als sie auch schon wieder verschwand, um dem strahlenden Blau des neuen Herbsttags Platz zu machen.

Michele erhob sich, ging zum Bahnhofstor, öffnete es und fixierte die Sicherheitsriegel der Sperrpfosten.

Dann ging er zum Zug, stieg ein und roch sofort die Sauberkeit und die Gerüche, die er an seiner Arbeit so liebte. Er erkannte das Blumenaroma des Duftzerstäubers, den er am Abend zuvor versprüht hatte, bewunderte die auf Hochglanz polierten Chromgriffe und hoffte, sein Ersatzmann würde genauso tüchtig sein wie er. Wie schon am Morgen zuvor überkam ihn das Gefühl, etwas sei anders als sonst. Er hatte den sonderbaren Eindruck, im vorderen Zugteil eingestiegen zu sein, obwohl er doch ganz genau wusste, dass er sich am hinteren Ende befand. Irgendetwas schien ihn zu desorientieren … Plötzlich begriff er, dass es mit dem Licht zu tun hatte. Die Lichtstreifen, die abends in den Zug fielen, wenn er seinen Kontrollgang machte, kamen aus westlicher Richtung, vom Meer her, über dem gerade die Sonne unterging. Am Morgen kamen sie natürlich aus dem Osten und erleuchtete den Zug von der anderen, dem Meer entgegengesetzten Seite. Die Sitze, die bei Sonnenuntergang im Schatten lagen, waren in helles Licht getaucht, welches bald schon weiterwandern würde. Es waren die immer gleichen Gewohnheiten, die das Leben und die Welt um einen herum in erstarrten Bildern erscheinen ließen. Dabei reichte es schon, zu einer anderen Tageszeit als sonst in den Zug zu steigen, um zu erkennen, wie die Erscheinungen in steter Bewegung waren. Welche Einsichten würde er auf der Reise, die er soeben antrat, noch gewinnen?, fragte sich Michele unwillkürlich. Wohin würde sie ihn am Ende führen? Würde er die Vergangenheit wiederfinden und mit der Gegenwart verbinden können? Und welche Zukunft würde später daraus entstehen?

Er durchquerte den noch menschenleeren Zug und setzte sich auf Elenas Platz. Dort schloss er die Augen und lauschte auf die ersten Geräusche: die in den Bahnhof einfahrenden Autos, ihre über den Asphalt rollenden Reifen, die Schritte der ersten Fahrgäste, die auf den Bahnsteig traten und gleich in den Zug steigen würden, ihre Stimmen und die gedämpfte Musik aus ihren Kopfhörern. Innerhalb kürzester Zeit erwachte der Zug zum Leben. Michele schlug die Augen auf und sah die Leute einsteigen. Viele von ihnen hatte er Tag für Tag, Monat für Monat, Jahr für Jahr immer wieder beobachtet, während er reglos vor seinem Haus gestanden und ihnen nachgeschaut hatte. Heute erblickte er sie aus einer neuen Perspektive. Es berührte ihn eigenartig, ihre Gesichter zu sehen und ihre Stimmen zu hören, während der Zug immer voller wurde. Er kam sich vor wie ein Hausherr, der seine Gäste empfängt, und er fragte sich mit einem gewissen Stolz, ob auch sie den frischen Geruch wahrnahmen. Gespannt verfolgte er, wie sie zu ihren Plätzen gingen, ihr Gepäck verstauten und sich verschlafen einen guten Morgen wünschten. Auch er wagte immer wieder einen schüchternen Gruß, wenn er dem Blick eines Fremden begegnete, und es versetzte ihn jedes Mal in einen kleinen Freudentaumel, wenn dieser den Gruß mit einem leichten Nicken oder einer Handbewegung erwiderte. Endlich kannte er die Gesichter zu all den Menschen, die er sich abends bei seinem Kontrollgang durch die Sitzreihen vorstellte. Die Cornettobrösel stammten von einem mageren Mann mit langem weißem Haar und das Kaugummipapier auf dem Boden von einer eleganten Dame mit eng stehenden Augen. Und es war definitiv nicht das erste Mal, dass ein junges Paar die ölige Verpackung ihrer Tomatenpizza unter dem Sitz vergaß. Und dann war da noch ein Mann mittleren Alters in Anzug und Krawatte, der heimlich auf dem Gang seine Zigarette rauchte, sodass am Abend der Geruch nach kaltem Rauch in der Luft hing.

Als der Lokomotivführer an ihm vorbeiging, erwartete Michele, dass er überrascht sein würde, ausgerechnet ihn hier zu treffen, ihn, der noch nie verreist war. Doch der Mann ging einfach weiter, ohne ihn zu erkennen, ja ohne ihn überhaupt wahrzunehmen. Ein fremdes Wohlgefühl durchströmte Michele. Er war Teil eines großen Ganzen, wie ein kleiner Stein aus einem Mosaik, das für andere Menschen Normalität bedeutete. Es war ein Gefühl der Zugehörigkeit, das ihm bis zu diesem Moment unbekannt gewesen war. Auf einmal befand er sich selbst in diesem Zug unter diesen Menschen, und es war, als wäre er einer von ihnen und kein einsamer junger Mann unter verlorenen Gegenständen mehr. Er sah an sich hinab, wie er in Straßenkleidern auf seinem Platz hockte, in Jeans und T-Shirt, den rotgrünen Rucksack im Gepäckfach über seinem Kopf verstaut. Für einen Augenblick war er nicht mehr allein.

Wenig später ruckelte der Zug und die Motoren der Lokomotive begannen sich aufzuheizen. Die letzten Fahrgäste nahmen ihre Plätze ein, und nun endlich setzte sich der Zug in Bewegung. Als Michele aus dem Fenster auf sein sich entfernendes Haus sah, wurde er von Panik und einem Gefühl unerwarteter Reue erfasst. Wieder spürte er das elastische Band in seinem Rücken, das sich ruckartig stramm zog, und empfand einen stechenden Schmerz. Einen Moment lang war er versucht, zur Tür zu stürzen, um aus dem Zug zu springen und nach Hause zurückzueilen, zu seinen Uhren, seinen Musikinstrumenten, Autoradios und Wollknäueln, seinen eingesammelten Kleidungsstücken, seinem Pinocchio und dem einarmigen Batman.

Auch die Bahnhofspappeln entfernten sich im Zugfenster, als würden sie von einer unsichtbaren Kraft nach hinten gesaugt. Michele spürte, wie sein Atem stoßweise ging und seine Arme und Beine leicht zu zittern begannen. Als er auf seine Hände hinabsah, fiel sein Blick auf die Pflaster, die immer noch auf seinen Fingern klebten. »Die Wunden des

Kriegers aus alten Zeiten«, dachte er. Er sah Elenas Lächeln vor sich, als sie ihm die Hände verbunden hatte. Es legte sich über das Lächeln seiner Mutter. Ja, er wollte mehr über sie erfahren, ihr nachspüren, ihre Geschichte ergründen und den Grund, warum sie ihn verlassen hatte. Er schloss die Augen und ließ zu, dass das Band zerriss.

Er keuchte leise. Dann, ganz langsam, ging sein Atem wieder regelmäßig.

Als er die Augen öffnete, sah er das Meer. Es begleitete den Zug, ein unendliches Blau aus sanften Wellen, die über den Sand schwappten, um sich dann wieder zurückzuziehen. Michele lächelte, als hätte er einen Freund wiedererkannt, den er schon lange nicht mehr gesehen hatte. Er schob das Fenster herunter und atmete die salzige Luft ein. Wenig später schwenkte der Zug ins Landesinnere ab und fädelte sich durch das Ortszentrum von Miniera di Mare, vorbei an Reihen- und Mietshäusern, an Balkonen mit zum Trocknen aufgehängter Wäsche, an Schaufenstern von Kaufhäusern und Läden. Als die Lok an der zentralen Piazza mit der alten Kirche vorbeifuhr, erkannte Michele seine ehemalige Schule, ein einstöckiges, rechteckiges Gebäude aus den Fünfzigerjahren, das mehr als zwanzig Klassenzimmer der Grund- und Mittelstufe umfasste. Der Schulhof rückte in sein Blickfeld. Er schien viel kleiner als in seiner Erinnerung. Er sah sich selbst als Kind, wie er über den Hof in die Arme seiner Mutter rannte, die ihn von der Schule abholte. Für einen Augenblick hatte er ihr lächelndes Gesicht deutlich vor Augen, obwohl er eigentlich gedacht hatte, sich nicht mehr daran erinnern zu können. Jedenfalls nicht ohne die Fotografie, die in seinem rotgrünen Rucksack steckte. Dann war da noch der Fußballplatz, bei dessen Anblick er sich an den

Rausch erinnerte, in den es ihn versetzt hatte, wenn er den Ball aufs gegnerische Tor schoss. Plötzlich sah er wieder ein Gesicht vor sich: »Antonio …«, entfuhr es ihm unwillkürlich. Antonio war ein Junge aus seiner Klasse gewesen, der netteste von allen. In der Pause hatten sie oft beieinandergestanden und geplaudert, hochfahrende Zukunftspläne geschmiedet und Spieltaktiken für ein Fußballturnier ausgearbeitet, das nie zustande gekommen war. Antonio hatte blonde Locken und einen abgebrochenen Schneidezahn, der es ihm ermöglichte, lange, gellende Pfiffe auszustoßen. Er war schon recht erwachsen für sein Alter und träumte davon, ein Mädchen aus der 3c zu heiraten, Raumschiffe zu bauen und das Universum zu erforschen. »Aber ich baue sie nur, selber damit fahren will ich nicht«, sagte er immer, denn eigentlich hatte er vor, sein ganzes Leben in Miniera di Mare zu verbringen, »weil es hier schöner ist als irgendwo sonst auf der Welt«. Leider war daraus nichts geworden. In der fünften Klasse war er in den Norden gezogen, wo sein Vater einen guten Job in einer Ziegelfabrik gefunden hatte. Micheles Mutter war damals schon lange verschwunden, und ohne seinen Freund war er noch tiefer in der Einsamkeit versunken.

Während er noch an Antonio dachte, schlängelte sich der Zug durch eine Doppelkurve, bevor er dann auf gerader Strecke die Küste entlang nach Solombra Scalo ratterte. Ein Vogelschwarm zeichnete Arabesken in den Himmel und senkte sich im Sturzflug auf die mit immergrüner Macchia bewachsenen Hügel herab, die sich, da und dort von Bäumen und Weingärten gesprenkelt, ins Landesinnere zogen.

Gegenüber von Michele holte ein kräftiger, grauhaariger Mann in einem Arbeiteroverall eine Thermoskanne aus einer Tasche und schraubte sie auf. Michele musste lächeln, als er den Duft von Kaffee und Anis wiedererkannte, Gerüche, die er als schwachen Abglanz von seinen Kontrollgängen kannte. Der Mann erwiderte sein Lächeln, füllte einen Papierbecher mit der dampfenden Flüssigkeit und hielt ihn Michele hin. Überrascht von der spontanen Geste, nahm Michele den Becher entgegen, als sein Blick auf die rechte Hand des Mannes fiel, der zwei Finger fehlten: der Ringfinger und der kleine Finger. Michele trank seinen Kaffee und sah in die andere Richtung, aus Angst, seinem Gegenüber könne sein Blick peinlich sein. Aber der Mann hatte Micheles Blick schon bemerkt und begann, sich mit der gesunden Hand die Stelle zu massieren, wo die Lücke klaffte.

»Sie schlafen ein, auch wenn sie gar nicht mehr da sind«, sagte er verschmitzt.

Michele nickte und wurde rot.

»*Ein* falscher Hammerschlag«, fuhr der Arbeiter fort, als fühlte er sich verpflichtet, das Fehlen seiner Finger zu erklären. »Ich habe auf der Baustelle einen Balken festgenagelt, als plötzlich die Sonne rausgekommen ist. Dabei war es vorher die ganze Zeit bewölkt, verstehst du? Und dann kommt der Wind, schiebt die Wolke weg, und plötzlich hab ich die Sonne direkt in den Augen. Der Hammer war dummerweise schon unterwegs und *Bumm!* Frag mich nicht, was das für ein Schmerz war. Ich bin auf der Stelle ohnmächtig geworden. Und von der Leiter bin ich auch gefallen, aber Gott sei Dank nicht auf den Kopf, sonst wär ich hinüber gewesen. War nichts mehr zu machen, Krankenwagen, Ärzte, Pfleger … Am Ende mussten sie mir die Finger abschneiden, weil's sonst noch schlimmer geworden wäre … Und du, was hast du dir getan?«

Der Mann zeigte auf die Pflaster. Michele sah sie an, als hätte er sie schon völlig vergessen. Nach dieser Geschichte kamen ihm seine Schnitte wie harmlose Kratzer vor.

»Das ist nichts …«, murmelte er hastig. »Hab mich nur geschnitten …«

»Na, das vergeht wieder …«, gab der Arbeiter mit einem Lächeln zurück. »Bei mir gibt's leider nichts mehr, das vergehen könnte. Aber manchmal spüre ich sie wie gesagt noch, die zwei Finger … Mal schlafen sie ein, dann tun sie weh … Ich habe gehört, das heißt … warte mal, wie war das noch? Ah, ja … Phantomschmerz. Da musste ich wirklich lachen … Da, wo meine Finger waren, habe ich zwei Phantome, die man noch spürt. Ist doch unglaublich, oder?«

Der Mann schüttelte den Kopf, lehnte sich zurück und schloss die Augen. Er war in null Komma nichts eingeschlafen, ein vergnügtes Lächeln auf den Lippen.

Michele dachte noch daran, was er gesagt hatte, die Sache mit dem Phantomschmerz, die Finger, die ihn ihr Fehlen noch spüren ließen. In diesem Moment dachte er, dass es im Miteinander der Menschen womöglich nicht anders war. Sie verschwanden, starben oder gingen einfach weg. Und doch bewirkte die Erinnerung, dass sie gegenwärtig blieben, Phantasmen eben. Mit seiner Mutter war es ihm in der ersten Zeit genauso ergangen. Manchmal hatte er gemeint, ihre Hand zu spüren, die ihm über die Stirn strich, nachts, oder wenn er krank war. Dann wieder hatte er ihre Augen plötzlich hinter sich im Spiegel gesehen. Monatelang war ihm das immer wieder passiert. Und immer hatte er Schmerz empfunden, keine Freude oder Erleichterung. Irgendwann war auch der Schmerz vergangen. Und vielleicht hatte er sie da erst wirklich verloren. Wie etwas, das man ihm entfernt, ihm entnommen hatte, ein Phantomglied, das nicht mal mehr in seiner Erinnerung verankert war.

Und sie? Hatte sie in all den Jahren Schmerz in ihrem Herzen empfunden, dort, wo etwas fehlte? Hatte sie sich je an diesen Sohn erinnert, den sie zurückgelassen hatte wie ein amputiertes Glied? Und hatte sie sich je vorgestellt, wie sie zurückkehren würde? Hatte sie seinen Namen gerufen, nachts, wenn sie aus einem Traum hochgefahren war?

Er musterte das friedliche Gesicht des schlafenden Mannes und wandte sich dann dem Meer zu, das in seiner blauen monotonen Weite vor dem Fenster stand.

Plötzlich hörte er eine Stimme, die ihm vertraut vorkam.

»Michele ...«

Er fuhr herum und sah den Kontrolleur vor sich stehen.

»Was machst du denn hier?«, fragte dieser perplex.

Michele dachte einen Moment nach. Er hatte keine Lust, Erklärungen abzugeben.

»Ich fahre Zug.«

»Und wohin fährst du?«, fragte der Kontrolleur beharrlich weiter.

Michele zuckte die Schultern.

»Na, besser spät als nie. Da in deinem Bahnhof hast du ja schon Schimmel angesetzt ...« Zum ersten Mal seit sie sich kannten, schenkte ihm der Kontrolleur ein Lächeln und fuhr fort, Fahrkarten zu kontrollieren.

Der Zug wurde langsamer und fuhr in den Bahnhof von Solombra Scalo ein. Mit einem Kreischen kam die Lokomotive zum Stehen, und Michele sah Elena draußen stehen, die fieberhaft nach ihm Ausschau hielt und wartete, dass sich die Türen öffneten. Als sie ihn entdeckt hatte, winkte sie ihm freudig zu und stieg in den Zug. Wenig später saß sie an seiner Seite und musterte ihn neugierig.

»Du siehst toll aus mit diesen Klamotten. Ich hab's dir ja gleich gesagt ...«, raunte sie ihm komplizenhaft zu. Ein Hauch ihres Duschgels wehte ihn an.

»Ich dachte, sie würde dir Glück bringen«, sagte Elena

lächelnd und drückte ihm Milù in die Hand, die sie aus ihrer Tasche gezogen hatte.

Verdutzt sah Michele die Puppe an und genierte sich ein wenig vor den Blicken der anderen Fahrgäste, die ihn mit unverhohlener Neugier anstarrten.

»Danke, aber … Ich weiß doch, wie sehr deine Schwester an ihr hängt …«, sagte er und beeilte sich, sie Elena zurückzugeben.

»Keine Sorge, Milù ist einverstanden … Sie freut sich, wenn sie dich ein Stück begleitet, da ist doch nichts dabei«, erwiderte Elena.

»Hast du ihr von mir erzählt?«, fragte Michele überrascht.

Elena nickte und wurde ein bisschen rot, was Michele sofort bemerkte. All die neuen Eindrücke, die mit der Reise verbunden waren, der Zug, die Begegnung mit anderen Menschen, der weit entfernte Horizont, der Duft von Kaffee und Anis, das durchtrennte Band, das Gespräch mit einem Fremden – all das förderte in Michele eine Empfänglichkeit, eine ihm neue Empfindsamkeit zutage, die bis dahin unerkannt verschüttet gegangen waren. Die Röte auf Elenas Wangen weckte den Wunsch in ihm, sich ihr zu nähern und alles über sie zu erfahren. Seit er sie kannte, hatte er sich immer nur mitreißen lassen, von ihren Fragen, ihren sprudelnden Wortkaskaden, von Sätzen, die manchmal nirgendwohin zu führen schienen, ihm aber trotzdem ganz neue Perspektiven eröffneten. Vor Elena hatte Michele in dem Käfig, den er um sein eigenes Leben errichtet hatte, die immer gleichen Runden gedreht. Immer gleiche Schritte, die tiefe Spuren gegraben hatten, Rillen aus Schmerz. Jetzt hingegen hatte er sich auf eine Reise mit offenem Ausgang begeben. Und Elena hatte ihm für den Aufbruch einen bunten Teppich ausgelegt, der ihn vielleicht in ein neues Leben führen würde. Was hatte er ihr dafür gegeben? Nur die Bitte um ihre Hilfe und gerade mal eine einzige persönliche Frage. Im Grunde genommen wusste er nichts von ihr. Der Wunsch, sie besser kennenzulernen, war hinter der Angst in Deckung gegangen, sich zu binden und sie dann doch wieder zu verlieren. Er betrachtete die kleine Puppe in seinen Händen und spürte Elenas Schulter an seiner.

»Hast du nur eine Schwester?«, fragte er tonlos.

Elenas Antwort war ein überraschtes Nicken.

»Und … deine Eltern? Siehst du sie oft?«

»Ich wohne noch zu Hause«, erwiderte sie und betrachtete ihn, als sehe sie ihn zum ersten Mal. Seine plötzliche Neugier verunsicherte sie.

»Versteht ihr euch gut? Verbringst du gerne Zeit mit deiner Familie?«, fuhr Michele fort, verlegen zwar, aber entschlossen, sich nicht entmutigen zu lassen.

»Es ist wie in allen Familien. Man versteht sich, man streitet. Man ist eben zusammen, nichts Besonderes«, erwiderte Elena.

»Ich finde schon, dass es etwas Besonderes ist …«, entgegnete Michele aufrichtig.

Elena errötete erneut, als ihr bewusst wurde, dass Michele statt einer Familie nur einen zerbrochenen Traum hatte.

»Entschuldige, du hast natürlich recht …«, stammelte sie.

Er machte eine wegwerfende Bewegung, die ein »macht nichts« ausdrücken sollte. Beim Anblick seines Lächelns spürte Elena, dass sie sich niemals damit abfinden würde, ihn nicht lieben zu können. Sie war überzeugt, dass sie beide zusammengehörten, und sie fragte sich, ob es ihr irgendwann gelingen würde, sein gepanzertes Herz für sich zu gewinnen.

Der Zug erklomm einen Hügel voller Oliven-, Kastanien- und Kirschbäume. Über die herbstfarbene Landschaft spannte sich der wolkenlose Himmel mit seinem selbstherrlichen Blau. Später verliefen die Gleise parallel zur Bundesstraße. Der Zug beschleunigte seine Fahrt und überholte Autos und Lastwägen mit vorwärtsstürmenden Signaltönen.

»Ich werde dich hin und wieder anrufen, damit ich weiß, wie es dir geht …«, sagte Elena.

Michele antwortete nicht. Er fühlte wieder die altvertraute Furcht: dass Elena nicht anrufen und seine Hoffnung enttäuscht würde, und er wusste, er würde das Gefühl nicht mit einem simplen Achselzucken abschütteln können.

»Nein, lass mich lieber dich anrufen«, erwiderte er endlich.

Elena nickte. Natürlich, sie war wieder mal zu aufdringlich gewesen und Michele wollte sie auf Abstand halten.

Um 8.15 Uhr hielt der Zug im Bahnhof von Prosseto.

»Viel Glück«, sagte Elena leise, stand auf und reichte ihm zum Abschied die Hand.

Micheles Stimme zitterte, als er mit Mühe ein »Danke« hervorbrachte. Er spürte Elenas Hand in seiner und genoss den kurzen Moment, die Berührung, bis sie sie langsam und wie mit Bedauern zurückzog. Michele blickte ihr nach, als sie zusammen mit einem Dutzend anderer Leute aus dem Zug stieg und die Plätze sofort von neu zugestiegenen Fahrgästen eingenommen wurden.

Elena blieb auf dem Bahnsteig stehen und winkte ihm zu. Die Türen schlossen sich. Michele ließ sie nicht aus den Augen und winkte ebenfalls, bis der schneller werdende Zug sie ihm entriss. Als sie aus seinem Blickfeld verschwunden war, ertappte er sich dabei, dass er Milù wie ein verängstigtes Kind an sich gepresst hielt.

Elenas Platz wurde von einer älteren, ziemlich korpulenten Dame eingenommen, deren Haare in einem metallischen

Violett gefärbt waren, das offensichtlich darauf aus war, ihrer Umgebung den Krieg zu erklären. Mit einem mächtigen Seufzer war sie auf den Sitz gesunken und verströmte nunmehr einen intensiven Duft, eine aufdringliche Mischung aus Kölnisch Wasser und Haarspray. Michele beobachtete aus dem Augenwinkel, wie die Frau den Kopf zurücklegte und innerhalb von wenigen Minuten einschlief, wobei sie bei jedem Ausatmen einen scharfen Zischlaut ausstieß.

Um 9.20 Uhr sollten sie in Ferrosino ankommen. Je weiter sie ins Landesinnere vordrangen, desto mehr begann sich die Landschaft zu verwandeln und von den näher rückenden Bergen zu künden. Statt Kastanien- und Kirschbäumen zogen die ersten Steineichen und Pinien vorbei, und das Grün wurde dunkler, je weiter der Zug in das nun schon leicht bergige Terrain vordrang. Die Luft war klarer, die Besiedlung dünner. Statt Wohnhäusern nur noch eine Landschaft, die Wildschweinen und Fischottern zu gehören schien, ein Gewirr aus Brombeersträuchern, wilder Myrte, Wacholder und Hagedorn. In der Ferne waren schon die ersten Gipfel der Apenninkette zu erkennen.

Michele schmiegte sich tiefer in seine Lederjacke, um die Kälteschauer zu verjagen, die ihm über die Haut liefen. Doch auch die Wärme der Jacke konnte die unterschwellige Aufregung, den eigentlichen Grund für sein Frösteln, nicht vertreiben. Das einzige Gegenmittel würde wohl sein, wenn er sich noch vor der Ankunft in Ferrosino an sein eigentliches Vorhaben machte. Leider fiel es ihm alles andere als leicht, fremde Leute anzusprechen und dabei die richtigen Worte zu finden. Er befürchtete, dass man ihm ablehnend begegnen oder ihn vor den anderen Fahrgästen demütigen würde. Insgeheim sprach er sich Mut zu, als er sich nun erhob und seinen Rucksack aus dem Gepäckfach nahm, um die Puppe darin zu verstauen und das Foto hervorzuholen, das ihn mit seiner Mutter und seinem Vater vor ihrem gemeinsamen Haus zeigte. Er betrachtete es und blickte sich suchend nach jemandem um, der ihm vertrauenswürdig erschien. Nach langem Zögern wandte er sich schließlich an einen Mann, der in Prosseto eingestiegen war. Er mochte etwa Mitte vierzig sein und hatte ein frisches, etwas pausbäckiges Gesicht. Seine grau gesprenkelten Locken sorgten für ziemliche Unordnung auf seinem Kopf und waren offensichtlich nicht gewillt, sich von einem Kamm im Zaum halten zu lassen. Er trug ein weißes Hemd und eine himmelblaue Krawatte zu einem hellgrauen Gabardineanzug, der eher wirkte, als hätte er ihn sich für eine Dorfhochzeit ausgeliehen. Offensichtlich fühlte er sich in seiner unbeholfen-eleganten Aufmachung nicht wohl. Als er Michele auf sich zukommen sah, ruckelte er an seinem Krawattenknoten herum, eine linkische Geste, die Michele sofort sympathisch war. Er hatte die richtige Wahl getroffen.

»Entschuldigen Sie …«, begann Michele und versuchte ein Lächeln.

Der Mann nickte etwas skeptisch. Michele zeigte ihm das Foto, wobei er es so weit von sich wegstreckte, als wäre er ein Krieger, der mit seinem Schild die Schwerthiebe eines Feindes abwehrte.

»Haben Sie diese Frau zufällig schon mal gesehen? Vielleicht … hier in diesem Zug?« Michele hüstelte leicht, um seine Verlegenheit zu verbergen.

Der Mann runzelte die Stirn und kniff die braunen Augen zusammen, als wollte er das Foto scharf stellen. Er betrachtete es eingehend, während Michele immer noch mit ausgestreckten Armen vor ihm stand, die Blicke der anderen Reisenden neugierig auf ihm lastend.

Endlich seufzte der Mann und schüttelte den Kopf.

»Tut mir leid, hab sie nie gesehen …«, sagte er in dem kurz angebundenen, etwas ruppigen Dialekt des Hinterlands.

»Trotzdem danke«, murmelte Michele.

»Warum suchst du die Frau?«, wollte der Mann wissen. »Wer ist das?«

Michele schwieg betreten. Gerne hätte er den Mut aufgebracht, seine Geschichte zu erzählen, wie er es schon bei Elena getan hatte, aber der Mann war ihm ja fremd. Eine Mischung aus Misstrauen und Schüchternheit hinderte ihn daran, sich dem anderen gegenüber zu öffnen. Zwar hatte er seine Vergangenheit deutlich vor Augen, doch die Worte wollten nicht kommen, ja er hegte sogar die irrationale Angst, mit Blindheit geschlagen zu werden, sollte er sie wider Erwarten finden, gerade so, als würde man direkt in die Sonne schauen.

»Schon gut …«, erwiderte er schließlich nur.

Er lächelte dem Mann noch einmal flüchtig zu und ging weiter. Als er sich suchend umblickte, stellte er fest, dass die meisten Fahrgäste in sich selbst versunken schienen. Der eine las ein Buch oder eine Zeitung, der andere hing über seinem Handy und tippte Nachrichten, der nächste lauschte der Musik in seinen Kopfhörern. Plötzlich fühlte er sich sehr allein, umgeben von Existenzen, zu denen er keinen Zugang hatte. Er entdeckte ein zusammengeknülltes Papier auf dem Fußboden, hob es auf und warf es in einen Müllbehälter. Dabei hatte er das Gefühl, nicht nur seine Pflicht zu tun, sondern auch dem Kollegen, der ihn ersetzte, einen vorauseilenden Gefallen zu erweisen. Er atmete tief durch und wandte sich an den nächsten Fahrgast, eine etwa fünfunddreißigjährige Frau, die ein einfaches, seiner Ansicht nach aber elegantes Kleid trug und in einem Buch las.

»Entschuldigen Sie …«

Die Frau hob den Blick und musterte ihn irritiert.

»Haben Sie diese Dame hier schon mal gesehen?«, fragte Michele und hielt ihr das Foto hin.

»Nein. Tut mir leid«, erwiderte sie knapp, nachdem sie das Gesicht seiner Mutter wenige Sekunden angestarrt hatte. Dann versenkte sie sich wieder in ihren Roman.

Michele wandte sich an eine Gruppe Jugendlicher, die ein Stück entfernt saß. Auch hier: Fehlanzeige.

Was dann geschah, kam ihm vor wie ein Wunder: Nach und nach wandten sich ihm sämtliche Reisende zu. Ob Mann oder Frau, ob jung oder alt, alle schienen ungeduldig darauf zu warten, bis auch sie an der Reihe wären, das Foto anzusehen und Micheles Frage zu beantworten.

Ein paar Leute erhoben sich von ihren Plätzen, um einen Blick auf das Foto zu werfen, ihn etwas zu fragen und dann wieder zu ihren Sitzen zurückzukehren. Und doch war unter all diesen Menschen niemand, der seine Mutter wiedererkannte, niemand, der sie schon einmal gesehen hätte.

Michele ließ sich wieder neben die Frau mit den violetten Haaren sinken, die immer noch schlief. Er drückte das Foto an seine Brust und war entmutigt, ziemlich entmutigt. Vielleicht konnte er nach der Ankunft in Ferrosino einfach den Nachmittag abwarten, um dann mit dem nächsten Zug wieder nach Hause zu fahren, zurück zu seinem ruhigen Leben und seinen Gewissheiten. Doch da war etwas in ihm, das ihm gebot, nicht aufzugeben: Es hatte mit dem seltsamen Freudenrausch zu tun, der ihn erfasst hatte, als das Band gerissen war. Das Gefühl, in Gefahr zu schweben und gleichzeitig frei zu sein. Als würden Freiheit und Gefahr aus irgendeinem Grund, der ihm noch verborgen war, zusammenhängen. Instinktiv tastete er in seiner Jackentasche nach dem Handy, das Elena ihm gegeben hatte, zog es hervor und betrachtete es. Er hatte noch nie ein Handy besessen, es war ihm immer unnötig erschienen. Jetzt hingegen stellte dieses kleine handliche Ding aus Kunststoff eine direkte Verbindung zu der Person dar, der es gelungen war, nach zehn einsamen, verschlossenen Jahren zu ihm durchzudringen. Wie ein Wirbelwind war Elena in sein Leben gekommen, mit leichten Schritten, entwaffnendem Lächeln und einer absoluten Unbekümmertheit. Denn wann hätte sie ihn je um Erlaubnis gefragt? Michele wusste nicht viel von der Welt, aber Elena schien ihm gänzlich außergewöhnlich und einzigartig zu sein. Plötzlich überkam ihn der Impuls, sie anzurufen, ihre Stimme zu hören und ihr zu versichern, dass alles in Ordnung war. Schon hatte er den Daumen auf die Taste gelegt …

»Gestatten Sie?«

Michele fixierte die Frau mit dem violetten Haar, die aufgewacht war und das Bild in seinem Schoß anstarrte.

»Ich habe eine Leidenschaft für alte Fotos …«, erklärte sie ihre Neugier. »Mein Sohn ist Fotograf, wissen Sie?«

Verdutzt hielt Michele ihr die Kopie hin.

Elena hatte ihr Mobiltelefon schon in der Hand gehabt. Sie stand mit dem Rücken gegen die Theke gelehnt und hatte sich gerade ein Herz fassen und Michele anrufen wollen. Im Moment herrschte Ruhe in der Bar. Die beiden einzigen Kunden hatte sie bereits bedient, und Cosimo, der Besitzer, war damit beschäftigt, Tippscheine für einen lottosüchtigen Verkehrspolizisten zu quittieren. Sie hatte Sehnsucht nach Michele, und beim Gedanken an seine Abreise fühlte sie sich einsam und verloren. Es hatte keinen Sinn, es abzustreiten: Sie war ihm von Herzen zugetan. Trotzdem war sie unsicher, ob sie ihn anrufen sollte, und während sie noch zögerte, hörte sie Cosimo nach ihr rufen.

»Elena!«

Sie zuckte zusammen und fuhr herum.

»Immer mit der Ruhe, wie? Wenn du zwischendurch Lust bekommst, was zu arbeiten, sag doch einfach Bescheid ...«

Erst jetzt merkte Elena, dass, während sie in Tagträumen geschwelgt hatte, drei neue Gäste hereingekommen waren und darauf warteten, bedient zu werden. Schnell ließ sie das Handy in ihrer Tasche verschwinden und schenkte den Wartenden ein verlegenes Lächeln.

»Einen Espresso, bitte ...«

»Einen Macchiato im Glas, mit Schaum.«

»Einen Marocchino ohne Kakao, danke.«

Während sie sich eilig an die Bestellungen machte, sah sie aus dem Augenwinkel, wie sich Cosimo mit einem tiefen Seufzer an den Polizisten wandte und sich mit einem Seitenblick auf Elena an die Schläfe tippte, als wollte er sagen: »Die hat sie nicht alle.«

Zwar war Elena es gewöhnt, dass die meisten sie für ein wenig seltsam hielten, doch die Geste verletzte sie trotzdem. Aber so war es nun mal – sie galt als Sonderling, wegen ihrer Art, wie ein unkontrollierter Wasserfall zu reden ohne je zum Punkt zu kommen, wegen ihrer überschäumenden Begeisterungsfähigkeit und ihres ungestümen Temperaments. Wenn sie glücklich war, war sie nicht zu bremsen. Aber wenn sie halt auch allen Grund dafür hatte ...

Als sie noch ein kleines Mädchen war, hatten sie, ihre Eltern und Milù mal Urlaub in den Bergen gemacht. Während eines gemeinsamen Wandertags, an dessen Ende sie in einer Hütte hatten übernachten wollen, hatten die beiden Schwestern die vorgegebene Route verlassen. Sie kletterten einen bewaldeten Hang hinauf und erreichten eine mit Ahornbäumen und Fichten bewachsene Hochebene. Nach kurzer Zeit stießen sie auf eine Lichtung, durch die ein Bach in kleinen silbernen Wasserfällen Richtung Tal floss. Wie verzaubert blieben sie stehen und bestaunten die märchenhafte Landschaft. Plötzlich stürzte etwas Schattenhaftes aus der Krone eines Ahorns auf die Erde. Ein winziger Spatz, der wahrscheinlich aus seinem Nest gefallen war. Mit vorsichtigen Schritten näherten sie sich und fanden das Spatzenjunge im feuchten Gras, wo es kaum noch zu atmen schien. Als Elena eine Hand ausstreckte, um es zu berühren, ging ein Zittern durch den kleinen Körper, und es schlug heftig mit den Flügeln. Die Mädchen sahen, dass einer seiner Flügel auf seltsame Weise gebogen und vielleicht gar gebrochen war. Elena gelang es, das Vögelchen mit den Händen aufzunehmen. Sie spürte seinen wild pochenden Herzschlag und reichte es an Milù weiter, die ihm sanft das Köpfchen streichelte. Ohne jede Absprache begannen sie, abwechselnd auf den kleinen Spatz einzureden. Mit unschuldigen Kinderworten ermutigten sie ihn zu fliegen. Und wirklich: Als Milù die Hände öffnete, flog der Spatz davon. Sie sahen zu, wie er zur Baumkrone emporflatterte, wenn auch noch unsicher, torkelnd. Kurz schien er zu Boden zu stürzen, um schließlich doch entschlossen in die Höhe zu steigen.

Im gleichen Moment stießen Elena und Milù einen Jubelschrei aus, hinauf zu den verschneiten Gipfeln. Die Welt um sie herum schien ihnen auf glückhafte Weise vollkommen: der Spatz, das Sonnenlicht, das sich zwischen den Bäumen hindurchstahl, der Wald, der Bach mit seinem rauschenden Wasser … und natürlich sie selbst, Elena und Milù, Seite an Seite.

Die beiden Schwestern, die sich so ähnlich waren und seit jeher miteinander verbunden, schlossen einen Pakt: Dass sie auch später noch, wenn sie erwachsen wären, ihre Lebensfreude in den Himmel jubeln und niemals den Überschwang ihrer jungen Jahre verlieren würden. »Glückspakt«, so nannten sie ihre Vereinbarung.

Einige Zeit später hatte Elena den Pakt vergessen und war in tiefem Schmerz versunken. Alle Lebensfreude war versickert, unvermittelt, in einem Sommer, den sie nie vergessen würde. Eine tiefe dunkle Nacht hielt sie umfangen, und es schien, als hätte nichts mehr einen Sinn und die Welt alle Farbe verloren. Sie schloss sich in ihrem Zimmer ein und hatte keinen anderen Wunsch, als für immer die Augen zu schließen.

Viele Monate vergingen, bis zu einem Nachmittag im Mai, an dem Milù und Elena auf ihrer Parkbank saßen und über jenen Tag im Wald sprachen. Milù erinnerte ihre Schwester an ihren Pakt und tadelte sie dafür, ihn nicht eingehalten zu haben. Der Schmerz, den Elena in diesem Moment fühlte, war der Beginn von etwas Neuem. Sie versprach, dass sie versuchen würde, den Weg aus dem Dunkel zu finden, sog die nach Jasmin duftende Luft ein, spürte, wie die Erde unter ihren Füßen vibrierte, lauschte auf den Wind, der im Laub der Bäume sein Spiel trieb, und schickte einen Schrei zum Himmel. Ihre Flügel mochten gebrochen sein, aber sie konnte immer noch fliegen, das spürte sie. Den 18. Mai taufte sie den Tag ihrer Wiedergeburt.

Bei ihrer Begegnung mit Michele hatte Elena intuitiv den Schmerz erfasst, der sich in seinen schwarzen Augen spiegelte, und auch in ihm einen Spatz mit gebrochenen Flügeln erkannt. Michele hatte nur eine Chance: Er musste fliegen.

Als sie dem wartenden Gast jetzt seinen Kaffee mit Milchschaum servierte, lächelte Elena. Vielleicht war genau dies der Grund für die Liebe, die sie für Michele empfand: zwei mit derselben Traurigkeit, die sich begegnen, sich erkennen und gemeinsam versuchen, das Traurige in Hoffnung zu verwandeln. Zwei Spatzen mit gebrochenen Flügeln, die zum Himmel fliegen. Was machte es da schon aus, wenn die Leute glaubten, sie hätte sie nicht alle?

Die ältere Frau mit dem violetten Haar betrachtete Micheles Fotografie und deutete auf das Kind, das darauf abgebildet war.

»Das bist du, nicht wahr?«, fragte sie. »Dieselben Augen …«

Michele nickte überrascht. Die Frau schien es ganz natürlich zu finden, dass sie plötzlich zum »Du« übergegangen war.

»Und das sind deine Eltern …«, fuhr sie fort. »Du siehst deiner Mutter ähnlich«, fügte sie hinzu und starrte Michele unverhohlen an.

Als er nicht antwortete, gestand sie ihm, dass sie im Halbschlaf mitbekommen hatte, wie er die anderen Leute nach ihr gefragt hatte. Sie forderte ihn auf zu erzählen, was geschehen war und warum er sie suchte. Ihre Stimme war sanft und von ruhiger Überzeugungskraft, was ihrem etwas skurrilen Aussehen und ihrem intensiven, fast abstoßenden Parfüm zu widersprechen schien.

Michele fasste spontan Vertrauen. Das kaum merkliche Lächeln, das ihre Frage begleitet hatte, und ihr Blick, in dem so viel Mitgefühl und Lebensweisheit lagen, beruhigten ihn. Wenn er wollte, dass man ihm half, musste er seine Geschichte offenbaren, sollte er danach gefragt werden. »Man muss geben, um zu empfangen.« Diesen Satz hatte er mal gehört oder gelesen, aber er konnte sich nicht erinnern, wo.

Während der Zug ihn immer weiter Richtung Ferrosino brachte und im Fenster verschneite Berge in Sicht rückten, die vom Winter kündeten, begann er seine Geschichte.

Als er geendet hatte, lag ein Glanz in den Augen der Frau, doch sie gab ihrer Rührung nicht nach. Sie sah Michele nur an und bat ihn, sie nach Hause zu begleiten, da sie ihm etwas zeigen wolle.

Michele merkte, wie sein Herz schneller schlug. Vielleicht wusste diese Frau etwas über seine Mutter.

Sie schien seine Gedanken zu lesen und sagte: »Nein, Junge, ich weiß nichts über sie. Aber es gibt da etwas, das ich dir zeigen möchte. Betrachte es einfach als einen Gefallen, um den ich dich bitte. Danach kannst du deine Suche fortsetzen.«

Michele musterte sie aufmerksam. Er war hin und her gerissen zwischen Neugier und dem Misstrauen gegenüber einer Fremden. Schließlich siegte sein Instinkt, der ihm sagte, dass sie ihm nichts Böses wollte.

Er nickte.

Als der Zug in Ferrosino ankam, sagte die Frau mit dem violetten Haar: »Mein Haus ist ganz in der Nähe, keine Sorge. Du wirst nicht allzu viel Zeit verlieren.«

Michele nahm seinen Rucksack und folgte ihr schweigend. Er hatte tatsächlich Angst, durch den unerwarteten Zwischenstopp Zeit zu vertun, war aber gleichzeitig sehr gespannt, wohin die Frau ihn führen würde.

Als sie den Bahnhof verließen, sah Michele, dass Ferrosino so gar nichts von einem kleinen Küstendorf wie Miniera di Mare hatte. Mit seinen gut zehntausend Einwohnern lag es in fast tausend Metern Höhe auf einer Hochebene zwischen den Apenninen. Die Luft war frisch, leicht und ziemlich kalt, der Himmel klar, und die Sonne stand im Osten auf halber Höhe. Michele war froh um seine Lederjacke, schloss den Reißverschluss und überquerte den Bahnhofsvorplatz, wo reger Verkehr herrschte: Busse und Autos formierten sich zu einer Blechraupe, die sich geschmeidig auf der Straße vorwärtsbewegte, immer wieder stockend, sich gegenseitig überholend und neue Formationen bildend. Die Leute auf der Straße waren schon winterlich gekleidet, die Mienen abwesend, das Gebaren eilig, als hätten sie wichtigen Verpflichtungen nachzukommen. Entlang der Straßen reihten sich die unterschiedlichsten Läden auf: Geschäfte für Lebensmittel, für Haushaltsgegenstände, für Sportbekleidung, daneben noch Büros sowie Restaurants und Bars im Überfluss.

Michele folgte der Frau mit dem violetten Haar, die mit schnellen Schritten voranging. Irgendwann bogen sie in eine Seitenallee ein. Bereits nach wenigen Metern hatte Michele den Eindruck, die Schwelle zu einer anderen Welt übertreten zu haben: Hier gab es so gut wie keinen Verkehr. Die Läden und die eiligen Passanten waren verschwunden. Beide Seiten der Straße wurden von kleinen Häusern mit vorgelagerten Gärten gesäumt, allesamt picobello gepflegt und mit Blumen bepflanzt. Statt des Lärms der Autohupen und Motoren waren nur noch das Säuseln des Windes und das Tschilpen der Finken in den Bäumen zu hören. Die Frau blieb vor dem Tor eines einstöckigen Häuschens stehen, öffnete es und bedeutete Michele mit einer Geste, ihr zu folgen. Auf einem grauweißen Kieselweg durchquerten sie den Vorgarten, der mit Rosensträuchern und einer kleinen Tanne bewachsen war. Die Frau sperrte die Haustür auf, trat zur Seite, um Michele einzulassen, und schloss sie wieder.

»Das ist also mein Zuhause«, verkündete sie, als sei dies eine absolut unentbehrliche Information. Michele blickte sich um: Die Wände des kleinen Wohnzimmers waren über und über mit Fotografien gepflastert, die aus Zeitschriften und Zeitungen ausgeschnitten und dann wie Trophäen gerahmt worden waren. Landschaften aus aller Herren Länder waren darauf zu sehen, Ansichten von berühmten Städten, Kriegsgebiete, zerbombte Häuser und verlassene Städte, Gesichter von Kindern und alten Menschen aller Rassen und Hautfarben. Michele beschlich ein sonderbares Gefühl: Die mit Fotografien tapezierten Wände erinnerten ihn unwillkürlich an sein eigenes Haus voller verlorener Gegenstände.

Die Frau stellte ihre Tasche auf den Tisch in der Mitte des Zimmers und wandte sich mit stolzem Blick zu ihm um.

»Die Fotos hat mein Sohn geschossen«, sagte sie. »Er ist ein hervorragender Fotograf, nicht wahr? Er heißt Marco, wie mein Vater.«

Michele nickte und fuhr fort, die Fotos zu betrachten, fast alle in Schwarz-Weiß, Momentaufnahmen ferner Orte und ihrer Menschen, die sich zusammenfügten zu einer unendlichen Erzählung von Schmerz, Freude, Angst, Hoffnung, Schönheit und Verfall.

»Mein Mann wäre stolz auf ihn gewesen …«, fuhr die Frau fort und trat neben Michele. »Aber leider hat er sich nicht mehr am Erfolg unseres Sohnes freuen können: Er ist gestorben, da war Marco gerade mal im Gymnasium. Aber so ist das Leben … Es nimmt und es gibt, je nachdem, wie das Rad sich dreht.«

Die Frau wies auf ein Foto, das einen etwa dreißigjährigen Mann mit einer Spiegelreflexkamera um den Hals zeigte, der auf dem Kofferraum eines rostigen Geländefahrzeugs saß. Er trug eine Militärjacke, eine dunkle Cargohose mit vielen Taschen und einen Schlapphut.

»Das ist er, mein Sohn. Ihr seht euch ähnlich«, fügte sie

hinzu. Ein Hauch Melancholie lag in ihrem Blick. Dann wollte sie ihm plötzlich einen Kaffee anbieten.

»Das geht ganz schnell, ich hab so eine Kaffeemaschine mit Pads wie die in der Bar …«, sagte sie, bevor sie hastig in der Küche verschwand.

Michele sah auf die Uhr: Es war 9.25 Uhr. Er hatte es eilig, weiterzukommen und endlich mit seiner Suche zu beginnen. Er bebte vor Ungeduld und spürte eine leichte Irritation in sich aufsteigen. So langsam keimte in ihm der Verdacht, dass die Frau ihn nur zu sich nach Hause gelockt hatte, weil er sie an ihren Sohn erinnerte. Vielleicht war sie einsam, hatte Sehnsucht nach ihrem Marco und wollte sich der Illusion hingeben, ein wenig Zeit in seiner Gesellschaft zu verbringen. Außerdem kam es ihm so vor, als würden ihn die Gesichter an den Wänden in starrem Schweigen beobachten und Rechenschaft von ihm verlangen.

Kurz darauf kam die Frau mit einem Tablett, zwei Tassen Kaffee und einem Teller mit Schokoladenkeksen zurück. Lächelnd bot sie ihm an, Platz zu nehmen. Michele gehorchte trotz seines Unbehagens.

»Es ist ein bisschen kalt hier, nicht wahr?«, sagte sie, als wollte sie sich entschuldigen. »Mein Heizkessel ist schon seit drei Tagen kaputt und keiner hat Zeit, ihn mir zu reparieren … Man kommt sich wirklich vor, als würde man den Leuten zur Last fallen, nur weil man sie bittet, ihre Arbeit zu tun. Alle sind sie ununterbrochen beschäftigt … Alle. Wie viel Zucker?«

»Einen Löffel, danke«, sagte Michele.

Er trank seinen Kaffee in kleinen Schlucken und aß zwei Kekse, um die Frau zufriedenzustellen, die darauf bestand, dass er davon probierte. Anschließend erhob er sich und machte Anstalten zu gehen.

»Warte noch einen Moment«, sagte sie, während sie ebenfalls aufstand. »Ich wollte dir doch noch etwas zeigen, hast du das vergessen? Komm mit …«

Sie ging zu einer Tür am anderen Ende des Zimmers, die nach hinten hinaus in einen von Lorbeerhecken umgebenen Garten führte, der sehr viel weitläufiger war als der vor dem Haus. In seiner Mitte erhob sich ein ungewöhnlich schöner Olivenbaum, der aussah wie eine in die Erde gepflanzte menschliche Hand: Sein Stamm war der Unterarm, der sich zu einer nach oben geöffneten Hand erweiterte, aus der die Äste wie kräftige, knorrige Finger herauswuchsen und sich in Richtung Himmel reckten.

Michele starrte den Baum verzaubert an.

»Das war es, was ich dir zeigen wollte …«, sagte die Frau, die an den Baum herangetreten war und Michele näher winkte.

»Sieh nur, hier …«, sagte sie leise und zeigte auf eine Stelle am oberen Ende des Stammes, an der ein tiefer, halbmondförmiger Riss klaffte, genau dort, wo sich die Äste nach oben verzweigten. Eine tiefe Wunde an einem Handgelenk.

Die Frau lächelte.

»Mein Mann hat den Baum gepflanzt, als Marco ein Jahr alt war. Damals sah er noch wie ein dünnes Hälmchen aus, das sich im Wind bog.«

Sie erzählte, dass sich ihr Sohn, als er gerade laufen gelernt hatte, unwiderstehlich von dem Bäumchen angezogen gefühlt und oft seine Nähe gesucht hatte. Ein bisschen schienen sie wie zwei Brüder, die zusammen aufwuchsen und miteinander spielten. Immer wieder rannte der Kleine um den Baum herum und sang dazu die Kinderlieder, die man ihm beigebracht hatte. Eines Tages bohrte er seinen Fingernagel in den noch zarten Stamm, und als er ihn wieder herauszog, blieb der Abdruck seines Nagels wie eine Wunde zurück.

»Siehst du? Er ist immer noch da … Er ist sogar mit dem Baum größer geworden«, fuhr die Frau fort und strich über den Riss, als könne sie damit Schmerzen lindern. »Der Baum hat nicht aufgehört zu wachsen«, sagte sie und sah Michele an.

»Deswegen wollte ich ihn dir zeigen … er ist wie du. Er hat eine tiefe Wunde, die ihm schon als Kind zugefügt wurde. Trotzdem ist er gewachsen. Und er wächst noch weiter, selbst wenn die Verletzung dadurch tiefer wird. Du hast beschlossen, deine Mutter zu suchen. Aber sag: Machst du das nur, weil du deine Wunde verschwinden lassen willst?«

Michele sah sie überrascht an. Er wusste nicht, was er antworten sollte. Er wusste nicht, ob seine Wunde verschwinden würde, wenn er seine Mutter wiederfand. Eigentlich fürchtete er eher, die Begegnung mit ihr würde sie noch schmerzhafter machen. Also beschränkte er sich darauf, wortlos den Kopf zu schütteln.

Die Frau mit dem violetten Haar schenkte ihm ein Lächeln. »Ich habe meinen Sohn seit sechs Jahren nicht gesehen«, sagte sie, »und ich habe keinen Schimmer, wann er mich zum letzten Mal angerufen hat. Vor drei Monaten vielleicht. Oder auch vier. Er ist seinem Traum gefolgt und hat mich dabei vergessen. Wenn er Zeit oder gerade nichts anderes zu tun hat, schenkt er mir den Almosen eines Anrufs, mehr nicht. Und das hat schon seine Richtigkeit. Tatsache ist, dass auch ich eine Wunde habe, die gleiche wie du. Ich bin verlassen worden. Es sind nicht immer die Eltern, die ihren Kindern wehtun. Auch Kinder können einen Elternteil verletzen. Aber weißt du, was der Unterschied ist?«

Michele schüttelte betroffen den Kopf.

»Der Unterschied ist, dass die Verletzungen, die man Kindern zufügt, das ganze Leben offensichtlich bleiben. Weil

Kinder so sind, wie dieser Olivenbaum vor vielen Jahren: zart und schutzlos. Wenn man Nägel in sie bohrt, bleibt ein Abdruck … und wächst mit ihnen mit.«

Während die Frau die erste Träne trocknete, die sie sich nun doch zugestand, spürte Michele tief in seinem Inneren einen Stich.

»Nimmt man hingegen einen alten Stamm«, fuhr sie fort, »bleibt keine Kerbe zurück. Als hätte man ihn nicht mal geritzt. Er bleibt der, der er war, stark und robust. Intakt eben. Aber ganz so ist es natürlich nicht. Der Nagel hinterlässt so oder so eine Verletzung, nur eben eine, die man nicht sieht. Und sie lässt die Wurzeln vor der Zeit altern.« Die Frau streckte eine Hand aus und strich sanft über Micheles Wange. »Ich wünsche dir, dass du deine Mutter findest, mein Junge. Aber um eins bitte ich dich: Sollte es dir wirklich gelingen, tu ihr nicht weh. Wenn man alt wird, ist es schwierig, sich von Verletzungen zu erholen. Und weißt du, was am gefährlichsten ist? Wenn man keinen Grund mehr hat weiterzumachen. Hör dir an, was sie zu sagen hat, Michele. Hör ihr zu. Erst dann kannst du entscheiden, ob du dich wirklich rächen willst für das, was sie dir angetan hat, und ihr im Gegenzug auch wehtun willst, oder ob du ihr einfach verzeihst. Denn nur, wenn du das tust, kann sich die Wunde wirklich schließen.«

Michele wusste nicht, welcher Impuls ihn leitete, was ihm die Kraft gab, die Frau mit dem violetten Haar zu umarmen und in ihrem süßlichen, leicht penetranten Duft zu versinken. Hätte er noch Tränen übrig gehabt, er hätte ihnen vielleicht freien Lauf gelassen. Doch auch wenn er nicht weinte, fühlte er sich zum ersten Mal seit vielen Jahren geborgen, und das ganz ohne die Hilfe seiner Gewohnheiten, seiner gepanzerten Einsamkeit und seiner verlorenen Gegenstände.

Gemeinsam gingen sie ins Haus zurück, wo Michele nach

seinem Rucksack griff, bereit zum Aufbruch. Die Frau fröstelte. Suchend blickte sie sich nach ihrem Schal um und legte ihn sich um die Schultern.

»Wo ist dieser kaputte Heizkessel?«, fragte Michele.

Sie sah ihn verdutzt an. »Hinten in der Küche …«

Seufzend zog Michele seine Jacke wieder aus und ließ sich von der Frau durch die Wohnung führen.

»Gibt es hier irgendwo einen Werkzeugkasten?«

Ihr dankbares Lächeln entschädigte ihn dafür, dass er sich noch mehr verspäten würde. Ohne Umschweife ging sie das Werkzeug holen.

Michele öffnete den Heizkessel, verschaffte sich einen Eindruck von der Lage und begann mit der Reparatur, wie es ihn sein Vater gelehrt hatte und wie er es auch mit seinem eigenen Heizkessel immer wieder tun musste, weil er alt war und ständig gewartet werden musste.

Er brauchte eine Dreiviertelstunde, um den Schaden zu beheben. Mit einem Fauchen begann das Gas in den Röhren zu zirkulieren, und als er den roten Knopf drückte, schoss ein Flämmchen in die Höhe. Kochendes Wasser durchströmte die Heizungen und ließ sie warm werden.

Die Frau mit dem violetten Haar nahm sich den Schal von den Schultern und machte ihnen noch einen Kaffee, den sie gemeinsam tranken, während sie noch ein Weilchen abwarteten, ob der Heizkessel auch wirklich funktionierte.

Irgendwann begleitete sie Michele zur Haustür und drängte ihn, noch eine Tüte mit Schokokeksen mitzunehmen.

Sie umarmten sich noch einmal zum Abschied, bevor Michele sich auf den Weg ins Unbekannte machte.

Die Frau folgte ihm mit dem Blick, und auch wenn er sich kein einziges Mal umdrehte, winkte sie ihm weiter nach, bis seine schlanke Gestalt um die Ecke verschwunden war.

9.

Für ein paar Sekunden schob der Wind eine dichte graue Wolke vor die Sonne. Jetzt konnte Michele den Bahnhofsplatz mit seinem Verkehr und den vielen Läden wieder deutlich erkennen. Er stellte sich ihm noch weitläufiger dar als vorher, und mit einem Mal fühlte er sich unglaublich verloren. Im Grunde war der Zug ein Teil seines Lebens, quasi eine Erweiterung seines Hauses. Seit mehr als zehn Jahren war er täglich dort eingestiegen. Jedes Detail war ihm vertraut, die Sitze, die Gänge, die winzigen Toiletten und die schadhaften Fenster. Während der Reise war Elena ihm beigestanden, da hatte er sich weniger allein gefühlt. Auch die Frau mit dem violetten Haar hatte ihn wie ein Schutzengel begleitet und ihn die abrupte Konfrontation mit einer fremden Stadt vergessen lassen. Ihn mit zu sich nach Hause genommen und wie einen Sohn umsorgt. Erst jetzt sah er sich tatsächlich dem Unbekannten ausgesetzt, als Außenseiter in einem Leben, das ihn umtoste. Die rasch an ihm vorbeiziehenden fremden Gesichter, das Stimmengewirr und das Gewoge all der aufeinandertreffenden Töne schienen ihm misstönend und falsch. Er kam sich plump und unbeholfen vor, als würde er die Schrittkombination eines komplizierten Tanzes erlernen. Er war in eine Falle geraten, gefangen in einer seltsamen Choreographie, als Letzter dazugestoßen, ein auf die

Bühne geworfener Statist in einem Stück, das er nicht kannte. Um ihn her schien sich alles zu drehen wie ein außer Rand und Band geratenes Roulette. Er selbst war die kleine weiße Kugel, die im Wirbel des unvorhersehbaren Spiels hilflos umherrollte. Er versuchte sich zu entspannen, seinen Atem zu mäßigen, sich Mut zu machen. Und wirklich: Vor einem Zeitungskiosk kam er zur Ruhe – die weiße Kugel hatte ein Feld gefunden, in dem sie zum Liegen gekommen war, und Michele beschloss, es sei nun an der Zeit, sich wieder an die Arbeit zu machen. Er zog die Fotografie aus dem Rucksack, zeigte sie dem Zeitungsverkäufer und fragte ihn, ob er die Frau schon einmal gesehen habe.

Der Kioskbesitzer starrte das Foto an und schüttelte den Kopf. »Nein, noch nie …«, erwiderte er in gleichgültigem Ton.

»Sie heißt Laura Puglia. Sagt Ihnen der Name etwas? Sie ist inzwischen über fünfzig. Sie müssen sie sich also älter vorstellen als hier auf dem Bild …«

Der Zeitungsverkäufer schien nun etwas mehr Interesse zu entwickeln. »Worum geht's bei der Sache genau?«, fragte er.

In wenigen Worten schilderte ihm Michele die Situation.

Der Mann wirkte erstaunt. »Hast du denn nie daran gedacht, dich ans Fernsehen zu wenden?«, fragte er.

Michele schüttelte den Kopf.

»Du liebes bisschen … Schaust du denn kein Fernsehen?«, fragte der Mann kopfschüttelnd.

»Doch, manchmal schon … aber meistens Filme oder halt die Nachrichten …«

Der Zeitungsverkäufer seufzte nachsichtig, als hätte er Mitleid mit ihm. »Das macht man heutzutage so, wenn jemand verschwindet. Man geht in eine Sendung. Das läuft folgendermaßen: Du schreibst der Redaktion, erzählst denen deine Geschichte, und die suchen dann nach deiner Mutter. Wenn sie Erfolg haben, kommt ihr beide ins Fernsehen. Ihr trefft euch da, ein Wiedersehen vor Publikum, und das wird dann live übertragen …«

Während der Mann fortfuhr, die verschiedenen Formate zu beschreiben, fühlte Michele Unbehagen in sich aufsteigen. Nie hätte er zugelassen, dass man seine Geschichte in der Öffentlichkeit ausbreitete und irgendein Studiopublikum seine Mutter beurteilte oder auch die Zuschauer zu Hause, die ihr Abendessen in sich hineinschlangen und sich auf dem Sofa fläzten. Er verspürte den Impuls, seine Mutter zu beschützen und sie vor den Konsequenzen ihres Tuns zu bewahren. Er schien sie noch immer aus tiefster Seele zu lieben. Trotz allem, was geschehen war.

»Also, kapiert wie das geht?«, schloss der Verkäufer beinahe drängend.

Michele nickte und versicherte ihm, er werde es sich durch den Kopf gehen lassen. Dann verabschiedete er sich und machte sich erneut auf den Weg. Die Luft war inzwischen lauer geworden. Er trat auf den Gehsteig hinaus, um es sogleich im nächsten Laden, einer Bar, zu versuchen. Dort zeigte er dem Barmann das Foto, zeigte es zwei kaffeetrinkenden Gästen und schließlich noch der Kassiererin, die ihn mitfühlend musterte, während sie seiner Geschichte lauschte. Auch diesmal gelang es ihm nicht, etwas Neues über seine Mutter in Erfahrung zu bringen.

Nichts als verneinende Antworten, den ganzen Vormittag lang. Er ging in rund fünfzig Geschäfte, hielt Dutzende Leute auf den Straßen von Ferrosino auf, wartete vor Supermärkten auf herauseilende Kunden, das Foto immer gut sichtbar in der Hand, befragte die Platzanweiser auf den Parkplätzen und zu guter Letzt noch zwei Verkehrspolizisten.

Gegen 14 Uhr begann er zu ermüden und hungrig zu werden. Als er an einer Trattoria vorbeikam, die am Morgen noch geschlossen gewesen war, ließ ihn der Schriftzug auf dem Schild lächeln: GRAN GOURMET. HAUSMANNSKOST. Ein Widerspruch, der ihn neugierig machte. Sobald er die Tür öffnete, flog ihn ein Duft aus der Küche an, unverblümt und durchdringend, ein wahrer Wirbelsturm von Gerüchen und daran haftenden Erinnerungen. Steinpilze, Ragout, Braten und Wild, Würste und alter Käse. Das alles wurde von einer Basilikumwolke überlagert, die den Blumentöpfen auf den Fensterbrettern entströmte. Ohne eine solche Geruchssymphonie hätte man das Gran Gourmet, als eher bescheidenes Lokal beschrieben: Nur wenige Tische mit weiß-grün karierten Tischtüchern und an den Wänden alte Drucke, auf denen ein schneebedecktes, menschenleeres Ferrosino um 1900 abgebildet war.

Eine junge Kellnerin eilte an ihm vorbei, in der Hand einen gefüllten Brotkorb, den sie auf dem Tisch eines älteren Ehepaars abstellte.

Michele blickte sich suchend um und setzte sich an einen abseits stehenden Tisch vor dem Fenster, dessen bestickte Vorhänge vom Alter und Dampf der Speisen gelblich verfärbt waren. Die Kellnerin kam mit einem Lächeln auf ihn zu und reichte ihm die Speisekarte. Das letzte Mal war er mit sechs oder sieben zusammen mit seinen Eltern in einem Restaurant gewesen. Dank zweier Kissen hatte er über die Tischkante lugen können, und während sein Vater und seine Mutter noch die Speisekarte studiert hatten, hatte er den Kellner wissen lassen, er wolle einen riesen Haufen Pommes. Das Lachen seiner Mutter hatte durch das ganze Lokal geschallt, heller noch als der kühle Weißwein, den man seinen Eltern serviert hatte.

»Haben Sie Pommes?«, fragte er die Bedienung jetzt, die ihn überrascht ansah.

»Die können wir Ihnen machen, natürlich …«, antwortete sie. »Und sonst? Was darf ich Ihnen noch bringen?«

Michele, nicht daran gewöhnt, auswärts zu essen, war ganz durcheinander, als er sich nun unter den Dutzenden von Angeboten ein Gericht aussuchen sollte.

»Ich weiß nicht …«, murmelte er unentschlossen.

»Soll ich das übernehmen?«, schlug die junge Frau vor, nachdem sie noch ein Weilchen abgewartet hatte.

Michele war nicht ganz klar, ob er ihren Vorschlag ihrer Ungeduld oder ihrer Freundlichkeit zu verdanken hatte, aber er nickte spontan, erleichtert, sich von der Qual der Wahl befreit zu wissen. Auch willigte er sofort ein, als sie ihn fragte, ob er ein Mineralwasser wolle, ja nicht mal gegen einen halben Liter roten Hauswein hatte er etwas einzuwenden.

Als sich die Kellnerin entfernte, nahm Michele eine Scheibe Brot aus dem Korb, brach ein Stück davon ab und begann nachdenklich zu kauen. Ihm fiel ein älteres Ehepaar auf, das immer wieder zu ihm herübersah. Vielleicht interessierte sie der einsame junge Mann, so verloren und müde, wie er aussah. Michele fasste sich ein Herz, zog sein Foto aus dem Rucksack und ging zu ihrem Tisch, um ihnen die inzwischen so vertrauten Fragen zu stellen. Der Mann und die Frau betrachteten das Gesicht seiner Mutter, während Michele etwas schüchtern die Details seiner Geschichte zusammensuchte, die er dann gleich noch der neugierig hinzugetretenen Bedienung zum Besten gab.

Die drei wechselten einen Blick, als wollten sie sich gegenseitig konsultieren, und gaben ihm dann mit offensichtlichem Bedauern eine verneinende Antwort. Auch sie wussten nichts über seine Mutter.

»Wie bringt man es nur übers Herz, ein so kleines Kind zu verlassen?«, fragte die alte Dame und sah ihren Mann an.

»Marta … Das ist nicht besonders nett«, wies er sie in liebevoll-vorwurfsvollem Ton zurecht.

Peinlich berührt blickte die Frau Michele an. »Entschuldigen Sie …«, murmelte sie, »aber gewisse Dinge kann ich einfach nicht verstehen.«

»Ich habe mir oft dieselbe Frage gestellt«, erwiderte Michele. »Genau deshalb möchte ich meine Mutter ja finden … um eine Antwort zu bekommen.«

Es wunderte ihn, mit welcher Selbstverständlichkeit ihm die Worte über die Lippen kamen. Wenn man einfach drauflosredete, dachte er, gewöhnte man sich vielleicht mit der Zeit daran und hatte keine Scheu mehr, über die eigenen Gefühle zu sprechen. Er war erleichtert und im tiefsten Inneren auch ein bisschen stolz auf die bescheidenen Fortschritte, die er in den wenigen Stunden seit seiner Abreise gemacht hatte.

Die beiden Eheleute nickten nachdenklich.

»Möchten Sie sich nicht zu uns setzen?«, schlug der Mann schließlich vor.

Nach anfänglichem Zögern nahm Michele die Einladung an. Die Bedienung brachte noch ein weiteres Gedeck an den Tisch.

»Gott schenkt dem Brot, der keine Zähne hat. Hätte ich doch nur selbst einen Sohn gehabt …«, murmelte die alte Frau.

Ihr Mann nickte bitter.

»Meine Schuld, junger Mann. Ich hatte nur Platzpatronen zu bieten«, sagte er in einem Anfall von Selbstironie. »Zu unserer Zeit gab es dieses ganze Teufelszeug noch nicht, mit dem man heutzutage Kinder in die Welt setzt. Wir haben einfach getan, was notwendig war. Was wäre auch die Alternative gewesen, wenn es nicht geklappt hat, außer den lieben Gott um Hilfe bitten? Wir haben es wirklich versucht, das können Sie mir glauben. Bei aller Bescheidenheit, es ist nicht so, als hätten mir die Kräfte gefehlt, im Gegenteil, ich habe wirklich Gas gegeben und …«

»Luciano!«, tadelte ihn die Frau leicht errötend.

Luciano zwinkerte Michele wie einem alten Freund zu. Die Bedienung servierte den Eheleuten zwei Teller Fettuccine mit Tomatensoße. Michele setzte sie Pommes frites vor.

»Die habe ich Ihnen als Vorspeise machen lassen …«, raunte sie ihm in fast mütterlichem Ton zu. Allem Anschein nach hatte die Geschichte vom verlassenen Sohn ihr Herz erobert.

»Guten Appetit …«, sagte Luciano, bevor er die Gabel lustvoll in den Berg Fettuccine senkte.

Unvermittelt fühlte sich Michele in eine weit zurückliegende Vergangenheit versetzt, die er nur aus Erzählungen kannte.

»Guten Appetit …«, raunt seine Mutter und betont dabei jede Silbe einzeln. »Gu-ten Ap-pe-tit«, sagt sie noch einmal. Das Kind versucht, sie nachzuahmen. »Tit …«, bringt es hervor. Die Mutter lacht, lacht und strahlt übers ganze Gesicht. Das Kind, mit seinem Lätzchen um den Hals, kommt sich vor wie ein Held, wie der Mittelpunkt der Welt. »Tit …«, wiederholt die Mutter gerührt, und in diesem Moment beglaubigt ihre Stimme die Existenz des Wortes als Teil einer universalen Sprache.

Tit …
Tit …
Tit …

Es ist ein ferner Klang, der ihm in den Sinn kommt, während er sich die erste Pommes in den Mund schiebt. Sie ist leicht, außen knusprig und salzig, innen weich und heiß.

Der gebeugte Rücken der Mutter, die am Tisch sitzt, Kartoffeln schält und sie zuerst in Scheiben und dann in feine Stäbchen schneidet, alle wunderbar gelb und genau gleich groß. Auf dem Herd steht schon die Pfanne und wartet auf die Pommes, die das Öl, wenn sie mit ihm in Berührung kommen, spritzen und brodeln lassen.

Der Junge sieht zu und wartet. Er weiß, das Küchenpapier, das die Mama auf den Teller gelegt hat, dient dazu, Öl aus den fertigen Pommes zu saugen. Er weiß, dass die Mama so tun wird, als sähe sie es nicht, wenn er eine davon stibitzt und drauf bläst, damit sie kalt wird, bevor er sie hastig kauend runterschluckt …

»Immer schön in Ruhe kauen, junger Mann …«

Die Stimme der alten Frau holte Michele in die Gegenwart zurück. Sein Teller war bereits leer gegessen, und das leichte Sättigungsgefühl fühlte sich wohlig an. Er nahm einen Schluck Rotwein.

»Sind Sie schon lange verheiratet?«, fragte er und merkte, wie Wärme in seinem Inneren aufstieg und seine Wangen rötete.

»Fünfunddreißig Jahre …«, erwiderte Luciano stolz. »Und keinen Tag getrennt. Nicht so wie heute, wo schon ein Furz genügt, um die Scheidung einzureichen …«

»Schatz …«, unterbrach ihn seine Frau lächelnd. »Wir haben es verstanden, heute ist alles anders. Aber die Welt verändert sich nun mal, dagegen können wir nichts machen …«

»Er ist ein ziemlicher Brummbär«, fügte sie an Michele

gewandt hinzu und lächelte gutmütig. »Nichts passt ihm in den Kram ...«

»Du passt mir in den Kram«, sagte Luciano, als handelte es sich um seine Maxime, um einen Beweis seiner Liebe, den er nicht oft genug bekräftigen konnte.

Michele spürte die Zärtlichkeit und die Zuneigung, die sich im Lauf der Zeit zwischen den beiden Eheleuten gefestigt hatte. Er empfand eine Mischung aus Neid und Bewunderung, während gleichzeitig Hoffnung in ihm keimte.

Es gibt sie also wirklich, dachte er. Dauerhafte Liebe und Bande, die sich niemals lösen. Es ist kein Wahnsinn, einem anderen Menschen zu vertrauen und an ein besseres Leben zu glauben, an etwas, das unveränderlich ist, auch wenn es nicht allein von einem selbst abhängt.

Ein intensiver Duft in seinem Rücken katapultierte ihn in einen längst vergangenen September zurück. Im Nu hatte er einen Teller hausgemachter Pasta vor Augen, die Nudeln dick und kurz, der Sugo sämig.

»Strozzapreti mit Hammelsoße und roten Rüben«, verkündete die Bedienung.

Michele dankte ihr mit kaum hörbarer Stimme, und als er eine Nudel aufspießte, sprang erneut seine Erinnerung an. Er sah sich an einem sonnigen Spätsommertag in der elterlichen Küche, wo ein Radio laut aufgedreht war und seine Mutter die Lieder mitträllerte, während sie einen Teig aus Eiern, Mehl, Wasser und Salz knetete. Im Ofen schmorte eine Reine mit Hammelfleisch, gelb gebacken und mit einer feinen Kruste überzogen. Die in Stücke geschnittene rote Beete zerfiel allmählich und verschmolz goldgelb mit der Butter.

Wo war nur diese Unbeschwertheit, diese Leichtigkeit hin?, fragte er sich jetzt. Was hatte das Band zerrissen, das sie so eng verbunden hatte, miteinander und mit dem Glück?

Und wie hatte Michele all die Jahre hindurch jeden Appetit auf gutes Essen verlieren können? Wie hatte er all die Aromen vergessen und ihnen Tag für Tag entsagen können? Ihm wurde klar, dass er eine Art Buße kultiviert hatte, als wäre dies der Preis für sein Überleben: Ein Dasein ohne Geschmack und Gefühl, egal welcher Art, und ohne jede Aussicht auf eine frohe Zukunft.

Luciano und Marta hielten sich in liebevoll zugewandtem Schweigen an der Hand und beobachteten ihn diskret.

»Wenn du deine Mutter wirklich wiederfinden willst, solltest du dich bei der Polizei erkundigen, junger Mann«, sagte der Alte jetzt, als hätte er einen Geistesblitz gehabt. »Wer sollte sonst etwas darüber wissen, wenn nicht die Polizei?«

Seine Frau nickte zur Bekräftigung.

Michele dachte darüber nach, erinnerte sich aber gleichzeitig daran, dass Elena gesagt hatte, die Polizei würde mangels einer Vermisstenanzeige nichts ausrichten können. Aber vielleicht lohnte sich ein Versuch. Vielleicht verfügte die Polizei hier am Ort über Informationen, die andere Reviere nicht hatten, gerade wenn seine Mutter in dieser Gegend gelebt hatte oder sogar jetzt noch lebte.

»Das Kommissariat ist ganz in der Nähe …«, fügte Luciano hinzu und beschrieb ihm, wie er dorthin kam.

Michele dankte ihm. Er war bereit, seine Suche fortzusetzen, blieb aber noch sitzen, um mit seinen neuen Freunden und der Kellnerin zu plaudern. Trotz aller Einwände konnte er nicht verhindern, dass Luciano die Rechnung bezahlte (»Sonst ist er beleidigt«, versicherte die Frau Michele). Nachdem er sich mehrfach bedankt hatte, war es Zeit aufzubrechen. Er nahm seinen Rucksack, legte ein Trinkgeld für die Bedienung auf den Tisch und ging zum Ausgang. Die köstlichen Düfte der Trattoria und die leichte Schläfrigkeit, die drohte, ihn untätig werden zu lassen, ließ er hinter sich zurück.

Zehn Minuten strammer Fußmarsch und er hatte das Kommissariat erreicht, einen rechteckigen grauen Kasten aus Beton. Unsicher, wie es nun weitergehen sollte, trat er ein und sah sich um. Zu seiner Linken gab es einen kleinen Wartesaal, darin eine dicke Frau mit zwei Kindern, ferner ein etwa fünfzigjähriger Mann mit eingegipstem Arm sowie ein eleganter Herr, der mit indignierter Miene auf seine Armbanduhr sah. Zu seiner Rechten befand sich eine Kabine mit einem jungen Beamten, davor drei wartende Personen. Auch Michele harrte geduldig aus, bis er an der Reihe war. Zögern. Der Mann musterte ihn fragend.

»Was darf's sein? Eine Anzeige?«, drängte er.

Michele hatte das Gefühl, in der verbrauchten Luft des beengten Raums zu ersticken. Er hatte keine Ahnung, was er sagen sollte. Wie das alles erklären? Mehr als zwanzig Jahre nach dem Verschwinden seiner Mutter wäre eine Anzeige lächerlich, ja geradezu unbotmäßig, das sagte ihm sein Gefühl.

»Ich … ich bin auf der Suche nach Informationen, um jemanden zu finden«, sagte er schließlich unbeholfen, zog das Foto hervor und schilderte kurz die Situation. Der junge Mann rief einen älteren Kollegen herbei, der erst nach ein paar Minuten angeschlendert kam und Michele alles noch mal erzählen ließ. Die beiden Beamten berieten sich, tätigten schließlich einen Anruf und schickten Michele zu einer Tür am Ende des Korridors. Dahinter, sagten sie, würde ihn ein Inspektor erwarten.

Michele ging zu besagtem Büro, klopfte schüchtern und trat ein.

Die Luft im Zimmer war rauchgeschwängert. Ein von Zigarettenstummeln überquellender Aschenbecher auf einem mit Akten beladenen Schreibtisch, der von der exzessiven Nikotinsucht des Polizeibeamten zeugte. Es handelte sich um einen etwa vierzigjährigen Mann mit dichtem schwarzem Haar und leichtem Fettansatz am Bauch, der nicht unsympathisch wirkte, auch wenn er etwas finster dreinblickte. Der Beamte stellte sich als Inspektor Sonnino vor, zündete sich eine Zigarette an und wedelte den Rauch vor seinem Gesicht weg, als fühlte er sich davon belästigt.

»Wie kann ich Ihnen helfen?«, wollte er nach einem Hustenanfall wissen. Michele seufzte. Resigniert setzte er dazu an, seine Geschichte zum x-ten Mal zu wiederholen.

Der Inspektor musterte ihn von Kopf bis Fuß und starrte nachdenklich auf Micheles verbundene Hände, als wären die Verletzungen ein Beweis dafür, dass er es mit einer wenig vertrauenswürdigen Person zu tun hatte.

»Sie wissen doch bestimmt, dass ich Ihnen keine Auskunft geben kann, oder, Signor Airone? Das wäre gegen das Datenschutzgesetz. Ihre Mutter ist damals aus freien Stücken gegangen, sie war eine erwachsene Frau und niemand aus der Familie hat je eine Vermisstenanzeige aufgegeben.«

Michele nickte schweigend.

»Abgesehen davon«, fuhr der Inspektor fort, »ist der Datenschutz nicht allein das Problem. Nehmen wir mal rein theoretisch an, ich bekomme raus, wo sie sich aufhält. Und nehmen wir weiter an, ich gebe Ihnen die Adresse. Dann gehen Sie da hin und treffen Ihre Mutter, auf die Sie unter Umständen sehr böse sind. Wäre ja auch verständlich, schließlich hat sie Sie verlassen, als Sie noch klein waren. Sie machen ihr Vorwürfe, es kommt zum Streit … und dann, Signor Airone, tun Sie etwas Unüberlegtes … was weiß ich …

sagen wir, Sie erschießen sie. Dann bin ich dafür verantwortlich, denn ich habe Ihnen gesagt, wo sie wohnt.«

»Aber ich will meine Mutter doch gar nicht erschießen«, widersprach Michele. »Ich habe ja noch nicht mal eine Pistole …«

»Das sagen *Sie*, aber woher soll ich wissen, dass das auch wirklich stimmt? Wenn Sie sich an Ihrer Mutter rächen wollen, dann werden Sie mir das ja nicht im Vorhinein auf die Nase binden. Und sollten Sie im Besitz einer Pistole sein, werden Sie die auch nicht ausgerechnet hierherbringen.« Der Inspektor zündete sich die nächste Zigarette an.

Michele seufzte erschöpft. »Ich verstehe«, sagte er. »Sie haben sicher recht. Trotzdem danke.«

Der Inspektor, nun etwas milder gestimmt, fügte in beinahe väterlichem Ton hinzu: »Haben Sie schon mal versucht, sich an die Stelle Ihrer Mutter zu versetzen?« Eine Frage, hinter der eine Falle zu lauern schien.

Michele hob die Schultern.

»Dann überlegen Sie doch mal: Ihre Mutter beschließt eines Morgens, ohne jede weitere Erklärung ihre Koffer zu packen, in einen Zug zu steigen und auf Nimmerwiedersehen zu verschwinden. Was das zu bedeuten hat? Ganz einfach. Sie hatte irgendwas gründlich satt, sie wollte einen Cut machen. Und genau das hat sie getan, da gibt es keinen Zweifel. Wenn eine Mutter zurückkehren will, kehrt sie zurück. Und wenn ihr etwas zugestoßen wäre, hätten Sie das früher oder später erfahren. Verstehen Sie, was ich meine?«

Michele nickte betroffen.

»Und nun stellen Sie sich weiter vor, Signor Airone, Sie selbst wollten in Ihrem Leben einen Cut machen. Wie würden Sie es finden, wenn Ihnen jemand – ein Freund, ein Verwandter, Ihr Kind oder wer auch immer – nachstellt, um

Sie zurückzuholen? Ich sage Ihnen, wie Sie das finden würden: nicht gut. Niemand würde das gut finden. Und ich spreche aus Erfahrung. Ich habe in meinem Leben schon einen ganzen Haufen Vermisster aufgespürt. Für gewöhnlich hatte die Verwandtschaft Anzeige erstattet und immer wieder darauf beharrt, dass die Suche fortgesetzt wurde … Und am Ende, wenn ich die Betreffenden dann gefunden hatte, was glauben Sie, ist dann passiert?«

»Ja was?«, fragte Michele, der sich eher von Sonninos Blick gedrängt fühlte, als dass ihn die Antwort wirklich interessiert hätte.

»Schlicht und ergreifend Folgendes: Am Ende hätte ich beinahe selbst eine Anzeige bekommen, weil ich den Verschwundenen in die Quere gekommen bin. Der eine hatte es sich schön in seinem neuen Leben eingerichtet, mit einer neuen Frau oder einem neuen Mann, der Nächste lebte auf der Straße, unter einer Brücke, in einer Hütte oder einfach unter einem Karton, weil er sich genau das gewünscht hatte und sich nun frei und selbstverwirklicht fühlte. Was hätte ich da sagen sollen? Gehen Sie zurück nach Hause? Mit welchem Recht denn? Jeder kann tun und lassen, was er will, verdammte Scheiße. Entschuldigen Sie, wenn ich so vulgär bin, Signor Airone, aber kommen Sie mir nicht mit *Vermisst* und diesen ganzen Dreckssendungen … Noch mal Entschuldigung. Aber ist doch wahr.«

Die nächste Zigarette. Michele machte Anstalten zu gehen, doch Sonnino bedeutete ihm, sich wieder zu setzen.

»Noch eins, dann lasse ich Sie in Ruhe …« Er sog tief den Rauch ein. »Das muss ich Ihnen einfach sagen, weil es mir bis hier steht. Also, was ist das für ein Job hier, hm? Was ist das für ein Job?«

»Ähm … Sie sind Inspektor, glaube ich«, murmelte Michele.

»Da glauben Sie ganz richtig. Polizeiinspektor. Und wissen Sie auch, was ich eigentlich werden wollte? … Schauspieler.«

Er drückte die halb gerauchte Zigarette im Aschenbecher aus und steckte sich – sichtlich nervös – die nächste an. »Ich habe vom Film geträumt, vom großen Kino … beim Theater wäre ich zufrieden gewesen, keine Bange. Ich habe das Feuer in mir gespürt, verstehen Sie? Meine Berufung. Tja … Und wer hat mich Ihrer Meinung nach dazu gezwungen, auf meine Träume zu verzichten, mich für Jura einzuschreiben und dieses verdammte Examen zu machen, das mich – entschuldigen Sie nochmals – wirklich einen Scheiß interessiert hat? Wer? Kann ich Ihnen sagen: meine Mutter!«

Michele musste husten, als ihm der Rauch in die Nase drang. Sonnino zog mit ungezügelter Gier an seiner Zigarette.

»›Du musst studieren, du musst studieren!‹ Jeden Tag dieselbe Leier, immer und immer wieder, bis ich am Ende tatsächlich studiert habe, weil ich es nicht mehr hören konnte. Ich hab's mit Hängen und Würgen geschafft, und heute bin ich ein unglücklicher Mann. Finden Sie das richtig? Ist es nicht, das sage ich Ihnen. Es kann doch nicht sein, dass eine Mutter es sich zur Aufgabe macht, ihren Sohn ins Unglück zu stürzen. Aber genau so ist es. Und nicht nur in meinem Fall. Wussten Sie, dass achtzig Prozent der Idioten, die zum Psychologen oder zum Psychiater rennen, Probleme mit ihrer Mutter hatten? Nein? Schön, dann können Sie sich das auch noch anhören. Die Statistik spricht für sich. Viele Mütter haben irgendwann das Träumen aufgehört und bürden ihren Kindern eine Zukunft auf, die sie gar nicht wollen. Meine Mutter hat sich einen Anwalt als Sohn eingebildet und das ist dabei rausgekommen. Soll das gerecht sein?«

»Nein«, gab Michele zu, der sich völlig ausgelaugt fühlte.

»Sehen Sie! Und nun, mein lieber Signor Airone … Wo

Sie doch schon das unfassbare Glück hatten, frei zu sein, ohne nervtötende Erwartungen, was wollen Sie jetzt von mir? Sie kommen hierher und wollen Nachricht von Mama? Genießen Sie doch einfach Ihr Leben, so wie Ihre Mutter es getan hat. Hören Sie auf mich, ich sage es Ihnen als Freund.«

Michele nickte und ergriff die Gelegenheit der x-ten ausgedrückten Zigarette, um sich hastig zu erheben. Er dankte dem Inspektor und versicherte ihm, er werde über seine Worte nachdenken. Endlich am Ausgang angelangt, trat er hinaus in die klare, fast winterliche Luft des Nachmittags.

Ein unerwartet eisiger Wind brannte auf seinem Gesicht und fühlte sich beinahe wie eine Ohrfeige an. Er wühlte in seinem Rucksack, fand einen von Elenas Pullovern, streifte ihn über sein Freddie-Mercury-T-Shirt und zog den Reißverschluss seiner Jacke bis zum Hals zu. Dann begab er sich wieder auf Wanderschaft durch das Labyrinth der kleinen Straßen und Gassen, hielt einen Passanten nach dem nächsten auf und spulte seine übliche Litanei ab. Manche hörten ihm geduldig zu, andere eilten geschäftig an ihm vorbei. Eine zerstreut wirkende Dame im Pelzmantel steckte ihm ein paar Münzen zu, weil sie ihn für einen Bettler hielt. Natürlich gab er ihr das Geld zurück und ergriff die Gelegenheit, ihr das Foto seiner Mutter zu zeigen, womit er sich ein gleichgültiges Schulterzucken einhandelte. Er suchte zwei alte Kirchen auf, sprach mit mehreren Priestern und einem jungen Seminaristen, er klapperte sämtliche Taxifahrer ab, die an den zentralen Plätzen des Ortes standen, Blumen- und Tabakhändler sowie ein paar Rentner, die sich ihre Zeit mit Bocciaspielen vertrieben. Immer Fehlanzeige. Keine Auskünfte über den eventuellen Verbleib von Laura Puglia in Ferrosino. Nichts.

Von Berufs wegen war er es gewöhnt, den Zug jeden Abend in seiner ganzen Länge abzuschreiten, vom hintersten Waggon bis zur Lokomotive, hin und zurück. Und dann noch die Gänge über das Bahnhofsgelände, nur wenige Hundert Meter am Tag, das Tempo langsam und kontrolliert. Heute hingegen hatte er fast ohne es zu merken Kilometer über Kilometer zurückgelegt. Als jetzt die Sonne unterging und mit Einbruch der Dunkelheit auch seine ewigen Vorstöße ins Leere ein Ende nahmen, spürte Michele eine bleierne Müdigkeit in den Beinen. Seine Wadenmuskeln waren hart und verspannt, der Rücken schmerzte. Nur mit Mühe hielt er sich aufrecht. Es war wie an den Nachmittagen seiner Kindheit, wenn ihn seine Mutter zum Abendessen gerufen hatte, während er noch mit seinen Schulkameraden Fußball spielte. Auch damals waren ihm seine Waden vorgekommen wie Steinblöcke, in denen Blut pulsierte. Und auch damals hatte die Müdigkeit überfallartig von ihm Besitz ergriffen, von einem Moment auf den anderen, wie wenn einen beim Lesen der Schlaf übermannt.

Als er sich suchend umblickte, entdeckte er eine Bar: *Blue Note* blinkte die kursive, blau leuchtende Schrift. Michele hatte nur noch einen Wunsch: sich auszuruhen und etwas Warmes zu trinken.

Das Lokal war weitläufig. Große, ovale Spiegel reflektierten die mit dunklem Holz verkleideten Wände. Nur die schwarz glänzende Metalltheke verlieh dem altmodischen Ambiente eine modernere Anmutung. Im Hintergrund des Lokals waren drei Musiker dabei, ihre Instrumente auf einer runden, leicht erhöhten Bühne aufzubauen. Michele suchte sich einen weniger exponierten freien Tisch und streckte mit einem Seufzer der Erleichterung die Beine aus. Ein Kellner trat heran und reichte ihm die Karte. Michele bestellte einen Tee.

Während er wartete, aß er verstohlen ein paar Schokoladenkekse aus seinem Rucksack.

Als ihm der Tee gebracht wurde, begannen die Musiker wie auf Kommando zu spielen. *All Blues* von Miles Davis. Der Jazz-Blues-Klassiker im Sechsvierteltakt, der leicht wie eine aufsteigende Brise anhebt, ließ Michele spüren, wie sein müder Körper wohlig nachgab. Es war, als würde er langsam auf einer Rutsche nach unten in eine tiefere Dimension schlittern. Er ließ ihn weggleiten, als gehörte er ihm nicht mehr, während der andere Teil seines Selbst auf Noten, Akkorden und Worten dahintrieb – schwerelos, befreit von allen Gedanken, eins mit der Musik.

»*The sea … the sky … and you and I … sea and sky and you and I … with all blues …*«, sang der Pianist heiser ins Mikrofon. Wieder überfiel Michele der Gedanke, wie viel Zeit er all die Jahre vergeudet hatte in seinem stummen Verharren, seiner Abgewandtheit und der Stille, während er müde den immer gleichen Gewohnheiten auf dem eng umzäunten Bahnhofsgelände nachgegangen war. Etwa eine Stunde blieb er wie gebannt am Tisch sitzen und lauschte dem Trio. Versunken in das seelenvolle Pianosolo, vergaß er, warum er hier war, die Reise, die Suche, die Vergangenheit, die Ängste – und das Stracciatella-Rezept. Zum ersten Mal seit vielen Jahren überließ er sich dem Leben, wie ein Floß, das auf offenem Meer dahintreibt. In diesem Moment wusste er, dass er Elenas Frage beantworten konnte. Jene, die ihn mehr als alles andere berührt hatte.

»Ich bin rot, Elena«, dachte er. »Ich bin rot, das will ich dir sagen, jetzt sofort. Aber ich kann diesen Traum, den die Musik mir schenkt, nicht unterbrechen, dieses Gefühl, dass es möglich ist, mein Leben wieder lebendig zu gestalten, Antworten zu finden auf zahllose Fragen, selbst wenn mir die

Antworten noch Angst machen. Sobald ich diese Bar verlasse, rufe ich dich an, um dir zu sagen, dass ich rot bin. Und ich werde dir sagen, dass ich hoffe, meine Farbe – alle Farben, die ich jemals annehme – werden mein ganzes Leben mit deinen harmonieren. Noch lässt mich diese Hoffnung zittern, noch habe ich nicht die Kraft, mich meinen Träumen anzuvertrauen. Aber vielleicht wird es mir mit deiner Hilfe eines Tages gelingen. Vielleicht …«

Das Trio hörte auf zu spielen, und Michele kam wieder zu sich. Beine, Arme und Rücken gehörten wieder ihm. Er sah sich um: Die Bar war inzwischen brechend voll. Die meisten Gäste versammelten sich um die Theke herum, bestellten Getränke. Er griff nach seinem Rucksack und ging zur Kasse. Plötzlich, angetrieben von Mut und Optimismus, die ihn immer noch befeuerten, beschloss er, die kleine Menschenansammlung für seine Zwecke zu nutzen. Einen Augenblick hielt er den Atem an. Er wusste, dass er eine weitere Probe zu bestehen hatte, vielleicht die bis jetzt schwierigste: Zu all diesen Leuten mit erhobener Stimme zu sprechen. Die Aufmerksamkeit auf sich zu ziehen und die Folgen zu tragen. Seine Euphorie schien der Angst jeden Weg abgeschnitten zu haben. Er zog das Foto aus dem Rucksack und wandte sich der Menschenmenge zu.

»Bitte, darf ich einen Moment um Ihre Aufmerksamkeit bitten!«, rief er mit einer Entschlossenheit, die er nicht von sich kannte. »Hat irgendeiner von Ihnen diese Frau schon mal gesehen?«

Das Gemurmel in der Bar ebbte schlagartig ab, und Michele spürte, wie sich sämtliche Blicke auf ihn und das Foto richteten.

»Sie heißt Laura Puglia«, fügte er mit einem leichten Beben in der Stimme hinzu.

Neugierig geworden strömten ein paar Leute auf ihn zu. Da war ein junger Mann mit rotem Haar, groß und kräftig, der das Foto aufmerksam studierte und dann kopfschüttelnd zur Theke zurückging, wo zwei Bier auf ihn warteten. Michele fügte hinzu, dass das Bild fünfundzwanzig Jahre alt sei und man sich die Frau gealtert und eventuell nicht mehr ganz so schlank vorstellen musste. Er blieb einfach stehen, während Gäste, Kellner, Bedienungen und sogar die Barmänner einer nach dem anderen an ihm vorüberdefilierten, um sich das Bild aus der Nähe anzusehen. Auch diesmal war ihm das Glück nicht hold: Niemand schien seine Mutter je gesehen zu haben, weder in Ferrosino noch sonst irgendwo. Michele konnte seine Enttäuschung nicht verbergen, als er sich leise bedankte, das Foto wieder in seinem Rucksack verschwinden ließ und zur Kasse ging, um seine Rechnung zu begleichen. Die Kassiererin schenkte ihm ein solidarisches Lächeln, und als Michele ein Bündel Banknoten aus seiner Jeanstasche zog, das er am Bahnhof abgehoben hatte, hielt sie ihn mit einer abwehrenden Geste zurück.

»Der Tee geht aufs Haus«, sagte sie und wünschte ihm viel Glück. Michele dankte etwas verlegen und wollte gerade zur Tür gehen, als er spürte, wie sich eine Hand auf seine Schulter legte. Überrascht drehte er sich um und erblickte den kräftigen jungen Mann mit dem roten Haar, der ihn anlächelte.

»Entschuldige … Ich habe keine Ahnung, wie du heißt …«, sagte der Junge.

»Michele.«

»Ich bin Ettore«, stellte sich der Junge vor und gab ihm die Hand.

»Hör mal, wenn die Frau auf dem Foto … Wenn sie inzwischen so alt ist, wie du sagst … Vielleicht hab ich sie dann doch gesehen. Oder besser, vielleicht haben wir sie gesehen«, berichtigte sich Ettore, während er sich zur Theke umwandte und einem jungen Mann mit kurzem schwarzem Haar zunickte, der auffallend elegant gekleidet war. Micheles Herz schlug schneller, als sich der andere von der Theke löste und auf sie zukam.

»Maurizio ...«, stellte er sich vor. Michele schüttelte ihm die Hand und stammelte seinen Namen, kaum noch Herr seiner Empfindungen.

»Würdest du mir das Foto zur Sicherheit noch mal zeigen? Auf den ersten Blick ist mir nichts aufgefallen, aber jetzt ...«, sagte Maurizio, ohne den Satz zu Ende zu führen.

Michele nickte und spürte ein Brennen in der Kehle, als wäre sie ausgedörrt. Auch sein Mund war auf einmal ganz trocken und schien kaum noch Speichel zu produzieren. Hastig zog er das Foto wieder aus dem Rucksack und folgte den beiden in eine ruhigere Ecke der Bar. Die beiden jungen Männer setzten sich an einen Tisch und bedeuteten Michele, es ihnen gleichzutun. Aufmerksam betrachtete Maurizio das Foto. Michele, der immer noch wie eine Salzsäule dastand, hielt den Blick gespannt auf ihn geheftet.

Am Ende stieß Maurizio einen Seufzer aus.

»Ich bin mir wirklich nicht sicher ... aber es könnten ihre Augen sein.« Michele, der sich nicht mehr auf den Beinen halten konnte, ließ sich endlich auf einen Stuhl sinken.

Die beiden Männer wechselten einen wachsamen Blick.

»Die, die in Plezzo wohnt, richtig?«, fragte Ettore und betrachtete nun seinerseits das Foto, als suche er darin eine Bestätigung.

»Ja, könnte sein ...«, nickte Maurizio und wandte sich an Michele. »Ich hab sie nur ein paarmal gesehen ... also keine Ahnung, aber ... sie könnte es sein.«

»Weißt du … weißt du, wo sie wohnt?«, flüsterte Michele mit dünner Stimme.

Maurizio nickte und warf Ettore einen Blick zu, als suchte er seine Unterstützung.

»Nur ein paar Häuserblocks entfernt. Es ist nicht weit. Ein kleines Haus, am Anfang der Via Plezzo … nach etwa fünfzig Metern auf der rechten Seite … vielleicht auch ein paar Meter weiter«, erklärte er.

»Via Plezzo … Und weißt du … weißt du zufällig auch die Nummer?«, wisperte Michele.

Die beiden wechselten einen Blick, wie um sich zu konsultieren und schüttelten dann den Kopf.

Michele seufzte. Die beiden nickten ihm freundschaftlich zu. »Schon gut … Wenn du willst, bringen wir dich hin«, schlug Ettore vor.

Michele schloss die Augen, wie um dem Himmel zu danken.

Ein wahrer Strudel an Gefühlen zog ihn hinter den beiden Männern aus der Bar hinaus. Vielleicht hatte er es geschafft. Vielleicht würde er gleich seiner Mutter gegenüberstehen. Dann wäre das Wagnis nicht vergeblich gewesen: Der Aufbruch, die zurückgelassenen Gewissheiten, die Fahrt, der Kampf gegen seine Schüchternheit, das Bemühen, zu sein wie alle anderen. Das Herz klopfte ihm bis zum Hals, während er den beiden über eine von Laternen beleuchtete Straße folgte. Während sie immer weitergingen, tauchten die unterschiedlichsten Bilder vor seinem inneren Auge auf: seine Mutter hinter dem Zugfenster, am Morgen ihrer Abreise. Ihre schlanke Gestalt am Meeresufer, als sie andächtig den Sonnenuntergang bewunderte. Ihre schmalen Hände, die seine kleinen Kinderfäuste drückten. Das Lächeln auf ihren vollen roten Lippen. Die umgeschlagene Decke, die ihn beim Zubettgehen erwartete, das Glas Wasser auf dem Nachttisch, das leise »Gute Nacht, Liebling«. Und dann die tausend Möglichkeiten, wie sich ihr Gesicht, das er vielleicht schon in wenigen Minuten wiedersehen würde, im Laufe der Zeit verändert haben könnte. Was würde er empfinden, wenn er ihr gegenüberstand? Wie reagieren? Aus welchem Geheimfach würde er die Kraft schöpfen, an ihre Tür zu klopfen?

Die abendliche Kälte verwandelte ihren Atem in weißen Rauch. Sie verließen die Straße und bogen nach rechts in eine schummerige Gasse ab.

»Wir sind fast da …«, sagte Maurizio und warf Ettore aus dem Augenwinkel einen Blick zu. Der blieb plötzlich stehen, wandte sich zu Michele um und rammte ihm brutal sein Knie in den Bauch. Michele riss den Mund auf und rang nach Luft. Bevor er sich zusammenkrümmen konnte, um den Schmerz wegzudrücken, versetzte Ettore ihm einen Hieb gegen die Schläfe.

Michele verlor das Gleichgewicht und stürzte auf den Asphalt, wo er von seinen Peinigern mit einer Serie wütender Fußtritte malträtiert wurde. Er rollte sich zu einem Embryo zusammen und zog Arme und Beine an, um seinen Brustkorb und sein Gesicht zu schützen.

Unter den Hieben und Tritten der jungen Männer spürte Michele, wie sich sein Bewusstsein aus der Gegenwart zurückzog und in einen unbekannten Himmel flüchtete, wo es nichts als Nebel und Dunkelheit gab. Wie aus weiter Ferne hörte er Ettores Stimme, die seinem Freund zurief: »In der Tasche! Das Geld ist in der Tasche! Ich hab gesehen, wie er's reingesteckt hat …«

Unfähig zu reagieren, ließ er Maurizios Hände gewähren, die sich an ihm zu schaffen machten. Flinke, nervöse Finger durchwühlten die Taschen seiner Jeans, griffen nach dem Bündel Geldscheine und zogen es hervor. Als er versuchte, Maurizio am Arm zu packen, traf ihn ein Fußtritt knapp unter dem Brustbein und raubte ihm den Atem.

»Schau in den Jackentaschen nach!«, rief Ettore seinem Komplizen zu, während er sich vergewisserte, dass niemand um die Ecke kam.

Maurizio packte Micheles Jackenkragen und zerrte daran, als wollte er ihn abreißen, fand eine der Innentaschen, wühlte darin herum und zog schließlich Elenas Handy heraus. Michele sah es in der Hand seines Angreifers aufblitzen und spürte eine jähe, dumpfe Wut in sich aufsteigen. Wieder packte er Maurizios Arm, und diesmal biss er ihn mit aller Kraft in die Hand. Der Typ schrie vor Schmerz auf und ließ das Handy fallen. Michele schob seinen Körper darüber, und wieder traf ihn ein wuchtiger Fußtritt voll in die Seite.

»Komm schon, los jetzt! Verdammt, lass uns abhauen, da kommen Leute!«, hörte er einen der Angreifer schreien. Seine Ohren dröhnten. Schritte verhallten in der Dunkelheit.

Als er langsam die Augen öffnete, sah er nahe der Einmündung in die Gasse das alte Ehepaar aus der Trattoria vorbeilaufen. Wahrscheinlich hatte der Klang ihrer Schritte die beiden Halunken in die Flucht geschlagen, bevor sie ihn weiter traktieren konnten. Wahrscheinlich waren Luciano und Marta gerade auf dem Nachhauseweg. Plaudernd und lächelnd gingen sie Arm in Arm nebeneinander her und schienen aus einer anderen Welt zu kommen, einer anderen Realität als der, die er gerade durchlitten hatte. Er hatte nicht genug Luft, um sie zu Hilfe zu rufen. Und selbst wenn, hätte er es wahrscheinlich nicht übers Herz gebracht, die beiden aus ihrem Spaziergang zu reißen, aus ihrem Lächeln, ihrer friedlichen Wirklichkeit. Als hätte er ihr heiteres, sauberes Leben allein dadurch, wie er hier mit seinem geschwollenen Gesicht in der Gasse lag, beschmutzen können. Wieder einmal kam er sich vor, als wäre nichts an ihm, wie es sein sollte, sein ganzes Selbst ein einziger fataler Irrtum, ein rot unterstrichener Druckfehler auf einer Seite, die man aus einer Geschichte herausgerissen hatte. Und dabei hatte er gerade erst begonnen, sie zu schreiben und sich für einen kurzen Moment vorgestellt, sie könnte glücklich enden. Während das Ehepaar seelenruhig weiterging, sammelte er sein Handy vom Pflaster auf. Das Display hatte einen Sprung, schien aber noch funktionsfähig. Als er nach der Gesäßtasche an seiner Jeans tastete, stellte er erleichtert fest, dass sein Geldbeutel noch da war. Dann, endlich, ließ er sich gehen, und das Bewusstsein entglitt ihm.

»Er antwortet nicht.«

Besorgt ließ Elena es noch einmal klingeln.

»Dann hat er wohl zu tun. Oder er will nicht mit dir sprechen.«

Elena seufzte und fixierte Milù, die neben dem Küchentisch stand. Hinter ihr fiel das Mondlicht zum Fenster herein und legte einen Schein um ihr pechschwarzes Haar.

»Und wenn ihm etwas passiert ist?« Elena ließ es weiterklingeln.

»Du bist wirklich ein Dickschädel. Er hat doch gesagt, dass er dich anruft, oder nicht? Warum wartest du dann nicht, bis er genau das tut?«

»Weil ich mir Sorgen mache«, erwiderte Elena und legte auf. »Keine Ahnung, es ist wie … wie ein sechster Sinn. Irgendwas stimmt nicht, das spüre ich.«

»Sechster Sinn«, wiederholte Milù spöttisch. »Oh bitte! Ich glaube, du suchst eher einen Vorwand, um seine Stimme zu hören.«

Elena antwortete nicht. Vielleicht hatte Milù recht, vielleicht hatte sie sich alles nur eingebildet und in Wirklichkeit nach einem Grund gesucht, um sich bei Michele zu melden. Aber nein, für einen Moment war ihr wirklich der Atem gestockt. Als hätte sie einen fernen Ruf vernommen, den bitteren Geschmack von Angst.

Ihre Eltern waren in die Küche gekommen, hatten eine Schokoladentorte aus dem Kühlschrank genommen und auf den Tisch gestellt. Jetzt holten sie eine kleine Schachtel mit Geburtstagskerzen hervor und begannen, sie eine nach der anderen in die Torte zu stecken.

Elena, gerührt von dem Anblick, nickte Milù zu.

»Alles Gute zum Geburtstag, Schwesterchen«, sagte sie leise.

»Auch dir herzlichen Glückwunsch …«, flüsterte Milù zurück.

Als sie alle fünfundzwanzig Kerzen angezündet hatten, sah sich das Ehepaar schweigend an. Der Mann strich seiner Frau sanft übers Gesicht. Sie legte ihre Stirn an seine Schulter.

»Also, was ist jetzt, wollen wir endlich feiern?«, fragte ihr Vater schließlich.

Statt einer Antwort warf Elena noch einen raschen Blick auf ihr Handy, um sicherzugehen, dass ihr kein Anruf und keine Nachricht von Michele entgangen waren. Sie wich Milùs ironischem Blick aus, die nachsichtig lächelnd den Kopf schüttelte.

Gemeinsam bliesen sie die Kerzen auf der Torte aus.

Ein Hecheln drang in die Stille ein, die ihn umhüllte, gefolgt von einem warmen Atemschwall. Etwas Feuchtes, Kaltes berührte sein Gesicht. Als Michele die Augen einen Spaltbreit öffnete, sah er die Schnauze eines kleinen Gassenhundes vor sich, der neugierig an ihm herumschnüffelte. Mit einem unterdrückten Schrei fuhr er ruckartig zurück. Der Hund jaulte erschrocken auf und ergriff die Flucht. Michele registrierte, dass er sein Handy immer noch in der Hand hielt, und es kostete ihn einige Mühe, es wieder in der Innentasche seiner Jacke zu verstauen. Behutsam hob er den Kopf und brachte sich, auf die Arme gestützt, in eine aufrechte Sitzposition. Sofort war der Schmerz wieder da. Der metallische Geschmack von Blut in seinem Mund. Vorsichtig betastete er seine aufgesprungenen, geschwollenen Lippen und rappelte sich langsam hoch, auch wenn es ihm die Brustmuskeln schier zu zerreißen schien. Dann beugte er sich noch einmal herunter, um seinen Rucksack aufzunehmen, und schwankte beim Aufrichten leicht. An eine Mauer gelehnt, hustete und spuckte er kleine Blutklumpen, und als er sich umblickte, schien alles von seiner Verlassenheit und seiner Niederlage zu künden. Langsam schleppte er sich durch die Gasse zurück zur Straße. Der Schock überdeckte noch immer jedes andere Gefühl: Angst, Schmerz, Wut, Demütigung. Wie in einem Film sah er vor sich ablaufen, was geschehen war. Wie er niedergeschlagen wurde, Bild um Bild, eine Geschichte, die nicht ihm, sondern einem Fremden widerfahren zu sein schien. Die Gesichter seiner Angreifer tauchten aus der Erinnerung auf und verschwanden wieder, eine Vision aus weiter Ferne. Nur der Schmerz und der Blutgeschmack nagelten ihn in der Realität fest, ebenso die unendliche Erschöpfung, die er mit sich schleppte, während er sich auf ein Ziel zubewegte, das er nicht kannte. Etwas in ihm war in sich zusammengefallen wie eine Sandburg am Meeresstrand: Das Gefühl, es endlich geschafft zu haben, sein Leben endlich mal in die eigenen Hände genommen zu haben, nachdem er es jahrelang furchtsam auf Abstand gehalten hatte. Und jetzt hatte er zwei Unbekannten vertraut und die Befürchtungen seines Vaters bestätigt, der ihn immer ermahnt hatte, jedem mit Misstrauen zu begegnen, ständig und überall. Michele wollte nichts weiter, als sich hinzulegen und zu schlafen, alles auszulöschen – während er gleichzeitig weiter einen Fuß vor den anderen setzte, vorbei an den Schaufenstern der inzwischen geschlossenen Läden.

Ferrosino war vollkommen ausgestorben, nur in den Restaurants brannte noch Licht, und das Gemurmel der speisenden Gäste drang nach draußen. Auf seinem Weg erkannte er die Lokale wieder, hatte er doch jedem einzelnen im Laufe des Tages einen Besuch abgestattet.

Es nahm es als ein Wunder, dass ihm wenig später das Schild einer Pension an der Fassade eines alten, dreistöckigen Gebäudes entgegenleuchtete. Bilder von einer warmen Zuflucht und einem weichen Bett fluteten ihm durch den Kopf, von vier schützenden Wänden, die ihm ein Bollwerk wären gegen die Nacht und die Angst, sich hoffnungslos zu verirren.

Er überquerte die verlassene Straße und ging zu der Pension hinüber. Als er die Glastür aufdrückte, war das helle Geräusch einer Klingel zu hören, die sein Eintreten meldete. Der Eingangsbereich wirkte eng und schmucklos. Auf der rechten Seite standen sich zwei Sofas aus grünem Samt gegenüber, zwischen ihnen ein niedriger schmiedeeiserner Tisch, der mit alten Zeitschriften übersät war. Links von der Tür befand sich eine helle Holztheke, dahinter der Eigentümer, ein blasser, spindeldürrer Mann mit gebeugtem Rücken und gesenktem Blick, der aussah, als hätte er Angst, ein Flugzeug könne jeden Moment seinen Kopf streifen.

Der Mann murmelte einen förmlichen Gruß, ohne dass er Michele in sein Gesichtsfeld eingelassen hätte. Als er schließlich doch den Blick hob, erstarrte er angesichts des geschwollenen Gesichts, der eingerissenen Unterlippe und der staubigen Kleidung seines Gastes.

Michele bat um ein Zimmer für eine Nacht, wobei er eine Hand schützend vor die schmerzenden Lippen hielt, sodass der andere auch noch seine verbundenen Finger bemerkte. Der Mann versuchte Zeit zu gewinnen, ließ den Blick über das Gästebuch schweifen und wiegte bedenklich den Kopf hin und her, als wollte er zu verstehen geben, dass ihn ein freies Zimmer vor ein nahezu unlösbares Problem stellte.

»Mir ist alles recht ... bitte«, flüsterte Michele erschöpft.

Der ehrliche, bescheidene Ton in seiner Stimme schien den Mann gnädig zu stimmen.

»Ein Zimmer hätte ich noch ...«, räumte er endlich ein und bat ihn um einen Identitätsnachweis und eine Vorauszahlung für die Nacht. Michele reichte ihm seinen alten Ausweis, den sich der Mann sorgfältig besah.

»Der ist abgelaufen«, sagte er und musterte ihn misstrauisch.

Michele zuckte zusammen. Die Verlängerung. Daran hatte er nicht gedacht. Er schloss die Augen, stieß einen Seufzer aus und nickte, als würde er sich notgedrungen in eine missliche Lage fügen.

»Haben Sie nicht irgendeinen anderen Ausweis?«, fragte der Mann. Er klang, als wollte er Michele nicht unbedingt helfen, sondern ihn vielmehr in noch größere Schwierigkeiten bringen.

Michele schüttelte den Kopf und schilderte kurz den Überfall. Dann reichte er dem Hoteleigentümer seine Kreditkarte und wies darauf hin, dass der Name auf dem kleinen Plastikrechteck mit dem des Personalausweises übereinstimmte. Er fühlte sich wie jemand, der vor allem sich selbst beweisen musste, dass er wirklich existierte.

Der Mann studierte die Kreditkarte und sagte wieder etwas versöhnlicher:

»Machen wir es doch so … Ich nehme Ihre Daten auf, aber ich berechne Ihnen den Preis für ein Doppelzimmer, auch wenn es nur ein Einzelzimmer ist.«

Michele nickte erleichtert und bedankte sich, als hätte man ihm gerade einen Sonderrabatt gewährt. Der Mann tippte den Betrag in die Kasse ein und ließ die Kreditkarte durch ein POS-Terminal laufen. Michele hielt den Atem an und holte erst wieder Luft, als sich die Abbuchung als gültig erwies. Endlich konnte er den Schlüssel in Empfang nehmen: Zimmernummer 304.

In der engen metallenen Aufzugkabine war ihm kurz, als wüsste er nicht mehr, wo er sich eigentlich befand. Er drückte den Knopf zum dritten Stock, und als sich der Aufzug in Bewegung setzte, hatte er den Eindruck, eine unsichtbare Kraft würde ihn nach oben saugen. Er schloss die Augen und überließ sich der Leere, und obwohl die Fahrt nach oben ging, meinte er gedanklich in die Tiefe zu gleiten, zurück in die Vergangenheit.

Ihm fiel ein, dass er als Kind immer die Augen geschlossen hatte, in der Hoffnung, das Dunkel hinter seinen geschlossenen Lidern machte ihn auch für die Welt unsichtbar. Unsichtbar, aus der Welt verschwunden sein, als hätte er nie existiert – jetzt gerade hätte er wirklich alles dafür gegeben.

Der Aufzug hielt mit einem Ruck an. Vor Michele erstreckte sich ein enger Korridor. Er schritt die Zimmernummern ab und stand endlich vor der 304.

Seltsam, wie vertraut ihm das Zimmer war. Er konnte es sich nicht erklären. Erst nach und nach erkannte er, dass sich Hotelzimmer und Zugwaggons in gewisser Weise glichen. Sie waren Zwischenaufenthalte, ausgeborgte Übergangsorte für die unterschiedlichsten Menschen, die sich in einem ewigen Wechsel aus Ankommen und Abreisen die Klinke in die Hand gaben. Orte, die allen und niemandem gehörten, genau wie der Zufall. Oder das Schicksal.

Er stellte den Rucksack ab und gab sich der Erleichterung hin, untergekommen zu sein, vier Wände um sich herum zu haben und ein Dach über dem Kopf. Er musste zugeben, dass er Heimweh hatte, nach der Stille, die einkehrte, sobald der Zug abgefahren war, eine Stille, die den ganzen Tag über anhielt, umfächelt von einer wiederkehrenden leichten Brise und angefüllt mit Vogelgezwitscher. Heimweh auch nach diesem seltsamen Schweigen, das von seinen verlorenen Gegenständen ausging, die sich um sein Leben gruppierten wie ein Bollwerk, das ihn gegen alles Böse absicherte. Sie fehlten ihm, seine gesammelten Fundsachen, ihre Schatten, die ihre Form und Gestalt änderten, während sich Sonne und Mond am Himmel ablösten, ihre Atemzüge, die nur er wahrnehmen und erlauschen konnte, ihre beruhigende Gegenwart.

Er ging ins Badezimmer, wusch sich das Gesicht und konnte nicht glauben, dass dieses geschwollene Gesicht da im Spiegel ihm gehörte. Das Gesicht, die blauen Flecke, die von rostfarbenem, geronnenem Blut durchfurchten Lippen, die immer noch schreckgeweiteten Pupillen. Rasch legte er seine Kleider ab und stellte sich unter die Dusche, ohne auf warmes Wasser zu warten. Die Kälte war wie ein Schock und verursachte ihm neuerliche Schmerzen, die er auf die jähe Muskelanspannung und den plötzlichen Nervenreiz zurückführte. Der wenig später lauwarme Strahl kam ihm vor wie eine Liebkosung, und er ließ ihn sich lange über die Haut und in den Mund rinnen. Sorgfältig wusch er sich die Haare und den geschundenen Körper.

Als er aus der Dusche stieg und sich in ein Handtuch wickelte, fröstelte er. Der flauschige Frotteestoff bescherte ihm wieder so etwas wie Geborgenheit.

Er öffnete den Rucksack vor seinem Bett, kramte nach einem T-Shirt für die Nacht und ertastete plötzlich Milùs Puppe. Eine sonderbare Wärme durchflutete ihn, dieselbe Wärme, die er mit seinem Zuhause verband. Er zog eine Jeans zum Wechseln hervor sowie die T-Shirts, Pullover und Sweatshirts, die Elena für ihn ausgesucht hatte. Die Puppe legte er auf einen kleinen Schreibtisch, daneben sein Tagebuch und das Foto seiner Mutter. Anschließend stellte er zwei Stühle neben den Garderobenständer und legte seine Kleidungsstücke über die Lehnen, wobei er darauf achtete, die gleiche Reihenfolge einzuhalten wie bei ihm zu Hause. Er ging dabei äußerst achtsam und liebevoll vor. Den Rucksack selbst stellte er auf den Nachttisch. Jetzt hatte er endgültig einen vertrauten Anblick vor sich. Ein kleines Lächeln umspielte seine Lippen. Er war wieder umgeben von seinen Gegenständen, die ihn beschützten. Selbst die Luft schien ihm auf einmal heller, leichter. Er ging zum Fenster, um die Vorhänge zuzuziehen.

Ein Blick nach draußen genügte, um ihn instinktiv zurückschrecken zu lassen. Eine unbestimmte Angst hatte ihn befallen, ein Befremden, dessen Ursprung er nicht entschlüsseln konnte.

Er zögerte.

Vorsichtig näherte er sich wieder dem Fenster und sah auf die Straße unter ihm.

Die Angst verwandelte sich in ein Schwindelgefühl, und endlich verstand Michele: Er befand sich im dritten Stock eines Gebäudes. Bis zu diesem Moment hatte sich sein gesamtes Leben im Parterre abgespielt. Schule, Elternhaus,

Bahnhof und die zwei Stufen, die er auf einmal nahm, um in den Zug zu steigen – in größeren Höhen hatte er sich nie befunden.

Es war das erste Mal, dass er die Welt von oben betrachtete, und er bekam nun eine Ahnung davon, was es bedeutete, am Rand eines Abgrunds zu stehen.

Er schloss die Augen, holte tief Luft und öffnete sie wieder, mehrmals, bis das Schwindelgefühl nachzulassen begann und ihm der feste Stand seiner nackten Füße auf dem Boden Sicherheit gab. Dann breitete er die Arme aus, als wären sie Flügel, und war überrascht, sich immer noch in vollkommenem Gleichgewicht zu befinden. Ausgeschlossen, dass er fallen würde, in der Obhut seines frisch gestrichenen Zimmers konnte ihm nichts geschehen, in der Gesellschaft von Utensilien und Kleidungsstücken. Er betrachtete den Mond, der hoch am Himmel leuchtete. Tief unter ihm zeichnete sich die dunkle Silhouette der Berge ab, deren Konturen er mit den Augen nachwanderte.

Sein Blick glitt über die von innen beleuchteten Fenster der gegenüberliegenden Häuser, hinab zu den Haustoren und Läden, welche die Straße säumten. Er spürte, wie sich sein Atem und Herzschlag beruhigten.

Der Abgrund war besiegt.

Lange Zeit stand er noch schweigend am Fenster und sah auf die Straße hinab, wartete auf vorbeifahrende Autos, beobachtete die wenigen Passanten, die vorbeikamen, und genoss die Sicherheit seiner entrückten Warte.

Als die Nacht die leeren Straßen übernahm, stand Michele immer noch am Fenster und blickte nach draußen.

Wie ein verzaubertes Kind.

10.

Das Licht des Morgens stahl sich ohne Vorankündigung ins Zimmer und holte ihn aus dem Schlaf. Als er die Augen öffnete, fiel sein Blick auf die grauen Maserungen der gelblichen Zimmerwände. Zum ersten Mal in seinem Leben wachte er in einer Umgebung fern von zu Hause auf. Ein Gefühl, mit dem er sich erst noch vertraut machen musste. Er erhob sich aus dem Bett und begrüßte wortlos all die Gegenstände und Kleidungsstücke, die über seinen Schlaf gewacht hatten. Beim Anblick von Milùs Gummigesicht griff er nach der Puppe. Eine leise, unbestimmte Traurigkeit überkam ihn. Am Abend zuvor, als er die Außenwelt aus dem dritten Stock beobachtet hatte, war ihm Elena in den Sinn gekommen. Die beiden Typen hatten nicht nur sein Geld gestohlen, sondern auch seine Zuversicht, jenes gerade erst keimende Vertrauen ins Leben. Der freudige Impuls, Elena anzurufen, als er in der Bar der Musik gelauscht hatte, war wieder im Dunkel seiner notorischen Ängste verschwunden. Hoffnung und Vertrauen waren dem alten Bedürfnis gewichen, sich zu schützen und jeder Illusion zu misstrauen. Als er das begriffen hatte, war ihm auch das glückhafte Erlebnis seiner Fensterperspektive, der abgehobenen Sicht auf die Welt, entglitten. Er war zu Bett gegangen, hatte das Licht gelöscht, sich unter der Decke ausgestreckt und auf den Schlaf gewartet.

Und wirklich, er war bald entschlummert, aber jetzt, da sich der helle Tag hinter dem Vorhang zeigte, merkte er, wie sich eine seltsame Stimmung in ihm aufbaute, der bittere Geschmack von Wut. Was war in der Nacht passiert? Was hatte sich in ihm verändert?

Er ging ans Fenster und öffnete es weit, um noch einmal auf die Straße zu schauen, die sich gerade wieder zu beleben begann. Die ersten Autos da unten fuhren schnell vorbei, und die eiligen Passanten schienen ihm gar nicht mehr so weit weg zu sein wie noch am Abend zuvor. Offensichtlich hatte er sich daran gewöhnt, die Straße aus der neuen Perspektive zu betrachten, und im ersten Moment empfand er fast so etwas wie Enttäuschung darüber. Unmittelbar darauf wurde ihm klar, dass gerade diese Gewöhnung auch ihr Gutes hatte. Man konnte nur Angst haben, solange man sich den Dingen nicht stellte. Vielleicht würde er sich weniger vor dem Leben fürchten, wenn er lernte, mit ihm umzugehen.

Die Hupe eines Lastwagens riss ihn aus seinen Gedanken. Er sog scharf die Luft ein. Ein schmerzhafter Stich fuhr ihm in den Brustkorb und erinnerte ihn an die Hiebe und Tritte, die er am Vortag hatte einstecken müssen.

Er suchte sich ein sauberes T-Shirt, steckte die Puppe mitsamt der anderen Gegenstände wieder in seinen Rucksack und ging ins Bad. Während das Wasser ins Waschbecken lief, betrachtete er sich im Spiegel: Die Schwellungen in seinem Gesicht waren fast verschwunden, aber auf dem rechten Jochbein und auf der Brust sah man immer noch die blauen Flecken. Auch seine Lippen waren abgeschwollen. Die Wunde hatte sich zu einer schwärzlichen, fadendünnen Linie geschlossen, die seinen Mund wie eine feine Tätowierung senkrecht durchschnitt. Nicht nur die Verletzungen hatten sein Gesicht verändert. Seine Züge schienen sich verhärtet zu haben, und sein Blick hatte die ihm eigene sanfte Klarheit verloren. Ihn flog das unangenehme Gefühl an, buchstäblich über Nacht erwachsen geworden zu sein, als hätten die letzten vierundzwanzig Stunden die Spuren der verlassenen Kindheit aus seinem Gesicht gelöscht. Bislang war sein Wachstum in einem Stubenhocker-Dasein eingefroren gewesen, hermetisch eingeschlossen im Bahnhof, ein Ausweichen vor allem Unvorhergesehenen in methodischem Rhythmus. Es war, als hätte er das Verstreichen der Zeit bis zum Moment seiner Abreise nicht wahrgenommen. In all den Jahren – vom siebenjährigen Kind zum dreißigjährigen Mann – hatte er sich bis auf sein Aussehen kaum verändert. Seine Seele war intakt geblieben wie ein vor Unwettern geschützter verlorener Gegenstand. Jetzt hingegen hatte er begonnen aufzuholen, und er hatte beinahe Furcht, sich in dem Blick, der ihm aus dem Spiegel entgegensah, nicht wiederzuerkennen.

Es war kurz nach acht, als er die Zimmertür hinter sich schloss. Er wollte die Reise trotz allem fortsetzen. Unverrichteter Dinge nach Hause zurückzukehren hätte keinen Sinn gehabt, und abgesehen davon hätte er es nicht mit seinem Gewissen vereinbaren können, klein beizugeben. Die Erinnerung daran hätte ihn wahrscheinlich für den Rest seiner Tage gequält – auch das eine Überlegung, die er bislang nie angestellt hätte.

Im Aufzug vermied er es in den Spiegel zu sehen. Heimweh übermannte ihn. Anscheinend wollte sich ein Teil von ihm gar nicht verändern, wollte diesen neuen Gedanken keinen Raum geben. Und vor allem wollte er den finsteren Blick dieses Erwachsenen vergessen, der seit Neuestem in seinen Augen wohnte und nichts Gutes verhieß.

An der Rezeption begrüßte ihn der Eigentümer des Hotels mit einem kurzen Winken. Michele nutzte die Gelegenheit und zeigte ihm das Foto von seiner Mutter. Der Mann beugte sich noch weiter als sonst nach vorne. Nach einer Weile schüttelte er den Kopf und musterte ihn mit fragender Miene. Michele zog es vor, keine Erklärung abzugeben, steckte sich das Bild unter den Arm und marschierte hinaus an die frische Luft.

Um Punkt 9.00 Uhr saß er am Bahnhof auf einer Bank und wartete auf den Zug – seinen Zug, den er schon ein Leben lang kannte, und der ihn nach Piana Aquilana bringen würde, zur letzten Etappe seiner Reise. Nachdem er in der Bar einen Espresso getrunken hatte, verbrachte er die verbleibende Zeit damit, ein paar Leute nach seiner Mutter zu fragen. Wieder vergeblich. In Ferrosino konnte sie angesichts der vielen ratlosen Gesichter kaum gewesen sein. Die folgende Station war seine letzte Hoffnung. Danach würde er nach Hause zurückkehren und sich wieder in die ereignislose Resignation fügen, die ihm so wirkungsvoll dabei geholfen hatte, ohne stärkere Erschütterungen durchzukommen.

Um 9.20 Uhr fuhr der Zug aus Prosseto ein. Michele wartete, bis die Leute ausgestiegen waren, und half einer alten Dame in den Zug, bevor er selbst zustieg. Sofort fühlte er sich zu Hause. Da war er wieder, der altvertraute, heimatliche Geruch. Allerdings glänzten die Griffe nicht wie sonst, ein Indiz dafür, dass sich sein Stellvertreter ohne rechte Lust und Sorgfalt an die Arbeit gemacht hatte. Michele konnte der Versuchung nicht widerstehen, mit dem Jackenärmel über den Griff einer Toilettentür zu polieren. Eine irgendwie tröstende Geste, in der er sein altes Ich wiederfand. Er strich mit dem Finger über den Fensterrahmen, um zu kontrollieren, wie sein Kollege es mit dem Staubwischen hielt, und verzog angeekelt das Gesicht, als er seine schwarze Fingerkuppe sah.

Beim Anblick der Fahrgäste, die wie unerwartete Gäste auf ihren Sitzen hockten und sein Zuhause in Unordnung und Schmutz vorgefunden hatten, errötete er vor Scham. Bestimmt würde er sich nach seiner Rückkehr eine ganze Nacht lang abrackern müssen, um den ursprünglichen Zustand wiederherzustellen.

Auf der Suche nach einem Sitzplatz durchquerte er den ersten, voll besetzten Waggon. Als auch in der Nummer zwei alle Plätze belegt waren, ging er weiter in den dritten, wo ihm Elena entgegenlächelte. Neben der 24. Sie hatte ihn schon durchs Zugfenster gesehen. Als sie ihm freudig zuwinkte, blieb Michele wie angewurzelt stehen. Sie eilte ihm entgegen, doch ihr Lächeln erstarb, als sie sein Gesicht sah.

»Michele … was ist passiert?«, fragte sie ehrlich erschrocken.

»Was machst du denn hier?«, entgegnete er fassungslos.

»Ich habe mir Sorgen um dich gemacht. Du hast mich nicht angerufen … aber deswegen bin ich natürlich nicht gekommen. Gestern war mein Geburtstag, das konntest du nicht wissen …«

»Oh, Glückwunsch …«, sagte er verlegen.

»Danke. Der fünfundzwanzigste. Ich hatte gestern Abend so ein komisches Gefühl. Ich kann es dir nicht erklären. Ich habe dich angerufen, aber du bist nicht rangegangen und deswegen … Was um Himmels willen ist denn passiert? Du bist ja übel zugerichtet …«

Michele war unbehaglich zumute: Er wollte nicht von dem Überfall erzählen, weil er sich seiner Naivität schämte, und auch der Unzulänglichkeit, die er danach empfunden hatte. Außerdem fürchtete er, Elena könne dasselbe in seinen Augen lesen, was er schon im Spiegel bemerkt hatte.

»Nichts … ich bin gestürzt«, antwortete er knapp.

»Wie bitte? So sieht man doch nicht nach einem Sturz aus. Du bist verprügelt worden!«, rief Elena aufgewühlt.

Michele bat sie um Geduld, bis sie zwei freie Plätze gefunden hätten.

»Also«, drängte Elena dann weiter.

»Nichts also, ich hab doch gesagt, ich bin hingefallen.«

»Wenn du meinst ...«, sagte sie nur.

In der Zwischenzeit hatte der Zug den Bahnhof verlassen und fuhr die Hochebene entlang. Neben den Gleisen waren die letzten blühenden Veilchen zu sehen, die im Wind schwankten und dem Herbst zu trotzen schienen. Auch Buchen und erste Bergahorne wuchsen hier schon.

»Darf ich fragen, warum du nicht ans Telefon gegangen bist?«

Michele deutete auf das gesprungene Display. »Tut mir leid ... ich habe es kaputtgemacht«, sagte er.

»Nicht so schlimm. Das Glas kann man ersetzen. Ansonsten funktioniert alles?«

»Ich glaube schon ...«, antwortete Michele und reichte es ihr. Elena tippte auf den Tasten herum und gab ihm das Handy mit einem Anflug von Bitterkeit zurück. Für einen Moment hatte sie gehofft, Michele hätte nicht angerufen, weil es nicht mehr zu gebrauchen gewesen war.

»Milù hat dir wohl kein Glück gebracht ...« Sie versuchte ein Lächeln, um ihren Schmerz zu verbergen.

»Die Puppe kann nichts dafür«, antwortete Michele. »Im Gegenteil, sag deiner Schwester vielen Dank. Es war sehr nett, dass sie sie mir geliehen hat.«

Elena nickte schweigend und wandte den Blick zum Fenster. Ihr Gesicht hatte sich verdunkelt.

»Wieso bist du eigentlich nicht in der Arbeit?«, fragte Michele.

»Ich habe Urlaub genommen. Am Nachmittag geht's wieder nach Hause.«

»Das wäre doch nicht nötig gewesen …«, flüsterte er, während ihn eine Woge freudiger Dankbarkeit überflutete, die er vergeblich von sich abzuhalten versuchte. An seinen Augen sah Elena, was in ihm vorging, und sofort erwärmte sich ihr Herz wieder für ihn. Ihr Blick wanderte über die gut sichtbaren Schrammen in seinem Gesicht, die eigentlich nur von brutalen Hieben stammen konnten. Auch wenn sie keinen Schimmer hatte, was geschehen war, spürte sie den spontanen Impuls, ihn zu beschützen.

»Ich rufe mal eben in der Bar an und sage Bescheid, dass ich morgen auch nicht komme.«

Michele sah zu, wie sie die Nummer eintippte. »Nein«, sagte er dann plötzlich.

Elena blickte ihn überrascht an. »Keine Sorge, das ist kein Problem. Ich habe noch ein paar Urlaubstage und sie werden schnell Ersatz für mich finden.«

»Elena, ich sagte Nein. Ich möchte, dass du wie geplant am Nachmittag zurückfährst.«

»Aber es macht mir wirklich keine Umstände, ich …«

»Ich möchte alleine sein, verstehst du das nicht? Wie um alles in der Welt soll ich dir das begreiflich machen?«, fragte er mit einer Härte, die ihn selbst überraschte. Der neue Tonfall musste etwas mit seinem veränderten Blick zu tun haben, mit der Unnachgiebigkeit in seinen Gesichtszügen. Was ging da nur vor? Woher kam dieses Gefühl des Überdrusses, das er auf einmal in sich aufsteigen fühlte? Er musste an den Film *Doktor Jekyll und Mister Hyde* denken, den er vor einiger Zeit gesehen hatte. Die Schwarz-Weiß-Version mit Spencer Tracy. Er war damals so beeindruckt gewesen, dass er bis zum Morgengrauen nicht hatte schlafen können.

Als sein Blick wieder auf Elena fiel, überkam ihn das spontane Gefühl, sie beschützen zu müssen. Sie von Mister Hyde abzuschirmen, den er mit sich spazieren führte.

»Halt dich lieber fern von mir«, sagte er mit brüchiger Stimme. Er mied ihren Blick, als er sich langsam erhob, das Foto von seiner Mutter hervorzog und die altbekannte Umfrage wieder aufnahm.

Elena blieb wie gelähmt sitzen, den Blick starr auf einen imaginären Punkt gerichtet. Ihre Hände zitterten, und ihre Augen begannen sich mit Tränen zu füllen.

Draußen wurde die Landschaft immer gebirgiger, und die fernen, schneebedeckten Gipfel schienen näher zu rücken. Hier und dort waren unter den Nadelbäumen der Hochebene die ersten Weißtannen und Heidekrautteppiche auszumachen. Während sich der Zug keuchend bergauf schleppte, versuchte sie sich in Erinnerungen zu flüchten und der Düsternis zu entkommen, die sie unversehens umgab. Sie dachte an den Waldspaziergang mit ihrer Schwester, an den Flug des Sperlings, ihren Jubelschrei und das Versprechen, sich ihre Freude um jeden Preis zu erhalten. Sie dachte daran, wie es Milù immer gelang, ihr in schwierigen Momenten Mut zu machen. Instinktiv wanderte ihre Hand in Micheles Rucksack und fand die Puppe darin. Sie roch nach Michele, als hätte sie den Besitzer gewechselt.

Elena beobachtete, wie er sich einer Gruppe von drei jungen Frauen näherte, alle zwischen achtzehn und zwanzig Jahre alt, die eine gewisse Dreistigkeit ausstrahlten, als müssten sie der Welt zeigen, dass sie schon alles gesehen hatten.

Eine von ihnen hatte langes, fast schwarzes Haar, das an der rechten Schläfe rasiert war, und trug einen gelben, sehr kurzen Rock, der ihre langen, in schwarzen Strümpfen steckenden Beine betonte.

Als Michele ihr die Fotografie hinhielt, musterte sie ihn belustigt und wechselte einen verschwörerischen Blick mit den beiden anderen.

»Wieso suchst du die Frau?« Sie rückte näher an das brünette Mädchen heran und bedeutete Michele, Platz zu nehmen.

Zögernd folgte er der Aufforderung. Die drei schienen ganz erpicht darauf, ihn in die Mitte zu nehmen, um nach Kräften mit ihm zu flirten.

Als er seine Geschichte zum Besten gab, starrten sie ihn mit unverhohlener, fast ostentativer Bewunderung an. Elena spürte, wie Eifersucht in ihr aufstieg und wie sie gleichzeitig innerlich auf Distanz ging. Sie sah Michele lachen und das Spiel mitspielen, als wäre er irgendein x-beliebiger Idiot. Nein, das hier war nicht mehr der schüchterne, unbeholfene junge Mann, der ihr Herz erobert hatte. Auf der Zunge des dunkelhaarigen Mädchens, die es demonstrativ rausstreckte, blinkte ein Piercing, eine kleine silberne Kugel.

»Na, gefällt's dir?«, fragte sie an Michele gewandt. Die beiden anderen kicherten.

Michele starrte sie ratlos an.

»Weißt du, was man damit machen kann?«, fragte sie in naiv-dümmlichem Ton.

Die Mädchen brachen in hysterisches Gegacker aus, und Michele errötete leicht. Gleichzeitig fühlte er sich geschmeichelt. Er begriff, dass er den jungen Frauen gefiel und sich jederzeit für eine von ihnen entscheiden könnte. Ein Rausch erfasste ihn, der ihn den schüchternen jungen Mann, der er gerade noch gewesen war, vergessen ließ. Seine Verwandlung in Mister Hyde war eine Art Lehrstück, das er bestehen musste, um zu begreifen, was noch alles in ihm schlummerte. Die Möglichkeit, sich auf etwas einzulassen, das ihm noch vor Kurzem viel zu riskant und abwegig erschienen wäre, übte eine unwiderstehliche Faszination auf ihn aus. Fast wünschte er sich, diese Grenze zu überschreiten, deren andere Seite er bislang nur aus dem Fernsehen und von Computerbildern kannte. Und so blies er sich auf, mimte den Leitwolf und stellte verwundert fest, dass er sich wohl dabei fühlte, als hätte er nie etwas anderes gemacht.

Die Mädchen strichen Michele übers Gesicht und fragten mitleidig gurrend, woher seine Blessuren stammten. Elena, die ein paar Sätze aufschnappte, musste mit anhören, wie er mit einer nächtlichen Schlägerei prahlte. Sie fühlte sich verraten, gedemütigt, ausgegrenzt.

Als Michele aufstand und mit seiner Befragung weitermachte, war die Distanz, die ihn von Elena trennte, groß geworden wie ein Abgrund. Erst als sein Blick wie zufällig auf sie fiel, während ihm ein schläfrig wirkender, eleganter Herr versicherte, dass er die Frau auf dem Foto noch nie gesehen habe, kam ihm zu Bewusstsein, dass es sie ja auch noch gab.

Er hatte vergessen, dass sie dort auf ihrem Platz saß, war wie besinnungslos auf Beutejagd gegangen. Das Herz krampfte sich ihm in plötzlicher Reue zusammen.

Als er seinen Rundgang beendet hatte und zu ihr zurückkehrte, schwieg sie.

»Nichts zu machen«, flüsterte er verlegen. »Keiner hat sie gesehen …«

»Du wirst sie schon finden«, antwortete Elena mit vor Kränkung brüchiger Stimme.

Während der ganzen restlichen Fahrt saßen sie schweigend nebeneinander. Aber das war vielleicht auch besser so, dachte Michele. Elena hatte etwas anderes verdient als ihn, als den Michele, der er bislang gewesen war und auch als den, der er von nun an sein würde.

Der Zug durchfuhr zahllose in Felsen gehauene Passagen, tauchte ins nachtschwarze Dunkel Dutzender Tunnel, gelangte immer wieder zurück ans Tageslicht, wo er den ersten, makellos weißen Schnee aufwirbelte, sich mit Hirschen und Rehen ein Rennen lieferte und immer weiter vorstieß in höhere Regionen, um sich in der frischen Bergluft mit Steinadlern und Wespenbussarden anzulegen und dann endlich den Weg auf die letzte Hochebene zu finden, die ihn nach Piana Aquilana führen würde.

Jedes Mal, wenn der Kontrolleur vorbeikam, nickte er Michele mit der Miene eines Macho-Komplizen zu, als wollte er ihm gratulieren, dass eine wie Elena neben ihm saß. Irgendwann wurde der Zug langsamer. Das Bahnhofsgebäude von Piana Aquilana lag vor ihnen, ein sandsteinverkleideter, quadratischer Bau im rationalistischen Stil der Dreißigerjahre. Das rote Satteldach des Stationsbüros spitzte aus den Tannen hervor, die den Bahnhof umstanden.

Michele und Elena stiegen aus dem Zug und machten sich schweigend auf den Weg zum Ausgang. Ihnen blieben nur zwei gemeinsame Stunden, bevor der Zug wieder retour fahren würde.

»Du kannst alleine gehen, wenn du willst. Ich bleibe hier und nehme um zwei den Zug«, murmelte Elena. Zum ersten Mal quasselte sie nicht wie ein Buch, sondern wirkte stattdessen vollkommen leer. Michele wollte schon nicken, als ihm ein Stich durchs Herz ging. Er war hin und her gerissen zwischen der Freude, sie an seiner Seite zu haben, und dem Bedürfnis, allein zu sein.

»Ich verbringe die Zeit gerne mit dir. Dass ich allein sein will, hat nichts mit dir zu tun, bitte versteh das doch …«, flüsterte er, wissend, dass er sowohl sie als auch sich selbst belog.

Elena nickte mit gesenktem Blick. Auch wenn die Sonne schon hoch am Himmel stand, war es noch außergewöhnlich kalt. Michele streifte sich seinen warmen Anorak über und Elena eine Windjacke, die sie vorsichtshalber mitgenommen hatte.

Piana Aquilana war nicht bloß so ein kleiner Gebirgsort, sondern mit seinen 35.000 Einwohnern geradezu riesig, verglichen mit den Dörfern, aus denen sie kamen. Ein wenig verloren sahen sie sich um: Der starke Verkehr stand in einem harschen Kontrast zu den mittelalterlichen Steinhäusern, die streng und ernst die Piazza umstanden. Außerhalb des über tausend Jahre alten historischen Zentrums erhoben sich die um 1900 entstandenen Gebäude in konzentrischer Anordnung, als sei es ihre Aufgabe, die älteren Häuser zu schützen. Dahinter grenzte ein Ring mit neueren Gebäuden an und erstreckte sich in Richtung Berge. Das Industriegebiet dahinter schien sich in unendliche Weiten hinzuziehen.

Roboterartig griff Michele nach dem Foto seiner Mutter und begann nach und nach sämtliche Läden auf der Piazza abzuklappern. Elena folgte ihm wie ein Schildknappe, der sich an die Fersen seines Herrn heftet. Sie beobachtete, wie er auf die Leute zuging, Fragen stellte und nach jeder abweisenden Antwort weiterging, selbstsicher und spontan, ohne das geringste Anzeichen von Schüchternheit oder Verzagen. Vielleicht war es die Verzweiflung, die ihn antrieb, dachte sie, vielleicht der inständige Wunsch, diese unmögliche Suche, die er sich vorgenommen hatte, hinter sich zu bringen, um sein gewohntes Leben wiederaufzunehmen. Ein Leben, von dem sie sich definitiv ausgeschlossen fühlte.

Die Zeit verging wie im Flug, und während sie von einem Laden zum anderen marschierten, kam es ihnen vor, als würden sie das Zifferblatt einer Uhr abschreiten. Als sie die

Piazza einmal umrundet hatten, machten sie ein paar Minuten in einer Bar Rast, wo sie zwei Espressi tranken und es vermieden, einander in die Augen zu sehen.

Beim Verlassen der Bar fiel Elena ein Hund auf, der verloren auf der Piazza herumstrich, ein schwarzer Labrador, noch nicht ganz ausgewachsen, aber doch groß und massig. Er schien jemanden in der Menge der Passanten zu suchen und winselte leise, den Schwanz zwischen die Beine geklemmt und die Ohren nach hinten angelegt. Obwohl er kein Halsband trug, war er sehr gepflegt, und sein glänzendes Fell schien erst kürzlich gebürstet worden zu sein. Elena löste sich von Michele und ging auf das Tier zu.

»Hey …«, flüsterte sie, während es stehen blieb und sie misstrauisch beäugte.

Elena beugte sich herunter und streckte die Hand aus. »Keine Angst, du kannst ruhig herkommen …«

Der Labrador wischte mit dem Schwanz hin und her.

»Hast du dich verlaufen?«

Er machte einen Schritt auf sie zu, schnüffelte und ließ sich am Ende sogar von ihr streicheln.

»Er hat sich verirrt«, sagte sie an Michele gewandt, der sich zu ihr gesellt hatte. Dann, als sie in unmittelbarer Nähe einen Trinkwasserbrunnen entdeckte: »Bestimmt hat er Durst.«

Sie animierte den Hund, ihr zu folgen. Am Brunnen betätigte sie eine Pumpe und brachte das Wasser zum Laufen. Und wirklich: Der Hund schien kurz vorm Verdursten, so gierig leckte er nach dem Wasser. Nachdem er ausgiebig getrunken hatte, sah er Elena mit einem seltsamen, fast menschlichen Ausdruck von Dankbarkeit in den runden schwarzen Augen an.

»Und was machen wir jetzt mit dir? Mitnehmen kann ich dich nicht …«, sagte sie bedauernd.

Sie blickte sich suchend um und entdeckte den Tierladen, den sie kurz zuvor mit Michele besucht hatte.

»Wartest du kurz auf mich?«, fragte sie den Hund, und an Michele gewandt fügte sie hinzu: »Bitte pass auf ihn auf.«

Er nickte etwas hilflos und beugte sich zu dem Hund hinunter, um ihn zu streicheln. Elena eilte zu dem Laden und erschien wenig später mit einem roten Halsband an einer roten Leine, die sie dem Labrador anlegte und Michele hinhielt.

»Da, nimm!«, sagte sie fest.

»Aber … ich kann doch keinen Hund mitnehmen! Was soll ich denn mit dem machen?«

»Nur bis heute Abend. Lass ihn einfach neben dir herlaufen. Vielleicht findet er in der Stadt ja seinen Besitzer wieder.«

»Und wenn nicht?«

Elena seufzte und sah Michele flehentlich an. »Wenn nicht, dann vertraust du ihn jemandem an … einem Verkehrspolizisten oder so, okay? Wenigstens haben wir es dann versucht.«

Michele nickte beklommen und machte sich mit dem Hund an der Leine auf den Weg. Die restliche Zeit verbrachte er damit, ein Dutzend weiterer Läden aufzusuchen. Wenn er wieder ins Freie trat, wartete dort schon Elena und streichelte ihren vierbeinigen Freund.

Nur noch wenige Minuten bis zur Abfahrt des Zuges. Der Bahnhof lag bereits vor ihnen.

»Du musst mich nicht begleiten«, sagte sie niedergeschlagen, während der angeleinte Hund ihnen brav folgte.

Michele, ebenso traurig wie Elena, sah sie verstohlen an. Er spürte, dass sie ihre Gefühle kaum ertragen konnte, und er hätte alles getan, um ihr den Schmerz zu ersparen, doch in seiner Hilflosigkeit fand er nicht die richtigen Worte: »Sind ja nur ein paar Meter, das ist nicht so schlimm«, murmelte er und begriff im selben Moment, dass er mal wieder das denkbar Falscheste gesagt hatte.

Schweigend erreichten sie den Zug. Ein letztes Mal beugte sich Elena herunter, um den Hund zu streicheln. Er erwiderte ihre Zuneigung, indem er freudig mit dem Schwanz wedelte und ihr übers Gesicht leckte. Michele war insgeheim dankbar für seine Gegenwart. Er war ein wunderbares Ausweichmanöver, der perfekte Vorwand, um sich nicht in die Augen zu schauen und den Abschied hinauszuzögern.

Der Pfiff des Bahnhofsvorstehers riss die beiden aus ihrer emotionalen Erstarrung. Die letzten Fahrgäste beeilten sich, in den Zug zu steigen, und plötzlich ging ein Ruck durch Michele und ihm war, als hätte Mister Hyde für Doktor Jekyll Platz gemacht.

»Elena …«

Sie sah ihn traurig an.

»Ich … gestern war ich in einer Bar, und da war Musik und … und es gab da einen Moment, wo ich dich anrufen wollte, um dir etwas zu sagen.«

»Was wolltest du mir denn sagen?«, fragte sie aufhorchend.

Die Maschine stieß ein metallisches Zischen aus, das die unmittelbar bevorstehende Abfahrt des Zuges ankündigte. Michele packte von Neuem die Angst, er könne etwas Falsches sagen, und die Zerrissenheit in seinem Inneren klaffte weiter auf, ließ Resignation über Hoffnung siegen …

»Ach, nichts«, stammelte er. »Ist nicht so wichtig.«

Elenas Augen blitzten vor Zorn. »Tu mir das nicht an, Michele! Ich habe die ganze Fahrt über dein Schweigen ertragen, und ich habe zugeschaut, wie du dich bei diesen eingebildeten Tussen im Zug zum Idioten gemacht hast. Ich respektiere, dass du allein sein willst und ich werde dir nicht weiter zur Last fallen. Aber ganz ehrlich – tu mir das nicht an! Du kannst nicht irgendwas andeuten und dann abwinken. Das halte ich nicht aus. Also raus mit der Sprache!«

Ihre Züge hatten sich verhärtet. Ihre Worte und vor allem ihr Blick brachten eine wütende Empörung zum Ausdruck, die Michele nur allzu gut verstand. Er ahnte, dass sich hinter ihrer Reaktion ein alter Schmerz verbarg, ein Zorn, den sie gegen sich selbst richtete.

Wieder ein mahnender Pfiff und die dringende Aufforderung des Bahnhofsvorstehers zuzusteigen. Elenas Blick wurde nun fast zu einem stummen Flehen.

»Ich wollte dir sagen, dass … dass ich inzwischen weiß, dass ich rot bin«, sagte er endlich.

Für einen kurzen Moment schien Elena gerührt. »Michele … das weiß ich längst. Aber wie ich schon sagte: Farben ändern sich. Und wie's aussieht, passt deine jetzige Farbe nicht zu meiner.« Sie wandte ihm den Rücken zu und stieg in den Zug.

»Warum? Welche Farbe habe ich denn heute?«, rief er ihr hinterher, als wollte seine Stimme ihr nachlaufen.

Elena drehte sich um und lächelte müde. »Falsche Frage«, flüsterte sie. »Du hättest fragen sollen, was meine Farbe ist. Aber war ja eigentlich klar, dass dich das nicht interessiert …«

Michele begriff, dass Elena recht hatte. Er war die ganze Zeit nur um seine eigenen Ängste gekreist, um seinen Weg, ohne auch nur einen Gedanken daran zu verschwenden, was in ihr vorging. Er wusste rein gar nichts über sie. Nichts über ihren Schmerz, der sich ihm so plötzlich offenbart hatte, nichts über ihre Vergangenheit, ihre Träume, ihre Hoffnungen oder Enttäuschungen. Und doch hatte er in den letzten Tagen das Gefühl gehabt, sie zu lieben – und sich zugleich davor gefürchtet. Auch jetzt war das Gefühl immer noch da. Er hoffte und fürchtete, Elena lieben zu können. Wenn nicht jetzt, dann doch zumindest in der Zukunft.

Er rang noch immer um Worte, als die Zugtüren wie ein metallischer Vorhang nach dem Schlussakt eines Trauerspiels zufielen.

Der Zug setzte sich in Bewegung.

Elena hockte stumm am Fenster, den Blick auf ihn gerichtet, während sich der Zug langsam aus dem Bahnhof schob und wenig später nicht mehr zu sehen war.

Michele blieb auf dem Bahnsteig zurück, den Hund an der Leine neben sich. Von den Bergen kam Kälte herab, und bald schon würde der aufkommende Nachmittag die Sonne verschwinden lassen.

So stand er noch eine Weile, bevor er fröstelnd seinen Anorak enger um sich zog und zum Ausgang ging. Der Labrador folgte ihm willig und ohne einen Laut von sich zu geben, ahnungslos, wie es für ihn weitergehen mochte. Ahnungslos wie sein provisorisches Herrchen.

11.

Es schien, als hätte der Winter den Herbst schon eingeholt, so schneidend war die Kälte, die die Straßen von Piana Aquilana am frühen Abend im Handumdrehen leer fegte. Der Nachmittag war wie im Flug vergangen, und Michele hatte ihn damit zugebracht, immer weitere Passanten auf der Straße anzuhalten und Läden, Bars und Restaurants abzuklappern, während der Labrador geduldig draußen wartete. Bislang hatte ihm niemand etwas über seine Mutter sagen können, aber er hatte auch erst einen kleinen Teil des Stadtzentrums durchforscht. Er war müde, ohne Hoffnung und schlecht gelaunt. Die Verletzungen schmerzten, und er ärgerte sich immer noch über die Naivität, mit der er sich von den zwei Typen hatte hereinlegen lassen. Sie waren jünger als er selbst und dennoch an eine Realität gewöhnt, die er selbst gerade erst entdeckte und die ihn in jemanden zu verwandeln drohte, den er nicht wiedererkannte. Er kam sich ganz und gar unzureichend vor, einer Welt ausgeliefert, die er bislang aus seinem Dasein verbannt hatte und der es jetzt gegenüberzutreten galt.

In Gedanken versunken ging er die belebte Hauptstraße entlang. In den letzten beiden Tagen hatte er mit mehr Menschen gesprochen als in seinem ganzen Leben. Es schien, als würde die Menschenmenge um ihn herum immer dichter werden. Niemals würde er sie alle befragen können, auch nicht in drei Tagen und mehr. Am liebsten hätte er sich einfach irgendwo hingesetzt und sich ausgeruht. Als er vor einer Bar eine freie Bank entdeckte, wollte er gerade auf sie zugehen und sich setzen, als sich der Hund so abrupt losriss, dass es Michele fast umgeworfen hätte. Der Labrador, hocherfreut über seine wiedergewonnene Freiheit, jagte davon und hatte sich im selben Augenblick ein gutes Stück von ihm entfernt. Michele, der vergeblich versuchte, ihn mit Rufen und Pfiffen zur Rückkehr zu bewegen, blieb nichts anderes übrig, als hinterherzurennen. Keuchend bahnte er sich einen Weg durch die Menschenmenge und ließ den Hund nicht aus den Augen, der wie ein Verrückter im Zickzack zwischen den Beinen der Passanten hindurchfegte. Michele war klar im Nachteil, da er den Leuten umständlich ausweichen musste. Er fragte sich, warum er sich überhaupt die Mühe machte, dem Vieh hinterherzurennen. Er hätte es doch einfach laufen lassen können. Aber das wäre ihm wie Verrat vorgekommen. Er hatte Elena ein Versprechen gegeben – und vielleicht war dies der Versuch, sie für sein seltsames Verhalten um Vergebung zu bitten.

Er war gerade einem japanischen Touristenpaar ausgewichen und beschleunigte wieder den Schritt, als der Hund abrupt stehen blieb, um sich in der nächsten Sekunde auf eine junge Frau zu stürzen, die auf dem Mäuerchen eines Blumenbeets saß.

Michele schrie leise auf, doch dann sah er, dass der Labrador der jungen Frau freudig schwanzwedelnd übers Gesicht leckte.

»Figaro!«, rief sie und umarmte ihn glücklich.

Schwer atmend blieb Michele vor ihr stehen. Sie hatte blondes Haar und ihre Augen waren hinter einer dunklen

Sonnenbrille verborgen. Die etwas vorspringende Adlernase in dem runden, wohlproportionierten Gesicht machte sie auf eine außergewöhnliche Art attraktiv. Auffallend auch ihre kräftige, sportliche Figur und die langen, knochigen Hände.

»Meine Güte, wo hast du nur gesteckt?«, flüsterte sie erleichtert. »Und was ist das für eine Leine?«

»Die habe ich ihm angelegt, oder besser eine Freundin von mir …«, japste Michele. »Wir haben ihn gefunden. Er hatte sich wohl verlaufen und …«

Die junge Frau strahlte ihn an. »Danke! Ich weiß wirklich nicht, wie das passieren konnte. Ich habe ihm nur kurz das Halsband abgenommen und schon war er weg, einem anderen Hund hinterher. Er ist noch nicht richtig erzogen, weißt du … Ich habe ihn noch nicht lange«, fügte sie hinzu, wie um sich zu rechtfertigen.

Michele, der immer noch nicht zu Atem gekommen war, nickte nur.

»Ich weiß gar nicht, wie ich dir danken soll …«, sagte die junge Frau weiter.

»Das ist doch nicht nötig«, erwiderte Michele, als ihm ein Gedanke kam. »Aber dürfte ich dich vielleicht um einen Gefallen bitten?«

»Ja, natürlich«, erwiderte die junge Frau überrascht.

Michele zog das Foto von seiner Mutter aus dem Rucksack, hielt es ihr hin und wollte gerade seinen üblichen Fragenkatalog abspulen, als er sah, wie die junge Frau auf dem Mäuerchen herumtastete und steif nach etwas griff, das neben ihr lag.

Sie war blind, das wurde ihm erst jetzt klar.

»Warte, ich helfe dir …«, murmelte er und nahm den Gegenstand, ein Geschirr für Blindenhunde.

»Danke …«, sagte sie und machte sich daran, Figaros Halsband gegen das Geschirr auszutauschen.

»Also, was wolltest du wissen?«

»Ist nicht wichtig …«, stammelte Michele peinlich berührt.

»Nur weil ich blind bin, heißt das nicht, dass ich dir nicht helfen kann«, erwiderte sie, ohne jede Spur von Verlegenheit in der Stimme. »Ich heiße übrigens Serena.«

»Michele«, meinte er leise und fragte sich, ob er ihr die Hand geben sollte. »Ich wollte dir ein Foto zeigen und dich fragen, ob du die Person darauf kennst …«, sagte er schließlich zaghaft.

»Okay, da kann ich dir wirklich nicht helfen. Aber setz dich doch noch ein bisschen zu mir«, schlug Serena lächelnd vor.

Zögernd nahm Michele neben ihr Platz.

»Du bist nicht aus Piana Aquilana, oder? Ich habe dich hier noch nie gesehen …«

Michele schwieg betroffen, während die junge Frau in herzliches Gelächter ausbrach.

»Ich kann mir genau vorstellen, was du gerade für ein Gesicht machst … Gesehen habe ich dich natürlich noch nie. Aber es stimmt doch, dass wir uns bislang noch nicht über den Weg gelaufen sind, oder?«

»Ähm … ja«, gab er zu.

»Sonst hätte ich dich bestimmt wiedererkannt.«

»Und wie hättest du das angestellt?«

»Wenn ich eine Stimme höre, und sei es nur ein einziges Mal, bleibt sie mir im Gedächtnis … Es ist, als hätte ich den Menschen selbst gesehen. Dasselbe gilt für Gerüche. Du zum Beispiel riechst sehr gut, auch wenn du ein Duschgel benutzt hast, das man normalerweise nur in Hotels bekommt. Die riechen immer wie Shampoo und trocknen die Haut aus … eine Katastrophe.«

Michele traute seinen Ohren nicht.

»Das stimmt!«, rief er verblüfft. »Wie geht das? Wie kann man so ein gutes Gedächtnis für Gerüche haben?«

»Na wenn ich schon nicht sehen kann, muss ich das ja irgendwie wettmachen. Und zwar mit meiner Nase und meinem Gehör … und mit meinem Tastsinn.« Sie kramte in ihrer Tasche und zog ein Buch hervor. »Hier, siehst du?«, sagte sie und schlug eine beliebige Seite auf. »Der Text ist in Blindenschrift geschrieben.« Sie ließ den Finger über die kleinen Punkte gleiten. »›… soll mit mir das Geheimnis sterben, das den Tigern eingeschrieben ist‹«, las sie laut. »›Wer das Universum geschaut, wer die feurigen Pläne des Universums geschaut hat, kann nicht eines Menschen gedenken, seines nichtigen Glücks oder Unglücks, sei dieser Mensch auch er selber. Dieser Mensch *ist er gewesen*, nun liegt nichts mehr an ihm. Was liegt ihm an dem Los jenes anderen, was liegt ihm am Volk jenes anderen, wenn er jetzt niemand ist? Darum spreche ich die Formel nicht aus; darum lasse ich die Tage mich vergessen, ausgestreckt in der Dunkelheit.‹ Wie findest du das? Es stammt aus *Die Inschrift des Gottes*, von Borges. Seltsamer Titel, nicht wahr? Manchmal denke ich, dass Blindenschrift wahrscheinlich auch die Inschrift eines Gottes ist.«

Michele nickte beeindruckt.

Seufzend schloss Serena das Buch. »Ich würde dich gerne ansehen. Wäre das okay?«, fragte sie.

»Äh …«

»Du musst nur stillhalten«, unterbrach sie ihn. Ihre Hände suchten sein Gesicht und zeichneten es langsam mit den Fingern nach.

»Du bist schön«, flüsterte sie. »Recht jung noch … dreißig vielleicht?«

»Richtig«, antwortete Michele überrumpelt.

»Die Haut an deinem Hals ist noch fest und die im Gesicht auch.« Behutsam tastete sie weiter. »Du hast große Augen …«

Sie gelangte zu seinen Lippen.

»Du hast dir wehgetan, oder?«

»Ja.«

»Du hast einen schönen Mund.«

Michele schluckte. Serenas Berührungen waren langsamer, sinnlicher und eindeutig herausfordernd geworden.

»Schließ die Augen und ertaste mit den Händen, wie ich dich ertaste.« Sie nahm die Brille ab, hinter der sich zwei blaue Augen verbargen, die ohne Tiefe waren, stumpf und ohne jede weitere Farbnuance.

»Berühre mein Gesicht.«

Michele legte die Hände auf Serenas Gesicht. Seine Finger begannen, ihre Züge zu erforschen.

»Siehst du? Ist nicht schwer, stimmt's? Und man begreift so einiges …« Sie erwiderte seine Berührungen, indem sie ihm über Lippen und Kinn strich.

Michele fühlte, wie seine Sinne zu beben begannen und eine Art Begehren langsam an die Oberfläche stieg. Die stummen Liebkosungen schienen ein feines Gewebe gegenseitiger, unberechenbarer Anziehung zu spinnen. Als er mit den Fingerkuppen zart über Serenas Lippen strich, öffnete sie leicht den Mund. Ihr Atem wurde langsamer, tiefer. Michele war hin- und hergerissen zwischen der Angst vor dem Sprung und der Lust, sich dem Sog der Tiefe zu überlassen. Doch genau dieses Gefühl kannte er schon, und es führte ihn zurück zu Elena. Zu ihrem aufrichtigen Lächeln und ihrer glatten, seidigen Haut. Er begriff, dass er durch irgendeinen seltsamen Zauber seines Herzes mit ihr verbunden war, und ihr unbewusst Treue geschworen hatte, als er sie zum ersten Mal gesehen hatte, auf der Türschwelle seines Hauses, während er die Sekunden gezählt hatte, um zu seiner anbrennenden Stracciatella zurückzukehren. Er löste die Hände von Serenas Gesicht und trat einen Schritt zurück. Sie lächelte.

»Du bist die Treue in Person, oder?«, fragte sie amüsiert.

Michele wurde blass. »Kannst du Gedanken lesen?«, fragte er entgeistert.

»Nein, aber so ist das nun mal, wenn man seine Sinne trainiert … Bestimmte Dinge, die andere erst lang und breit erklären oder sehen müssen, erfasst man intuitiv.« Wieder betastete sie Micheles Gesicht, diesmal jedoch ohne jede Provokation. »Du wirkst ehrlich … und du hast einen klaren Blick.«

Michele schwieg erschüttert. Serena hingegen brach in schallendes Gelächter aus.

»Das hast du nicht wirklich geglaubt, oder?! Das war ein Witz! Manche Dinge kann ich sehr wohl erahnen, und deinen Körperbau kann ich vielleicht noch mit den Fingern ertasten … Aber deinen Blick werde ich nie sehen können. Das Gesicht ist der am wenigsten physische Teil des ganzen Körpers. Es ist nicht wie dein Arm oder dein Brustkorb, von denen ich mir mit einer Berührung ein Bild machen kann … Das Gesicht ist Ausdruck, ist Mienenspiel, es besteht aus tausenderlei Muskeln und Falten, die allesamt ständig in Bewegung sind. Es ist gelebtes Leben, die Seele eines Menschen … Und Seelen kann man nicht ertasten, leider …«

Michele nickte bewegt.

»Nun zieh bloß nicht so ein mitleidiges Gesicht«, sagte Serena grob. »Ich habe schon mit sechs Jahren gelernt, nicht in Selbstmitleid zu ersaufen, und von anderen will ich erst recht kein Mitleid.«

»Das ist doch gar nicht …«, stammelte Michele. »Ich wollte nicht … ich habe kein Mitleid mit dir, im Gegenteil …«

»Ach, dann tue ich dir also kein bisschen leid?«, unterbrach sie ihn. »Du bist wirklich ein herzloser Bastard!«

Michele, völlig aus der Fassung gebracht, stöhnte auf, und Serena brach einmal mehr in Gelächter aus.

»Ich mach doch nur Spaß«, sagte sie und setzte wieder die dunkle Brille auf. »Hör zu, es ist schon spät, und ich muss nach Hause, kochen. Wenn mein Mann nach Hause kommt, soll alles fertig sein. Er ist ein schrecklicher Macho, aber ich liebe ihn trotzdem … Wir sind sogar verheiratet, oder vielmehr, wir leben zusammen, aber das macht für mich keinen Unterschied.« Sie strecke Michele die Hand hin. »Danke, dass du Figaro zurückgebracht hast … War schön, dich kennenzulernen.«

»Ganz meinerseits«, erwiderte Michele und drückte ihre Hand.

Dann machte er sich stumm auf den Weg, während ihm der Labrador hinterherbellte, wie um sich zu verabschieden.

Gedankenverloren ging er dahin. Es kam ihm gar nicht mehr in den Sinn, jemanden anzusprechen. Die Begegnung mit Serena hatte ihn aufgewühlt. Immer wieder hatte er es mit diesem Gefühl der Unzulänglichkeit zu tun, das von Momenten abgelöst wurde, in denen er Sicherheit gewann und Vertrauen fasste, wie ja schon einige Male während seiner Reise, doch irgendwann fiel er wieder in sein altes Verhalten zurück. Noch mehr erschütterten ihn der Gedanke an Elena und dieses seltsame Gefühl der Zugehörigkeit, das er auszulöschen versucht hatte, das aber schon in ihm Wurzeln zu schlagen schien.

Er ging die Hauptstraße hinunter, und als er Lust auf einen Espresso verspürte, betrat er eine Bar. Er kippte die kleine Tasse in einem Schluck hinunter und spürte, wie die warme Flüssigkeit in seiner Kehle brannte. Er zeigte niemandem das Foto von seiner Mutter und sparte sich sämtliche Fragen. Stattdessen legte er einen Euro neben die Kasse und verschwand, ohne auf die Quittung zu warten.

Es war lange nach Sonnenuntergang, und die Lichter der Straßenlaternen waren gerade erst aufgeflammt, bleich noch und unsicher.

Nach einigen Minuten kam er an eine Straße, die bis zum Stadtrand führte, vorbei an Reihenhäusern, allesamt niedrig und von identischem Aussehen, die Dächer mit rostfarbenen Ziegeln gedeckt. Die Straße erklomm einen Hang, um nach etwa hundert Metern in eine langgezogene Allee zu münden, die nur von den wenigen beleuchteten Schildern der inzwischen geschlossenen Werkstätten und Handwerksbetriebe erhellt wurde. Ansonsten weit und breit nichts zu sehen, weder Passanten noch Autos. Michele verlangsamte den Schritt und war bereits drauf und dran umzukehren und sich im belebteren Zentrum eine Pension für die Nacht zu suchen, als er eine Stimme vernahm, einen heiseren, erstickten Ruf.

»Hallo! … Hey! … Hey du!«

Michele sah sich um, konnte aber nicht ausmachen, woher der Ruf kam. Dann ein kurzer, scharfer Pfiff.

»Hallo! … Hier bin ich! Hallo! … Siehst du mich denn nicht?«, vernahm er von Neuem eine raue Männerstimme, die aus dem Nirgendwo zu kommen schien.

Michele blickte angespannt um sich, als er endlich eine schwarze Gestalt erkannte, die in etwa zwanzig Metern Entfernung auf dem Gelände einer alten, verlassenen Tankstelle neben einem Auto stand. Michele zögerte. Die Gestalt war in

Finsternis gehüllt, und er konnte nur die Reflexe eines silbernen Haarschopfs ausmachen, verursacht vom unregelmäßig flackernden Licht einer Leuchtreklame.

»Kommst du bitte kurz? Ich brauche Hilfe … Dauert nicht lang …«, drängte der Mann in aufgeregtem, fast verschwörerischem Ton. Er hatte einen auffälligen, fremdländischen Akzent, dessen Herkunft Michele nicht identifizieren konnte. Er zögerte immer noch und blickte sich hilfesuchend um.

»Kein Angst, ich nicht beißen, Freund«, rief der Mann halb ironisch, halb ungeduldig, als hätte er seine Gedanken gelesen. Michele fasste sich ein Herz und kam vorsichtig näher. Die Zapfsäulen der Tankstelle waren verrostet und zum Teil herausgerissen. Es roch nach verrottetem Gras, ein Geruch, der die Luft trotz der Kälte zu durchsetzen schien.

Endlich konnte er den Mann sehen, der ihn gerufen hatte. Er war klein und mager, das Gesicht von Falten zerfurcht, der Teint so dunkel wie der eines Menschen, der einen Großteil seines Lebens im Freien verbracht hatte. Sein Alter war undefinierbar. Für einen Fünfzigjährigen hätte er ziemlich verbraucht ausgesehen, war er hingegen schon sechzig, hatte er sich gut gehalten. Das schulterlange silbrige Haar passte zu seinen Augen, deren intensives Blau – soweit im Dunkeln erkennbar – nur leicht getrübt war. Der Mann grinste und streckte Michele die Hand hin.

»Erastos meine Name«, sagte er.

Michele stellte sich ebenfalls vor und gab dem Mann die Hand, die er auffallend fest drückte.

Erastos deutete auf das Auto neben ihm, einen alten, staubbedeckten Fiat 127 mit platten Reifen.

»Hilfst du mir Rad rausmachen, bitte?«, fragte der Mann. Er wies auf eine Eisenstange und drei Backsteine, die zwischen dem Vorder- und Hinterrad nebeneinander lagen. Da er keinen Wagenheber habe, erklärte der Mann, müssten sie das Auto mithilfe der provisorischen Vorrichtung anheben. Die drei Backsteine würden als Stütze dienen, die Stange als Hebel.

»Ich drücke Stange und hebe Auto an, du machst Rad raus, verstanden?«, sagte er, als wollte er einen Pakt mit Michele schließen. »Die Schrauben sind schon weg«, fügte er hinzu. »Aber mach schnell, ich weiß nicht, wie lang ich kann halten. Ist schwer, Auto. Schwer.«

Michele nickte verdutzt, während Erastos die Eisenstange unter das Auto schob, den Mittelteil auf die Backsteine legte und zwei- oder dreimal tief Luft holte, um seine Kräfte zu mobilisieren.

»Du bist bereit, Freund?«, fragte er und sah ihm fest in die Augen.

Michele beugte sich zu dem Rad hinunter. Einen Augenblick später drückte Erastos die Eisenstange, ächzend vor Anstrengung, nach unten. Sie bog sich leicht und einen Moment lang schien es, als wolle sie nachgeben. Der Mann stieß ein wütendes Knurren aus und drückte noch kräftiger zu, sodass sich das Auto mit einem unheilvollen Quietschen ein paar Zentimeter vom Boden hob.

»Komm, schnell!«, presste Erastos hervor, das Gesicht dunkelrot, die Adern pochend, als wollten sie jeden Moment platzen. Michele packte das Rad und löste es von der Nabe. Eine Sekunde später ließ Erastos die Stange los, die katapultartig nach vorne schoss, die Vorderscheibe einschlug und mit einem dumpfen, metallischen Schlag aufs Pflaster prallte.

Michele fuhr ruckartig zurück, um den Glasscherben auszuweichen, und hielt den Reifen wie ein Schutzschild vor seinen Körper. Erastos nickte und stieß einen befriedigten Seufzer aus.

»Gute Arbeit, Freund«, sagte er, bevor er sich zu Michele hinunterbeugte, um ihm aufzuhelfen.

»Aber … das Auto ist ja ganz kaputt …«, gab Michele zu bedenken, während er sich die vom Reifen verschmutzten Hände rieb.

»Ja, aber Auto nicht meins«, erwiderte Erastos seelenruhig.

Michele blickte ihn wie vom Donner gerührt an und sah sich dann hastig um. Hatte sie jemand beobachtet?

»Was soll das heißen, nicht deins? Und das Rad? Willst du das etwa klauen?«, rief er besorgt.

Erastos lächelte, wie um die Angelegenheit herunterzuspielen. »Klauen, klauen … große Wort, Freund. Das Auto hat keine Besitzer, und ich habe nur Rad genommen. Nicht ganzes Auto …«

Michele stützte ratlos die Hände in die Hüften, als ihm Erastos eine Hand auf die Schulter legte und ihm tief in die Augen sah.

»Ich bin in deine Schuld, Freund«, sagte er ernst. »Für uns Griechen ist wichtig. Wie Pakt, Blutspakt. Jetzt muss ich auch helfen. Sag … Was kann ich machen für dich, Freund?«

Michele zögerte einen Moment, bevor er das Foto von seiner Mutter aus dem Rucksack holte. »Hier …«, sagte er schließlich. »Es reicht, wenn du mir sagst, ob du die Frau schon mal gesehen hast.«

Erastos platzierte sich so, dass das Licht der Leuchtreklame auf das Bild fiel. Michele folgte ihm auf dem Fuß, als befürchtete er, der Kerl könne mit dem Foto abhauen.

»Schöne Frau. Sehr schön …«, flüsterte Erastos. »Wenn ich hätte so schöne Frau gesehen, ich würde wissen.«

Er stieß einen anerkennenden Pfiff aus, der Michele aus einer instinktiven Eifersucht heraus irritierte. Hastig nahm er Erastos das Foto wieder ab.

»Das Bild ist fast dreißig Jahre alt ...« Er übertrieb absichtlich, wie um zu sagen, dass man einer älteren Dame, seiner Mutter noch dazu, Respekt zu erweisen habe. Erastos wirkte betroffen. In seinem Blick lag aufrichtiges Interesse.

»Warum du sie suchst?«, fragte er, während er ein zerknautschtes Zigarettenpäckchen aus der Tasche zog.

»Weil sie meine Mutter ist«, erwiderte Michele.

Überrascht riss der andere die Augen auf.

»Freund! Du hast große Geschichte, die du musst Erastos erzählen!«, rief er aus. Er zündete sich eine Zigarette an und musterte Michele. »Du rauchst nicht, stimmt's? Schöner Teint, Nichtraucher. Du kriegst Prügel, aber du rauchst nicht.« Er zeigte auf die Schrammen in Micheles Gesicht, als wollte er eine Diagnose stellen, griff nach dem Reifen, der noch auf dem Pflaster lag, und bedeutete Michele, ihm zu folgen.

»Jetzt wir gehen in mein Haus. Wein, Essen, und du erzählst deine Geschichte«, sagte er, während er auf das noch finstere Gelände hinter der Tankstelle zusteuerte. Michele blieb wie angewurzelt stehen, unschlüssig, was er tun sollte.

»Ich hab doch gesagt: Ich nicht beißen, Freund. Keine Angst«, versicherte Erastos, ohne sich umzudrehen.

Michele zögerte noch einen Moment und entschied sich dann, ihm zu folgen.

Nach fast zwanzig Minuten Fußweg erreichten sie ein Gebäude außerhalb der Stadt, das sich hinter hohem Gebüsch verbarg, ein altes Fertighaus. Mannshohes Unkraut und Brombeersträucher umwucherten die Mauern und zwängten sich in die Risse der Fassade. Man sah bereits auf den ersten Blick, dass hier seit langer Zeit niemand mehr gewohnt hatte. Auf der Vorderseite überzogen Staub und Spinnweben die Fenster. Nur ein Stapel Brennholz unter einer von Backsteinen beschwerten Zellophanplane ließ darauf schließen, dass es im Inneren des Hauses womöglich Leben gab. Erastos legte den Reifen vor dem Eingang ab, zog einen Schlüsselbund aus der Tasche, schloss die Tür auf, griff wieder nach dem Reifen und schlich sich ins Dunkel. Michele, immer noch misstrauisch, warf einen Blick zurück: Da waren nichts als die vom Mond beleuchteten Baumwipfel, die das Fertighaus überragten. Das Rauschen der Blätter. Der ferne Ruf einer Eule. Und die Stille, die alles einschloss.

Das Innere des Hauses wurde von einem zitternden Licht erhellt. Kopfschüttelnd erschien Erastos auf der Türschwelle.

»Freund, du wartest auf Einladung?«, fragte er.

Michele gab sich einen Ruck und trat ein. Er war immer noch auf der Hut.

Der Raum wirkte riesig, viel größer, als man von außen vermutet hätte, dafür hing die Decke überraschend tief in noch nicht mal zwei Metern Höhe. Im Hintergrund schraubte sich eine alte Wendeltreppe aus rostigem Eisen nach oben. Ihre letzten Stufen mündeten in eine Öffnung in der Decke, deren wellige Ränder Schimmelflecken aufwiesen. An der rechten Wand hatte man ein Spülbecken angebracht, neben dem zwei Supermarktwägen standen, die offensichtlich als Geschirrschrank herhalten mussten und mit Töpfen, Tellern und Besteck vollgestopft waren. Auf einem Regalbrett in der Ecke stand ein Campingherd, darunter eine Gasflasche. An der gegenüberliegenden Wand befand sich ein tief durchgesessenes Sofa aus dunkelgrünem Samt.

Erastos ging zu einem alten, stabilen Holztisch, zog dunkles Brot aus einer Papiertüte, legte es auf ein Schneidebrett und zerteilte den Laib in dicke, unregelmäßige Scheiben.

»Freund, tu mir Gefallen … nimm Oliven, Käse und Wein aus Kühlschrank«, sagte er.

Michele sah sich verwirrt um, da er keinen Kühlschrank entdecken konnte.

»Natur-Kühlschrank, Freund«, stellte Erastos klar und deutete belustigt auf eines der Fenster im hinteren Teil des Raumes.

Michele ging hin und öffnete es. Eisige, nach Käse und Oliven duftende Luft schlug ihm entgegen. Auf dem Fensterbrett fand er zwei ölige Tüten und eine Zweiliterflasche Weißwein. Auf dem Tisch standen bereits Gläser, Teller und Besteck. Nachdem sie Platz genommen hatten, füllte Erastos die Gläser mit Wein, schnitt ein Stück Käse in Würfel und drapierte sie zusammen mit den Oliven auf ihren Tellern. Dann reichte er Michele eine Scheibe Brot.

»Iss und erzähl, Freund. Erzähl mir deine Geschichte …«, sagte er, stürzte sein Glas Wein hinunter und nahm sich ohne jede Hast und fast wählerisch Käsestückchen und Oliven vom Teller, als handle es sich um wertvolle Edelsteine, die es im Widerschein der Öllampe zu begutachten galt. Beinahe ehrfürchtig führte er sie zum Mund und schien sich bei seinem ganz persönlichen Gott dafür zu bedanken. Bedächtig kauend lauschte er Micheles Worten, der nach einigem Zögern und ein paar Gläsern Trebbiano endlich begonnen hatte, seine Geschichte zu erzählen. Erastos sah ihn nicht an, sondern sprach weiter dem Wein und den Köstlichkeiten auf dem Teller zu, als wäre er allein und die Erzählstimme käme aus dem Radio.

Michele bekam immer mehr den Eindruck, als gehörte seine Lebensgeschichte gar nicht mehr ihm selbst, sondern einem Unbekannten. Als wäre sie ihm entglitten und in eine andere Wirklichkeit übergegangen, allein dadurch, dass er sie in den letzten zwei Tagen immer und immer wieder zum Besten gegeben hatte, nachdem er vorher jahrelang stumm geblieben war. Sie kam ihm vor wie eine alte Sage, die in einer verräucherten Stadtrandbar weitergetragen wurde.

Erst als Michele geendet hatte, wandte Erastos den Blick von seinem Teller und sah ihm in die Augen.

»Freund, du verstehst vielleicht nicht, aber du suchst dein Paradies auf Erden!« Es klang, als wollte er ihm ein Kompliment machen.

Michele musterte ihn ratlos. »Das verstehe ich wirklich nicht …«, erwiderte er.

Erastos seufzte und lächelte schief, bevor er Michele Wein nachschenkte. »Du kennst die Geschichte von Adam und Eva, Freund? Paradies, Schlange, Apfel et cetera et cetera?«, fragte er und hob sein Glas.

»Ja, sicher …«, nickte Michele. »Aber was hat das mit meiner Mutter und dem ganzen Rest zu tun?«

Der Grieche gluckste leise, leerte sein Glas und wischte sich mit dem Handrücken über den Mund. »Freund, deine Geschichte ist Geschichte von alle Menschen.« Andächtig besah er sich eine Olive und schob sie sich genießerisch in den Mund. »Denk nach, Freund … Wenn wir kommen auf die Welt, wir sind klein und haben kein Schutz. Aber wenn man in normale Familie wird geboren, wir sind nicht schutzlos, überhaupt nicht. Und du weißt warum? Weil alle sind bei uns, Freunde … Mama, Papa, Oma, Opa, Verwandte … alle sind bei uns und beschützen uns und sagen ›Was für schöner Junge!‹, ›Was für schönes Mädchen!‹. Sie lachen lustig, wenn wir Bäuerchen machen, oder klatschen in Hand, wenn wir sagen erste Wort, auch wenn es hat kein Bedeutung. Wir sind Mitte der Welt, Freund, verstehst du?«

Michele blickte nachdenklich drein und trank einen

Schluck Wein, während Erastos seine Theorie weiter ausführte.

»Alle um uns herum schauen uns an wie Wunder, alle machen Komplimente, und wenn wir machen erste Schritt, alle sagen: ›Wunder, er geht!‹, Freund, wir als Kinder können auch Scheiße machen, und alle sagen uns bravo. Was ist Resultat, Freund? Resultat ist, dass wir fühlen uns unschlagbar wie griechischer Held, wir denken, alles ist möglich für Zukunft, weil um das Kind ist nur Liebe. Liebe und Bewunderung. Das ist das Paradies. Unser Paradies auf Erden. Aber was passiert dann?«

Neugierig geworden schüttelte Michele den Kopf. »Ich weiß es nicht. Was passiert denn?«, fragte er und leerte den kühlen Weißwein.

»Es passiert, dass wir nach erste Schritt fallen und Kopf anschlagen, mein Freund. Es passiert, dass kommt eine komische Tag und Papa nicht applaudiert, sondern uns haut, weil er ist nervös wegen eigene Sachen.« Erastos machte eine kleine Pause. »Oder … es passiert, dass Mama mit dem Zug wegfährt und nicht mehr wiederkommt«, schloss er und sah ihm in die Augen.

Michele nickte.

»Und dann ist aus mit griechische Held, und wir verstehen, dass man hat uns getäuscht, dass Paradies nicht existiert und dass wir sind verjagt und betrogen wie Adam und Eva«, fuhr Erastos fort und ließ seinen Worten ein langes, bedeutungsschweres Schweigen folgen. Dann ein tiefer Seufzer, als erinnerte er sich an einen persönlichen Schmerz. »Von diese Moment an, mein Freund, ist unser ganzes Leben Hoffnung. Hoffnung, dass wir in Paradies zurückkehren. Unsere Taten, Gedanken, Entscheidungen … alles nur ein Versuch, zu Paradies von unsere Kindheit zurückzukehren. Wo alle um uns herum haben Beifall geklatscht für Bäuerchen.« Erastos füllte die Gläser nach. »Du suchst deine Mutter, mein Freund … weil du glaubst, dass deine Mutter ist verlorenes Paradies. Vielleicht stimmt das. Vielleicht nicht. Vielleicht wirst du nie erfahren. Aber ich wünsche dir, dass es gelingt.«

Wie zur Bekräftigung hob er sein Glas. Michele tat es ihm gleich, und als die beiden Gläser hellklingend aneinanderstießen, schien das Gewicht der Zeit für einen Moment aufgehoben. Sie nahmen einen kräftigen Schluck, woraufhin Erastos einen herzhaften Rülpser ausstieß. Michele, schon ein wenig angeheitert, applaudierte bewundernd. Der Grieche lachte herzlich und vollführte eine kleine Verbeugung.

»Danke, Freund. Erastos ist gerade wieder Kind geworden«, sagte er.

Michele zögerte. Die ganze Zeit schon ging ihm eine Frage durch den Kopf, doch er hatte bislang noch nicht den Mut gehabt, sie zu stellen. »Und du? Suchst du auch dein Paradies auf Erden?«

Der Mann sah ihn verdutzt an. »Natürlich, mein Freund. Und heute Abend ich habe es gefunden«, erwiderte er und deutete auf den Reifen des Fiat 127, der unbeachtet in einer Ecke lag.

»Ein alter Reifen?«, fragte Michele perplex. »Das ist dein Paradies auf Erden?«

»Er ist letztes Stück, das ich habe gebraucht für mein Paradies, Freund«, antwortete Erastos. Er erhob sich, streifte sich seine Windjacke über, griff nach einer Öllampe und dem Reifen und ging die Wendeltreppe nach oben, während er Michele bedeutete, ihm zu folgen. »Zieh dich warm an. Und komm mit eigene Augen schauen.«

Michele trank seinen Wein aus und zog seinen Anorak über.

Je höher sie stiegen, desto mehr erhellte das Licht der Öllampe den Raum im oberen Stockwerk. Als sie durch die Öffnung kletterten, fielen ihre langen Schatten auf einen groben Zementboden, auf dem Zangen aller Größen, Schraubenzieher und etliche weitere Gerätschaften herumlagen. Michele fröstelte und ihm wurde erst jetzt bewusst, dass über ihren Köpfen der Sternenhimmel prangte. Sie befanden sich auf einer Terrasse, die eine dicke, mehrere Meter hohe Mauer umgab. Erastos, der ihm vorausgegangen war, trat zur Seite. Michele blieb der Mund offen stehen: Hier, mitten auf der Terrasse, unter dem sternenklaren Nachthimmel, stand … ein Auto. Als der Grieche das Licht der Öllampe aufdrehte, sah Michele, dass der Wagen nicht nur seltsam verformt war, sondern obendrein noch buntscheckig: Eine Tür blau, die andere weiß, der Kofferraumdeckel matt perlgrau und die Seiten dunkelrot.

Außerdem fehlte ihm ein Rad.

Stolz lächelnd schlug Erastos mit der flachen Hand auf das schwarze Dach der seltsamen Kreatur.

»Das ist mein Paradies auf Erden, Freund!« Motor und Karosserie, erklärte er weiter, bestünden aus den Einzelteilen ausgeschlachteter Autowracks, die er auf nahe gelegenen Autofriedhöfen gefunden hatte.

»Ich nenne das Ding Frankenstein, weil ich es habe geschaffen, genau wie berühmtes Monster«, schloss er und begann, das Auto mithilfe eines Wagenhebers nach oben zu hebeln.

»Hat nur noch Rad gefehlt. Jetzt ist mein Auto fertig. Gibst du mir, Freund?«

Michele packte das Rad, das Erastos neben der Falltür abgelegt hatte, und reichte es weiter.

»Ich bin geboren auf kleine griechische Insel …«, sagte er,

während er die Felgen auf den Achsbolzen montierte. »Sehr klein. Zu klein. Man brauchte kein Auto, keiner hatte Auto. Gab nur Boote. Alle Fischer. Vater Fischer, Großvater Fischer. Und ich habe geträumt, Auto zu haben. So ich bin weg von die Insel mit achtzehn Jahre. Gibst du mir Schraubenschlüssel, Freund?«

Michele tat wie befohlen. Erastos schraubte und erzählte.

»Ich war jung, ich war stark. Aber weißt du, was ich habe falsch gemacht? Ich wollte alles schnell … Hier, noch ein Bolzen und Arbeit fertig …«. Michele ging um das seltsame Automobil herum und strich über die verstaubte Flanke.

»Was ist dann passiert?«, fragte er. Der Innenraum des Wagens war mit zwei unterschiedlichen Vordersitzen ausgestattet sowie mit einem Armaturenbrett, das aus Komponenten unterschiedlicher Marken zusammengebastelt war.

»Ist passiert, dass Eile ist Mutter von Unglück, Freund. Ich habe geklaut, um Geld zu machen. Von letzten vierzig Jahren habe ich Großteil im Gefängnis verbracht.«

Bestürzt sah Michele ihn an.

»Ich kenne Gefängnisse in ganz Europa, mein Freund. Lange gewesen auch im Knast von Kiew. Nie Familie gehabt, nie feste Frau gehabt. Das hier ist meine erste Haus, auch wenn ist gar nicht meine. Ich habe leer gefunden … keiner hat mich gesagt, dass ich soll weggehen. Ist ein Haus, das keinen interessiert, oder was glaubst du, Freund?«

Michele nickte angespannt. Erastos' gelassene Freundlichkeit stand in einem befremdlichen Kontrast zu den Erzählungen aus seinem Leben, und er wusste nicht so recht, ob er ihn für harmlos oder für gefährlich halten sollte.

»Ich habe viel Autos gehabt, Freund. Auch Luxusautos. Alle gestohlen, leider. Waren meine nur für kurze Zeit, dann musste ich zurücklassen, bevor die Polizei mich verhaftet.«

Endlich hatte Erastos das Rad montiert. Er erhob sich und streckte seine Muskeln.

»Aber als ich bin hierhergekommen, ich habe verstanden, dass ich Haus habe. Und wenn ich Haus habe, kann ich auch Auto haben. Und so ich habe angefangen, Einzelteile dafür zu suchen«, schloss der Grieche. Er grinste und zwinkerte Michele zu. »Drehen wir Runde, Freund?«, fragte er dann.

Bevor Michele etwas erwidern konnte, hatte Erastos die Fahrertür geöffnet und sich in den Wagen gesetzt. Michele rührte sich nicht vom Fleck.

»Was du machst, Freund? Steigst du auch ein oder nicht?«, drängte Erastos.

Michele sah sich suchend um. »Aber … aber wie willst du denn von hier oben wegkommen?«, fragte er.

Der Grieche lachte vergnügt und schlug mit den Fäusten auf den Lenker. »Weg, Freund? Siehst du nicht, dass es ist unmöglich, hier wegzukommen? Wir sind auf Terrasse im ersten Stock, um uns herum nur Mauern. Siehst du hier Tür? Siehst du Abfahrt zu Straße? Also, wie willst du, dass Auto wegkommt? Ich habe es auf Terrasse gebaut, genau damit es kann nicht fortkommen, denn dann kann auch niemand stehlen. Solange ich hier lebe, ist Auto meins. Du verstehst, Freund? Steigst du jetzt ein?«

Michele räusperte sich, jedoch eher, um seine Gedanken zu klären als seine Stimme. Schließlich gab er sich einen Ruck und stieg neben Erastos in den Wagen.

»Anschnallen, Freund!«, rief Erastos, während er seinen eigenen Sicherheitsgurt anlegte.

Michele zögerte. Die Situation schien ihm vollkommen unwirklich und absurd. Vielleicht war Erastos ja tatsächlich verrückt. In diesem Fall wäre seine Reaktion nicht vorhersehbar, und seine Anweisungen sollten besser befolgt werden.

»Du glaubst, dass ich bin verrückt, Freund?«, fragte der Grieche, als hätte er seine Gedanken gelesen.

»Nein, nein …«, versicherte Michele mit dünner Stimme.

»Mach dir kein Sorgen … Alle halten dich für verrückt, wenn du versuchst, glücklich zu sein«, sagte Erastos, auf eine imaginäre, vor ihm liegende Straße starrend.

Vor allem, wenn man auf einer Terrasse ohne Ausgang ein Auto baut, dachte Michele. Dann fiel ihm sein eigenes Leben ein, das sich viele Jahre lang in einem kleinen Haus innerhalb der eng gesteckten Welt eines Bahnhofs abgespielt hatte, in der Gesellschaft von verlorenen Gegenständen, mit denen er sich wie mit echten Freunden unterhielt. Wenn Erastos verrückt war, dann galt das wahrscheinlich ebenso für ihn.

»Also, wo wir fahren hin, Freund?«, fragte Erastos und grinste ihn an.

Michele hatte nicht den Funken einer Idee und zuckte ratlos die Achseln.

»Warst du schon mal in Lissabon? Ich war da zwei Jahre in Gefängnis. Schöne Stadt, sehr schön. Komm, wir fahren hin.«

Erastos' Fuß drückte aufs Gas. Über ihren Köpfen leuchteten der Mond und die Sterne. Der Grieche erzählte und erzählte, die ganze Nacht hindurch, seine Stimme ein melodischer Singsang, der Michele zu hypnotisieren schien. Er erzählte von der Weite ferner Länder, von den Straßen Lissabons und von unbekannten Pfaden entlang des Tajo-Flusses …

Die ersten Strahlen der Morgensonne holten Michele aus dem Schlaf. In seiner rechten Jeanstasche vibrierte das Handy. Mit einem Schlag war er wieder zurück in der Realität. Frierend zog er den Anorak um sich und wunderte sich, wo er sich wohl befand. Das Sonnenlicht blendete ihn. Neben ihm lag der tief schlummernde Erastos. Hastig zog Michele das Handy hervor.

»Hallo …«, sagte er schlaftrunken.

Elenas Stimme klang seltsam angespannt. »Ciao, Michele, entschuldige, dass ich dich störe …«

Überrascht fuhr Michele auf. »Elena«, murmelte er. Die Kälte und die Aufregung ließen ihn zittern.

»Gibt's was Neues? Weißt du, wo deine Mutter ist?«, fragte sie abrupt.

»Nein. Und ehrlich gesagt glaube ich auch nicht, dass …«

»Hör zu«, unterbrach sie ihn. »Ich weiß nicht recht, wie ich es dir sagen soll, aber … Vielleicht habe ich sie gefunden.«

12.

Tags zuvor, auf der Rückfahrt nach Piana Aquilana, hatte Elena von ihrem Fensterplatz aus den Flug eines Steinadlers beobachtet, ein Ereignis, das sie den Schmerz und die Enttäuschung über die brüske Trennung von Michele vergessen ließ. Staunend hatte sie zugesehen, wie der Adler in einer weiten Kurve über den Himmel gesegelt war, mit ausgebreiteten Flügeln reglos durch die Luft schneidend. Ein paar Augenblicke lang hatte sein Umriss die bleiche Sonne verdeckt, die gerade im Westen hinter den Bergen unterging. Dann, ganz plötzlich, hatte sich der Raubvogel jäh in die Tiefe gestürzt und war senkrecht vom Himmel geschossen, um sich im Sturzflug knapp über dem Erdboden einen Schneefink zu greifen. Elena hatte es schier den Atem geraubt, als sich der Adler mit ein, zwei Schlägen seiner mächtigen Schwingen wieder in die Luft erhoben hatte, die kleine Beute in den Klauen und den Schnabel gen Unendlichkeit gerichtet.

Noch ehe sich Elena innerlich von dem Ereignis lösen konnte, fiel ihr die Auseinandersetzung mit Michele wieder ein. Vor ihrer Abreise hatte sie ihn genau wie ein Raubvogel ohne Vorwarnung angegriffen. Und hatte sie nicht auch ihre Klauen in seine Seele geschlagen, als sie ihn beschuldigte, nur an sich zu denken und keine anderen Farben zu sehen als die eigenen? Dennoch hatte sie sich den ganzen Vormittag wie ein Opfer gefühlt, das von Michele attackiert worden war. »Ich möchte alleine sein, verstehst du das denn nicht? Wie um alles in der Welt soll ich dir das begreiflich machen?« Seine Worte hatten sie verletzt und sie in einen Zustand vollkommener Leere versetzt. Sie hatte das Bedürfnis gehabt, sich zu verteidigen, und sie hatte zugelassen, dass sich Wut in ihr auftürmte und sich in eine innerliche Revolte verwandelte. Sie wollte nicht mehr leiden und nie wieder in die abgrundtiefe Düsternis des Schmerzes fallen.

»Ich habe es dir versprochen, und meine Versprechen halte ich …«, hatte sie Milù noch am selben Abend gesagt, kaum dass sie nach Hause gekommen war.

Sie würde sich daran erinnern, dass das Leben schön war. Dem Anschein nach ein kindisches Versprechen, vielleicht aber auch auf schreckliche Weise verpflichtend. Erinnerte einen das Leben nicht selbst Tag für Tag daran, wie hart es sein konnte, wie schwierig und unvorhersehbar? Und dennoch: Elena wollte es lieben.

»Warum dann nicht Michele lieben, selbst wenn er dich leiden lässt?« Milùs Frage hatte sie aus dem Konzept gebracht, so wie auch das Leben sie immer wieder aus dem Konzept brachte.

Elena antwortete nicht, sondern überließ sich dem Schlaf, der ihr zumindest für diese Nacht Ruhe schenkte und sie von Gedanken fernhielt, die sie andernfalls bis zum nächsten Morgen gequält hätten.

Mit den ersten Sonnenstrahlen machte sie sich auf den Weg zum Bahnhof, stieg in den Zug und kam nach der üblichen Wegstrecke in Prosseto an. Cosimo empfing sie verhalten lächelnd in der Bar. Elena machte sich sofort an die Arbeit und servierte Cappuccino und Espresso, einen nach dem anderen, um ihren Kummer im Rhythmus der immer gleichen Gesten zu vergessen.

Plötzlich stieß sie auf die Kopie mit dem Foto von Micheles Mutter, die sie selbst ins Schaufenster der Bar gehängt hatte und die nun zusammengefaltet neben der Kasse auf einem Hocker lag. Sie wollte gerade danach greifen, als Cosimos Blick sie traf. Ihr Chef schien etwas auf dem Herzen zu haben.

»Elena …«, sagte er verlegen. »Ich habe ganz vergessen, dir zu sagen, dass gestern ein Typ da war, der meinte, er hätte die Frau auf dem Bild schon mal gesehen.«

Elenas Herz klopfte bis zum Hals.

»Er hat eine Adresse auf den Zettel geschrieben … deswegen habe ich ihn da hingelegt«, fuhr er fort.

Elena faltete das Blatt hastig auseinander, um die geschwungenen, in Bleistift geschriebenen Worte zu entziffern:

Käserei, 9 km von der Bundesstraße von Piana Aquilana nach Carvagnaso entfernt.

Als sie Michele jetzt am Telefon hatte, zitterte sie vor Aufregung. Seine Stimme zu hören war wie aus einer Betäubung zu erwachen. Er bat sie, einen Moment zu warten, während er Stift und Papier suchte, um sich die Adresse der Käserei zu notieren. Durchs Handy lauschte Elena auf die Hintergrundgeräusche, lauschte seinen eiligen Schritten und versuchte zu erraten, wo er sich aufhielt.

»Da bin ich wieder …«, sagte er keuchend. Elena nannte ihm die Adresse.

Schweigen. Sie hörte nur seinen Atem.

»Hast du alles notiert?«, fragte sie endlich.

»Ja«, erwiderte Michele nach kurzem Zögern.

»Gut …«, gab Elena zurück und spürte, dass sich die Welt der Worte, in der Zuviel und Nichts ein und dasselbe sein konnten, schon wieder erschöpft hatte.

Michele hatte Schwierigkeiten, seine eigene Schrift zu entziffern, als er auf die Adresse starrte. Sie war dünn und zittrig, kaum lesbar. Überhaupt kam ihm die ganze Situation völlig surreal vor, wie das ferne Echo eines Traums.

»Bist du wirklich sicher, dass sich meine Mutter dort aufhält?«, fragte er ungläubig.

Elena starrte auf die Kaffeemaschine hinter der Theke, als sähe sie sie zum ersten Mal.

»Und wenn ich sie dann doch nicht finde?«, bohrte er weiter, so als hoffte er insgeheim, der Fall möge eintreten. Als sollte Elena ihm versichern, dass diese Möglichkeit tatsächlich bestand.

Wut stieg in ihr auf, gemischt mit maßloser Enttäuschung, und in ihren Gedanken nahm die Welt der Worte wieder Gestalt an. »Entschuldige mal, was sind denn das für Fragen? Ich habe eine Information bekommen und dich gleich angerufen. Was weiß ich, ob sich dieser Kerl täuscht oder nicht … Statt einfach danke zu sagen willst du jetzt auch noch eine Garantie?«, sagte sie mit erhobener Stimme.

»Nein, ich … Was soll das denn nun wieder heißen?«, fragte Michele. »Ich meine doch nur, dass …«

»Freund, mit wem sprichst du da?«, brüllte Erastos, der gerade aufgewacht war und zu Michele ins Erdgeschoss herunterkam.

Elena konnte seine Stimme durchs Telefon hören.

»Du sprichst mit eine Frau, stimmt's? Man sieht an Gesicht … du gefickt? Noch nicht?«

»Schscht!«, zischte Michele und legte eine Hand über das Mikrofon.

»Gefickt ja oder nein?«, fragte Erastos beharrlich.

»Bitte sei still«, flehte Michele ihn an. »Es ist wichtig.«

Der Grieche hob die Hände, wie um sich geschlagen zu geben. »Ich mache Kaffee ...«, antwortete er und schlurfte zum Herd.

»Elena ...«, sagte Michele. »Entschuldige, das ist ein Freund, bei dem ich übernachtet habe.«

Elena schnaubte. »Wie schön für dich, dass du wenigstens einen hast.«

»Ich habe ihn gestern erst kennengelernt. Eigentlich weiß ich gar nicht, ob er wirklich ein Freund ist«, erwiderte Michele verlegen.

»Klar. Du brauchst ja auch immer ein bisschen länger, bis du was kapierst«, antwortete Elena streitlustig. Wieder einmal hatte er sie verletzt.

Michele, getroffen und nicht auf ihre Wut vorbereitet, antwortete nicht. Er war zu betäubt, um eine Diskussion Wort für Wort durchzustehen, und abgesehen davon hätte es die Situation nur verschlimmert.

»Eeeleeenaaa!!! Muss ich den Kaffee jetzt selber machen oder was?«, brüllte Cosimo lautstark von der Kasse her. Michele, der den energischen Ordnungsruf hörte, stieß einen Seufzer der Erleichterung aus. Er war aus seiner Klemme befreit.

»Ich muss gehen«, sagte sie gehetzt.

»Ja, ich hab's gehört«, erwiderte Michele. Das Gespräch brach ohne jedes Grußwort ab. Er kam sich vor, als hätte ihm Elena die Tür vor der Nase zugeschlagen.

Er sah zu Erastos hinüber, der gerade damit beschäftigt war, Kaffee einzuschenken, und ging zum Tisch. Als Michele seine Tasse in Händen hielt und ihre Wärme spürte, breitete sich ein angenehmes Wohlgefühl in ihm aus. Er wollte nicht nachdenken und wünschte sich nichts sehnlicher, als zu vergessen, einfach weg zu sein, verschwunden im Nichts. Er schloss die Augen und beschwor die Dunkelheit herauf, wie damals als Kind, als er gehofft hatte, sich unsichtbar und unerreichbar machen zu können.

Elenas Stimme hallte noch immer in seinem Kopf wider, doch er erfasste den Sinn ihrer Worte nicht mehr, geschweige denn den Grund seines Streits mit ihr. Er hatte das Gefühl, in einem Zustand absoluter Ruhe und Leere zu treiben. Als hätten sich die Türen zu seinem Bewusstsein geschlossen.

Nach einem ersten Schluck Kaffee kam er wieder zu sich. Schlagartig überfiel ihn der Gedanke, dass seine Mutter vielleicht ganz in seiner Nähe war, eine Vorstellung wie eine ihn erfassende Flutwelle. Dann der heiße Kaffee. Ein Schluck einer Stichflamme gleich, die ihm kurz den Atem nahm.

»Hey, Freund, was ist los mit dir? Du siehst aus wie Infarkt«, sagte Erastos. Er stellte seine Tasse ab und ging zu Michele, um ihm auf den Rücken zu klopfen. »Atmen. Immer langsam. Schau mich an und bleib ruhig, Freund. Atmen …«

Michele holte kräftig Luft. Welche Erleichterung, als sich seine Lungen wieder mit Luft füllten. An Erastos gewandt machte er eine beschwichtigende Geste und trank seinen restlichen Kaffee in kleinen, vorsichtigen Schlucken, die ihm nun angenehm durch die Kehle rannen. Sein Atem wurde wieder regelmäßig. Michele zeigte Erastos den Zettel mit der Adresse der Käserei und fragte, ob er wisse, wie man dorthin komme.

»Ist langer Weg, Freund. Langer Weg …«, antwortete Erastos. »Du kannst nicht zu Fuß gehen, aber es gibt Bus, der in der Nähe hält …«

Michele nickte, noch immer etwas benommen.

»Warum musst du zu diese Käserei?«, fragte Erastos und biss in eine Scheibe Brot, die vom Vorabend noch auf dem Tisch lag und ziemlich trocken geworden war.

»Weil ich gehört habe, dass meine Mutter da sein soll«, sagte Michele.

Erastos riss die blauen Augen auf und stieß einen schrillen Pfiff aus. »Mein Fresse, Freund …«, sagte er. »Und da bist du noch hier und trinkst Kaffee? Scheißangst, sie wirklich zu finden, was?«

Michele antwortete nicht. Er meinte, das Haar seiner Mutter zu riechen, eine ferne Erinnerung, die plötzlich mit aller Kraft nach oben drängte. Und endlich begriff er, warum er das Wiedersehen mit ihr so fürchtete.

13.

Trotz der Kälte, die von den fernen Bergen kam, stach die Sonne vom Himmel. Sie spiegelte sich in den Blechblasinstrumenten der Gemeindekapelle von Carvagnaso, die zum Gastspiel nach Piana Aquilana gekommen war. Die Fassaden der alten Häuser strahlten im grellen Licht. Die fröhlichen und zugleich martialischen Klänge von Vincenzo Bellinis *La Straniera* erschienen Michele wie eine ironische Untermalung seiner eigenen unsicheren Schritte. Auf dem Gehsteig wimmelte es von Menschen, und so fand er sich zu seiner Verblüffung eingereiht im Festzug aus Einheimischen und Touristen wieder, der den Musikern gemessenen Schrittes folgte.

Bei der nächstbesten Gelegenheit scherte Michele aus, überholte den Zug und gelangte kurze Zeit später wieder in die Altstadt von Piana Aquilana.

Auf dem Bahnhofplatz hielten die Busse, die das Städtchen mit der Region verbanden. Am Ticketschalter erhielt er die Auskunft, es gebe eine Busverbindung über die Bundesstraße nach Carvagnaso mit zwei Haltestellen. Die alte Kirchturmuhr auf dem Platz zeigte 9.10 Uhr, als ihm der Mann am Schalter den Fahrschein aushändigte. Michele fragte sich unwillkürlich, wie er die Wartezeit überbrücken sollte, ohne sich der eigenen Nervosität auszuliefern, den vielen Fragen und Zweifeln, der Furcht und paradoxerweise auch der Hoffnung, seine Mutter könne mit der Käserei vielleicht gar nichts zu tun haben. In einzelnen Momenten schien ihm ein Wiedersehen schlicht unmöglich, ein Ziel, so aberwitzig, dass es ihm niemals gelingen konnte, es zu erreichen. Dann wieder überkam ihn der Gedanke, dass er vielleicht nur noch wenige Kilometer von ihr entfernt war. Sein Herz begann unwillkürlich schneller in seiner Brust zu schlagen, sein Magen zog sich zusammen und verursachte ihm Übelkeit, die er nur durch langsames, tiefes Durchatmen lindern konnte. Er fühlte sich schmutzig. Die Dusche in der Pension am Vortag schien in weite Ferne gerückt zu sein. Wenn er seine Mutter wirklich fand, dachte Michele, sollte er sich vorher wenigstens notdürftig zurechtmachen. Er kaufte eine Packung Erfrischungstücher, betrat eine Bar, bestellte sich einen Kaffee und suchte schnurstracks die Toilette auf. Er schauderte, als seine Haut mit dem kalten, ölgetränkten Tuch in Berührung kam, kramte ein sauberes T-Shirt aus seinem Rucksack und zog sich rasch um. Zurück am Tresen zahlte er seinen Kaffee, an dem er kaum genippt hatte.

Als er wieder auf die Straße trat, trieb ihm der Wind den Lavendel- und Zitrusduft von den Erfrischungstüchern in die Nase, der an seiner Haut haften geblieben war. Er fuhr sich mit der Hand über die Wange und merkte, wie stachelig sie geworden war. Ganze zwei Tage hatte er sich nicht mehr rasiert. Im Schaufenster eines Bekleidungsgeschäfts erkannte er sein eigenes Spiegelbild kaum wieder, und das nicht nur wegen des ungewohnten Dreitagebarts. Irgendetwas an ihm hatte sich verändert: Er hielt sich gerade, seine Schultern waren gestrafft und nicht mehr so nach vorn gebeugt. Keine Spur mehr von dem charakteristischen Anblick, den er aus seinem heimischen Badezimmerspiegel kannte. Das viele

Laufen in den letzten drei Tagen hatte ihm gutgetan. Seine Muskeln waren elastischer und gleichzeitig fester geworden, und auch wenn sein Gesicht etwas eingefallen wirkte und er wahrscheinlich einiges an Gewicht verloren hatte, schien es ihm doch entschiedener geformt und markanter als vorher. Plötzlich kam ihm der Friseurladen in den Sinn, wo er am vorigen Nachmittag das Bild seiner Mutter herumgezeigt hatte. Er bog in die kleine Seitenstraße ein, in der sich der Salon befand, und trat kurzentschlossen ein. Der Friseurmeister war mit dem Haarschnitt eines älteren Herrn beschäftigt. Nach einer Viertelstunde Warten durfte Michele auf einem Drehstuhl Platz nehmen. Es war erst kurz vor halb zehn. Bis zur Abfahrt des Busses hatte er noch über eineinhalb Stunden Zeit.

Michele genoss es, als sich das warmheiße Wasser mit dem schaumigen Shampoo in seinen Haaren vermischte und die Finger des Friseurs wie eilige Spinnenbeine über seine Kopfhaut hasteten. Das alles erinnerte ihn an früher, an die heimelige Atmosphäre, wenn er als Kind in den Friseursalon von Miniera di Mare mitgekommen war und den Vater beobachtet hatte, der sich niederließ und die gleiche Position einnahm wie er jetzt. Damals war ihm der Salon wie der Inbegriff der geheimen Erwachsenenwelt vorgekommen. Mit den Jahren hatte Michele gelernt, sich die Haare selbst zu schneiden und dabei sogar eine gewisse Fingerfertigkeit an den Tag gelegt. Für gewöhnlich teilte er sein Haar ab, nahm es zwischen die Finger und schnippelte alle Strähnen, die länger waren als die anderen, mit einem raschen Schnappen ab. Und dennoch: Die Erinnerung an die lange Wartezeit, in der sich sein Vater rasieren und die Haare zurechtstutzen ließ, war immer eine glückliche gewesen. Jetzt hier zu sitzen, die Haare gewaschen zu bekommen und sich den Händen eines Unbekannten anzuvertrauen, kam ihm vor wie das Erreichen eines neuen Ufers, wie eine Bestätigung, dass auch er endlich in die Erwachsenenwelt eingetreten war, die ihm bis vor wenigen Tagen noch fremd gewesen war.

Der Friseur hatte ihm ein kleines Frotteehandtuch um den Kopf gewickelt und rubbelte ihm so lange behutsam über die Kopfhaut, bis sein Haar fast trocken war. Dann föhnte er noch etwas nach und schlang Michele in einer ritualisierten Bewegungsabfolge einen weißen Baumwollumhang um den Hals.

Die ganze Prozedur hatte sich in absolutem Schweigen vollzogen, doch als ihm der Friseur jetzt mit einem Rasierpinsel das Gesicht einseifte und mit einer kalten, scharfen Rasierklinge über seine Wangen fuhr, trafen sich ihre Blicke im Spiegel.

»Haben Sie die Frau gefunden, die Sie gesucht haben?«, fragte er. Allem Anschein nach erinnerte er sich noch an Micheles Besuch vom Vortag.

»Könnte sein …«, erwiderte Michele nach kurzem Zögern.

Der Friseur nickte und ging dazu über, ihm mit raschen, sicheren Strichen die Kehle zu rasieren. Anschließend trocknete er ihm mit einem frischen, weichen Tuch das Gesicht ab, drehte den Stuhl zum Spiegel und wies mit beiden Händen auf sein gelungenes Werk.

»Sollen wir noch ein Rasierwasser auflegen?« Seine Miene hatte etwas Komplizenhaftes, gerade so, als schlage er Michele etwas unerlaubt Exklusives vor.

Michele nickte, allerdings eher, um dem Friseur einen Gefallen zu tun. Dieser tänzelte zum Regal, griff nach einem Flakon und besprühte ihn mit Rasierwasser, das er im zweiten Schritt sorgfältig einmassierte. Als Michele sich langsam erhob, um die verlangten zehn Euro zu bezahlen, machte ihn der aufdringliche Duft nach Minze und Tabak ganz benommen. Zurück auf der Straße war ihm, als kehrte er aus einem Traum in die Wirklichkeit zurück.

Das Rasierwasser brannte auf seinen Schrammen. Erst der kühle Wind, der die wenigen Wolken am Himmel weiterschob, brachte Erleichterung. Da Michele immer noch Zeit hatte, folgte er ein paar Leuten, die auf ein Seitengässchen zueilten. Kurz darauf fand er sich in einem kleinen Stadtpark wieder, wo eine Menschenmenge im Kreis zusammengeströmt war. Applaus, staunendes Gemurmel und aufgeregte Kinderrufe begleiteten aufsteigende Feuersäulen, ohne dass man hätte erkennen können, wer oder was sie verursachte. Als sich Michele einen Weg durch die Menge gebahnt hatte, sah er ihn: einen etwa dreißigjähren Mann mit indisch anmutenden Gewändern. Seine Hosen waren bis über die Waden hochgekrempelt, und er lief barfuß über einen mit Glasscherben gespickten Teppich. In seinem Mund steckte eine brennende Fackel, in Wirklichkeit eine mit einem benzingetränkten Lumpen umwickelte Eisenstange. Wie ein Drache spie der Kerl Flammen in den Himmel. Er lächelte, und während er mit nackten Fußsohlen auf die scharfkantigen Splitter trat, schien er beides vollkommen zu beherrschen – das Feuer und den Schmerz. Mit offenem Mund verfolgte Michele das Spektakel, fasziniert von den hochlodernden Flammen, dem plötzlichen Hitzeschwall und vom Knirschen der Scherben unter den nackten Füßen des dreisten Mannes, der jeder Herausforderung gewachsen schien. Micheles Blick wanderte über seine blonden Locken, über die leicht eingedrückte Nase und die Art, wie er mit einer raschen Geste auf den Beifall des Publikums reagierte … Das alles kam ihm seltsam bekannt vor, wie eine plötzlich erblühende Erinnerung. Ungläubig drängte er sich noch weiter nach vorne und kniete sich hin, um den anderen nicht die Sicht zu versperren.

»Das gibt's doch gar nicht«, dachte er. »Das bilde ich mir nur ein … Das kann er nicht sein.« Doch als der Mann den Mund zu einem breiten Grinsen verzog, sah Michele den abgebrochenen Schneidezahn. Und dann dieser Blick …

»Antonio«, murmelte Michele. Seine Augen wurden feucht. Eine jähe Emotion übermannte ihn, ein süßes und zugleich schmerzliches Gefühl, das er nur schwer ertragen konnte. Der junge Mann da vorne war sein Freund aus Kindertagen, der, den er damals aus den Augen verloren hatte, der Junge, der davon geträumt hatte, Raumschiffe zu bauen, ohne je irgendwo hinzufliegen, der das Mädchen aus der 3c hatte heiraten wollen und immer mit ihm Fußball gespielt hatte, auf dem kleinen Platz neben der Schule. Michele versuchte, den anderen auf sich aufmerksam zu machen. Als sich ihre Blicke trafen, hob er leicht die Hand zum Gruß. Antonio tat es ihm gleich, allerdings sah es so aus, als würde er den Gruß irgendeiner x-beliebigen Person aus dem Publikum erwidern. Er hatte ihn nicht erkannt.

Antonio warf noch ein paar Flammen in den Himmel und steckte sich dann die Spitze der Fackel in den Mund, um sie zu löschen. Unter dem Applaus der Menge hüpfte er noch eine Weile auf den Glasscherben herum, ein schwereloser, anmutiger Tanz. Am Ende verbeugte er sich, breitete die Arme aus und stieß einen Pfiff aus. Denselben Pfiff, der so oft durch den Schulhof von Miniera di Mare gegellt hatte.

Die Leute begannen sich zu zerstreuen. Einige ließen ein paar Münzen in dem Kästchen, das Antonio neben seiner alten, vollgepackten Vespa und einer Gitarrenschutzhülle auf den Boden gestellt hatte. Michele sah ihm zu, wie er seine

Gerätschaften in einer großen Tasche verstaute und die Münzen samt Glasscherben vom Boden aufsammelte.

»Antonio …«

Der junge Mann wandte sich um und sah ihn überrascht an. »Kennen wir uns?«, fragte er und forschte in Micheles Gesichtszügen, als versuchte er ihn irgendwie unterzubringen.

»Antonio Pepe …«, wiederholte Michele.

»Ja, der bin ich, aber wer bist du? Ich glaube nicht, dass …« Er unterbrach sich und riss unwillkürlich die Augen auf. »Moment … bist du … bist du etwa Michele? Michele Airone?«, fragte er ungläubig.

Michele nickte.

»Das gibt's doch gar nicht!«, rief Antonio. »Das ist doch einfach nicht möglich!« Er packte ihn an den Schultern und zog ihn mit aller Kraft an sich. »Was machst du denn hier? Ich hab dich gar nicht wiedererkannt …«

Michele deutete ein Lächeln an.

»Nein, warte … Lass uns was trinken gehen, und dann erzählst du mir alles. Meine Kehle ist ziemlich ausgedörrt, das kannst du dir ja vorstellen«, meinte Antonio und zwinkerte ihm zu.

»Das glaube ich gern!«, erwiderte Michele mit einem herzlichen Lachen.

Wenig später standen sie vor einer kleinen Bar und suchten sich einen Tisch im Freien. Antonio bestellte eine Flasche Wasser und zwei Espresso. Michele, der ihn wie verzaubert anstarrte, fand mehr und mehr die Züge des Schuljungen in seinem Gesicht wieder. Antonio indes massierte sich die nackten Füße, deren Sohlen hart und verdickt waren wie die von Schuhen.

»Wie schaffst du es nur, über Scherben zu laufen?«, fragte Michele.

»Reine Kopfsache. Und natürlich eine Frage des Trainings. Überleg mal – wo kommt unser Schmerzempfinden her? Genau, aus unserem Hirn. Das aktiviert das Nervensystem. Du musst also nur die Verbindung zwischen Hirn und Schmerz ausschalten und über irgendwas laufen, das dir normalerweise Schmerzen bereiten würde. So lange, bis du dir eine Hornhaut zulegst. Und schon wird es zu etwas ganz Normalem.«

»Und wie schaffst du es, dein Gehirn auszuschalten?«

»Mit einem *Klick*«, erwiderte Antonio und tippte sich mit dem Zeigefinger gegen die Stirn.

Sie lachten beide.

»Jetzt sag schon, wie machst du das?«, fragte Michele beharrlich.

»Schwer zu erklären, mit einer Technik aus der Meditation. Habe ich in Indien gelernt, von einem Heiligen, der Hühnchen *tikka masala* auf einem Markt verkauft und sich in seiner Freizeit in Glasscherben gewälzt hat, einfach so zur Entspannung.«

»Und wie um Himmels willen hat es dich nach Indien verschlagen?«

Der Kellner brachte die beiden Espresso und die Flasche Wasser.

»Das ist ganz plötzlich passiert.« Antonio schenkte sich ein Glas Wasser ein und trank es in einem einzigen, langen Zug. »Eigentlich habe ich ja Maschinenbau studiert«, sagte er und füllte sein Glas erneut.

»Wirklich? Damit du irgendwann Raumschiffe entwickeln kannst?«

Antonio machte ein überraschtes Gesicht. »Das weißt du noch? Ja, genau so war's. Ich habe immer etwas Bahnbrechendes bauen wollen. Jedenfalls hatte ich mit dreiundzwanzig mein Diplom in der Tasche, überall nur Bestnoten, und es gab sogar eine Frau, die ich heiraten wollte …«

»Aha?«, fragte Michele.

Antonio nickte. »Maria hieß sie … hübsches Mädchen, lieb, intelligent … alles, was man sich nur wünschen kann. Nur dass …« Er ließ den Satz in der Luft hängen und stürzte noch ein Glas Wasser hinunter. »Nun ja …«, setzte er wieder an. »Es lief alles glatt, der Abschluss, die bevorstehende Hochzeit … Meine Eltern waren ziemlich happy mit mir. Ich hatte sogar schon ein Haus in Turin angezahlt. Du erinnerst dich doch, dass ich mit meinen Eltern dorthin gezogen war, oder? Tja, und dann … Wie soll ich das erklären? Irgendwann hatte ich das Gefühl, dass etwas schiefläuft. Ich schlief zu wenig oder zu viel, hatte ständig Kopfschmerzen, Verdauungsprobleme … Ich fühlte mich einfach nicht wohl, und es wurde immer schlimmer.« Er nahm den Espresso entgegen, den Michele bereits gezuckert hatte, nippte daran und fuhr fort: »Du wirst es nicht glauben, aber als ich eines Vormittags mit dem Auto zu einem Vorstellungsgespräch unterwegs war, hat sich ein Schalter in meinem Kopf umgelegt. Schuld ist Francesco De Gregori …«

»Wer, der Liedermacher?«

»Genau der. Also, ich sitze im Auto, halte an einer Ampel, die ewig nicht umschaltet, und rege mich fürchterlich auf, weil ich sowieso schon zu spät dran bin … und genau in diesem Moment kommt *Pezzi di vetro* im Radio. Kennst du das?«

Michele zuckte die Achseln.

»Weiß nicht … Ich glaube schon, aber ich höre nicht so viel Musik …«

Antonio bedeutete ihm zu warten.

»Hast du noch Zeit?«

Michele warf einen Blick auf die Uhr. Der Bus fuhr erst in

einer knappen Stunde, und der Bahnhof war nur ein paar Schritte entfernt.

Als er nickte, stand Antonio hastig auf, lief zu seiner Vespa, griff nach der Gitarre und kam gleich darauf zum Tisch zurück. »Warte, ich spiel's dir vor … Musikmachen ist mein Zweitjob. Wenn ich mal keine Lust habe, Feuer zu rülpsen und auf Glasscherben rumzulatschen, setze ich mich irgendwo in eine Ecke und singe. So kommt man auch über die Runden.«

Michele sah zu, wie sein Freund die Gitarre aus der Hülle nahm und sie stimmte.

»Hör auf den Text, der ist nämlich wichtig«, sagte Antonio feierlich.

Mit diesen Worten setzte er zum Singen an und begleitete sich dabei selbst auf der Gitarre. *L'uomo che cammina sui pezzi di vetro … Der Mann, der auf Glasscherben läuft …* Antonios Stimme war warm, melodisch und ein wenig angeraut. *Di ramo duro il cuore … Ein harter Ast das Herz …* Michele schloss die Augen und genoss das friedliche Gefühl, das sich auf ihn übertrug. Antonio lächelte.

Non conosce paura
l'uomo che salta e vince sui vetri
e spezza bottiglie e ride e sorride
perché ferirsi non è possibile
morire meno che mai e poi mai.

Er kennt keine Angst
der Mann, der über Glasscherben springt und gewinnt,
Flaschen zerschlägt und lacht und grinst,
weil er sich gar nicht verletzen kann
und sterben nie und nimmermehr.

»Verstehst du jetzt?«, fragte Antonio, nachdem er geendet und seine Gitarre auf den Tisch gelegt hatte. »›Weil er sich gar nicht verletzen kann und sterben nie und nimmermehr …‹ Damals habe ich begriffen, dass ich drauf und dran war, mich selbst zu verletzen, und dass ich, wenn ich so weitermachte, auf die schlimmste erdenkliche Art sterben würde. Innerlich nämlich, während ich rein äußerlich am Leben blieb.«

Michele entfuhr ein leises Stöhnen. »Genau wie bei mir«, dachte er. »Sterben und doch weiterleben …«

»Keine Ahnung, wie das passieren konnte …«, fuhr sein Freund fort. »Jedenfalls habe ich kapiert, dass ich nichts anderes tun wollte, als über Glasscherben zu laufen und durch die Welt zu reisen. Also habe ich alles hingeschmissen, mit Maria Schluss gemacht, mich von meinen Eltern verabschiedet und bin ab nach Indien, weil ich wusste, dass es dort die besten Fakire gibt. On top habe ich dann noch Feuerspucken gelernt, aber das war eigentlich nur, weil ich eine Frau aus Norwegen erobern wollte, die ein Faible für solche Sachen hatte. Hab mir den halben Mund verbrannt, aber gekriegt habe ich sie trotzdem nicht.«

Michele lachte, während Antonio amüsiert den Kopf schüttelte.

»Dann ist das also jetzt dein Leben?«

Antonio nickte seufzend. »Ich will die ganze Welt sehen. Ist wirklich ein Zufall, dass wir uns überhaupt getroffen haben. Ich bin eigentlich auf dem Weg runter nach Sizilien, dann geht's weiter nach Tunesien.«

»Vermisst du dein altes Leben denn gar nicht?«, fragte Michele nachdenklich.

»Manchmal schon … Aber das vergeht gleich wieder. Ich habe einfach zu viel Freude an dem, was ich tue, an dieser absoluten Freiheit … Ich habe seit Jahren weder eine Uhr noch ein Telefon noch eine Adresse. Ich bin überall zu Hause, schlafe, wann ich will, esse, wenn ich kann, und bin glücklich dabei, verstehst du?«

»Und im Alter? Was machst du dann?«

»Michele, du kommst mir vor wie mein Vater. Der hat mich das Gleiche gefragt, oder besser, er fragt es mich jedes Mal, wenn ich meine Eltern besuche … Was soll ich sagen? Darüber denke ich nach, wenn ich alt bin. Sofern ich überhaupt so weit komme. Leben ist heute, oder? Gestern ist vorbei, und das Morgen kommt erst noch. Und wenn das Morgen vorbei ist, wird es zum Gestern und immer so weiter. Und ich? Ich bleibe nicht eher stehen, bis ich nicht bei hundert bin.«

»Bei hundert?«, fragte Michele stirnrunzelnd.

Antonio lachte leise und sah seinem Freund in die Augen. »Weißt du, was meine beiden intensivsten Momente waren, bevor ich aufgebrochen bin? Kann ich dir verraten: Als Maria zum ersten Mal sagte, dass sie mich liebt … und als sie mich zum Teufel schickte, weil ich sie verlassen wollte. Zwei Sätze, zwei völlig gegensätzliche Gefühle … ›Ich liebe dich‹, und ›Scher dich zum Teufel‹. Damals habe ich beschlossen, mir diese Sätze in allen Sprachen der Welt sagen zu lassen: Es gibt ungefähr hundert anerkannte Sprachen, von Mandarin bis Slowakisch. Dialekte habe ich nicht mitgezählt, sonst wird es zu anstrengend. Das würde ich wahrscheinlich gar nicht schaffen …«

Sie brachen in Gelächter aus.

»Du verrückter Hund …«, seufzte Michele und setzte nachdenklich hinzu: »Ich habe alles anders gemacht als du.«

»Erzähl …«, forderte Antonio ihn auf und setzte sich auf seinem Stuhl zurecht.

Und Michele erzählte. Er erzählte alles, angefangen vom Aufbruch seiner Mutter bis zum heutigen Tag. Und er verschwieg auch nicht, was ihn dazu veranlasst hatte, die erste Reise seines Lebens zu wagen, nach Jahren der Einsamkeit auf seinem Bahnhof, und wie ihm innerhalb weniger Tage das wirkliche Leben auf den Leib gerückt war, mit allen Möglichkeiten und Unabwägbarkeiten, mit allem, was sich seiner Kontrolle entzog.

Als er geendet hatte, stieß Antonio einen langen Pfiff aus. Überraschung und Bewunderung lagen darin.

»Alle Achtung, mein Freund. Du bist mutiger als ich. Du hast dich für den Schnellkurs ›Sprung in den Abgrund‹ eingeschrieben und den Fallschirm zu Hause gelassen. Nach einem Leben wie deinem ist es nicht leicht, wieder ins Spiel einzusteigen.«

»Ich weiß nur, dass ich nichts mehr kapiere und keine Ahnung habe, was mir noch alles blüht: Ob ich meine Mutter wirklich in dieser Käserei finde, was ich ihr sagen soll, wie ich mich verhalten soll … Ich kann mir nichts davon vorstellen«, antwortete Michele kleinlaut.

»Hauptsache, du bleibst ruhig. Denk dran, das Leben ist für alle ein Risiko, zu jeder Zeit. Aber wenn du Obacht gibst und dein Hirn einschaltest, kannst du das Risiko kontrollieren. Du kannst immer stehen bleiben und umkehren … außer wenn du tot bist. Und tot scheinst du mir noch lange nicht zu sein.«

Michele nickte, auch wenn er sich alles andere als ermutigt fühlte. In diesem Moment prallte ein Fußball gegen den Tisch und warf die Tassen und Gläser durcheinander. Erschrocken zuckten die beiden zurück, als auch schon ein kleiner Junge angerannt kam, der sich hastig entschuldigte, seinen Ball packte und im Park verschwand. Ein paar Gleichaltrige warteten dort schon ungeduldig auf ihn, weil sie weiterspielen wollten.

In Antonios Augen blitzte etwas auf. »Weißt du noch, was wir für ein unschlagbares Team waren?«

»Natürlich …«

»Wie lange hast du nicht mehr gespielt?«

»Viele Jahre, Antonio …«, lächelte Michele.

»Ich habe seit einem gefühlten Jahrhundert keinen Ball mehr angerührt. Wer weiß, ob wir es überhaupt noch drauf haben …«

Michele grinste. Wie aufs Stichwort erhoben sie sich und rannten zu den Jungen hinüber.

Ich sehe dich, Antonio. Ich sehe deine wehenden blonden Locken und deine unverwechselbare Art, beim Laufen zu schlingern, wie ein Stein, der scheinbar schwerelos übers Wasser hüpft. Ich weiß, wenn du mir im Vorbeirennen ein Zeichen gibst, wirst du gleich alle überholen. Ich weiß, du erwartest einen himmelhohen, punktgenauen Pass von mir, der genau auf deiner Stirn landet. Und wenn es klappt, dann nicht deshalb, weil ich gute Pässe schießen kann, sondern weil du immer weißt, wo der Ball aufkommt. Weil du diesen Instinkt besitzt für Improvisation, für ihre chaotischen und doch unerbittlichen Regeln. Und wirklich, ich sehe, wie deine Hand wie zum Gruß nach oben schnellt. Meine Antwort ist ein Schuss, hoch in die Luft hinauf. Siehst du die steile Flugbahn? Pass auf, mein Freund: Gleich fällt der Ball wieder runter. Sei bereit.

Antonio köpfte den Ball aufs Tor. Der Keeper hatte keine Chance.

»Tooor!«, brüllten sie unisono, die zwei Freunde, die sich wiedergefunden hatten. Ausgelassen stürmten sie einander entgegen und fielen sich in die Arme. »Tooor!«, brüllten sie noch einmal, als gäbe es im Leben keine anderen Eroberungen zu machen.

Mitten in ihrem Jubel merkten sie, dass ihnen vor Freude die Tränen übers Gesicht liefen. Manchmal vollbrachte die Zeit ein Wunder und schenkte einem Momente aus der Vergangenheit, die längst vom Vergessen begraben schienen.

Von irgendwoher, wahrscheinlich von einer nahe gelegenen Kirche, erklangen Glockenschläge:

Ding …

Dong …

Ding …

Dong …

… elf im Ganzen.

Michele wurde bleich. »Der Bus!«, rief er. »Ich verpasse den Bus! Es ist ja schon elf!«

»Na komm, beeil dich, dann schaffst du es noch!«, keuchte Antonio, noch immer außer Atem.

Michele rannte zum Tisch der kleinen Bar, griff seinen Rucksack und umarmte den hinterhergeeilten Freund zum Abschied.

»Eines Tages komme ich dich in deinem Bahnhof besuchen, das verspreche ich dir …«

»Ich verlass mich drauf«, erwiderte Michele und spurtete los.

Antonio sah ihm noch eine Weile nach, verschwitzt, barfuß, frei und glücklich.

»Viel Glück, mein Freund …«, rief er ihm in Gedanken nach. Dann machte er kehrt, zurück zu den Kindern, um weiter mit ihnen Fußball zu spielen.

Im Laufschritt kam Michele an der Piazza an, als die Bustüren ein Zischen ausstießen und sich schließen wollten. Er schaffte es gerade noch hinein und musste sich von den übrigen Fahrgästen genervt beäugen lassen. Er war schweißgebadet und keuchte, die Haare klebten ihm an der Stirn, das T-Shirt war klatschschnass und das Werk des Friseurs zunichte gemacht. Immer noch nach Atem ringend, setzte er sich in der vorletzten Reihe von rechts ans Fenster. Er hatte gerade noch Zeit, seinen Rucksack zu verstauen, als sich der Bus auch schon in Bewegung setzte. Erleichtert streckte Michele die Beine unter dem Vordersitz aus und sah zu, wie die Piazza und die Häuser an ihm vorbeizogen. Man hatte ihm gesagt, sie würden eine knappe Stunde bis zur Käserei brauchen. Sechzig Minuten bis zum Augenblick der Wahrheit. Er bereute es, keinen Proviant gekauft zu haben. Die körperliche Betätigung hatte ihm Durst gemacht, und sein Magen knurrte. Er kramte in seinem Rucksack und fand ein paar Kekse von der Frau mit dem violetten Haar. Sie waren vertrocknet und schon halb zerbröselt, doch Michele aß sie trotzdem.

Der Bus verließ das Stadtzentrum, fuhr eine Weile auf gerader Strecke und begann dann mit dem Anstieg hin zu den hohen Bergen der Apenninkette. Michele beobachtete, wie sich die Landschaft rasant veränderte. Nach der dritten Serpentine, die den dicht bewaldeten Berg umkurvte, dominierte das Weiß des Schnees schon jede andere Farbe. Kolkraben und Alpenkrähen zeichneten Arabesken in den Himmel, während die Umrisse der verschneiten Gipfel und Gletscher immer näher rückten. Die eisige Kälte draußen ließ Kondenswasser an die Fenster treten. Michele wischte mit der Hand darüber und wandte den Blick keine Sekunde von der Straße, um nur ja nicht die Abfahrt nach Carvagnaso zu verpassen.

Nach einer knappen halben Stunde tauchte ein verrostetes Schild auf, das die Abzweigung ankündigte und gleich darauf ein Stein, die Markierung des ersten Kilometers der Bundesstraße. Vor Aufregung begann Micheles Herz heftig und unregelmäßig zu pochen.

Die Straße wurde steiler, bevor sie nach zwei, drei Kilometern wieder deutlich abzuflachen begann. An den Straßenrändern standen vereinzelt Wohnhäuser mit schneebedeckten Giebeldächern, aus deren Schornsteinen graue Rauchfahnen aufstiegen. Darunter lagerten Holzstöße, die von der mühevoll-vorausschauenden Arbeit der Bewohner kündeten, die alles taten, um sich vor der Kälte zu schützen. Immer mehr Häuser tauchten auf. Je flacher das Gelände, desto mehr verdichtete sich die Bebauung. Irgendwann erreichte der Bus ein kleines Dorf mit einer Kirche, ein paar Läden, einer Trattoria und einer Schule.

Der Bus hielt an, die Türen öffneten sich. Einige Fahrgäste stiegen aus, aber Michele hatte nicht den Mut, es ihnen gleichzutun. Er beschloss, bis zur nächsten Haltestelle sitzen zu bleiben, die bestimmt näher an Kilometer Nummer neun war. In Wirklichkeit jedoch ging es ihm darum, die Wartezeit zu verlängern. Als die Besiedlung wieder spärlicher wurde und die Straße anzusteigen begann, entdeckte er den achten Kilometerstein am Straßenrand. Er spürte, wie seine Hände zu Eis wurden und heftig kribbelten. Gebannt starrte er aus dem Fenster, wo nach wenigen Metern tatsächlich die Käserei auftauchte, ein weitläufiges, rechteckiges Gebäude aus altem Stein. Auf dem Vorplatz parkten Autos und ein Lieferwagen mit der Aufschrift KÄSEREI ORLANDINI. Hinter dem eher niedrigen Haus erstreckte sich ein Kiefernwald, dazwischen grasten, umgeben von einem hölzernen Palisadenzaun, ein paar Dutzend Kühe. Es war das für bergige Gegenden typische Braunvieh, das Höhenlagen gut vertrug und es fertigbrachte, unter Eis und Schnee trockenes Gras aufzustöbern. Bestimmt waren sie es, die der Käserei die Milch lieferten, dachte Michele im Vorüberfahren und hoffte, die nächste Haltestelle würde nicht allzu weit entfernt liegen. Kurz darauf, auf der Höhe von Kilometer elf, bremste der Bus. Michele griff nach seinem Rucksack, zog sich den dicken Anorak über, setzte eine Wollmütze auf und stieg aus. Draußen blieb er noch eine Weile stehen und wartete, bis sich der Bus unter dem rhythmischen Klopfen des Dieselmotors entfernte.

Er sah sich um. Es war das erste Mal in seinem Leben, dass er in einer schneebedeckten Landschaft stand. Langsam setzte er sich in Bewegung und ging, immer der Straße folgend, zur Käserei zurück.

In Gedanken versuchte er, eine Strategie zu entwickeln. Was würde er als Erstes tun? Sollte er den Laden betreten und fragen, ob jemand seine Mutter kannte? Angenommen, sie war selbst anwesend, was sollte er dann tun? Ob sie ihn überhaupt erkennen würde? Er selbst war sich sicher, dass er sie auf jeden Fall wiedererkennen würde, sofort auf den ersten Blick, auch wenn sie über ihre Jahre hinaus gealtert war und ihre Frisur und Haarfarbe verändert hatte. Auch wenn sie vorgab, jemand anderes zu sein, einen anderen Namen zu haben und eine andere Geschichte.

Und wenn sie so tat, als würde sie ihn nicht kennen? Sollte er dann einfach wieder gehen, ohne jeden weiteren Austausch mit ihr?

Worauf hatte er sich da eingelassen?

Er holte tief Luft und starrte auf das Käsereigebäude. Auf dem Vorplatz parkten mehr Autos als noch vorhin. Es war fast Mittagessenszeit, wohl ein guter Moment für Händler, um einkaufen zu gehen.

Als er den Parkplatz erreicht hatte, durchströmte ihn eine fast irreale Ruhe. Es war, als hätte er sich von seinem Körper gelöst und beobachtete ihn aus einer fremden Perspektive. Er konnte sich selbst dabei zusehen, wie er zur Ladentür ging.

Der Kontakt mit dem kalten Metall des Türgriffs ließ ihn wieder zu sich kommen. Unwillkürlich trat er einen Schritt zurück. Die Ruhe war verschwunden und mit ihr auch der Mut, über die Schwelle zu treten. Er versuchte, langsam zu atmen und seine Lungen gut mit Luft zu füllen. Zu seiner Rechten befand sich ein Schaufenster, wo die Produkte der Käserei präsentiert wurden. Er trat näher und spähte hinein. Vor der Theke drängten sich etwa ein Dutzend Kunden, dahinter standen zwei Frauen um die vierzig mit blauen Kitteln und weißen Baumwollhäubchen, die eine eher klein und mager, die andere groß und kräftig. Keine von beiden ähnelte auch nur im Entferntesten seiner Mutter. Sein Blick fiel auf eine dritte Frau, die ihm den Rücken zuwandte und ebenfalls einen blauen Arbeitskittel trug.

Er stieß alle Luft aus. Die Gestalt dieser Frau glich der seiner Mutter aufs Haar. Das kastanienbraune Haar unter dem Häubchen, die Linie ihres Halses – das alles entsprach genau dem Bild, das er sich von ihr bewahrt hatte. Demnach hatte sie kein bisschen zugenommen. Im Gegenteil, sie schien sogar noch schlanker als früher und hielt sich kerzengerade.

Michele biss sich auf die Lippen und begann am ganzen Körper zu zittern.

Als sich die Frau umwandte, erstarrte er.

Es war seine Mutter.

Sein Magen zog sich zusammen und rebellierte. Er stürzte aus dem Laden zur Rückseite des Gebäudes. Die Panik und Verzweiflung, die ihn beim Anblick ihres Gesichts ergriffen hatten, drohten ihn nun schier zu überwältigen. Er riss den Mund auf, ohne schreien zu können, er schluchzte laut, ohne weinen zu können, und sackte mit dem Rücken an der Wand und dem Kopf in den Händen zu Boden.

Um eine Erklärung flehend, richtete er den Blick in den Himmel. »Das kann doch nicht sein …«, murmelte er, nachdem sein Atem wieder etwas regelmäßiger geworden war. »Das kann doch einfach nicht sein …«

Er erhob sich ruckartig, ging zurück zum Schaufenster, wo er noch einmal durch die Scheibe spähte.

Die Frau war in ein Gespräch mit einem Kunden vertieft und lächelte, während sie Käse verpackte und in eine Plastiktüte steckte. Ihr Lächeln war ein wenig schief. Sie hatte weiße Perlenkettenzähne.

Da stand seine Mutter, vor seinen Augen.

Genau dieselbe Frau, die an einem Novembermorgen vor vielen Jahren in den Zug gestiegen war.

Und doch war sie keinen einzigen Tag gealtert. Im Gegenteil, sie schien sogar jünger geworden zu sein.

14.

Der Stein in seinem Rücken war kalt. Michele saß reglos hinter der Käserei, gefangen in der Zeit, die plötzlich verrücktzuspielen schien. Drei Tage hatten genügt, um sein Gesicht hagerer zu machen. Über zwanzig Jahre genügten nicht, um das Gesicht seiner Mutter zu zeichnen, ihr wenigstens ein paar feine Linien um die Augen zu ziehen, wie es bei jedem anderen Menschen der Fall gewesen wäre.

»Selbst Statuen altern …«, dachte er. »Statuen, Dinge, Steine. Erinnerungen altern, Träume, geschriebene und gesprochene Worte. Die Liebe altert. Der Meeresstrand, das Flussbett, die Konturen der Berge, die sich von einer Jahreszeit zur anderen verändern. Der Himmel altert, weil er seine Sterne verliert. An allem und jedem macht sich die Zeit zu schaffen, an den Gesichtern, die sie verändert, an der Liebe, die sie zur Gewohnheit werden lässt, an den Erinnerungen, die sie verschattet. Die Zeit zerstört die Träume, frisst sich in den Stein, verschlingt das Meer, lässt die Sterne sterben. Und doch … und doch können wir bestimmte Sterne immer noch sehen, auch wenn sie längst gefallen sind. Sterne, die die Zeit verhöhnen, weil ihr Licht fest am Firmament steht. Aber was war das gerade? Der leuchtende Widerschein eines Menschen, der schon vor langer Zeit verschwunden ist? Wollte das Schicksal mir die Möglichkeit schenken, meine

Mutter wiederzufinden und sie altern zu sehen, weil mir genau das all die Jahre verwehrt war?«

Er kramte in seinem Rucksack, zog das Foto seiner Mutter hervor und betrachtete es schweigend. Kein Zweifel: Es handelte sich um dieselbe Frau, die jetzt in diesem Laden Käse und Milchprodukte verkaufte, als wäre es das Selbstverständlichste der Welt.

Da, jetzt kam sie aus der Käserei. Sie trug eine warme schwarze Jacke und Jeans, die in robusten Stiefeln steckten. Über der Schulter hatte sie eine große Tasche hängen und ging auf den Abhang zu, offensichtlich in der Absicht, sich zu Fuß auf den Weg ins Dorf zu machen.

Hastig stand Michele auf, steckte das Foto in den Rucksack und folgte ihr.

Der Vorplatz war inzwischen leer, und die beiden anderen Verkäuferinnen sperrten gerade die Ladentür zu. Michele ging an ihnen vorbei und folgte seiner Mutter, die sich schon ein gutes Stück entfernt hatte.

Schon einmal war er ihr heimlich nachgelaufen, an einem Aprilnachmittag auf den Straßen von Miniera di Mare mit gerade mal vier Jahren. Er war unvermittelt zu Hause auf dem Sofa aufgewacht, gerade noch rechtzeitig, um sie aus der Tür gehen zu sehen. Ohne nachzudenken hatte er sich aus dem Haus und wenige Meter vom Ticketschalter entfernt an seinem Vater vorbeigeschlichen, der gerade in ein Gespräch mit einem Kollegen vertieft gewesen war und ihn nicht bemerkt hatte. Er hatte sich an ihre Fersen geheftet und sie nicht aus den Augen gelassen, bis sie auf den zentralen Dorfplatz eingebogen war. Eigentlich hatte er sie überraschen und an der Hand nehmen wollen, um ihr zu zeigen, dass er inzwischen schon groß war und sie ohne Weiteres zum Staunen bringen konnte. Aber dann, nachdem sie um die Ecke gebogen war, hatte er sie in der Menge der Passanten aus dem Blick verloren und war von einer Angst ergriffen worden, die ihm bis dahin unbekannt gewesen war. Die Angst, für immer allein zu bleiben, sie niemals wiederzufinden. Er weinte und weinte, bis er sie schließlich wiederentdeckte: Sie hatte gerade in einen Laden gehen wollen, hörte sein Schluchzen und drehte sich nach ihm um. Sie eilte ihm entgegen und tadelte ihn sanft, um ihn dann an sich zu drücken und mit Küssen und Liebkosungen zu überschütten. Sie kaufte ihm ein Eis und schwor ihm, seinem Vater nichts zu sagen. »Aber du musst mir versprechen, dass du nie mehr allein das Haus verlässt. Zumindest, solange du nicht größer bist. Verstanden, Schatz?«

Michele nickte. Und er hatte sein Versprechen gehalten.

Jetzt, viele Jahre später, folgte er ihr wieder. Sie hatte immer noch diese Art, den rechten Fuß beim Gehen nach außen zu drehen. Ihr braunes Haar trug sie offen, und es fiel ihr glänzend auf die Schultern, genau wie Michele es in Erinnerung hatte. Sie schien es eilig zu haben, denn sie beschleunigte stetig ihre Schritte.

In einem Dorf mit Namen Borgo Sale blieb sie vor der örtlichen Schule stehen, die Michele schon durchs Busfenster gesehen hatte. Als die Glocke das Unterrichtsende einläutete, kamen scharenweise Kinder in weißblauen Schürzen aus dem Gebäude geströmt. Von fern betrachtete Michele das Profil der Frau, die feine, nach oben gerichtete Nase, dieselbe wie die in seiner Erinnerung, dieselben tiefliegenden Augen, derselbe volle Schmollmund. Er blieb etwa zwanzig Meter von ihr entfernt stehen und konnte vor Aufregung kaum atmen, als er den Rucksack von den Schultern nahm und zu seinen Füßen abstellte. Er beobachtete, wie sie erwartungsvoll auf das Schultor starrte und erkannte den liebevollen Blick wieder, mit dem sie auch ihn damals gegrüßt hatte, wenn er ihr nach der Schule entgegenrannte und in ihre Arme flog.

Und da sah er es. Das Kind.

Der Junge war ungefähr sechs Jahre alt. Die Haare braun, die Augen schwarz wie zwei Ölpfützen. Er stürzte auf seine Mutter zu und schmiegte sich in ihre Umarmung. Michele erkannte sich selbst wieder, sein eigenes Lächeln, seine eigene Liebe und die Selbstverständlichkeit, mit der er sich der Umarmung der Mutter überlassen hatte.

Hand in Hand schlenderten die Frau und das Kind die Straße entlang. Michele folgte ihnen.

Der Anblick, wie sie nebeneinander hergingen, rief ihm immer neue Bilder aus der Vergangenheit ins Gedächtnis. Dabei ähnelte ihm der Junge überhaupt nicht, abgesehen von dem braunen Haar und den schwarzen Augen. Er war anmutiger als er selbst und hatte andere Gesichtszüge, die Nase war flacher, die Lippen feiner.

Als Mutter und Sohn an einer kleinen Gruppe von Kindern vorbeikamen, grinste eines von ihnen unverschämt. Ein Junge. Er hatte einen dichten, dunklen Haarschopf, und seine grünen Augen waren zu Schlitzen verengt.

»Hey, Gianni!«, rief er. »Grüß uns den Eisbären, wenn du ihn siehst …«

Die Kinder brachen in spöttisches Gelächter aus. Michele beobachtete, wie sich der Junge mit rotem Kopf noch enger an seine Mutter presste. Er erinnerte sich an das höhnische Grinsen der anderen Kinder, nachdem seine Mutter verschwunden war, die Beleidigungen hinter vorgehaltener Hand, die obszönen Bemerkungen, die ihm seine Kameraden auf der Straße nachriefen, wenn er nach der Schule mutterseelenallein nach Hause gegangen war.

Auch die Frau schien das Gelächter zu verletzen. Sie drückte das Kind fest an sich, als wollte sie ihm Mut machen.

»Gianni heißt er also …« Michele notierte es in sein Gedächtnis. Ein Name, der so gewöhnlich und gängig war und dem etwas so Reales anhaftete, dass er ihn auf unerklärliche Weise beruhigte. Er träumte also nicht. Und er war auch nicht verrückt geworden. Er musste lediglich eine vernünftige Erklärung für all das finden.

Sie durchschritten noch einige Dorfgassen und gelangten zu einem zweistöckigen Haus, dessen Tuffziegel vanillegelb gestrichen waren und das von einem mit einer Schneedecke bedeckten Gärtchen umgeben war. Davor ragten die mächtigen Umrisse des Corno Grande und des Gran Sasso mit seinen drei verschneiten Gipfeln und Gletschern in die Höhe. Gespannt sah Michele zu, wie seine Mutter und der kleine Gianni das Haus betraten. Als die Haustür hinter ihnen ins Schloss fiel, kam er langsam näher. Es roch nach verbranntem Kaminholz.

Durch ein Fenster im Erdgeschoss erblickte er ein kleines, einladendes Wohnzimmer mit einem Massivholztisch, einem Sofa vor dem brennenden Kamin und einer großen, altertümlichen Kredenz, in der Teller, Gläser und ein paar Likörflaschen aufbewahrt wurden. Plötzlich sah er den kleinen Gianni mit einem Fernglas in der Hand auf das Fenster zukommen. Hastig wich Michele zurück und versteckte sich an der Hausmauer hinter einem Stapel Brennholz.

Einen Moment später öffnete sich das Fenster, Gianni streckte den Kopf heraus und richtete das Fernglas auf den Corno Grande. Reglos und mit angehaltenem Atem verharrte

Michele in seinem Versteck. Nur ein einziger Mucks und das Kind würde ihn hören.

Der Junge sprach in einem beruhigenden Flüsterton, wie es Kinder tun, wenn sie mit einem imaginären Freund sprechen.

»Na komm schon, zeig dich … ich weiß doch, dass du da bist … Ich werde denen schon beweisen, dass ich kein Lügner bin …«

Seine Stimme war rau, und er sprach einen kaum wahrnehmbaren Dialekt. Er hatte sehr helle Haut, ein etwas fliehendes Kinn und magere, schmale Hände.

Langsam vollführte der Junge einen Rundschwenk mit dem Fernglas hinüber zur Westseite des Gran Sasso und haarscharf auf Michele zu. Der schnellte zurück, um nicht ins Blickfeld zu geraten und stieß gegen den Holzstoß, aus dem sich ein Scheit löste und zu Boden polterte. Der Junge erschrak, ließ das Fernglas sinken, erblickte Michele. Und rührte sich nicht vom Fleck, starrte ihn mit offenem Mund an. Michele bedeutete ihm mit einem kleinen entschuldigenden Lächeln, dass er nichts zu befürchten habe, und hob ratlos grüßend die Hand.

Gianni erwiderte seinen Gruß.

»Ciao«, sagte er ohne jedes Misstrauen.

»Ciao«, erwiderte Michele mit gespielter Nonchalance. »Was … was hast du denn da gesucht?«

»Den Eisbären …«, erwiderte der Junge nach einem kurzen Zögern.

Michele sah ihn verwundert an.

»Ja, ich weiß schon, dass Eisbären eigentlich am Nordpol wohnen …«, lenkte Gianni schnell ein, als wäre er schon daran gewöhnt, immer denselben Einwand parieren zu müssen. »Und dass die weiß sind. Aber mein Papa hat da oben einen Eisbären gesehen. Da, wo die Gletscher sind. Und ich habe ihn auch gesehen. Jetzt eben wieder. Ich sehe ihn dauernd. Es gibt ihn, es gibt ihn wirklich ...«

Michele nickte gerührt und sah in den Augen des Kindes eine tiefe Wehmut, die ihm nur allzu vertraut vorkam.

»Ich bin kein Lügner«, sagte der Junge trotzig und eher zu sich selbst als an Michele gewandt.

Michele schwieg. Was hatte das zu bedeuten? Was verbarg sich hinter diesem Schmerz in seinen Augen, der seinem so ähnlich schien?

»Wie heißt du eigentlich?«, fragte der Junge.

»Michele.«

»Und warum hast du einen Rucksack? Bist du ein Forscher?«

Michele lächelte erheitert.

»Nein, ich ... arbeite bei der Bahn ...«

»Bei der Autobahn?«

»Nein, auf einem Bahnhof mit Zügen.«

»Züge sind cool!«, platzte Gianni heraus. Seine Augen leuchteten. »Kannst du die auch fahren?«

Michele wollte etwas entgegnen, als er hinter sich eine Stimme hörte.

»Wer um alles in der Welt sind Sie? Was wollen Sie hier?«

Er fuhr herum. Vor ihm stand die Frau aus der Käserei und starrte ihn misstrauisch an. Sie schien angstvoll besorgt und mindestens ebenso wild entschlossen, ihren Sohn vor jeder Gefahr zu beschützen. Er erkannte ihre Stimme nicht wieder, sehr wohl aber ihre Augen: derselbe Blick, dasselbe Funkeln, dieselbe Farbe.

Michele öffnete den Mund, brachte jedoch keinen Ton heraus. Er war wie gelähmt. Vor Aufregung, Enttäuschung, Traurigkeit. Sie hatte ihn nicht wiedererkannt. Sie starrte ihn einfach nur an. Außer Angst und Misstrauen keine Regung.

»Also?«, herrschte sie ihn an.

Michele wollte ihr nicht mit Worten antworten, sondern mit etwas, das unmissverständlich wäre. Mit einem Beweis, der jede weitere Erklärung unnötig machte.

Seine Hände zitterten, als er das Foto aus seinem Rucksack holte und es der Frau hinhielt.

»Schau … Erkennst du mich jetzt? Weißt du jetzt, wer ich bin?«, dachte er, ohne dass er die Worte ausgesprochen hätte. Seine Lippen formten eine unausgesprochene Bitte, als sie das Foto nach einem Moment des Zögerns entgegennahm.

Stumm betrachtete sie das Bild, betrachtete es lange, während sich ihr Gesichtsausdruck veränderte und von Ratlosigkeit in skeptische Verwunderung überging.

»Das ist ein Foto von meiner Mutter …«, hauchte sie endlich.

»Von … von Ihrer Mutter? Reden wir von Laura Puglia?«, stammelte Michele.

»Ja, Laura Puglia ist meine Mutter«, gab sie zurück. »Aber wieso kennen Sie sie? Und woher haben Sie dieses Foto?«

Michele schloss für einen Moment die Augen. Das also war die Erklärung. Daher die unglaubliche Ähnlichkeit.

Seine Stimme kam ihm fremd vor, als er endlich erklärte, dass es sich bei der Frau auf dem Bild auch um seine Mutter handelte. Und bei ihm selbst um den Jungen neben ihr. Bei dem Gebäude dahinter um sein Elternhaus.

»Wohnt sie etwa auch hier?«, fragte Michele kaum hörbar. »Meine Mutter … wohnt sie hier?«

Die Frau schüttelte den Kopf.

»Nein, tut sie nicht …«, antwortete sie ausweichend. Und bevor Michele noch eine weitere Frage stellen konnte: »Bitte gehen Sie jetzt.«

»Aber ich …«

»Sie haben kein Recht, das zu tun. Sie können nicht einfach mit irgendeinem Foto hier auftauchen, von dem ich nicht weiß, ob es echt ist oder nicht … und einfach so behaupten, meine Mutter wäre auch Ihre.«

»Aber es stimmt«, stammelte Michele. »Ich versichere Ihnen, … also, wenn Sie mich erklären lassen, dann …«

»Ich habe gesagt, Sie sollen gehen!«, fuhr die Frau ihn an. Ihre Stimme klang eher ängstlich als wütend. »Und du mach gefälligst das Fenster zu!«

Gianni warf Michele noch einen staunenden Blick zu, bevor er sich anschickte, das Fenster zu schließen. In seiner Pein, die richtigen Worte zu finden, krümmte sich Michele unwillkürlich zusammen und verhaspelte sich.

»Ich … ich will nur wissen, wo sie ist.«

»Nicht hier. Und ich glaube auch nicht, dass sie wirklich Ihre Mutter ist«, erwiderte die Frau, bevor sie im Haus verschwand und die Tür hinter sich zuschlug. Michele konnte hören, wie sich der Schlüssel im Schloss drehte und gleich darauf knarzend ein Riegel einrastete.

Wie gelähmt blieb er zurück. Immer noch hielt er das Foto in der Hand, bestürmt von Empfindungen, die zwischen bitterer Enttäuschung und wildem Zorn hin und her schwankten. Er war unfähig, einen klaren Gedanken zu fassen, geschweige denn, zu einem Entschluss zu kommen.

Eine dichte Wolke schob sich vor die Sonne, und die Kälte in der Luft verschärfte sich. Michele lehnte sich an die Mauer. Er fühlte sich kraftlos und ohnmächtig, und er hatte nur einen einzigen Wunsch: für immer zu verschwinden und all seinem Leid ein Ende zu bereiten.

Es waren Tränen der Angst und Fassungslosigkeit, die die junge Frau jetzt weinte. Sie stand mit dem Rücken an der

Tür, die sie soeben hinter sich verriegelt hatte. Verzweifelt versuchte sie, das Zittern ihrer Lippen und Hände unter Kontrolle zu bekommen und ihrem Sohn keine Angst zu machen, der sie völlig verdattert ansah.

»Alles gut, mein Liebling … alles gut. Es ist nichts passiert«, säuselte sie, als er sich in ihre Arme flüchtete.

»Aber warum weinst du dann? Ich hätte dir doch geholfen, wenn das ein böser Mann gewesen wäre …«, versicherte ihr der Junge eilig. »Aber er kam mir gar nicht böse vor …«, fügte er dann aufrichtig hinzu.

Die Frau streichelte ihm übers Haar und lächelte sanft.

»Er hat gesagt, er arbeitet auf einem Bahnhof, wo ein Zug fährt. Das ist doch eine schöne Arbeit, stimmt's?«

Ein Schauer überlief sie, ein Ruf aus fernen Zeiten, den sie längst vergessen hatte.

»Das hat er gesagt?«

»Ja, er war nett … Ich habe ihm gesagt, dass ich Züge cool finde, und das hat ihm, glaube ich, gefallen.«

Züge, Züge …

Einen entrückten Moment lang roch die Frau den Duft ihrer Mutter und gleichzeitig hörte sie ihre Stimme.

Es war einmal ein Zug … ein Zug …

Es handelte sich eher um ein Gefühl als um eine konkrete Erinnerung. Ein Geschehnis aus lang vergangenen Zeiten, das sie nicht dingfest machen konnte, nicht richtig zu fassen bekam. Die Lippen ihrer Mutter … eine schwere Decke …

Es war einmal ein Kind … ein Kind …

Sie hörte den Wind, der um das Fenster wehte, sah die Hand ihrer Mutter, die die schwere Decke zurückschlug. Dann wieder ihre Stimme …

Ein Kind mit schwarzen Augen …

Für einen Augenblick stockte ihr der Atem. Sie versuchte, sich das Foto ins Gedächtnis zu rufen, das der Mann ihr gezeigt hatte: Das Gesicht des Kindes neben dem seiner Mutter, die schwarzen Augen, das Haus, das auf die Gleise schaute. Und jetzt, endlich, trat die Erinnerung aus einem fernen, eisigen Winterabend hervor:

Die Mutter kommt zum Bett des Mädchens, schlägt die Decke zurück und beugt sich herab, um es zu küssen. Die Kleine schaut sie flehentlich an: Sie ist noch gar nicht müde, sie möchte die Stimme der Mutter hören, damit sie keine Angst zu haben braucht vor der Nacht, die gerade anbricht und so viel Stille und Dunkelheit mit sich bringt. Die Mutter nickt, lächelt und setzt sich neben das Mädchen an den Bettrand. Sie streichelt ihm übers Haar und ist wieder einmal überrascht, wie ähnlich ihr die Tochter ist. Und wie sehr sie diese Mädchenaugen an ein anderes Augenpaar erinnern, ebenfalls schwarz wie zwei Ölpfützen.

Der Abend ist anders als andere Abende, vielleicht, weil der Eiswinter draußen ungestümer ist als normal, vielleicht aber auch, weil diese schwarzen Augen ihr einen Schmerz in Erinnerung bringen, der noch ungestümer ist als jede Kälte. Sie beschließt, heute nicht die üblichen Geschichten zu erzählen. Kein »Rotkäppchen« und kein »Schneewittchen«. Nicht den Zeichentrickfilm, den sie gemeinsam im Fernsehen gesehen haben und der dem Mädchen so gut gefallen hat, dass es die Handlung wieder und wieder hören will.

Er ist anders, dieser Abend. Der Schmerz muss davonfliegen, zusammen mit dem Wind, der durch die Nacht pfeift, er muss einen Weg nach draußen finden. Also beginnt die Mutter mit einer Geschichte, die sie noch nie zuvor erzählt hat.

»Es war einmal ein schöner Junge, mit Augen so schwarz wie die deinen … Er wohnte in einem Haus auf einem Bahnhof, und jeden Tag sah er den Zügen zu, wie sie abfuhren und ankamen … Er träumte davon, eines Tages selbst einzusteigen …«

Die Frau erzählt weiter von dem Jungen, sie erfindet eine lustige Handlung mit einem guten Ende, um ihren Schmerz zu lindern. Nach und nach entschwebt ihre Stimme, ähnlich dem Hauch des Windes. Als das Mädchen einschläft, bricht die Frau ab und lässt endlich zu, dass eine Träne über ihre Wange rollt … und den Schmerz mitnimmt.

Michele lehnte, den Blick ins Leere gerichtet, immer noch an der Mauer, als sich die Haustür öffnete. Als er sich umwandte, erblickte er die Frau, die ihn erschüttert musterte. Sie trat ein paar Schritte näher an ihn heran. Mit fahrigen Händen zündete sie sich eine Zigarette an, während Michele sie erwartungsvoll ansah. Die Frau nahm einen tiefen Zug und atmete den Rauch langsam aus, den Blick in die Ferne gerichtet. Sie streckte die Hand aus.

»Das Foto …«, sagte sie. »Darf ich es noch mal sehen?«

Michele nickte und reichte ihr das Foto. Die Frau betrachtete es lange und nachdenklich, ihr ganzer Körper schien angespannt. Sie strich über das Gesicht des Jungen und über das der Frau neben ihm.

»Du hast ihre Augen …«, flüsterte sie kaum hörbar.

Michele schwieg.

»Du hast meinem Sohn erzählt, dass du auf einem Bahnhof arbeitest. Stimmt das?«

Michele nickte erstaunt und sah, wie die Frau blass wurde.

»Ja, wie mein Vater auch …«, fügte er hinzu, weil er das Gefühl hatte, weitere Erklärungen abgeben zu müssen. »Ich wurde auf diesem Bahnhof da auf dem Foto geboren, ich habe mein ganzes Leben dort verbracht. Er war immer mein Zuhause.«

Die Frau seufzte und schien nach Worten zu ringen. Dann senkte sie den Blick, als wollte sie um Vergebung bitten. »Als ich klein war, hat mir meine Mutter von einem Jungen erzählt, der auf einem Bahnhof lebt und den abfahrenden Zügen nachsieht …«, sagte sie endlich und wirkte dabei, als würde sie sich von einer schweren Last befreien.

Michele spürte, wie ihm das Blut in den Kopf stieg.

»Und dann? Was … was dann?«, stammelte er und schluckte schwer.

Die Frau schüttelte den Kopf, den Blick immer noch gesenkt.

»Es ist so viel Zeit vergangen. Ich war damals höchstens drei oder vier, ich kann mich sonst an nichts erinnern. Nur der Junge mit den Zügen ist mir im Gedächtnis geblieben«, erwiderte sie. Sie sah ihn mit unerwarteter Zärtlichkeit an. »Aber … dann warst ja wohl du dieser Junge.«

Michele atmete schwer.

Die Frau zögerte. »Du hast nicht nur dieselben Augen wie meine Mutter, sondern auch wie ich«, fügte sie schließlich hinzu, bevor ihr vor Rührung die Stimme brach.

Endlich suchte Michele ihren mit Tränen verschleierten Blick.

Nein, ich weine nicht. Das kann ich schon lange nicht mehr. Hast du meine Tränen irgendwo aufbewahrt? Versuch dich zu erinnern, vielleicht weißt du, wo unsere Mutter sie versteckt hat.

Sie hat sie mitgenommen, damals, vor vielen Jahren, im Zug, zusammen mit meinem Tagebuch. Vielleicht gibst du mir ein paar von deinen, wenn sich unsere Augen doch so ähnlich sind, denn ich hätte jetzt wirklich das Bedürfnis zu weinen. Es tut weh, nicht dazu in der Lage zu sein. Der Schmerz findet keinen Ausweg, er setzt sich in dir fest. Er rauscht durch dein Blut, ist wie ein auf und ab streifendes Tier im Käfig, den ganzen Tag, immer wieder, jeden einzelnen Tag … Du möchtest ihn so gerne befreien, aber du hast vergessen, wie das geht. Hilfst du mir weinen?

Die Frau warf die Zigarette auf den Boden, trat sie aus, wies auf die Tür und bedeutete Michele einzutreten.

»Unsere Mutter lebt in Piana Aquilana. Wenn du willst, bringe ich dich später dorthin, dann kannst du sie sehen«, sagte sie leise.

Zögernd folgte ihr Michele ins Haus.

15.

23. März 1992

Ich mag es, wenn Mama lacht und sich die Hand vor den Mund hält, weil ihr Lachen zu laut ist und wir nicht wollen, dass Papa uns hört. Der schläft nämlich auf dem Sofa und ist müde wegen der Züge, die immer nur er losschicken muss. Gestern kam ein lustiger Film im Fernsehen, da haben wir ganz viel lachen müssen, und dann noch mehr, weil Papa aufgewacht ist und sich geärgert hat, dass wir ihn geweckt haben. Einmal habe ich gehört, wie die Mama am Telefon gesagt hat, dass es ihr manchmal so vorkommt, als würde Papa es nicht mögen, wenn man lacht. Die Mama hat mir erklärt, dass man immer genau dann besonders lachen muss, wenn man es eigentlich nicht darf, und das stimmt wirklich, weil der Pfarrer, der zu uns in die Schule kommt und uns die Heiligen beibringt, auch nicht will, dass wir lachen, und sich dann furchtbar aufregt und Schimpfwörter sagt und später behauptet, dass er sie gar nicht gesagt hat und wir ihn nur falsch verstanden haben.

Jetzt, da er sie von Nahem betrachtete, entdeckte er in ihren Zügen sehr wohl einige Unterschiede zu denen seiner Mutter. Die Stirn war etwas breiter, und an ihrem Kinn fehlte das kleine Grübchen, an das Michele sich so gut erinnerte. Auch die Nase war schmaler, etwas asymmetrisch und zeigte kaum merklich nach rechts. Ihre Augen dagegen waren genau gleich: die tiefschwarzen Pupillen, die langen Wimpern und die leichte Schwellung der unteren Lider, die ihrem Gesicht einen weichen, etwas schläfrigen Ausdruck verliehen. Vor allem aber hatte sie denselben nie ganz zentrierten Blick, als würde sie sich nur für die Umrisse von Dingen und Menschen interessieren.

Sie saßen an dem massiven Holztisch im Wohnzimmer. Im Hintergrund prasselte ein Feuer im Kamin. Michele hatte der Frau seine ganze Geschichte erzählt und ihr sein Tagebuch gezeigt. Jedes Mal, wenn sie die Seiten umblätterte, trat ein feines, ein zärtliches und gerührtes Lächeln auf ihre Lippen. Hin und wieder hob sie den Blick und sah Michele an, als wollte sie ihre Gefühle mit ihm teilen, als wollte sie die Erinnerungen in seinen Augen ablesen und sich zu eigen machen. Als wollte sie sagen: »Ich verstehe dich, ich bitte dich um Verzeihung, ich danke dir, ich gleiche dir.« Als wollte sie sagen: »Ich bin deine Schwester, auch wenn wir es lange nicht wussten.«

Aus der Küche duftete es nach Suppe und Kräutern. Gianni hatte sich mit einem Schulbuch aufs Sofa gesetzt und tat so, als würde er lernen. In Wirklichkeit schaute er immer wieder verstohlen zu Michele hinüber, um sich sofort wieder in das aufgeschlagene Buch zu versenken, wenn sich ihre Blicke trafen und Michele ein scheues Lächeln andeutete.

Als die Frau das Tagebuch ausgelesen hatte, schlug sie es zu und strich stumm über den roten Einband. Sie gab es Michele zurück. Ihre Fingerkuppen berührten sich, und das Buch fiel auf den Tisch. Spontan nahm sie seine Hand und drückte sie. Ihre war kalt und etwas verschwitzt.

»Ich heiße Luce«, sagte sie leise. Schlagartig färbte sich alles rot. Ihr Gesicht, ihre Hände, das ganze Zimmer, sogar der weiße Schnee draußen vor dem Fenster. Michele hatte das Gefühl, ganz in dieses Rot getaucht zu sein, ohne dass er hätte erklären können, was genau vor sich ging. Ein seltsames Phänomen, das mit Elenas Farbtheorie zu tun haben musste. Rot schien Luces Farbe zu sein, und er, Michele, konnte es sehen, denn sie hatten dieselbe Farbe.

»Was ich nicht verstehe, ist, wie das Tagebuch wieder zu dir zurückgekommen ist ...«, murmelte Luce, als spräche sie zu sich selbst.

»Hast du es wirklich noch nie zuvor gesehen?«, fragte Michele, der langsam in die Wirklichkeit zurückkehrte.

Luce schüttelte den Kopf. »Ich wusste nicht mal, dass es existiert«, sagte sie aufrichtig. »Genauso wenig, wie ich wusste, dass du existierst.«

»Aber ich, ich habe es gesehen! Es lag bei Oma in der Truhe ... genau dieses Heft da. Sie hat es unter den anderen Sachen versteckt«, rief Gianni im Brustton der Überzeugung.

Abrupt wandten sich Michele und Luce dem Jungen zu.

»Was redest du denn da?«, fragte Luce. »Bist du dir ganz sicher?«

»Ja, Mama! Das Heft lag in Omas Truhe, da, wo sie ihre Wäsche aufhebt und all die Sachen, die sie von uns geschenkt bekommt«, erwiderte der Junge.

»Erzähl keine Märchen, Schatz. Das ist jetzt wirklich nicht der richtige Moment dafür«, tadelte Luce ihn zärtlich.

»Ich erzähle keine Märchen«, beharrte der Junge. »Ich habe es doch selbst gesehen ... vor ungefähr zehn Jahren.«

»Aber wenn du doch selbst erst sechs Jahre alt bist ...« Seine Mutter lächelte erheitert.

»Ich habe es trotzdem gesehen, hundertprozentig! Ich schwöre!«, gab das Kind trotzig zurück.

Luce warf Michele einen Blick zu, wie um zu sagen: »Er hat eine blühende Fantasie.«

»Also gut, aber selbst wenn das Heft die ganze Zeit in der Truhe gelegen hat, wissen wir immer noch nicht, wie es plötzlich in den Zug gekommen ist«, stellte Luce fest.

»Ich … ich dachte, dass vielleicht unsere Mutter in dem Zug gesessen hat und …«, sagte Michele zögerlich.

Luce unterbrach ihn. »Nein, das hat sie auf keinen Fall.«

Überrascht fragte Michele, wie sie sich da so sicher sein könne.

Luce seufzte und schüttelte den Kopf, als suchte sie nach den richtigen Worten für einen komplizierten Sachverhalt. »Keine Ahnung, wie ich dir das erklären soll«, sagte sie betreten. Sie verschränkte die Arme und ließ sich schwer in ihrem Stuhl zurückfallen. »Michele, es hat keinen Sinn, um den heißen Brei herumzureden … Unsere Mutter ist seit vier Jahren geistig nicht mehr ganz auf der Höhe. Sie erkennt keine Gesichter mehr, versteht nicht, was man ihr sagt … Sie spricht kaum, allenfalls ein paar Worte, die aber keinen rechten Sinn ergeben. Wenn du sie siehst, wirst du verstehen, was ich meine.«

Michele schloss wie vom Donner gerührt die Augen. Wieder versuchte Luce ihm Mut zu machen, griff nach seinen Händen und drückte sie fest.

»Aber … wie ist das passiert?«, fragte er verstört.

»Das lässt du dir besser von dem Arzt erklären, der für sie zuständig ist. Sie hatte eine Art Infarkt, der wiederum eine Hirnanoxie verursacht hat. So nennt man das. Da bleibt das Herz stehen, das Blut kann nicht mehr zum Gehirn fließen, und wenn zu viel Zeit vergeht, kommt es zu schweren Hirnschäden. Genau das ist ihr passiert. Sie war allein zu Hause, und als wir es gemerkt haben, war es schon zu spät. Sie hat nur um Haaresbreite überlebt. Die Leute von der Ambulanz konnten sie reanimieren, aber der Schaden war schon angerichtet.«

Michele nickte benommen. Er hatte Schwierigkeiten zu glauben, was er da hörte.

»Manchmal hat sie ein paar helle Momente. Da ist es fast, als würde sie einen wiedererkennen und verstehen, was man zu ihr sagt. Aber das ist immer nur von kurzer Dauer, danach verschwindet sie wieder in ihrer Welt, wo niemand sie erreichen kann«, sagte Luce. Plötzlich trat ein Leuchten in ihre Augen: »Warte mal, ich muss dir was zeigen …« Sie stand auf und ging zu einer Kommode neben dem Fenster. Michele sah zu, wie sie in den Schubladen wühlte, und wandte den Blick zu Gianni, der mit einem Lächeln antwortete.

»Dann bist du also mein Onkel?«, fragte ihn das Kind neugierig.

Michele, selbst überrascht, nickte. In diesem Moment kam Luce mit einem Foto in der Hand zum Tisch zurück.

»Ich habe ein ganz ähnliches Foto wie du«, verkündete sie und hielt Michele das Bild hin. Es war in den Bergen aufgenommen und zeigte eine von Kiefern umringte Almhütte im Grünen, mit dem aufragenden Gran-Sasso-Massiv im Hintergrund. Vor der Hütte standen ein Mann und eine Frau. Die Frau hielt ein kleines Mädchen an der Hand.

»Das bin ich mit zehn«, sagte Luce. »Das hier ist unsere Mutter … und das hier ist mein Vater, der leider nicht mehr lebt.«

Michele betrachtete das Gesicht seiner Mutter, das er sofort erkannte. Beklommen registrierte er die ersten Altersspuren darin, den milder gewordenen und etwas wehmütigen

Blick. Sie trug einen Rollkragenpullover und Wanderhosen. Der Mann an ihrer Seite war wesentlich älter als sie, sehr groß, mit weißem Haar und einem kantigen Gesicht. Er wirkte gutmütig, und in seinem Blick lag aufrichtige Liebe.

Bei seinem Anblick zuckte Michele unwillkürlich zusammen. Er erinnerte sich an jenen letzten Sommer mit seiner Mutter, als sie so oft barfuß Hand in Hand am Strand spazieren gegangen waren. Er sah es vor sich, wie sie im abendlichen Dämmerlicht am Ufer gestanden und zum Horizont geschaut hatte, als suche sie die Antwort auf eine ihm unbekannte Frage. Und noch eine abendliche Szenerie kam ihm in den Sinn, ein Sonnenuntergang im August, nach einem strahlend schönen Sommertag.

Der Blick seiner Mutter löst sich vom Meer, als hätte sie jemand gerufen, und richtet sich auf die Straße. Sie dreht sich um. Ein Lächeln umspielt ihre Lippen. Michele sieht das Lächeln und sieht auch den Mann mit dem silbernen Haar, der es von Weitem erwidert. Und sie voll aufrichtiger Liebe ansieht.

»Also kannten sie sich schon vorher …«, murmelte Michele erschüttert.

Luce musterte ihn perplex. »Ich kann mich an deinen Vater erinnern«, fügte Michele erklärend hinzu. »Er war öfter mal am Strand von Miniera di Mare. Ich weiß noch, wie die beiden sich angesehen haben … Aber mir kam er damals vor wie ein alter Mann.«

»Er war ja auch viel älter als unsere Mutter«, bestätigte Luce. »Lass mich mal nachrechnen … Ich bin im März 1993 geboren, da war er siebenundfünfzig Jahre alt. Er war also fast dreißig Jahre älter als sie.«

Michele starrte sie irritiert an, während er sich zu konzentrieren versuchte. »Entschuldige, aber … Du hast gesagt, du bist im März 1993 geboren? Wenn man neun Monate zurückrechnet, ist man im Juni. Da hat meine Mutter aber noch bei uns gewohnt. Das würde bedeuten, dass sie gut und gerne im vierten Monat schwanger war, als sie weggegangen ist.« Eine Mischung aus Wut und Enttäuschung stieg in ihm auf. Er fragte sich unwillkürlich, ob sein Vater davon gewusst hatte. Hatten die beiden je darüber gesprochen? Und wenn er tatsächlich gewusst hatte, dass sie schwanger war, warum hatte er dann nie etwas davon gesagt?

Verstört legte Luce das Foto in die Kommode neben dem Fenster zurück. Micheles Blick folgte ihr. »Du bist schuld, dass sie mich verlassen hat. Sie ist gegangen, um dich ohne Probleme zur Welt zu bringen. Wahrscheinlich, damit niemand davon erfährt.« *Nicht mal mein Vater*, fügte er in Gedanken hinzu.

»Ich kann mir vorstellen, was du empfindest …«, flüsterte sie mit gesenktem Blick.

»Von wegen! Das kannst du dir eben nicht vorstellen!«, platzte Michele heraus. »Kein Mensch kann sich so was vorstellen! Du hast doch keine Ahnung, was man in so einer Situation empfindet! Bei dir ist alles glattgegangen, du hattest eine Mutter! Auch wenn du jetzt leidest – sie war bei dir. Du hast keinen blassen Schimmer, was es bedeutet, einfach so stehen gelassen zu werden, ohne jede Erklärung. Was es für ein Kind bedeutet, seine Mutter wegfahren zu sehen und nie mehr etwas von ihr zu hören!«

Er war lauter geworden, als er wollte. Luce funkelte ihn wütend an und schien sich kaum noch zurückhalten zu können. Mit diesem Gesichtsausdruck glich sie ihrer Mutter noch mehr, was Michele für einen Augenblick vollkommen außer Gefecht setzte.

»Gianni, geh bitte kurz in dein Zimmer und mach die Tür zu«, sagte sie angespannt.

»Aber … Mama …«

»Keine Diskussion, ab mit dir. Ich rufe dich, wenn das Essen fertig ist«, befahl sie, ohne den Blick von Michele zu wenden.

Gianni seufzte, nahm sein Buch, ging zur Treppe im Gang und hinauf in den ersten Stock.

Luce und Michele schwiegen einander an, bis sie oben eine Tür zuklappen hörten.

»Wie kannst du es wagen, in meinem Haus die Stimme zu erheben?«, zischte Luce und machte einen Schritt auf Michele zu. »Du denkst also, ich wüsste nicht, was man empfindet, wenn man verlassen wird? Ich kann dir sagen, was man da empfindet … Wenn's dich wirklich interessiert, kann's dir auch mein Sohn erzählen.«

Michele blickte sie verständnislos an. Luce ging zum Fenster, griff nach Giannis Fernglas und hielt es ihm hin.

»Damit schaut er jeden Tag in die Berge. Er sucht den Eisbären. Verstehst du? Einen Eisbären in den Apenninen …«, sagte sie und klang nicht mehr wütend und empört, sondern schmerzlich berührt.

»Stimmt. Als ich vor dem Haus stand, hat er gesagt, er hätte einen gesehen«, räumte Michele ein, der noch immer nicht wusste, worauf seine Schwester hinauswollte.

»Das erzählt er jedem …«, nickte Luce. »Die Leute im Dorf machen schon Witze darüber. Und weißt du auch, warum? Weil sein Vater vor einem Jahr gegangen ist, früh am Morgen, als ich noch geschlafen habe. Gianni hat ihn gehört und gefragt, wo er hinwill. Und weißt du, was mein Mann gesagt hat? Er meinte: ›Ich habe in den Bergen einen Eisbären gesehen. Wenn ich ihn jetzt fotografieren gehe, werden wir berühmt, das ist eine bahnbrechende Entdeckung.‹ Er hat ihn gebeten, niemandem davon zu erzählen, schon gar nicht mir, damit sie mich später überraschen könnten …«

Luce traten die Tränen in die Augen, Tränen der Demütigung, des Schams, Tränen aus Groll und Enttäuschung.

»Und … er ist nicht zurückgekommen?«, fragte Michele leise.

»Spurlos verschwunden«, erwiderte sie. »Ohne jede Erklärung, ohne erkennbaren Grund. Vielleicht hatte er mich satt. Als wir zusammengekommen sind, war ich noch in der Schule. Und als ich Gianni bekam, war ich erst siebzehn, vielleicht war das zu früh … Vielleicht hatte er eine andere. Was weiß ich, wahrscheinlich werde ich es nie erfahren. Wenn es nur um mich ginge, hätte ich aufgehört, auf ihn zu warten. Aber mit einem Sohn geht das nicht. Er wartet jeden Tag auf ihn, genau wie du auf unsere Mutter … Und er behauptet, den Eisbären mit dem Fernglas sehen zu können. Vielleicht tut er das, um sich die Hoffnung nicht zu nehmen. Um sich Mut zu machen, oder auch mir. Deswegen habe ich gesagt, wir wüssten, was es heißt, scheinbar grundlos und ohne jede Erklärung verlassen zu werden. Wir wissen es nur allzu gut. Verstehst du jetzt?«

Michele nickte und ging zu ihr hin. »Entschuldige«, sagte er schlicht.

»Du kannst nichts dafür«, erwiderte Luce. Sie nahm ihn in die Arme, und sie hielten sich eine ganze Weile stumm umschlungen.

»Ein Eisbär …«, sagte sie leise, und auf ihrem Gesicht machte sich trotz der Tränen ein ironisches Lächeln breit. »Wie heißt es so schön? ›Ich geh mal eben Zigaretten holen.‹ Der klassische Spruch, wenn sich ein Ehemann aus dem

Staub macht, oder? Meiner hingegen musste gleich einen Eisbären erfinden. Er hatte schon immer viel Fantasie …«

Michele lächelte ebenfalls. Als Luce ihn ansah, kündigte sich auf ihren Lippen unversehens ein kleines Glucksen an. Plötzlich prusteten sie beide los, verhalten und unsicher, als schämten sie sich dafür, doch dann wurde ihr Gelächter immer lauter und unkontrollierter. Wie wenn man lacht und es eigentlich nicht darf.

Später rief Luce ihren Sohn zum Essen herunter. Der Junge setzte sich zwischen seine Mutter und Michele und musterte die beiden immer wieder mit zufriedener Miene, während er mit großem Appetit sein Essen verspeiste. Tausend Fragen hatte er an Michele, über sein Leben, seine Arbeit als Eisenbahner und die ankommenden und abfahrenden Züge.

»Es ist schön, zu dritt zu essen …«, stellte er unvermittelt fest. Gerührt und ein wenig verlegen sahen sich die beiden Erwachsenen an. In den Worten des Jungen erkannte Michele seinen eigenen Schmerz wieder. Er erinnerte sich an die Stille bei den Mahlzeiten mit seinem Vater, an seine Sehnsucht nach einer dritten Person am Tisch, die den leeren Platz neben den zwei Tellern und den zwei Gläsern einnähme. All diese Details – die rotweiß karierte Tischdecke, auf der sein Vater die obligatorischen Weinflecken hinterließ, die grünen Gläser aus dickem, mattem Glas, das vielteilige Besteck, die überall verstreuten Brotkrumen, der Schimmelgeruch – all diese Details traten ihm so lebhaft vor Augen, dass sie ihm realer vorkamen als der geschmackvoll gedeckte Tisch, an dem er gerade saß. Er fand erst wieder in die Gegenwart zurück, als Luce sich an den Jungen wandte und sagte, dass sie Michele nach dem Essen zur Oma begleiten würde und er allein zu Hause bleiben müsse.

»Du lernst schön und machst niemandem die Tür auf, verstanden?«, ermahnte sie ihren Sohn liebevoll, aber bestimmt.

»Wenn du mir den Weg erklärst, kann ich da auch alleine hinfahren …«, sagte Michele. Der Gedanke, dass der kleine Gianni allein zu Hause bleiben sollte, bereitete ihm Sorgen.

»Nein, ich komme lieber mit«, erwiderte Luce. »Es ist keine Besuchszeit, und wenn du ohne mich dort auftauchst, lassen sie dich vielleicht nicht rein. Außerdem hast du schon genug alleine durchgemacht, meinst du nicht auch?«

Michele nickte überrascht, warf aber nochmals einen Blick auf Gianni, der ihn seinerseits fixierte, fest entschlossen, sich kein einziges Wort vom Gespräch der beiden entgehen zu lassen.

Nach dem Mittagessen half Michele den Tisch abzuräumen und das schmutzige Geschirr in die Küche zu bringen, als Gianni aus dem Wohnzimmer nach ihm rief. Er stand schon wieder mit seinem Fernglas am Fenster und spähte in die Berge.

»Ich habe ihn gesehen! Den Eisbären! Schau!«, rief er begeistert und hielt ihm das Fernglas hin. Michele zögerte, bevor er danach griff.

»Oben links, siehst du? Wo dieser grüne Fleck ist, mitten im Schnee!«, frohlockte das Kind.

Der Schnee auf den Berggipfeln war so gleißend und das klare Blau des Himmels so aufdringlich, dass Michele kaum etwas sehen konnte. Nichts als weiße-blaue Lichtreflexe, die ihm in die Augen stachen. Unmöglich, auf diese Entfernung etwas zu erkennen.

»Und, hast du ihn gesehen? Hast du gesehen, dass da wirklich ein Eisbär ist, genau wie Papa gesagt hat?«, fragte Gianni drängend.

Um ihn nicht zu enttäuschen, tat Michele so, als würde er weiter mit dem Fernglas den Horizont absuchen.

»Und?«, insistierte Gianni.

Michele spürte, wie ihn eine Woge der Zuneigung für den Jungen übermannte. Er seufzte kurz, und machte dann eine vage Kopfbewegung, so als würde er ihm vorsichtig zustimmen. »Ja, vielleicht … vielleicht habe ich da wirklich was gesehen … könnte ein Bär gewesen sein …«, murmelte er.

Ein Ausdruck freudiger Überraschung trat auf Giannis Gesicht.

»Mama! Mama!«, rief er aufgekratzt in die Küche. »Michele hat ihn auch gesehen! Er hat den Eisbären gesehen! Glaubst du jetzt, dass ich die Wahrheit sage? Dass ich kein Lügner bin?«

Luce erschien auf der Wohnzimmerschwelle und warf Michele einen vorwurfsvollen Blick zu. Er senkte die Augen und hob die Schultern, wie um zu sagen: »Was hätte ich sonst tun sollen?«

»Ich bin so weit. Ich hole nur noch die Autoschlüssel, dann können wir losfahren«, sagte sie ernst.

Michele nickte. Er gab Gianni, der ein paar überglückliche Freudensprünge vollführte, das Fernglas zurück. Die kindlich-ungehemmte Freude auf seinem Gesicht ließ ihn spontan an Elena denken, die ihre Gefühle genauso wenig verbergen konnte wie dieser kleine Junge hier. Sie fehlte ihm, er hätte sie gerne angerufen. Doch Luce war schon fertig. Zeit zu gehen.

16.

Während die Sonne grimmig gegen die grauen Wolken ankämpfte, die ihr den Platz streitig zu machen versuchten, fuhr Luce vorsichtig über die vereiste Straße. Michele, der neben ihr saß, beobachtete sie schweigend. Auf ihrem Gesicht lag ein Ausdruck angespannter Konzentration, während sie es mit den Serpentinen aufnahm, die sich um die Felswände schlangen und schließlich nach Piana Aquilana führten. Als wie aus dem Nichts ein riesiger Traktor vor ihnen auftauchte, musste Luce abrupt abbremsen.

»Wenn du so ein Ungetüm vor dir hast, bleibt dir nichts anderes übrig, als mit zehn Stundenkilometern hinterherzuzuckeln. Keine Chance, bei diesen Kurven …«, sagte sie entschuldigend, als wäre sie für die rollende Straßensperre vor ihnen verantwortlich.

Michele nickte mechanisch. Er war viel zu abgelenkt von den tausend Fragen, die ihm durch den Kopf schwirrten und die er nicht zu stellen wagte.

»Hast du deinen Mann je gesucht?«, fragte er, plötzlich mutig geworden.

Luce kurbelte das Autofenster herunter und sah ihn von der Seite an. »Macht's dir was aus, wenn ich im Auto rauche?«, fragte sie, während sie mit der rechten Hand in ihrer Tasche herumkramte.

»Nein, kein Problem …«, erwiderte Michele betreten. Er fürchtete, Luce habe absichtlich vom Thema abgelenkt, weil sie ihn für aufdringlich hielt.

Sie angelte ein Päckchen aus der Tasche, zog eine Zigarette heraus, zögerte kurz, hielt Michele das Päckchen hin und steckte sich ihre Zigarette zwischen die Lippen. »Entschuldige, ich habe dich gar nicht gefragt, ob du auch eine willst.«

»Nein, ich bin Nichtraucher, danke«, erwiderte Michele.

Luce tat einen langen Zug und blies den Rauch zum offenen Fenster hinaus. »Ich habe ihn auf jede erdenkliche Art gesucht«, sagte sie unvermittelt. »Als er an jenem Abend nicht zurückkam, habe ich alle Krankenhäuser der Gegend angerufen. Am nächsten Tag bin ich zu den Carabinieri nach Piana Aquilana und habe eine Vermisstenanzeige aufgegeben. Sie haben nach ihm gefahndet, jedenfalls sagen sie das, aber nichts zu machen. Er ist wie vom Erdboden verschluckt.«

Michele seufzte, teils aus Mitgefühl, teils aus Erleichterung, dass sie ihm eine Antwort gegeben hatte.

»Stell dir vor …«, fuhr sie in halb amüsiertem Ton fort, »die Carabinieri meinten, ich solle mir keine Sorgen machen: Sobald er am Automaten Geld abhebt, kommen sie ihm auf die Schliche … Aber auf dem Konto war kein Cent. Was hätte er da abheben sollen?«

»Sie hätten sein Handy orten können«, sagte Michele. »Ich habe mal gelesen, dass man exakt lokalisieren kann, wo …« Sie unterbrach ihn mit einem höhnischen Lachen.

»Ach, hör doch auf! Denkst du, die verschwenden Zeit und Geld darauf, das Handy eines Mannes zu orten, der von zu Hause abgehauen ist? Außerdem war das Ding so alt, dass er kaum noch damit telefonieren konnte …« Einen Augenblick später trat sie so bestimmt aufs Gas, dass es ihr gelang, den Traktor auf einer relativ kurzen, geraden Strecke zu überholen.

Das Auto fuhr nun wieder mit normalem Tempo weiter. Luce drückte ihre Zigarette in dem Aschenbecher am Armaturenbrett aus und kurbelte das Fenster hoch.

»Hast du ihn geliebt?«, fragte Michele, starr auf die Straße blickend.

Luce schenkte ihm ein ironisches Lächeln. »Aus dir werde ich wirklich nicht schlau«, sagte sie mit einem Kopfschütteln.

Michele blickte sie fragend an.

»Da bin ich gerade dabei, dich nach all den Jahren zu unserer Mutter zu fahren, und du sprichst über Gott und die Welt, nur nicht über sie. Stattdessen fragst du mich über meinen Mann aus … Fast könnte man meinen, sie geht dich nichts mehr an«, erklärte Luce.

»So ist es aber nicht«, antwortete Michele. »Ich versuche nur, nicht daran zu denken … Das hilft mir, ruhig zu bleiben.«

Luce nickte wortlos, kurbelte das Fenster wieder herunter und zündete sich noch eine Zigarette an.

Die Straße führte jetzt steil bergab. Michele war ganz in den Anblick von Luces Händen versunken, die denen seiner Mutter bis zum kleinen Fingernagel glichen. An was erinnerte er sich noch? Naja, da war ihre Stimme, ihre Art zu sprechen und die tausenderlei Art, seine Mutter zu sein. Plötzlich schob sich ein Gedanke in seinen Kopf, der alle Erinnerungen verdrängte. Er versuchte ihn zu vertreiben, wie alles, dem er nicht traute. Aber während sie den verschneiten Abhang nach Piana Aquilana hinunterfuhren, kehrte der Gedanke immer wieder, setzte sich in seinem Kopf fest und wurde zu einer verzweifelten Hoffnung. Der Hoffnung, dass sie ihn, wenn sie ihn zu Gesicht bekäme, spontan wiedererkennen und sich an alles erinnern würde. Dass sie geheilt wäre und auch Luce durch seine Hilfe ihre Mutter wiederbekäme.

Als sie in Piana Aquilana ankamen, hatte die Sonne ihren Kampf gegen die Wolken längst verloren und war schon hinter den Berggipfeln verschwunden. Sie tuckerten durch die abgelegene Straße, in der Michele am Abend zuvor Erastos getroffen hatte. Der alte Fiat 127 stand noch genauso an seinem Platz wie gestern, mit fehlendem Rad und eingeschlagenem Fenster. Michele lächelte, als sie ihn passierten. Wenig später erreichten sie die mittelalterlich anmutende Piazza im Zentrum. Luce bog in eine Straße ein, die einen Abhang hinaufführte und die Michele ebenfalls vom Vortag kannte. Dann bog sie nach rechts ab und gelangte durch eine gekrümmte Gasse zu einem dreistöckigen Gebäude, das in einer Parkanlage stand und von verschneiten Bäumen umgeben war. Ein Pflegeheim mit einem großen Tor. Darüber ein großes, vergoldetes Schild mit der Aufschrift VILLA FRANCESCO CILEA. Auch das hatte er schon am Vorabend gesehen. Wieso war er eigentlich nicht auf die Idee gekommen, hier nach seiner Mutter zu fragen? Als gehörte ein Pflegeheim zu einer Welt, mit der sie absolut nichts zu tun haben konnte … Luce erklärte, dass es früher ein Altersheim für pensionierte Musiker gewesen war. Darum also trug die Einrichtung den Namen eines kalabresischen Komponisten.

»Irgendwann ist ihnen das Geld ausgegangen, und sie haben es in eine Art psychiatrisches Krankenhaus umfunktioniert …«, schloss sie, während sie das Auto auf einem kleinen Vorplatz in der Nähe des Eingangs parkte.

Es war so weit. Micheles Herz schlug unregelmäßig, sein Gesicht war bleich und trug einen angespannten Ausdruck.

»Bist du bereit?«, fragte Luce sanft.

Michele nickte schwach und öffnete die Wagentür, um sich der eisigen Luft des frühen Nachmittags zu stellen. Luce tat es ihm gleich und trat neben ihn. Eine Weile standen sie einfach nur da und betrachteten das vor ihnen aufragende Gebäude. Schweigend schritten sie dann zum Eingang.

Die Villa empfing sie mit einem großen, geheizten Foyer, dessen Wände Porträts von berühmten Musikern zierten. Michele fühlte die Augen von Giuseppe Verdi und Franz Schubert auf sich ruhen, als würden sie sie aus einer anderen Dimension beobachten. Weit und breit niemand zu sehen. Aus den oberen Stockwerken waren gedämpfte Geräusche zu hören, Schritte, Gemurmel, ein laufender Fernseher, ab und zu ein Jammerlaut. Der süßliche Geruch von Arzneien hing in der Luft, intensiver noch als die beißenden Desinfektionsmittel. Luce begab sich zu einem hölzernen Empfangstisch im hinteren Teil des weitläufigen Raums und betätigte eine altmodische Messingklingel. Während Michele noch darüber nachdachte, dass sie seinen Blick mied und die Situation für sie genauso belastend sein musste wie für ihn, tauchte schon eine Krankenschwester aus einer Seitentür auf. Freundlich lächelnd kam sie Luce entgegen.

»Willkommen, Signora«, sagte sie mit slawischem Akzent. Luce trat nahe an sie heran und flüsterte ihr etwas zu. Aufmerksam nickend lauschte die Schwester ihren Worten. Sie schien überrascht. Auch erkannte Michele in ihrem Blick eine gewisse Anteilnahme, als sie nun zu ihm herüberkam und ihm die Hand hinstreckte.

»Ich freue mich, Sie kennenzulernen«, sagte sie. »Ich heiße Lena und bringe Sie sofort zu Signora Puglia.«

Verlegen murmelnd nannte Michele seinen Namen und

drückte ihr die Hand. Als ihm die Krankenschwester einen Wink gab, ihr zu folgen, wandte er sich hilfesuchend zu Luce um, wie um sie um Unterstützung zu bitten.

»Soll ich mitkommen?«, fragte sie.

Michele hatte selbstverständlich angenommen, dass Luce ihn begleiten würde. Er nickte. Seine Kehle war so trocken, dass er kaum schlucken konnte.

»Sie ist im ersten Stock«, sagte die Krankenschwester.

Schweigend stiegen sie die Treppe hinauf, zeitlupenhaft langsam, Stufe um Stufe, Herzschlag um Herzschlag, den Blick auf den Boden gerichtet, bis sie endlich in einem langen Korridor ankamen, von dem mehrere weiße Holztüren abgingen. Vor einer blieb Lena stehen.

»Hier wohnt Signora Puglia«, sagte sie und sah Luce an, als erwarte sie eine Handlungsanweisung. Luce nickte und dankte ihr leise, woraufhin sich die Krankenschwester entfernte.

Michele sah ihr nach, wandte sich dann langsam um und starrte auf die weiße, noch geschlossene Tür.

»Bist du bereit?«, fragte Luce.

Michele nickte mit angehaltenem Atem. Luce streckte schon die Hand aus, hatte sie schon auf dem Türgriff, da packte Michele sie am Arm.

»Warte …«, sagte er bebend. Luce legte Michele die Hand auf die Schulter.

»Mach du auf, wenn du so weit bist«, sagte sie schlicht.

Michele schloss die Augen und holte tief Luft. Dann öffnete er die Tür.

17.

Das quadratische Zimmer hinter der Tür war klein und durchaus einladend. Die Wände cremeweiß, ein in den Raum hineinragendes Einzelbett an der linken Wand, das fast das halbe Zimmer einnahm. Rechts ein Wandschrank, dessen Türen mit einer Einlegearbeit aus geometrischen Formen verziert waren, sowie ein Sessel, bezogen mit einem dicken dunkelbraunen Stoff. Michele sah sich erst im Zimmer um, bevor er den Mut fand, den Blick auf die Frau zu richten, die am Fenster stand und nach draußen schaute. Sie trug einen blauen Morgenrock aus verwaschener Wolle und Pantoffeln in derselben Farbe. Die Haare, die ihr bis zu den Schultern reichten, waren schlohweiß, als hätte eine Reifschicht die einst braune Farbe überzogen. Ihr Körper schien geschrumpft zu sein, auch wenn sie sich ihre schlanke, wohlproportionierte Figur bewahrt hatte. Michele, der auf der Schwelle stehen geblieben war, zweifelte kurz daran, dass es sich wirklich um seine Mutter handelte. Hätte er sie einfach so gesehen, ohne jede Beglaubigung durch Luce oder die Krankenschwester, mit denen er die Treppe heraufgekommen war – er hätte sie nicht wiedererkannt. Fast klammerte er sich an diesen Zweifel und damit an die Hoffnung, Opfer eines Missverständnisses zu sein. Er spürte das Blut in Schläfen und Ohren pochen. Er wunderte sich über sein Herz, wie es einen so frenetischen Rhythmus anschlagen konnte, wo er doch gedacht hatte, es sei im selben Moment stehen geblieben, da er einen Fuß ins Zimmer gesetzt hatte. Hilfesuchend wanderte sein Blick zu Luce, die gerade die Tür hinter sich schloss. Sie machte einen Schritt auf die Frau zu, die immer noch stumm und reglos am Fenster stand.

»Mama …«, flüsterte sie. Michele kam es vor, als würde es ihm die Brust sprengen, als sein Herz plötzlich wieder ansprang. Es schlug so schnell und unregelmäßig, als hätte sein Blutkreislauf die Richtung geändert und als folgte er, abseits aller Venen und Arterien, in absoluter Anarchie einer improvisierten Bahn.

Die Frau am Fenster zeigte keinerlei Reaktion. Luce tat noch einen Schritt auf sie zu und legte ihr eine Hand auf die Schulter.

»Mama …«

Langsam drehte die Frau sich um. Sie schien nicht überrascht. Ihre Augen folgten der Drehbewegung von Oberkörper und Hals, ohne ihr zuvorzukommen. Michele erblickte erst ihr Profil, dann das Gesicht, das sich der Tochter zuwandte. Es war vollkommen ausdruckslos, wie zu Eis erstarrt und so leblos, als hätte es jegliches Bewusstsein und jegliche Emotion für immer abgelegt. Dennoch erkannte Michele sie wieder, und er stöhnte unwillkürlich auf. Er musste sich an die Tür lehnen, denn seine Beine drohten unter ihm nachzugeben.

»Mama … schau mal, wer da ist«, sagte Luce mit ruhiger, sanfter Stimme und deutete auf Michele. Die Frau zeigte eine schwache Regung. Ihre Augen folgten Luces hinweisender Geste. Sie waren nicht länger auf Umrisse fixiert, wie er es in Erinnerung hatte. Ihre Pupillen waren starr, festgeklebt und blickten ins Leere. Jetzt allerdings rutschten sie in Micheles

Blickrichtung, der die Hände wie zum Gebet vor dem Gesicht aneinanderlegte, als würde er insgeheim darum flehen, dass sie ihn wiedererkannte. Seine Lippen zitterten so sehr, dass er sie nicht einmal zusammenpressen konnte. Die Frau starrte ihn an, ohne ihn wirklich zu sehen. Als durchbohrte sie ihn mit ihrem Blick, um etwas jenseits der geschlossenen Tür zu erkunden.

»Mama … das ist Michele … Erinnerst du dich noch an ihn?« Luce gab ihm mit den Augen zu verstehen, er solle vortreten.

»Sag was. Versuch es einfach …«, flüsterte sie ihm zu.

Michele versuchte zu sprechen oder wenigstens einen Laut von sich zu geben. Aber irgendwie war es, als gäbe es keine Worte mehr, als hätte es nie welche gegeben. »Sprechen« war ein ihm unbekanntes Verb, sinnentleert, ohne jede Bedeutung. Er machte einen Schritt nach vorn, dann noch einen. Jetzt hatte er dieses Gesicht ganz nah vor Augen. Hätte er die Hand ausgestreckt, er hätte es berühren können. Aber auch »berühren« war ein Wort, dessen Bedeutung ihm abhandengekommen war. Er roch ihren Duft, den Geruch der Haut seiner Mutter, so wie er ihn in Erinnerung hatte. Aber er war nicht lebendig, sondern glich dem, der einer Wäscheschublade von jemandem entströmt, der schon vor langer Zeit fortgegangen ist.

Die Frau begann nun, sich von ihm ab- und wieder ganz langsam dem Fenster zuzuwenden. Michele ahnte, dass er sie, wenn sie sich jetzt vollständig wegdrehte, wieder verlieren würde, vielleicht für immer. Und so fand er die Kraft, einen Arm auszustrecken und ihre Schulter zu berühren. Die Berührung. Sie ließ sein Herz fast stillstehen. Die Frau aber wandte sich ihm wieder zu. Sie schien einen leisen Zweifel zu hegen, als würde sie sich selbst eine Frage stellen, als wollte sie sagen: »Was ist? Was geschieht hier?« Michele senkte den Blick in ihre Augen, versuchte verzweifelt, mit ihnen in Verbindung zu treten. Er kramte in seinem Rucksack, zog sein Tagebuch hervor und hielt es ihr hin. Die Frau hob langsam eine Hand und griff danach. Überrascht sahen Michele und Luce sie an. Eine winzige Hoffnung keimte in ihnen. Endlich fand Michele seine Stimme wieder, und auch die Fähigkeit zu sprechen kehrte zurück.

»Das ist mein Tagebuch. Ich war damals sieben Jahre alt. Erinnerst du dich, Mama? Ich bin's … Michele. Dein Sohn … Erkennst du mich wieder?«, stammelte er hastig.

Die Frau ließ das Tagebuch fallen und schien es gar nicht zu merken. Langsam drehte sie sich wieder zum Fenster, eingehüllt in die Stille ihrer Abwesenheit. Luce seufzte erschöpft. Michele stand reglos da und starrte auf das Tagebuch am Boden. Wie er nun den Blick hob und seine abgewandte Mutter erblickte, ihren Rücken, ihren Nacken, da begriff er, dass sie ihn niemals wiedererkennen würde. Es war, als hätte sie ihn ein zweites Mal verlassen, als wäre sie ein zweites Mal ohne jegliche Erklärung weggegangen.

Und jetzt, endlich, löste sich ein Knoten in seiner Kehle, und er spürte, dass ihm die Tränen, die ihm seine Mutter vor so vielen Jahren genommen hatte, nun wiedergegeben wurden, als Entschädigung für seine mühevolle Suche, als Belohnung dafür, dass er sie schließlich gefunden hatte. Er schlug die Hände vors Gesicht und begann zu schluchzen, wie er es als Kind getan hatte und wozu er viele Jahre nicht mehr fähig gewesen war.

Luce trat zu ihm, nahm ihn in die Arme und hielt ihn fest an sich gedrückt, bis er sich ein wenig beruhigt hatte.

»Ich muss gehen …«, sagte sie dann. »In einer halben Stunde muss ich wieder in der Arbeit sein.«

Michele nickte und machte Anstalten, nach seinem Rucksack zu greifen und ihr zu folgen. Luce gab ihm ein Zeichen zu warten.

»Wenn du willst, kannst du hierbleiben: Ich hole dich heute Abend gegen acht ab. So kannst du noch ein wenig Zeit mit ihr verbringen. Das wäre bestimmt gut für dich«, fügte sie in mütterlichem Ton hinzu.

Michele sah seine Mutter an, die noch immer in derselben Haltung verharrte wie zuvor. Und beschloss zu bleiben.

»Auf dem Nachttisch ist ein Knopf, siehst du? Wenn du irgendwas brauchst, musst du nur drücken, dann kommt eine Schwester. Oh, und noch was: Wenn du sie nicht irgendwann überzeugen kannst, sich hinzusetzen oder aufs Bett zu legen, bringt sie es fertig, die ganze Nacht hier am Fenster zu stehen. Es ist nicht so schwer, wie du glaubst, nimm sie einfach an der Hand, dann folgt sie dir. Okay?«

»Okay«, erwiderte Michele nach kurzem Zögern.

»Viel Glück«, sagte Luce lächelnd, nahm ihre Tasche und ging.

Jetzt waren sie miteinander allein, wie so oft in seiner Kindheit. Michele blickte sich im Raum um und näherte sich seiner Mutter mit langsamen Schritten. Er spürte ihre Schulter an seiner. Seite an Seite mit ihr blickte er durch die Scheibe auf den Hof, der weiß und verlassen unter ihnen lag. Luce tauchte auf und ging zu ihrem Auto auf dem kleinen Parkplatz. Michele beobachtete, wie sie die Tür aufsperrte, sich umdrehte und noch einmal zum Fenster hinaufsah. Als ihre Blicke sich trafen, hob sie, einen Gruß andeutend, die Hand. Michele antwortete mit einem Kopfnicken. Lächelnd stieg sie ins Auto, ließ die Rücklichter aufleuchten und fuhr zum Tor hinaus.

Mit einem Seitenblick auf seine Mutter bemerkte Michele die Falten in ihrem Gesicht, die weicher gewordene Linie des Halses, den feinen Flaum, der sich auf ihrem Kinn gebildet hatte. Scheu strich er mit dem Handrücken über ihr Gesicht. Keine Reaktion. Übermannt von einem plötzlichen Bedürfnis, gestreichelt zu werden, nahm er ihre Hand und führte sie behutsam an seine Wange, während sie den Blick unverwandt ins Freie geheftet hielt, auf jenen geheimnisvollen Punkt, den nur sie selbst sehen konnte. Er schloss die Augen. Zum ersten Mal nach vielen Jahren empfand er wieder diese liebkosende Wärme, die er sich bewahrt hatte, jenes erinnerte Gefühl schützender Liebe, das sie ihm vermittelte. Fast war er versucht zu glauben, die Heiterkeit seiner frühen Jahre kehre zurück und er würde selbst wieder zum Kind.

»Du glühst ja, mein Liebling, deine Wangen sind ganz heiß. Die Mama misst dir jetzt das Fieber und bleibt bei dir sitzen. Tut dir der Hals weh, wenn du hustest? Dann nehmen wir jetzt den Hustensaft … Aber warum denn nicht? Der schmeckt nicht? Aber weißt du denn nicht, dass bei jedem Mal Husten ein kleines Männchen aus deinem Mund hüpft? Es fällt auf die Erde und versteckt sich unter deinem Bett. Wenn du den Hustensaft nimmst, geht es weg und kommt nicht wieder …«

Das Kind lässt sich überreden. Die Mama lächelt ihm zu und schaut unters Bett.

»Das Männchen ist nicht mehr da! Es ist geflüchtet!«

Das Kind lacht, und die Mama streicht ihm übers Gesicht, bis es irgendwann einschläft …

Michele hörte ein Klopfen und wie einen Moment später die Tür geöffnet wurde. Sofort ließ er die Hand seiner Mutter los, die wie leblos an ihr herabfiel. Ein Gefühl der Scham überkam ihn. Instinktiv trat er einen Schritt von ihr weg, als auch schon Lena ins Zimmer kam und ihm freundlich zulächelte.

»Entschuldigen Sie, aber wir müssen Ihre Mutter ein wenig hinlegen«, sagte sie, ging zum Fenster, nahm die Frau sacht am Arm und führte sie zum Bett. Anschließend streifte sie ihr die Pantoffeln von den Füßen und bettete ihre Beine unter der Decke. An Michele gewandt sagte sie:

»Wenn Sie irgendwas brauchen: Ich bin immer für sie da. Es gibt hier diesen …«

»Den Knopf auf dem Nachttisch, ich weiß«, unterbrach er sie, immer noch ein wenig verlegen.

»Alles klar«, erwiderte Lena, ehe sie das Zimmer verließ und die Tür hinter sich schloss.

Seine Mutter lag ausgestreckt auf dem Bett und starrte an die Decke. Ihr Atem ging regelmäßig. Sie schien heiter gelöst. Ihre Wangen kamen Michele entspannter vor, weniger faltig, wenn auch leicht eingefallen. Ihre Augen wirkten größer und schwärzer, als er sie in Erinnerung hatte. Er sah sie lange an und setzte sich dann auf einen Stuhl neben sie.

»Mama …«, flüsterte er. »Mama …«

Sie blieb teilnahmslos liegen, zeigte keine Reaktion. Ihre Augen spiegelten einen Abgrund, und Michele war, als spürte er das Gewicht der tausend Fragen, die er ihr gern gestellt hätte, auf diesem Abgrund lasten.

»Hörst du mich wirklich nicht? Verstehst du wirklich nichts von dem, was ich sage?«, insistierte er, sich hartnäckig weigernd, das letzte Fünkchen Hoffnung erlöschen zu lassen. Er erhob sich und beugte sich übers Bett, um ihr in die Augen zu sehen, das Gesicht nur wenige Zentimeter von ihrem entfernt. Ein flüchtiger Wimpernschlag. Für einen kurzen Augenblick schien sie seinen Blick zu erwidern.

Gleich darauf durchstachen ihre Augen ihn wieder, peilten durch ihn hindurch zur Decke und verharrten dort: ausdruckslos, leer, unerreichbar. Michele begriff, dass er seine Mutter zwar wiedergefunden hatte, jedoch nur um zu erfahren, dass es weder einen Ort noch eine Zeit gab, wo er noch hingehen und sie suchen konnte. Er begriff, dass alle seine Fragen für immer ohne Antwort bleiben würden: Warum hast du mich verlassen; warum bist du nicht zurückgekommen; was hattest du vor; was hast du gesucht; warum hast du mich nicht mitgenommen; wie hast du es angestellt, mich zu vergessen, und hast du mich wirklich vergessen; oder hast du doch noch an mich gedacht; habe ich dir vielleicht sogar gefehlt; bist du glücklich gewesen; hast du Reue empfunden; hast du jemals den Wunsch verspürt, mich noch einmal in den Armen zu halten, zu wissen, wie es mir geht, ob ich glücklich bin, ob und wie ich erwachsen geworden bin …?

Was blieb ihm jetzt noch übrig? Bei ihr wachen? Bei einer Abwesenden wachen und auf einen ihrer klaren Momente hoffen, an den er sich klammern konnte?

Er spürte, wie die Vergangenheit zurückkehrte. Ihm wurde bewusst, dass es nicht mehr nur um die umherschwebenden Fragen ging, nein, er hatte ein ganzes Leben zu erzählen. Also setzte er sich wieder auf den Stuhl und begann mit seiner Geschichte, als würde die Mutter ihm tatsächlich zuhören.

»Da war Asche auf unseren Tellern, Mama, nachdem du gegangen bist. Das Haus bot keinen Schutz mehr. Auch bei geschlossenen Fenstern wehte ein eisiger Wind. Und nach dem Abendessen Asche auf den Tellern. Ein wortloser Vater, stumm kauend, den Blick auf den quasselnden Fernseher geheftet. Er rauchte und trank, als wäre jede Nacht seine letzte. Über sein Glas gebeugt ließ er zu, dass Asche herabrieselte, und jedes Mal, wenn ich etwas sagen wollte, trafen mich Blitze aus seinen Augen. Ich blieb bei ihm, wartete auf einen Blick, eine zärtliche Geste. Asche auf den Tellern, als er endlich zum Sprechen ansetzte. Die Blitze wurden zu Worten. Er sagte, ich dürfe niemandem vertrauen, nicht einmal der Sonne und dem blauen Himmel. Vor allem keiner Frau, keiner einzigen. Keinen Freunden. ›Nicht einmal mir darfst du vertrauen‹, sagte er und schenkte sich Wein nach. Dem Leben auch nicht. ›Er selbst, sagte er, habe dir vertraut.‹ In diesem Moment begriff ich, dass du sein ganzes Leben warst, auch nach deiner Abreise noch. Ich begriff, dass er damals schon beschlossen hatte zu sterben. Er wollte sterben, sobald ich in der Lage wäre, den Weg des Misstrauens allein weiterzugehen.

Dann diese Samstage. Und jeden Samstag eine andere Frau, die er dafür bezahlte, dass sie sich zu ihm ins Bett legte, dass sie seinen Stoppelbart ertrug, den Weingestank, seine Obszönitäten. Ich schloss mich in meinem Zimmer ein und versuchte zu lernen. Ich hörte Stöhnen und Flüche, die auf eurem Bett detonierten, das Quietschen des Gestells unter der Matratze. Dann kam die Stille und mit der Stille die Erleichterung. Ich hörte, wie im Bad das Wasser rauschte. Dann Schritte im Flur, das aufdringliche Klackern von Stöckelschuhen, ohne Eleganz getragen, die Haustür, die sich nach einem hastigen Abschied öffnete und wieder schloss. Das waren meine Samstage, Mama. Ein Samstag nach dem anderen, bis ich zwanzig wurde und er beschloss, dass der Moment gekommen war, sich vollständig gehen zu lassen. Ich hatte gerade das Abitur gemacht, und für ihn war es am einfachsten, die Generaldirektion zu bitten, mir seinen Arbeitsplatz zu vererben – und damit seinen Schmerz, sein Misstrauen, den Zug und den Bahnhof.

Weißt du noch, wie viele Züge auf unseren Gleisen ankamen und abfuhren, als du noch da warst? Damals hast du gesagt, Abreise und Rückkehr würden zusammengehören, sie würden sich abwechseln und die Rollen tauschen wie das Leben und der Tod. Ich war noch klein und verstand nicht, was du damit sagen wolltest. Heute weiß ich, dass auf deine Abreise keine Rückkehr folgte, dass da nichts weiter kam als der Tod. Es hat kein Leben mehr gegeben. Keinen Wechsel. Nur Asche auf den Tellern und Huren am Samstagabend. Am Ende ist nur ein Zug übrig geblieben. Ein einziger Zug. Der, den ich in all den Jahren täglich abfahren und ankommen gesehen habe, immer in meine Eisenbahneruniform gekleidet. Mit der Zeit habe ich gelernt, dem Zug zu vertrauen. Nur ihm, denn auf irgendetwas musste ich vertrauen, um nicht verrückt zu werden. Ich habe mein Haus mit Gegenständen gefüllt, die nicht verschwinden, wenn ich es nicht will. Und ich habe jeden Morgen dein Gesicht im Spiegel gesucht, weil sich unsere Augen so ähnlich sind, weil ich deine Augen in meinen suchte. Irgendwann waren nur noch Augen übrig, meine Augen im Spiegel, während dein Gesicht in meiner Erinnerung verblasste, jeden Tag ein bisschen mehr, während sich seine Umrisse auflösten wie ein Traum, an den man sich beim Erwachen nicht mehr erinnern kann.«

Die Frau hüstelte leise und fuhr sich mit der Zunge über die Lippen. Michele dachte, dass sie vielleicht Durst hatte. Er erhob sich, ging zum Nachttisch und goss Wasser in ein Glas. Mit der linken Hand stützte er ihren Kopf, mit der rechten legte er ihr das Glas an die Lippen. Er spürte ihren zarten Nacken in seiner Hand. Sie war so zerbrechlich, so leicht, so schutzlos. Nach einer Weile löste er vorsichtig das Glas von ihren Lippen, um sie zu Atem kommen zu lassen. Langsam, ganz langsam hob sie die Hand und legte sie auf seine, wie eine Liebkosung. Michele schloss die Augen und verharrte reglos, bis die Hand seiner Mutter müde herabfiel, auch diesmal wieder an ihre Seite. Er stellte das Glas auf den Nachttisch und setzte sich neben sie auf den Bettrand.

Als sich draußen vor dem Fenster der Abend herabsenkte, schlief sie ein. Stumm hockte Michele neben ihr, bis sich hinter ihm ganz sacht die Tür öffnete. Überrascht wandte er sich um und sah eine Frau undefinierbaren Alters auf der Schwelle stehen. Ihr strahlend frischer Teint stand in einem harschen Kontrast zu den schwarz gefärbten Haaren mit den grauen Ansätzen an Stirn und Schläfen. Sie trug einen langen schwarzen Rock, dazu einen schwarzen Pullover und dunkelbraune, geschlossene Lederschuhe. Ihre wässrigen blauen Augen, die durch eine dicke Brille vergrößert wirkten, fixierten Michele.

»Wer sind Sie?«, fragte die Frau misstrauisch. Michele sprang auf.

»Ich … äh … Michele mein Name … Michele Airone, freut mich«, versuchte er, sich mit der Frau bekannt zu machen, und streckte ihr die Hand hin.

»Es ist keine Besuchszeit«, stellte sie fest und sah ihn mit strenger Miene an, ohne die dargebotene Hand zu ergreifen.

Hastig erklärte Michele, dass man ihm erlaubt hätte hierzubleiben. Er erwähnte Lena, die Pflegerin, die ihn herbegleitet hatte, versicherte, dass er bald gehen würde und …

»Dann sind Sie also ein Verwandter von Laura?«, unterbrach ihn die Frau, die einen norditalienischen Akzent hatte.

Michele fand es seltsam, eine Unbekannte den Namen seiner Mutter aussprechen zu hören. Er nickte zögernd und sagte, er sei ihr Sohn. Ein Lächeln machte sich auf dem Gesicht der Frau breit.

»Michele, aber natürlich …«, sagte sie und musterte ihn. »Laura hat oft von Ihnen gesprochen.«

Michele stutzte und warf einen Blick aufs Bett, wo seine Mutter immer noch ruhig schlief.

»Was … was wollen Sie damit sagen?«, fragte er perplex. »Wann soll sie denn von mir gesprochen haben?«

»Naja, hin und wieder, wenn wir unter uns sind«, erwiderte die Frau.

»Aber … ich verstehe nicht …«, stammelte Michele. »Wie ist das möglich?«

Die Frau musterte ihn erstaunt und sagte in vertraulichem, fast verschwörerischem Ton: »Ihrer Mutter geht es hervorragend. Sie tut nur so, als würde sie nichts verstehen. Wussten Sie das nicht?«

Michele rang nach Luft.

»Sie tut es, um hierbleiben zu können, in Sicherheit. Sie will nicht wieder nach Hause«, fuhr die Frau fort. »Sie hat Angst. Und damit hat sie nicht ganz Unrecht. Das Leben draußen ist kompliziert …«

An Micheles Mutter gewandt, sagte sie: »Laura … Hast du gesehen, dein Sohn kommt dich besuchen. Los, sag's ihm, sag ihm, dass es dir gut geht …«

Michele starrte seine Mutter an, die unverändert mit geschlossenen Augen dalag. In diesem Moment stürzte, völlig außer Atem, Lena ins Zimmer.

»Entschuldigen Sie …«, murmelte sie hastig und nahm die Frau am Arm. »Angela, wir müssen zurück in Ihr Zimmer«, sagte sie freundlich, aber bestimmt.

»Ich kann nicht«, erwiderte die Frau im Brustton der Überzeugung. »Ich muss warten, bis Laura aufwacht, und dann reisen wir ab. Wir gehen auf Hochzeitsreise, wissen Sie?«

»Natürlich, dann lassen Sie uns schnell Ihre Koffer packen …«, gab Lena lächelnd zurück und sah Michele an, als wollte sie ihn nochmals um Entschuldigung bitten.

Angela nickte und ließ sich widerstandslos aus dem Raum führen.

Michele seufzte. Die Anspannung fiel schlagartig von ihm ab. Überraschenderweise bereitete es ihm eine gewisse Erleichterung, dass seine Mutter ihre Krankheit nicht nur vortäuschte. In diesem Fall hätte er sich doppelt verraten gefühlt, gedemütigt und zurückgewiesen. Er musste lächeln, als ihm klar wurde, wie naiv er gewesen war. Jeder andere hätte sofort gemerkt, dass die Frau eine Patientin der Klinik war.

Aber im Grunde, so hielt er sich zugute, hatte sein Leben ja gerade erst begonnen. Es gab so vieles, was er noch lernen und verstehen musste. Zum ersten Mal empfand er so etwas wie Zärtlichkeit sich selbst gegenüber, eine Bereitschaft, sich zu verzeihen, die ihm bis gerade eben unbekannt gewesen war. Vielleicht war es möglich, diese Last, als Sonderling durchs Leben zu gehen, abzuwerfen, dieses ewige Buße tun, dem er sich so viele Jahre unterworfen hatte, ohne sich wirklich darüber im Klaren gewesen zu sein. Vielleicht würde es ihm bald nicht mehr wie ein unüberwindliches Hindernis vorkommen, anderen Menschen zu vertrauen. Vielleicht würde er endlich beginnen zu leben, Schmerz und Enttäuschung zu riskieren, wenn er nur seine Seele nicht mehr zu schützen brauchte, wenn er den imaginären Schutzwall um sich herum niederreißen könnte. Er merkte, dass seine Mutter die Augen geöffnet hatte. Vielleicht folgte sie ihren eigenen Gedanken mit den Blicken zur Decke wie mysteriösen Schattengebilden, die nur sie selbst sehen konnte. Michele ging zum Fenster. Der Schnee draußen auf dem Asphalt war so glatt und kompakt, er sah aus wie ein mit dem Nudelholz plattgewalzter Blätterteig. Feine Flocken fielen aus einem dunklen Himmel, die das Licht der brennenden Laternen aufsogen und durch die Luft wirbelten wie Staub beim Teppichklopfen. Michele wunderte sich, dass Müdigkeit so süß sein konnte, dass sie gerade jetzt seiner Sehnsucht nach Frieden entsprach, gleich einer zärtlichen Geste, die ihn einlud, die Augen zu schließen. Mit einem Mal wurde ihm klar, dass er seiner Mutter noch mehr zu sagen hatte.

»Der Zug hat sie mir gebracht. Sie ist in mein Haus und in mein Leben getreten, Mama. Ich habe ihr eine verlorene Puppe zurückgegeben, und sie hat mir im Gegenzug Hoffnung geschenkt. Als sie in die Küche geschneit ist, hat sie in nur einem Moment die Erinnerung an die Asche ausgelöscht, an das jahrelange Schweigen, in dem ich ganz allein vor mich hingelebt habe. Sie sagt seltsame Dinge über Farben, weißt du? Sie sagt, dass ich rot bin, und sie trägt Fröhlichkeit in sich. Sie kann auch wütend werden, aber Traurigkeit kennt sie nicht. Ich glaube, dass die Traurigkeit sich von ihr fernhält, dass sie Angst vor Elena hat. Elena, ja, sie heißt Elena, so heißt sie. Ich weiß, dass sie eine Zwillingsschwester hat, die den gleichen Namen hat wie die verlorene Puppe. Ich weiß, dass sie in einer Bar arbeitet, und ich weiß, dass ich nicht anders kann, als sie zu lieben. Ich habe alles dafür getan, sie nicht zu lieben, Mama. Ich war gemein zu ihr, ich habe Türen versperrt, Fenster, Tore und mein Herz. Und was hat sie getan? Sie hat die Türen weit aufgestoßen, die Fenster, die Tore. Sie hat einen geheimen Zugang gefunden, den nicht mal ich selbst kannte, und sie ist mir ins Herz gedrungen, obwohl ich es so gut verschlossen hatte. Zum Abendessen hat sie einen Tisch neben den Gleisen aufgestellt, und als mir der Zug das Tagebuch zurückgebracht hat, hat sie mich überredet, aufzubrechen und dich zu suchen. Sie war es, die mir den entscheidenden Hinweis gegeben hat, sodass ich an diesen Ort kommen, von meiner Schwester erfahren und dich finden konnte. Jetzt muss ich herausfinden, was sie ihrerseits von mir braucht, denn ich will sie nicht verlieren. Ich muss herausfinden, wie ich darauf vertrauen kann, dass sie mich nicht von einem Tag auf den anderen ohne jede Erklärung verlässt. Ich muss lernen, Mama. Denn das ist meine Angst. Der Deich, der die Liebe fernhält. Der Knoten, der mir das Herz zuschnürt. Ich will lernen, ihr zu vertrauen und keine Angst mehr zu haben. Ich will lernen, ihr zu glauben, und ich spüre, dass es mir gelingen wird. Vielleicht, weil der Zug sie mir gebracht hat …«

Er hörte Schritte hinter sich, erkannte Luces Parfüm und wandte sich um. Sie lächelte, als wäre sie schon daran gewöhnt, ihn zu sehen, als wäre die Tatsache, dass sie Bruder und Schwester waren, altbekannt.

»Wie lief's?«, fragte sie und trat zum Bett.

Seufzend hob Michele die Schultern. »Sagen wir, ich habe versucht, mit ihr zu reden. Vielleicht hat es mir gutgetan. Ich weiß es nicht. Ehrlich gesagt begreife ich noch nicht so richtig, was hier eigentlich vor sich geht«, gestand er.

Luce nickte, schlug die Decke zurück und strich ihrer Mutter übers Gesicht. »Gleich bringen sie dir das Abendessen …«, flüsterte sie. »Wir gehen schon mal. Morgen sehen wir uns wieder, okay?«

Sie sprach, als könnte die Mutter sie hören, und Michele empfand einen neidvollen Stich angesichts der Vertrautheit, die sie ihr gegenüber an den Tag legte.

Sie verließen das Zimmer, und die Frau blieb allein in ihrem Schweigen zurück. Die Tür hatte sich geschlossen. Ein vager Schauer durchlief Laura, ihr Blick löste sich von der Decke und wanderte über die Wände, abwesend, leer. Er heftete sich auf den Boden, zog weiter zu dem Tagebuch, das noch immer dort lag. Auf einmal glomm in ihren Augen ein Funke. Die Frau hob den Kopf vom Kissen, stemmte die Ellbogen auf die Matratze, rappelte sich auf und schlurfte zu dem Heft hin. Sie beugte sich hinunter und nahm es in die Hände. Als sie über den roten Einband strich, füllten sich ihre Augen mit Tränen.

18.

»Wie war unsere Mutter zu dir?«, fragte Michele, als er und Luce im Auto saßen und die Straße nach Hause hinauffuhren. Seine Schwester kratzte sich an der Nase und bat ihn um eine Zigarette. Offenbar ließ sie sich gerne Zeit, bevor sie auf persönliche Fragen antwortete und rauchte erst mal ein paar Züge. Michele kramte in ihrer Tasche nach der Schachtel und reichte ihr eine Zigarette.

»Könntest du sie vielleicht gleich anzünden?«, fragte Luce, auf die Straße konzentriert, die über einen verschneiten Hügel führte, um dann in die erste einer ganzen Reihe von Serpentinen zu münden, die sich um das Massiv wanden. Michele zögerte einen Moment, suchte dann aber doch nach dem Feuerzeug und tat wie ihm geheißen.

Skeptisch atmete er den warmen, würzigen Tabakrauch ein und spürte ihm nach, wie er ihm durch die Kehle in die Lungen drang. Wieder zu Atem gekommen, verstand er zum ersten Mal, welch verlockende Wirkung eine Zigarette entfalten konnte. Bis gerade eben hatte er diese stinkenden, von dünnem weißem Papier umhüllten Glimmstängel gehasst. Sie erinnerten ihn an die langen Abende zu Hause, die er zusammen mit seinem wortkargen Vater verbracht hatte. Doch jetzt, als er Luce die brennende Zigarette reichte, verstand er, was dran war am Rauchen.

»Darf ich?«, fragte er und deutete auf das Päckchen, das er noch immer in Händen hielt. Luce lächelte überrascht.

»Bist du etwa auf den Geschmack gekommen?«, fragte sie mit dem Unterton einer Komplizin, was Michele gefiel.

»Komisch, oder?«, erwiderte er. »Aber sieht ganz danach aus.«

»Gewöhn dir das bloß nicht an. Es wäre wirklich idiotisch, in deinem Alter noch mit dem Rauchen anzufangen«, sagte Luce streng.

Michele nickte, steckte sich eine Zigarette zwischen die Lippen und zündete sie an. Der Effekt war angenehm. Er empfand eine Art wohlmeinenden Schmerz, der beruhigend auf ihn wirkte, etwa so, wie wenn er sich nach einem Kontrollgang durch den Zug im Bett ausstreckte und seine Muskeln sich entspannten. Wie zuvor schon Luce kurbelte er das Fenster herunter. Die kalt hereinbrechende Luft stritt mit der warmen, die von der Heizung ausgestoßen wurde.

»Sie war lieb, sie war glücklich … und sie hat oft geweint«, sagte Luce leise, den Blick fest auf die Straße gerichtet.

Michele nahm noch einen Zug von der Zigarette und stellte fest, dass er nun nicht mal mehr Schmerz empfand. Vielmehr kam es ihm vor, als könnte er klarer denken.

»Ja, sie war wirklich lieb … daran erinnere ich mich gut«, sagte er. »Aber ich habe sie nie weinen sehen.«

Luce schwieg gedankenvoll. »Wenn ich jetzt so darüber nachdenke … Glücklich habe ich sie auch nie gesehen«, fügte Michele hinzu. »Ich meine, ich erinnere mich an ihr Lachen, sie lachte oft, wenn wir zusammen waren … Aber Lachen ist wohl nicht gleichbedeutend mit glücklich sein.«

»Genau das hat sie auch oft gesagt«, gab Luce zurück und sah Michele überrascht an. »Sie sagte, Lachen ist nicht gleichbedeutend mit glücklich sein.«

»In welchem Zusammenhang denn?«, fragte Michele perplex.

»Wahrscheinlich weil Papa sich so oft gewundert hat, dass sie nie lacht«, erwiderte Luce.

Michele rauchte seine Zigarette zu Ende und drückte sie im Aschenbecher aus. »Also, lieb war sie zu mir wie zu dir. Nur, dass sie bei dir glücklich war und oft geweint hat... und bei mir war sie unglücklich, hat dafür aber umso öfter gelacht«, fasste er mit einer Mischung aus Verwunderung und Bitterkeit zusammen.

»Ich habe nie wieder zwei Menschen gesehen, die sich so liebten wie sie und mein Vater«, bestätigte Luce und warf Michele einen Blick zu, als wollte sie ihn um Verzeihung bitten. »Ich dachte immer, dass sie wohl deswegen so glücklich war. Und jetzt, wo ich von dir weiß, glaube ich, dass sie so oft geweint hat, weil sie dich vermisst hat.«

In Gedanken wägte Michele den letzten Satz ab und setzte ein verstimmtes Lächeln auf. »Aber wenn sie mich doch so vermisst hat, warum ist sie dann nicht zurückgekommen? Warum hat sie mich nie gesucht?«

Luce stieß einen tiefen Seufzer aus, klemmte sich die Zigarette zwischen die Lippen, um einen Gang runterzuschalten, und nahm sie dann wieder zwischen die Finger.

»Manchmal schaue ich mir diese Sendungen an, wo sich Leute nach Jahren wiederfinden«, sagte sie. »Paare, die sich verloren haben, Kinder, die ihre Eltern suchen, oder Eltern, die ihre Kinder zurückwollen ... So was passiert anscheinend viel öfter, als man denkt. Seltsamerweise stellen alle dieselbe Frage: ›Warum hast du in all den Jahren nicht nach mir gesucht?‹ Und die Antwort ist im Grunde genommen auch immer die Gleiche: ›Ich wollte, aber ich konnte es nicht.‹ ›Ich habe bei dir angerufen, und du warst nicht da.‹ ›Meine

Schwiegereltern haben es verhindert, sie haben mich gehasst‹. Ein Haufen absurder Ausreden. Weil es keine Antwort gibt.«

Michele nickte stumm. »Oder sie wollen die richtige Antwort einfach nicht geben«, stellte er dann betrübt fest.

Sanft lächelnd sah ihn Luce von der Seite an. »Manchmal glaube ich, dass mein Mann vielleicht doch noch zurückkommt«, gestand sie. In ihrer Stimme schwang eine leise Melancholie mit. »Die Hoffnung stirbt zuletzt … Wer könnte das besser wissen als du.«

»Da hast du recht.«

»Ich versuche immer wieder, mir sein Gesicht vorzustellen«, fuhr Luce fort, »seinen Gesichtsausdruck, wenn er endlich nach Hause kommt … Aber es gelingt mir nicht.«

»Was willst du damit sagen?«, fragte Michele.

»Ich will sagen, dass es schwer ist zurückzukommen, wenn man lange weg gewesen ist und die Menschen, die man liebt, verletzt hat. Fürs Weggehen gibt es einen Gesichtsausdruck … aber den fürs Wiederkommen wird man wohl nie finden. Vielleicht ist das die Antwort.«

Michele wandte sich ihr mitfühlend zu.

»Wie auch immer, wir werden es nie herausfinden, also müssen wir uns solche Fragen auch nicht stellen«, schloss sie und schaltete noch einen Gang runter, um die Steigung zu nehmen, die zur Bundesstraße hinaufführte. Schweigend rauchten sie noch eine Zigarette, und erst als in der Ferne die Lichter des Dorfes auftauchten, drosselte Luce das Tempo.

»Zu Hause wartet eine Überraschung auf dich«, sagte sie. Als sie seinen fragenden Blick auffing, fügte sie verschwörerisch hinzu: »Meine Familie will dich unbedingt kennenlernen …«

Statt einer Antwort zündete sich Michele mit zittrigen Fingern die dritte Zigarette seines Lebens an.

Das Haus war voller Menschen. Über dem Feuer im Kamin lagen Schweinekoteletts auf einem großen Stahlrost. Der Duft nach Grillfleisch und Gewürzen erfüllte das rauchig vernebelte Wohnzimmer. Michele zögerte, bevor er eintrat und sich den wohlwollend-neugierigen Blicken der Anwesenden aussetzte.

»Die sind alle mit meinem Vater verwandt«, erklärte Luce leise und ging Michele voraus ins Zimmer, um ihn vorzustellen.

»Freut mich sehr, mein Name ist Caterina, ich bin Angelos Schwester«, sagte eine etwa achtzigjährige Frau, die Michele die Hand drückte.

»Mein Vater hieß Angelo«, erklärte Luce, während Caterina den Neuankömmling liebevoll musterte und ihm mütterlich übers Haar strich. Als Nächstes traten ein etwa fünfzigjähriger Mann mit seiner Frau sowie seine etwas jüngere Schwester und deren Mann hinzu. Zu guter Letzt wurden Michele noch Caterinas Enkelkinder vorgestellt, zwei kräftige Mädchen und ein großer Junge, alle drei im Teenageralter. Michele war vollauf damit beschäftigt, Hände zu schütteln und das Lächeln fremder Menschen zu erwidern. Seine alte Schüchternheit machte sich bemerkbar, und er kam sich etwas deplatziert vor, genoss aber zugleich das ungewohnte Gefühl, im Mittelpunkt der Aufmerksamkeit zu stehen. Jeder der Anwesenden stellte sich namentlich vor, jeder war freundlich zu ihm und niemand gab einen unpassenden Kommentar ab. Es war, als wäre Micheles Geschichte allgemein bekannt und als wären damit alle weiteren Erklärungen unnötig.

Als das Vorstellungsritual zu Ende war und sich der verwandtschaftliche Andrang auflöste, bemerkte er einen alten Mann, der über den Kamin gebeugt stand und damit beschäftigt war, die Koteletts auf dem Grill zu wenden. Trotz seines vorgerückten Alters war er groß und schlank, und er sah Angelo, den Michele ja von Luces Foto her kannte, sehr ähnlich. Seine Wangen waren gerötet und glühten von der Hitze des Grillfeuers. Zwar hatte er sich kurz zu Michele umgewandt, doch jetzt rührte er sich nicht von der Stelle, als erwarte er, dass der Neuankömmling auf ihn zukomme. Michele riskierte ein vorsichtiges Lächeln, das gleich wieder erlosch, als er die skeptische, fast misstrauische Miene des Alten registrierte.

»Das ist Onkel Roberto, der Bruder meines Vaters«, sagte Luce. Zaghaft ging Michele auf den älteren Herrn zu, streckte ihm die Hand hin und murmelte seinen Namen. Roberto erwiderte den Gruß unwillig und senkte den Blick dann gleich wieder auf die Koteletts, wie um Michele zu signalisieren, dass er gerne auf weitere Förmlichkeiten verzichten würde.

»Das Abendessen ist fertig. Michele, setz dich ruhig ans Tischende …«, schaltete Caterina sich ein und wies ihm einen Stuhl zu. Michele, vor Verlegenheit errötend, ging folgsam an seinen Platz. Der kleine Gianni, der bis jetzt etwas abseits am Fenster gestanden war, kam sogleich angelaufen, setzte sich neben ihn und musterte ihn halb schüchtern, halb komplizenhaft. Michele lächelte ihm freundlich zu, während sich vor seinen Augen eine typisch italienische Familienszenerie entfaltete, beginnend mit einer Symphonie traditioneller Aromen, die den intensiven Grillfleischgeruch schon bald überlagerten. Düfte von Ziegenkäse, gedünstetem Gemüse, frischem Brot, Schinken und Salami, von Köstlichkeiten, die Luce, Caterina und ihre Kinder auf Tabletts servierten. Die natürliche Anmut, mit der sie sich um den Tisch herum bewegten und mit ihren Tabletts weiche, choreographiert wirkende Schwünge vollführten, glich einem Tanz. Schweigend verfolgte Michele jede Geste, jeden Blick, jedes Wort, das unter den Anwesenden gewechselt wurde, und nahm staunend zur Kenntnis, wie sehr alle darauf bedacht waren, dass all diese Gaumenfreuden auch auf seinem Teller landeten. Er bewunderte die Selbstverständlichkeit, mit der die anderen ihre angestammten Plätze einnahmen und ihren Nachbarn regelmäßig Wasser und Wein nachschenkten.

Als nun auch Roberto seinen Platz am Kamin verließ und sich auf seinen Stuhl setzte, verstummten die Gespräche schlagartig.

Alle Blicke richteten sich auf Caterina, die nach einem Weinglas griff und es langsam hob, wie um es einer noch unbekannten Zukunft darzubieten.

»Das Leben wird nicht müde, uns immer wieder neue Geschenke zu machen …«, sagte sie mit einer Stimme, in der sich die ganze Gelassenheit ihres Alters mitteilte. »Oft hat es uns Schmerzen gebracht, auf die wir gerne verzichtet hätten. Dann wieder lässt es uns unendlich große Freuden zuteilwerden und Momente des Glücks. Und diesmal: eine Überraschung … eine große Überraschung. Das Leben hat uns Michele geschenkt.«

Caterina sah ihn an und lächelte.

»Niemand von uns wusste, dass Laura einen Sohn hat«, fuhr Caterina fort. »Das konnte niemand ahnen, weil sie uns nie davon erzählt hat …«

Michele empfand eine große Leere in seiner Brust, das seltsame Gefühl, bis gerade eben nicht existiert zu haben, namen- und gesichtslos geblieben zu sein, ohne ein Leben, das ihn mit der realen Welt verband.

»Auch Angelo hat uns nichts davon erzählt, obwohl ich mir vorstellen kann, dass er Bescheid wusste«, fuhr Caterina fort. »Es ist nicht an uns zu urteilen, da wir die Gründe für diese Entscheidung nicht kennen. Wir können nur eins tun: Michele in unserer Mitte aufnehmen, wann immer ihm danach ist. Und hoffen, dass er früher oder später Antworten findet … und uns als Teil seiner Familie betrachtet.«

Michele wollte ein schüchternes »Danke« flüstern, aber er merkte, dass er kein Wort herausbrachte. Widerstreitende Gefühle kämpften in seiner Brust: Die Menschen hier um ihn herum gehörten zu dem Mann, der ihm seine Mutter genommen und ihm ein normales Leben verwehrt hatte. Und doch boten ihm jetzt genau diese Menschen an, ein Teil ihrer Familie zu werden. Groll und Dankbarkeit wechselten sich in seinem Herzen ab, wie die rechte und die linke Hand eines Akkordeonspielers, die sich näher kamen und wieder voneinander entfernten, ohne sich je zu berühren, und die doch eine Melodie hervorbrachten.

Der Applaus riss ihn aus seinen Gedanken: Die anderen Familienmitglieder klatschten und lächelten ihm zu, bevor sie erneut die Gläser hoben. Nur Roberto beteiligte sich nicht am allgemeinen Beifall. Er trank seinen Wein in einem einzigen Zug aus und ging dann wieder zum Kamin, um den Grill zu beaufsichtigen.

Michele hatte keine Ahnung, weshalb der Mann einen Groll gegen ihn hegen sollte. Er, Michele, war es doch, der verletzt und verlassen worden war. Warum also diese abweisende Haltung? Vielleicht, dachte er, war es auch gar kein Groll, sondern eine Art Schuldgefühl, weil sein Bruder einem Kind die Mutter weggenommen hatte …

»Jetzt komm schon, greif zu und sag mir, wie es dir schmeckt«, flüsterte Luce ihm zu. Michele nickte und warf einen Blick in die Runde. Elf Leute. An einem so zahlreich besetzten Tisch hatte er noch nie gesessen.

Unter lebhaftem Geplauder und Gelächter wurde das

Abendessen eingeläutet. Roberto hatte die gegrillten Koteletts an den Tisch gebracht, und Michele durfte sich als Erster bedienen. Sie waren köstlich und mit Meisterschaft gegart, außen knusprig, innen zart und von leicht süßlichem Geschmack. Der Alte beantwortete die Komplimente mit einem etwas mürrischen Brummen, und als er sich endlich an seinen Platz setzte, lud er sich nur Gemüse auf den Teller. Den Bemerkungen der Familie entnahm Michele, dass Roberto schon lange Vegetarier war, obwohl er es wie kein anderer verstand, Fleisch zuzubereiten.

Während der Alte mit gesenktem Blick langsam und in sich gekehrt zu kauen begann, nutzte Gianni die plötzlich eingekehrte Stille und rief: »Michele hat den Eisbären übrigens auch gesehen!« Offensichtlich hatte der Junge schon lange darauf gebrannt, mit seiner Neuigkeit herauszurücken, die er als persönlichen Sieg über das Misstrauen der Erwachsenen betrachtete.

»Stimmt doch, oder? Jetzt komm schon, sag's ihnen!«, drängte er und sah Michele flehentlich an. Dieser zögerte einen Moment und nickte dann, wenn auch kaum wahrnehmbar und mit peinlich berührter Miene.

»Er war riesig, stimmt's? Riesengroß und schneeweiß. Genau wie Papa gesagt hat …«, fragte der Kleine beharrlich weiter.

Michele konnte nicht umhin, die Verlegenheit der Erwachsenen zu bemerken, und die etwas taktlosen Blicke stummen Einverständnisses, die vor allem die jungen Leute miteinander wechselten. Er hatte das Gefühl, durch ein gemeinsames Schicksal mit Gianni verbunden zu sein, durch dieselbe abstruse Hoffnung auf ein Wiedersehen, und durch die verzweifelte Suche nach einem Grund, warum man alleine zurückgeblieben war.

»Ja, stimmt, er war riesig … und ganz weiß«, sagte er schließlich und registrierte die Dankbarkeit im Blick des Kindes. Roberto hatte aufgehört zu essen, drehte das Glas in seinen Händen und sah ihn unverwandt an, die Augen wässrig und rot vom Rauch, die Lippen zusammengepresst.

»Warum bist du nicht schon viel früher gekommen?«, stieß er plötzlich hervor.

Michele schluckte schwer und rang nach Worten.

»Sag schon, warum hast du so lange damit gewartet, deine Mutter zu suchen?« Am Tisch herrschte vollkommene Stille. Michele suchte Luces Blick.

»Ich … wusste ja nicht, wo ich suchen sollte«, brachte er endlich hervor.

»Roberto, ich habe dir das mit dem Tagebuch doch erzählt«, schaltete Caterina sich ein, wie um Michele zu verteidigen. »Er hat es im Zug gefunden und …«

»Und was?«, unterbrach sie der Alte. »Wenn ich meine Mutter verliere, mache ich mich gleich auf die Suche. Da warte ich doch nicht zwanzig Jahre.«

Die anderen Familienmitglieder wechselten betretene Blicke. Michele spürte, wie etwas in ihm aufbegehrte. Was er jetzt sagte, überraschte ihn selbst:

»Warum hat sie mich denn nicht gesucht?«, rief er wütend. »Ich hatte keine Ahnung, wo meine Mutter ist, sie umgekehrt schon, sie wusste es ganz genau. Aber statt zu mir zurückzukommen, ist sie hiergeblieben, zusammen mit deinem Bruder. Er hat sie mir weggenommen!«

Immer noch diese angespannte, frostige Stille, bis Caterina schließlich den Versuch unternahm, die Situation zu entschärfen.

»Michele hat recht«, raunte sie Roberto zu. »Es ist doch nur allzu verständlich, dass er …«

»Ich habe verstanden«, erwiderte der Alte brüsk, erhob sich und verließ den Raum.

Caterina sah Michele an und deutet ein kleines verharmlosendes Kopfschütteln an, um ihren Bruder in Schutz zu nehmen.

»So ist er nun mal«, sagte sie leise. »Er ist ziemlich grob, aber herzensgut. Diese ganze Geschichte hat ihn ziemlich verstört, genau wie uns alle … Wir dachten, wir wüssten alles über Laura. Und es hat uns auch verletzt, dass Antonio nie ein Sterbenswörtchen über die Sache verloren hat. Vielleicht fühlt sich Roberto dir gegenüber schuldig. Vielleicht hat er deswegen so extrem reagiert.«

Michele nickte und nahm einen Schluck von seinem Wein, um seine Verlegenheit zu überspielen und den anderen zu verstehen zu geben, dass die Angelegenheit für ihn erledigt war.

Die Ausgelassenheit von zuvor wollte sich jedoch nicht mehr einstellen. Das Abendessen ging seinem Ende zu. Unter verlegenem Schweigen und oberflächlichem Geplauder, das die Atmosphäre etwas auflockern sollte, beeilte man sich, zu Espresso und Nachtisch überzugehen. Danach wurde hastig der Tisch abgeräumt, und auch Michele versuchte, sich nützlich zu machen, indem er schmutziges Geschirr in die Küche trug und Luce beim Ausschütteln und Zusammenlegen der Tischdecke half.

Wenig später zogen sich die Gäste ihre Mäntel und Jacken über, und es herrschte allgemeine Aufbruchsstimmung. Caterina wickelte sich in einen dicken gelben Wollschal und nahm Michele liebevoll in die Arme.

»Wann fährst du wieder?«, fragte sie.

»Morgen ist Sonntag, und dann habe ich noch zwei Tage Urlaub«, erwiderte Michele. »Ich bleibe wahrscheinlich bis

Montag, damit ich noch ein bisschen bei meiner Mutter sein kann.« Besorgt wandte er sich an Luce. »Wo wir gerade davon reden … Gibt es hier irgendwo eine Pension?«

»Nein, und heute schläfst du sowieso hier«, erwiderte sie in einem Ton, der keine Widerrede zuließ.

Michele atmete auf, erleichtert, einen sicheren Ort für die Nacht gefunden zu haben. Gleichzeitig machte ihm die Befürchtung zu stören, ein wenig zu schaffen.

»Sieh nur, wie Gianni sich freut«, sagte Caterina, als hätte sie seine Gedanken gelesen, und deutete auf das glücklich dreinblickende Kind.

Michele lächelte dankbar und drückte sein Bedauern darüber aus, dass er sich nicht von Roberto hatte verabschieden können.

»Mach dir keine Gedanken, vielleicht trefft ihr euch noch mal im Dorf«, beruhigte ihn Caterina.

»Begleitest du mich morgen zur Probe?«, fragte Gianni, als Luce ihn ins Bett brachte und Michele den beiden von der Türschwelle aus zusah.

»Er muss für seine Schulvorführung üben«, erklärte Luce, während sie ihren Sohn zudeckte.

»Wenn du willst, bringe ich ihn hin«, sagte Michele.

Luce warf Gianni einen zögerlichen Blick zu, der diesen geradezu flehentlich erwiderte.

»Na gut«, sagte sie dann. »Du würdest mir sogar einen Gefallen tun. Die Käserei hat auch am Sonntag offen. Dann kann ich morgen in aller Ruhe zur Arbeit gehen.«

»Mach ich gern«, versicherte Michele. Sein Herz krampfte sich zusammen, als der Kleine einen Jubelschrei ausstieß. Allem Anschein nach hatte er ihn zu einer neuen Vaterfigur auserkoren und verhielt sich wie ein streunender Welpe, der glaubte, ein neues Herrchen gefunden zu haben. Es würde nicht leicht werden, den Jungen bei seiner Mutter zurückzulassen. Er beschloss, Giannis Abwesenheit am nächsten Tag zu nutzen, um sich heimlich davonzumachen und einen schmerzlichen Abschied zu vermeiden. Er hatte den Gedanken noch nicht zu Ende gedacht, da durchfuhr es ihn wie ein elektrischer Schlag: Genau das hatte seine Mutter tun wollen, an jenem Morgen, als er sie mit gepackten Koffern überrascht hatte. Einfach losfahren, während er in der Schule war. Vielleicht hatte sie ihm das vererbt, diesen Impuls, flüchten zu müssen, um der Wirklichkeit nicht gegenüberzutreten. Eigentlich war er ja auch zuvor ständig vor dem Leben geflüchtet, war ihm vor lauter Angst ausgewichen, wo er nur konnte.

»Gehen wir eine rauchen?«, riss Luce ihn aus seinen Gedanken.

Draußen war es schon lange dunkel, Regen oder gar Schnee kündigten sich an. Sie ließen sich auf der Marmortreppe vor der Haustür nieder und zündeten sich jeder eine Zigarette an. Luce schenkte Wein aus einer mitgebrachten Flasche in zwei Gläser.

»Du wolltest wissen, ob ich ihn geliebt habe …«, sagte sie unvermittelt.

Ja, richtig, auf der Fahrt nach Piana Aquilana hatte er sie danach gefragt. Michele lächelte. So langsam gewöhnte er sich an die verspäteten Antworten seiner Schwester, die immer dann kamen, wenn er schon gar nicht mehr damit rechnete.

»Ich habe Gerardo mehr als alles andere auf der Welt geliebt, wenn du es genau wissen willst«, sagte sie und stieß den Rauch ihrer Zigarette aus.

»Was … was genau hast du an ihm denn so geliebt?«, fragte Michele.

Sie sah ihn überrascht an. »Dir ist schon klar, dass so was sonst nur Frauen fragen?«

Michele spürte, wie er im Dunkeln errötete und schwieg verlegen.

»Das war ein Kompliment, du Esel«, sagte sie lachend. »Du hast gerade genauso beleidigt gewirkt wie jeder x-beliebige Macho. Was ist, schämst du dich für deine Sensibilität?«

Michele dachte, dass er sich keineswegs schämte. Er war nur überrascht, durch die Gespräche mit seiner Schwester Seiten an sich zu entdecken, die er bislang nicht gekannt hatte. Er hatte die Frage gestellt, um zu verstehen, wie es ist, wenn man liebt, und was an einer anderen Person ein derart mächtiges Gefühl in einem hervorrufen kann. Er hatte Luces Antwort mit seinen Gefühlen für Elena vergleichen wollen.

Luce nahm noch einen kleinen Schluck und sah ihn, nach einer Antwort sinnend, an.

»Ich liebte die Art, wie er mich nahm«, flüsterte sie endlich. Mit einem Sehnen, das sie lange zurückgehalten zu haben schien, schaute sie in die Wolken hinauf. »Er hatte etwas in den Augen, wenn wir Liebe machten … etwas, das eine Drohung und zugleich ein Versprechen enthielt. Als hätte er die Absicht, mir mit seinen Liebkosungen wehzutun. Als müsste ich erst den Schmerz akzeptieren, bevor ich wirklich Lust empfinden könnte. Und das Komische ist, dass ich mich nach diesem Schmerz gesehnt habe, genauso wie man sich danach sehnt, glücklich zu sein …« Sie unterbrach sich und sah ihn verstohlen an. »Verstehst du, was ich meine?«

»Irgendwie schon …«, erwiderte Michele. »Das heißt, vielleicht fange ich gerade an, es zu verstehen.«

»Bist du verliebt? Hast du eine Freundin?«

Michele lächelte. Ein letzter Zug an seiner Zigarette sollte ihm Mut machen, seine Geschichte zu erzählen. Wie er sich in die Frau verliebt hatte, die nach Jahren der Einsamkeit als Erste sein Haus betreten hatte.

Er versuchte, Elena zu beschreiben, ihre Art zu reden, ihre ansteckende Begeisterung, ihren schnell aufflammenden Zorn, ihre manchmal rückhaltlose Großmut. Luce lachte herzlich und blickte zu Boden.

»Wenn du wissen willst, ob du sie wirklich liebst, musst du dir selbst ein paar Fragen beantworten«, sagte sie schließlich.

Gespannt sah Michele sie an.

»Erstens: Kannst du dir ein Leben ohne sie vorstellen?«

»Natürlich«, antwortete er. »Es wäre dasselbe wie vorher.«

»Und welches Leben ist dir lieber?«, gab Luce zu bedenken.

»Das mit ihr«, murmelte Michele.

»Zweitens: Willst du sie vögeln?« Luce sah ihn unverwandt an. »Die Frage ist nicht, ob du mit ihr Liebe machen willst. Die Frage ist, ob du sie vögeln willst. Sprich: Erregt sie dich?«

»Sie … sie gefällt mir, natürlich. Aber um das zu beantworten, müsste ich wohl erst mal den Unterschied zwischen Liebemachen und Vögeln kennen«, gestand er ein. »Ich habe mit nichts davon Erfahrung.«

»Verstehe …«, erwiderte sie nachdenklich. »Das ist ein Problem.« Sie bemerkte den besorgten Ausdruck auf Micheles Gesicht und grinste. »Ganz ruhig … fürs Erste musst du nur wissen, dass es dir ein Bedürfnis sein sollte, sie zu vögeln. Ob du sie dann wirklich gevögelt oder eher Liebe mit ihr gemacht hast, weißt du erst danach.«

Er sah sie fragend an.

»Wenn du danach lieber woanders wärst, habt ihr nur gevögelt. Ganz einfach«, erklärte sie.

»Aha …«, sagte er und versuchte, sich all die Informationen einzuprägen.

»Die dritte Frage«, fuhr Luce fort, »wäre, ob du ihr vertraust.«

Michele seufzte. Das mit dem Vertrauen war wirklich ein Riesenproblem für ihn, wenngleich er Elena tatsächlich langsam vertraute. Zumindest *wollte* er ihr vertrauen.

»Hör gut zu«, sagte Luce, »hier kommt die Antwort auf deine Frage von vorhin. Was habe ich an Gerardo geliebt? Ich konnte mir ein Leben ohne ihn nicht vorstellen, ich wollte ihn vögeln und ich wollte von ihm gevögelt werden, weil er mir gefiel. Mir gefiel sein Blick, mir gefiel sein Geruch, mir gefiel seine Haut, und er hat mich wahnsinnig erregt.« Mit einer ärgerlichen Geste warf sie ihren Zigarettenstummel weg. »Und genau das ist mir zum Verhängnis geworden, wenn man bedenkt, wie die Sache ausgegangen ist«, fügte sie hinzu. »Und weißt du, was das Fatale ist? Wenn dir deine Liebe zum Verhängnis wird, wenn dich ein anderer täuscht und betrügt, bist trotzdem du diejenige, die etwas Entscheidendes verliert. Und zwar nicht nur dein Vertrauen in andere, sondern auch das Vertrauen in dich selbst. Du denkst, du hast es nicht anders verdient, weil du wie ein Vollidiot all dein Vertrauen in jemanden gesetzt hast, der es nicht wert war. Weil du nicht gerafft hast, wen du da wirklich an deiner Seite hattest. Weil du die Realität nicht erkannt hast. Und wenn du vorher eine gewisse Achtung vor dir selbst hattest, dann löst sie sich in Nichts auf und du denkst, du bist es nicht wert. Tja, so läuft das. Und weißt du, was mir dabei am meisten wehtut? Dass mein Sohn das Gleiche durchmacht. Dass er einen Eisbären im Gebirge erfunden hat und darauf besteht, ihn gesehen zu haben, nur damit er seinem Vater recht geben kann und sich nicht als Loser fühlen muss.

Das werde ich Gerardo nie verzeihen. Vor allem das nicht.« Ihre Augen glänzten, als sie Michele eindringlich ansah. »Und du? Wie bist du über die Runden gekommen, als Mama dich verlassen hat?«

Michele lauschte den Worten seiner Schwester und ihm war, als würde er mit bloßen Händen tief in seiner Seele graben, bis ganz nach unten, zu den Wurzeln seiner Unsicherheiten, seiner Barrieren und Ängste.

»Mit Gegenständen, die im Zug verloren gegangen sind. Ich habe sie alle bei mir zu Hause. Sie leisten mir Gesellschaft«, antwortete er schlicht. Aus Luces Blick schloss er, dass keine weiteren Erklärungen nötig waren.

Sie nahm seine Hand, und obwohl sie schwiegen, spannen sie ihren Gedankenaustausch weiter. In den dunklen Himmel blickend, hingen sie der Geschichte nach, die ihrer beider voneinander getrennter Leben bis hierher ausgemacht hatte. Vielleicht, so hofften sie, würden diese beiden Leben nun doch noch zu einer Einheit zusammenfinden.

Nach einer Weile entzog ihm Luce die Hand, stand auf und streckte sich.

»Ich gehe schlafen«, sagte sie. »Ich muss morgen früh raus. Komm, ich zeig dir dein Zimmer.«

Michele erhob sich ebenfalls, sammelte die Flasche und die beiden Gläser auf und folgte ihr so selbstverständlich ins Haus, als habe seine Zuneigung zu ihr schon immer existiert.

Als er allein war, machte er das Fenster weit auf und spürte, wie mit dem kalten Luftzug eine ungeahnte Leichtigkeit hereinwehte. Sie wirbelte um ihn herum, fuhr durch die Wolle seines Pullovers, unter seine Haut, in seine Muskelfasern und Blutgefäße, legte sich um seine Knochen und füllte ihn ganz und gar aus. Mit geschlossenen Augen atmete er den Spätherbst ein. Er roch den Dufthauch der Berge, rau und würzig, so ganz anders als die süße Milde der salzigen Meeresluft. Heimweh flog ihn an, und er verspürte den intensiven Wunsch, zu seinem Leben zurückzukehren.

Dann war nur noch Elena in seinem Kopf.

Der dritte vibrierende Summton riss sie aus dem Schlaf. Das tosende Meer, in dem sie mit allen Kräften nach oben gestrampelt war, löste sich unvermittelt auf, und sie fand sich in ihrem Bett wieder. Der Wecker auf dem Nachttisch zeigte 2.15 Uhr. Elena gähnte und tastete benommen nach ihrem immer noch vibrierenden Handy.

Michele.

Augenblicklich verflog ihre Müdigkeit, gepuscht von einem plötzlichen Adrenalinstoß, der durch ihr Blut raste. Den ganzen Tag lang hatte sie gegen den Wunsch gekämpft, ihn anzurufen und nach seiner Mutter zu fragen. Sich nicht bei ihm zu melden war reiner Selbstschutz gewesen. Sollte er sich doch zum Teufel scheren, hatte sie Milù gesagt, er und sein immerwährendes Bedürfnis, allein zu sein, er und seine Angst vor allem und jedem, er und sein stures Einzelgängertum, er und seine Liebesverweigerung, er und seine Ölpfützenaugen, er und seine vollen Lippen, die ihr Schauer über den Rücken jagten, er und seine blauen Flecken im Gesicht. Er und seine Schüchternheit. Er … und am besten sie selbst gleich mit, weil sie es nicht schaffte, ihn zu vergessen, es nicht fertigbrachte, ihn nicht zu lieben, ihn nicht zu begehren.

Und jetzt war er da. Seine Gegenwart offenbarte sich im aufdringlichen Vibrieren ihres Telefons, das die Stille der Nacht zunichtemachte, sie aus ihren Träumen holte, ihren Herzschlag beschleunigte, ihr die Eingeweide zusammenkrampfte, ihren Atem stocken und ihre Finger eisig werden ließ. Und alle Türen für die Rückkehr ihrer Hoffnungen weit aufriss.

Sie drückte den blinkenden grünen Knopf und presste sich das Handy ans Ohr. »Michele …«, flüsterte sie.

»Entschuldige. Ich weiß, es ist schon spät«, sagte er, ohne das aufgeregte Zittern in seiner Stimme verbergen zu können.

»Kein Problem … Was ist passiert?«

»Ich habe meine Mutter gefunden.«

Elena richtete sich bolzengerade auf. »Erzähl«, drängte sie.

Und Michele erzählte.

Seine Schilderungen ließen die Käserei inmitten der verschneiten Berge zu einem deutlichen Bild in ihrem Kopf werden. Sie empfand mit ihm die Bestürzung, auf eine Mutter zu treffen, die noch jünger wirkte als am Tag ihrer Abreise fünfundzwanzig Jahre zuvor. Und sie war genauso verblüfft wie er, als sie hörte, dass es sich in Wirklichkeit um seine Schwester Luce handelte.

In Gedanken lernte sie einen Jungen kennen, der einen Eisbären in den Bergen des Appenin suchte. Sie teilte seinen Schmerz und sie entrüstete sich über die absurde Ausrede, mit der Gerardo ihn verlassen hatte. Sie bewunderte Luces Tapferkeit, die als blutjunge alleinerziehende Mutter mit dem kleinen Gianni zurückgeblieben war.

Gemeinsam mit Michele erklomm Elena die Stufen einer Klinik. Ihr Herz klopfte genauso heftig, wie seins geklopft hatte, als sie mit ihm das Zimmer betrat und seine Mutter am Fenster stehen sah. Sie spürte dieselbe Leere und dieselbe Beklemmung, und genau wie Michele graute auch ihr vor dem Schweigen und dem Abgrund im Blick der Frau, der sich im Nichts verlor.

Sie schaute mit ihm aus dem Fenster, sah den wie mit

einem Nudelholz plattgewalzten Schnee, und sie empfand Micheles Erschöpfung nach, seinen von Skepsis bestimmten Frieden, der die Qual auf Distanz hielt. Sie lauschte der Geschichte von der Asche auf den Tellern und dem Quietschen der Matratze am Samstagabend, das sie schaudern ließ.

Sie genoss die Heimeligkeit des gedeckten Tischs im Kreis der Familie und war bewegt von Caterinas Trinkspruch. Sie unterstützte Michele, als er Robertos Anfeindungen entgegentrat, und sie schmeckte den Rauch der Zigaretten, die er unter dem dunklen Himmel mit Luce geraucht hatte.

Zu guter Letzt führte Michele sie noch ein zweites Mal in die Klinik und ließ sie auf einem Stuhl neben sich Platz nehmen.

Jetzt war es ihr eigener Name, den sie zu hören bekam, von Michele leise geraunt und seiner Mutter erstmals offenbart.

Ihre Augen glänzten, als sie der Erzählung seiner Liebe lauschte. Der Erzählung von Micheles heimlich-stiller Zuneigung zu ihr, für die er endlich den Mut fand.

Der wütende Aufruhr, der ihr den ganzen Tag über nachgegangen war, verrauchte, als er ihr gestand, mit welchen Ängsten er sich rumzuschlagen hatte. Sie versprach, all diese Ängste im Laufe der Zeit verschwinden zu lassen und von diesem Moment, von dieser Nacht an das Leben gemeinsam mit ihm zu bestreiten.

Als sie, jeder für sich, aus dem Fenster blickten, wich die Dunkelheit dem anbrechenden Sonntag.

19.

Am nächsten Morgen weckte ihn Gianni mit einer dampfenden Tasse Kaffee und vor Freude leuchtenden Augen.

»Hast du gut geschlafen?«, fragte der Junge.

»Wunderbar!«, erwiderte Michele und nahm einen kleinen Schluck von dem Kaffee, dem besten, wollte es scheinen, den er je gekostet hatte. Draußen schneite es, und die Berge hingen schwer und bedrohlich über dem Dorf. Michele stand auf, wusch sich, zog sich an und stellte zufrieden fest, dass die Blessuren in seinem Gesicht fast ganz verschwunden waren. Nur an seinen Händen sah man noch ein paar Schrammen, kaum wahrnehmbar zwar, aber er beklebte sie dennoch mit zwei sauberen Pflastern.

In der Küche wartete Luce bereits auf ihn.

»Als du im Bad warst, hat Onkel Roberto angerufen«, sagte sie, während sie neuen Kaffee machte. »Er sagte, er will dich sprechen … Du sollst nachher bei ihm vorbeikommen.«

Überrascht sah Michele sie an.

»Vielleicht will er sich wegen gestern Abend entschuldigen«, beruhigte ihn Luce.

»Aber … wo wohnt er denn überhaupt?«, fragte Michele, als Gianni dazukam und sich auf seinen Platz am Frühstückstisch setzte.

»Gianni wird es dir zeigen, wenn du ihn zur Probe begleitest. Es liegt direkt auf dem Schulweg«, sagte Luce.

»Ja, ich weiß genau, wo das ist. Ich bring dich hin!«, rief der Junge, der es kaum erwarten konnte, sich nützlich zu machen und sich ein kleines bisschen wichtig zu fühlen.

Als sie ihren Kaffee getrunken hatten, machte sich Luce für die Arbeit fertig.

»Gianni, beeil dich, du musst in zehn Minuten fertig sein«, forderte sie den Kleinen auf, bevor sie das Haus verließ. An Michele gewandt sagte sie: »Könntest du ihn auch wieder abholen? So gegen elf?«

»Klar«, erwiderte Michele.

»Danke. Der Hausschlüssel steckt. Und wenn du willst, können wir nachmittags zu unserer Mutter fahren.«

Michele nickte dankbar. Luce verließ das Haus, und er blieb allein mit dem Jungen zurück.

Während Gianni seine Milch austrank, hatte Michele plötzlich das Bedürfnis nach einer Zigarette. Er war schon auf dem besten Weg zum Raucher, ohne es richtig mitbekommen zu haben. Ein bisschen sorgte er sich – nicht wegen der Risiken, sondern wegen eines seltsamen, abergläubischen Gedankens, der ihm im Kopf herumspukte: Sein Vater war Raucher gewesen, und er hatte kein sehr glückliches Leben geführt. Selbst als sie noch zu dritt gewesen waren, konnte Michele sich nicht erinnern, dass er auch nur ein einziges Mal gelacht oder gute Laune gehabt hätte. Er hatte geraucht. Er hatte geraucht und grüblerische Gedanken gewälzt, unfähig, sich in das Mosaik eines sinnvollen Lebens einzufügen. Er musste sich vorgekommen sein wie ein Stein, der eine allzu seltsame Form aufwies. Michele wollte auf keinen Fall so werden, aber er bedauerte es trotzdem, Luce nicht um eine Zigarette gebeten zu haben, bevor sie gegangen war. Suchend sah er sich in der Küche um, ob nicht irgendwo eine Schachtel Zigaretten herumlag. Gianni, der ihn aufmerksam beobachtete, schien seine Gedanken zu erraten.

»Wenn du die Zigaretten suchst, die bewahrt Mama immer in dem Schrank da auf«, sagte er und wies auf ein antikes Sideboard neben dem Kühlschrank. Michele grinste, zog eine Schublade auf, und tatsächlich fanden sich dort zwei gelbe Camel-Päckchen, eines davon schon aufgerissen. Er nahm eine Zigarette heraus, griff sich die Streichhölzer auf dem Herd und trat ans Fenster.

Tief sog er den Rauch ein, und ein Gefühl der Erleichterung machte sich in ihm breit.

»Gehst du mit mir den Eisbären suchen?«

Überrascht wandte Michele sich um. »Ich bringe dich in die Schule zu deiner Probe. Und nicht zu irgendeinem Eisbären«, erwiderte er ruhig.

»Ja, aber ich meine doch nachher. Du holst mich um elf ab, und dann können wir los«, sagte der Junge.

Michele war zu perplex, um zu antworten.

»Also?«, fragte Gianni beharrlich.

»Ich glaube nicht, dass deine Mutter damit einverstanden wäre.«

»Wenn du dabei bist, macht es ihr nichts aus. Ich weiß doch, wo der Bär ist …« Gianni ging zum Fenster und deutete auf einen unbestimmten Punkt in den Bergen, die wie riesige, steinerne Palisadenzäune aufragten und den Horizont verdeckten. »Von dort oben geht eine Straße ab, siehst du? Auf der kommt man bis zum Pass vom Gran Sasso hoch … Das hat Papa mir erzählt. Und da oben ist der Eisbär. Der, den wir gestern gesehen haben.«

Michele, der nicht wusste, was er erwidern sollte, blies Zigarettenrauch in die Luft. Er fragte sich, warum ihn die

Bitte des Kleinen irgendwie ärgerte und einen unbestimmten Groll in ihm hervorrief, den er weder einordnen noch kontrollieren konnte.

»Wir reden später darüber …«, sagte er, um das Gespräch zu beenden. »Jetzt gehen wir erst mal, sonst kommst du noch zu spät zu deiner Probe.«

Gianni schien das vage Versprechen zu genügen, denn er grinste glücklich und lief los, seine Jacke anziehen.

Während sie zusammen durchs Dorf gingen, kam das Schneetreiben so dicht vom Himmel wie ein sommerlicher Platzregen. Schon Sekunden später waren ihre Fußspuren wieder zugeschneit. Michele fiel auf, wie Gianni trotz des mühevollen Wegs mit stolzgeschwellter Brust neben ihm herstapfte, als wäre sein Onkel eine Trophäe, die er in aller Öffentlichkeit präsentieren wollte. Neugierig beäugten die Leute, die ihren Weg kreuzten, den unbekannten jungen Mann mit dem Kind im Schlepptau. Ihre Blicke waren stumm und hungrig, wie sie Bewohnern eines kleinen, abgelegenen Gebirgsdorfs eben zu eigen sind. Kurz bevor sie bei der Schule ankamen, blieb Gianni stehen und zeigte auf ein zweistöckiges Gebäude in Gestalt eines Turms, eingeklemmt zwischen einer Kirche und einer Steintreppe, die in den höher gelegenen Teil des Dorfes führte.

»Das ist das Haus von Onkel Roberto«, sagte Gianni, zufrieden mit der bedeutenden Rolle, die er mit der Preisgabe einer derart grundlegenden Information innehatte. Michele warf einen Blick auf das Haus, nickte, und dann ging es schweigend weiter bis zur Schule. Sie waren gerade dort angelangt, als sie von derselben Gruppe Kinder überholt wurden, die sich schon tags zuvor über Gianni lustig gemacht hatte. Der Junge mit den grünen Augen blieb stehen, drehte sich um und warf Gianni einen herausfordernden Blick zu.

»Obacht vor deinem Bären, du Lügner!«, brüllte er. Die Kinder rannten johlend in den Schulhof. Mit einem besorgten Blick registrierte Michele, dass sein Neffe vor unterdrückter Wut rot angelaufen war.

»Das sind doch alles nur Idioten …«, versuchte er ihn aufzurichten. Wieder erkannte er im Blick des Kleinen den Zorn, den er selbst gespürt hatte, als er nach dem Weggang seiner Mutter gehänselt worden war. Nur die Naivität von Kindern vollbrachte derart treffsichere Grausamkeiten, denn sie hatten ja noch kein Maß für den Schmerz anderer Menschen.

»Wenn wir den Eisbären finden und du denen so richtig die Meinung sagst, nennen sie mich nicht mehr Lügner, du wirst schon sehen …«, flüsterte Gianni.

»Geh jetzt lieber. Es ist schon spät«, sagte Michele, um ihn von seinem Thema abzulenken.

»Du hast es mir versprochen!«, rief der Junge.

»Habe ich nicht. Ich habe gesagt, dass wir später darüber reden. Wir müssen erst deine Mutter fragen«, erwiderte Michele.

Der Junge nickte, halb zufrieden, halb resigniert und wollte sich gerade in Bewegung setzen, als er noch einmal auf dem Absatz kehrtmachte und seinem Onkel stürmisch um den Hals fiel. Michele war so gerührt, dass es fast wehtat. Er drückte den Jungen an sich und strich ihm liebevoll übers Haar. Dann sah er ihm nach, bis er im Schulgebäude verschwunden war.

Am Eingang des zweistöckigen Türmchens befand sich weder eine Klingel noch ein Klopfer. Nach einigem Zögern hämmerte Michele mit der bloßen Hand an die Tür, woraufhin diese sich quietschend öffnete. Aus dem Inneren des Hauses fiel Licht in den Flur, und es roch nach Holzfeuer. Michele stand reglos da und wagte nicht, über die Schwelle zu treten.

»Darf ich?«, vernahm er seine Stimme, die ihm lauter vorkam als sonst, als würde er im Wartesaal des verlassenen Bahnhofs mit sich selbst sprechen. Einen Moment später hörte er schleppende Schritte.

»Komm rein und mach die Tür zu«, ließ sich kurz darauf Roberto vernehmen.

Michele trat in einen langen Flur, der von zwei Wandlampen erhellt wurde.

»Ich bin hier … erste Tür rechts«, rief Roberto.

Michele sah ihn an einem alten Schreibtisch sitzen, dessen Arbeitsfläche mit einer dicken grünen Glasplatte beschwert war. Eine Schreibtischlampe und das Feuer, das im Kamin prasselte, beschienen sein Gesicht. Mit einer raschen Handbewegung lud ihn der Alte ein, ihm gegenüber Platz zu nehmen. Michele ließ sich in einem Armsessel nieder, während sein Blick durch den Raum wanderte, dessen Wände über und über mit alten Büchern bedeckt waren, die in schlichten, zweckmäßigen Regalen aufgereiht standen. Das einzige Fenster im Zimmer war mit dicken himmelblauen Vorhängen aus Kordsamt verhängt. Roberto starrte Michele nachdenklich an, als würde er im Geiste eine Rede einüben, die ihn schon lange beschäftigte. Kaffeeduft erfüllte die Luft. Wenig später betrat eine ältere Frau mit einem kleinen Silbertablett das Zimmer, darauf zwei Tassen und ein angerußtes, dampfendes Kännchen. Sie konnte kaum einen Meter fünfzig groß sein, war mager und ging leicht gebeugt. Ihr weißes Haar war im Nacken zu einem Knoten zusammengefasst, und sie trug eine im Nacken und um die Taille gebundene weiße Schürze. Die Gläser ihrer Brille waren so dick wie Flaschenböden.

»Danke, Matilde. Stell am besten alles hier ab und dann lass uns bitte allein …«, sagte Roberto. Er schien zu befürchten, ihre Gegenwart könne ihn von seinen Gedanken ablenken. Die Haushälterin stellte das Tablett auf den Schreibtisch und zog sich, ohne Michele auch nur eines Blickes zu würdigen, diskret zurück.

Der Alte nahm sich eine Tasse und wies Michele an, sich ebenfalls zu bedienen. Sie wechselten kein Wort, und auch von draußen drang wegen der geschlossenen Fenster und der schweren Vorhänge kaum ein Geräusch herein.

»Du hattest also keine Ahnung, wo sich deine Mutter aufhält …«, sagte Roberto irgendwann, den Blick unverwandt auf den Boden seiner leer getrunkenen Tasse gerichtet.

Michele nickte überrascht. Der Alte ließ die Tasse mit einer Hand kreisen, als gelte es, den Zucker mit den letzten Tropfen Kaffee zu vermischen.

»Ich kann dich nicht hören! Hast du deine Stimme verloren?«, fuhr er unwirsch auf.

»Nein, ich hatte keine Ahnung«, gab Michele zurück, der das Gefühl hatte, seine Stimmbänder schon lange nicht mehr benutzt zu haben.

»Bist du sicher?«, fragte der Alte beharrlich und sah ihm fest in die Augen.

»Ja, bin ich …«, erwiderte Michele unangenehm berührt.

»Dann schwöre!«

Michele zögerte einen Moment, gab dann aber bereitwillig nach und sagte: »Ich schwöre.«

Roberto stieß einen tiefen Seufzer aus. »Ich wusste von dir … Ich wusste, dass Laura einen Sohn hat«, sagte er.

Michele spürte, wie sein Herz schneller schlug.

»Ich weiß es seit zwei Jahren … erst seit zwei Jahren.«

In Micheles Kopf wirbelten tausend Gedanken durcheinander, doch ganz hinten in dem endlosen Tunnel an Rätseln, in den er in den letzten Tagen geraten war, sah er ein kleines Licht aufblitzen.

»Dann … dann hast du mein Tagebuch in den Zug gelegt?«, fragte er und stellte seine Tasse auf das Tablett zurück.

»Nein, das war ich nicht. Ich wusste ja nicht mal, dass dieses Tagebuch überhaupt existiert … Ich habe erst gestern davon erfahren, als die anderen mir sagten, dass du aufgetaucht bist«, erwiderte Roberto.

Michele fuhr sich mit der Hand übers Gesicht, als fühlte er sich schlagartig erschöpft.

»Aber es gibt etwas, das du wissen solltest.« Der Alte zog eine Schreibtischschublade zu seiner Linken auf, entnahm ihr einen vergilbten Briefumschlag und öffnete ihn. »Als mein Bruder Angelo gestorben ist, war deine Mutter schon zwei Jahre krank. Zwei Jahre, in denen sie nicht gesprochen und nichts verstanden hat … Meiner Meinung nach ist Angelo aus Verzweiflung gestorben. Laura war sein Leben. Seltsamerweise ist er eines Tages ganz plötzlich hergekommen. Keine Ahnung, warum ausgerechnet an jenem Tag. Vielleicht hat er gespürt, dass er zu alt war, um noch lange zu leben. Er hat genau da gesessen, wo du jetzt sitzt, und mir diesen Brief gegeben.« Roberto wedelte mit dem Umschlag in der Luft herum. »Bis dahin wusste ich von nichts«, fuhr er fort. »Ich wusste nicht, dass Laura einen Sohn hatte, und ich wusste nicht, dass sie schon mal verheiratet war. Niemand wusste das. Aber mein Bruder Angelo war eben ein … Wie soll ich sagen? Ein seltsamer Mensch. Er hatte einen klugen Kopf und seine eigenen Vorstellungen. Wehe, wenn man ihn reizte! Wie auch immer, als er und Laura nicht heiraten wollten, hätte niemand vermutet, dass sie schon längst einen Ehemann hatte. Erst als Angelo mir diesen Brief gebracht hat, habe ich erfahren, dass dein Vater nicht in die Scheidung eingewilligt hat. Und dass es zu viele rechtliche Haken gab, Anwälte, Gerichte und all das … Deswegen haben sie lieber verzichtet.«

»Wie bitte?«, fuhr Michele auf. »Was soll das heißen? Meine Mutter und mein Vater standen in Kontakt?«

Roberto bedeutete ihm, sich noch einen Moment zu gedulden. Nach einem kurzen Moment des Zögerns fuhr er seufzend fort: »Also … Angelo hat mir diesen Brief gegeben und mich gebeten, ihn aufzubewahren und niemandem davon zu erzählen. Aber ich finde, da du nun schon den Weg hierher gefunden hast, ist es nur fair, wenn du ihn liest.« Er reichte Michele den Umschlag. »Er ist von deinem Vater«, schloss er.

Der letzte Satz hallte wie ein Endlosecho in Micheles Kopf nach. Tatsächlich, die Handschrift seines Vaters.

Der Brief war an Laura Puglia adressiert. Vico Mercadante 3, Borgo Sale.

Roberto kam ihm zuvor: »Da haben die beiden gewohnt.«

Michele öffnete den Mund, brachte jedoch kein Wort heraus. Der Alte nickte, als hätte er bereits verstanden, was Michele sagen wollte.

»Ja, dein Vater kannte den Aufenthaltsort deiner Mutter. Er wusste alles.«

Michele starrte ihn an und sagte noch immer kein Wort. Das Herz schlug ihm bis in die den Brief umklammernden Fingerspitzen. Er zog ein Blatt aus dem geöffneten Umschlag und faltete es langsam auseinander.

Miniera di Mare, 18. Oktober 1995

Michele rechnete nach. Der Brief musste etwa drei Jahre nach dem Weggehen seiner Mutter geschrieben worden sein.

In Erwiderung deines Schreibens teile ich dir mit, dass Michele wohlauf ist. Er wächst und lernt. Er ist ruhig. Und da du es ja unbedingt hören willst: Er kommt wunderbar ohne dich aus. Ebenso wie ich, nur, um das klarzustellen. Ich habe ihm gesagt, dass du eine Tochter von deinem Liebhaber bekommen hast und ihn besuchen willst, aber er hat abgelehnt. Er will dich weder sehen noch treffen und meint, du solltest besser bei deiner Tochter bleiben und uns vergessen.

Augenblicklich schoss Michele sein gesamtes Blut in den Kopf. Alles Blut, das durch seine Arterien und Venen floss, wich aus seinem Gewebe, den Organen, aus Armen, Händen und Beinen und sammelte sich in jenem Teil des Hirns, das den Schmerz befeuert und den Atem hemmt. Er rang nach Luft, aber er fühlte sich wie auf dem Grund eines Ozeans. Roberto erhob sich halb von seinem Platz, beugte sich über den Schreibtisch und legte Michele eine Hand auf die Schulter. Die väterlich-mitfühlende Geste brachte ihn wieder einigermaßen zu sich, und er las weiter:

Wie dem auch sei, ich habe ihm deine Adresse gegeben, und wenn er größer ist, kann er selbst entscheiden. Sollte er dich besuchen wollen, steht es ihm frei, genau das zu tun. Im Moment glaube auch ich, dass es besser ist, wenn du dich von ihm fernhältst. Du hast schon allen Schaden angerichtet, den man nur anrichten kann. Und wenn du Michele wirklich lieb hast, lässt du ihn in Frieden. Er hat sein Gleichgewicht gefunden, und es wäre nicht richtig, eine Wunde aufzureißen, die gerade erst verheilt ist, und ihn noch mehr leiden zu lassen.
Du hast deine Wahl getroffen, und das ist jetzt die Konse-

quenz. Ich muss dich warnen: Ich werde jeden deiner Briefe zurückschicken. Mein Anwalt sagt, ich bin im Recht. Schließlich bist du es gewesen, die Mann und Kind verlassen hat, um sich mit ihrem Liebhaber davonzumachen.

»Dein Vater hat dir nichts davon gesagt, stimmt's?«

Robertos Stimme rüttelte Michele auf und holte ihn aus dem Abgrund, in den ihn das Schreiben gestürzt hatte. Er sah sich im Zimmer um, als wüsste er nicht mehr, wo er sich befand. Dann traf er den Blick des Alten und tauchte darin ein, auf der verzweifelten Suche nach Rettung.

»Warum hat mein Vater mir das angetan? Warum hat er mir nie gesagt, dass er wusste, wo meine Mutter war? Warum hat er mir nie gesagt, dass sie mich sehen wollte? Warum hat er alles vor mir verborgen gehalten?«, hätte er ihn fragen wollen. Stattdessen wurde er von einer plötzlichen Schwäche übermannt. Er fühlte, wie sein Blut nach unten sackte und eine eisige Hand ihm den Magen umschloss. Ein bitterer Klumpen begann in seiner Kehle zu wachsen und sich schnell in seinem Mund auszubreiten.

Roberto zog ihn mit Gewalt von seinem Stuhl hoch und führte ihn aus dem Zimmer und ins Bad. Dort übergab Michele sich lange, und jedes Mal, wenn er Luft holte, zischte sein Atem in der Luftröhre. Später ging er zum Waschbecken und ließ das Wasser laufen, um sich den Mund und das Gesicht zu spülen. Als er sich im Spiegel sah, empfand er Mitleid mit dem Menschen, der vor ihm stand. Der Kerl wirkte völlig verloren, viel mehr als alle Gegenstände, die er je im Zug aufgesammelt hatte.

Als er ins Zimmer zurückkehrte, fand er Roberto wartend neben dem Kamin stehen. Michele ging zum Schreibtisch, packte den Brief seines Vaters und warf ihn in die Flammen.

Ein Schauer lief ihm über den Rücken, weil er nicht einmal Reue für diese Geste empfand, nur Befriedigung darüber, dass die Lügen auf diesem Blatt Papier für immer verbrannten und die Erinnerung an seinen Vater mit sich nahmen. Einem plötzlichen Impuls folgend, verfluchte er ihn sogar und wünschte ihn in die Hölle.

Der alte Mann stürzte schockiert auf ihn zu und hielt ihm mit einer Hand den Mund zu. »Sei still, still …«, raunte er. »So etwas darfst du nicht sagen! Wenn bestimmte Dinge einmal ausgesprochen sind, dann kriegst du sie nicht mehr los. Sie bleiben in dir drin, wie Unkraut. *Sie verderben dir das Herz und lassen es verschimmeln*. Schweig still, mein Sohn …«

Dann nahm er ihn fest in die Arme. Aber diese Umarmung brachte Michele keinen Trost. Er löste sich von dem Alten, langsam, sah ihn schweigend an und empfand plötzlich das intensive Bedürfnis, hinaus ins Freie zu gehen, hinaus in den Schnee.

Gleich nach dem Aufwachen durchströmte Elena ein intensives Glücksgefühl. Die Sonne schien, es duftete nach Kaffee, und alles um sie herum war Sonntag. Sonntag, als sie gähnte und sich wie eine Katze im Bett räkelte. Der Duft nach Sonntag in ihrem warmen, weichen Haar. Sonntag im kühlen Wasser, das sie sich ins Gesicht spritzte, bevor sie in den Spiegel sah. Im Lächeln ihrer Augen, im Rufen ihrer Eltern, die in der Küche mit dem Frühstück warteten. Im sauberen T-Shirt, das sie zu ihren Jeans anzog, im federleichten Schritt, mit dem sie das Zimmer verließ. Von heute an würde immer Sonntag sein, ihr ganzes Leben lang, denn Michele war Sonntag, ein Festtag ohne Ende, ein wahr gewordener Traum, das vollkommene Glück. Elena setzte sich an den Küchentisch, legte ihr Handy vor sich hin und hoffte auf einen Anruf von ihm. Im Hintergrund lief Radiomusik. Nach dem heißen, gezuckerten Kaffee wollte sie den frisch gepressten Orangensaft ihrer Mutter trinken. Sie nahm die Kaffeetasse in beide Hände und stellte sich vor, ihr warmer, runder Rand wäre Micheles Mund. Als sie die Tasse an die Lippen setzte und den ersten Schluck trank, erschien es ihr wie eine Offenbarung. Sie lief über vor Glück, es strömte ihr aus allen Poren, und sie merkte es noch nicht mal. Nur noch Micheles Liebesbekenntnis – nur noch dafür und für nichts anderes auf der Welt war mehr Platz. Elena hörte Milùs helle Stimme sagen, dass sie es von jetzt an mit einem Leben zu tun bekommen würde, das nur noch aus Sonntagen bestand.

Elena lächelte.

Draußen stellte sich Michele in das anhaltende Schneetreiben, dem er sich gierig darbot, wie das Feuer dem Wasser, wenn es für immer gelöscht werden will. Als er sich umblickte, sah er um sich herum nichts als Leid. Die vorbeihastenden Passanten, die weiß gestrichenen Dächer, der dichte Rauch, der aus den Schornsteinen stieg, alles schien ihm nur aus Leid gemacht. Sein Atem, die Lügenworte seines Vaters, seine blau gefrorenen Fingerkuppen. Der Hass in ihm. Die Schritte, die er in den Schnee setzte und die ihn immer tiefer in das Leid hineinführten. Michele hockte sich an den Straßenrand. Um nicht verrückt zu werden, sagte er sich, dass heute immerhin Sonntag war. Elena war sein Sonntag, seine Rettung, seine Zuflucht, seine einzige Hoffnung, sein Trost. Er kramte nach seinem Handy und beschloss, sie anzurufen.

Auf dem Küchentisch brummte es. Elena war gerade im Bad, um sich die Zähne zu putzen.

Beim dritten Vibrieren wandte ihre Mutter sich um und

warf einen Blick auf das Handy. Als sie den Namen auf dem Display erblickte, lief ihr ein Schauer über den Rücken. Sie ging zum Tisch und griff nach diesem in metallischem Schein aufleuchtenden Namen. Sie zögerte, bevor sie abnahm und sich mit vor Aufregung zitternder Stimme meldete.

»Hallo …«

Michele hörte die unbekannte Stimme, die offenbar einer nicht mehr ganz so jungen Frau gehörte und dachte, dass es sich wohl um Elenas Mutter handeln musste. Es fehlte nicht viel und er hätte einfach aufgelegt.

»Hallo …«, sagte die Frau noch einmal.

»Hallo«, erwiderte Michele.

Beim Klang der männlichen Stimme verfinsterte sich ihr Gesicht. »Wer sind Sie? Wer spricht da?«, fragte sie mit leicht entrüstetem Unterton.

»Guten Tag, Signora. Ich … hier ist Michele, ich bin ein Freund von Elena«, antwortete er vorsichtig. »Wir kennen uns nicht, aber …«

»Woher haben Sie dieses Telefon?«, unterbrach sie ihn.

»Welches Telefon?«, fragte er verständnislos.

»Na das, von dem Sie anrufen. Woher haben Sie das?«

»Also … Elena hat es mir geliehen«, erwiderte Michele perplex.

»Elena hat Ihnen Milù̀s Handy gegeben?«, fragte die Frau ungläubig.

Michele verstand gar nichts mehr. Das Handy sollte Elenas Schwester gehören? Das hatte sie ihm gar nicht erzählt. »Ich … das wusste ich nicht«, rechtfertigte er sich. »Wenn ich wieder da bin, bekommt sie es sofort zurück.«

Er hörte die Frau schwer atmen. Sie sagte kein Wort mehr. Michele versuchte, so freundlich und respektvoll wie möglich zu klingen: »Oder vielmehr … Übermitteln Sie Milù doch bitte meinen besten Dank. Es ist wirklich sehr nett von ihr, dass sie …«

»Milù ist vor drei Jahren gestorben«, unterbrach die Frau ihn leise.

Sie sagte es weder, um ihn über eine unveränderliche Tatsache in Kenntnis zu setzen, noch, um ihn für sein Unwissen zu tadeln. In ihren Worten lag ein Schmerz, der nie ein Ende haben würde, auch dann nicht, wenn sie den Satz Hunderte oder Tausende Male wiederholt hätte, wenn sie ihn jahrelang immer wieder vor sich hingesagt hätte, Tag für Tag aufs Neue. In ihrer Stimme läge trotzdem noch dasselbe Leid und zudem eine herzzerreißende Ungläubigkeit, denn für diesen Tod gab es ja keine Erklärung und keine Möglichkeit, ihn erträglich zu machen.

»Das tut mir leid«, sagte Michele mit fast versagender Stimme. »Das tut mir wirklich leid … Ich … das wusste ich nicht.«

Die Frau klang nun viel freundlicher: »Sie wollten mit Elena sprechen? Ich glaube, sie ist im Bad. Soll ich ihr sagen, dass sie zurückrufen soll?«

Michele legte auf, ohne zu antworten.

Ein Auto raste direkt auf ihn zu. Er trat keinen Millimeter zur Seite und zwang den Fahrer, im letzten Moment abzubremsen und auszuweichen. Die Verwünschungen, die er ausstieß, berührten Michele nicht. Ein ironisch-bitteres Lächeln lag auf seinem Gesicht. Er hatte keine Fragen mehr, und es interessierte ihn auch nicht, warum Elena ihn getäuscht hatte, warum sie ihm nichts vom Tod ihrer Schwester erzählt hatte. Er wusste nur, dass sie ihn wie alle anderen belogen und ihm das Wesentliche vorsätzlich verschwiegen hatte. Das Schneetreiben verdichtete sich zu einer weißen

Wand, auf der Michele ihr Gesicht sah. Einen Moment später erschien das Gesicht seines Vaters, dann das Bild der Mutter, wie sie in den Zug stieg. Die Asche in den Tellern. Die ausweichenden Blicke der Huren am Samstagabend. Der handgeschriebene, ins Feuer schwebende Brief, der lichterloh brannte, sich kräuselte, schwarz wurde und zerfiel. Er sah die Aschepartikel und die Schneeflocken durcheinanderfliegen und sich vereinen zu einem einzigen Wirbel aus Schmerz. Er schleuderte das Handy zu Boden und trat wütend darauf herum, bis es in tausend Stücke zersprungen war. Jetzt würde Elena ihn nicht mehr zurückrufen und keine verspäteten Erklärungen mehr liefern können. Er würde sie nie wiedersehen.

Eine unwirkliche Ruhe ergriff von ihm Besitz. Er setzte sich in die Ecke einer Treppe und kauerte sich zusammen. Langsam zog er die beiden Pflaster von seinen Fingern, warf sie weg und sah zu, wie sich die kleinen Schnitte in der kalten Luft von einem bleichen Rosa zu einem intensiven Violett verfärbten. Er wies die Kälte nicht zurück, die ihm in die Seele kroch, schloss die Augen und ließ sich vom Schnee zudecken. So kauerte er in der Ecke, lange, reglos, wie erstarrt, während sein Sonntag einem endlosen Winter wich.

Gianni fand ihn dann, kurz nach elf Uhr vormittags. Er kam gerade aus der Schule und sah sich suchend nach seinem Onkel um, den er ganz in der Nähe auf einer Treppe entdeckte, den Blick verloren ins Nichts gerichtet. Voll freudiger Erwartung, unbefangen und ahnungslos, rannte er auf ihn zu.

»Die Probe ist super gelaufen«, verkündete er. Sein Atem dampfte Wolken in die kalte Luft. Michele nickte kaum merklich.

»Ich spiele den Temelak … äh Telekam, den Sohn von Odysseus«, sagte der Junge mit einem Anflug von Stolz.

Michele grinste in sich hinein. Na, da haben sie dir ja die richtige Rolle ausgesucht, dachte er. Ein Sohn, der auf seinen betrügerischen Vater wartet. Ein Held zwar, aber auch ein Schwindler.

»Also? Gehen wir jetzt auf den Pass und suchen den Eisbären?«, fragte Gianni, der sich die kalten Hände rieb.

Michele hob den Blick, fuhr sich mit der Zunge über die Lippen und sagte mit fester, ruhiger Stimme: »Gianni, hör zu … Es ist an der Zeit, dass du dir diese Geschichte aus dem Kopf schlägst.«

»Aber …«, wollte der Junge protestieren.

»In dieser Gegend gibt es keine Eisbären. Wir sind hier nicht am Nordpol. Du musst wissen, was wirklich passiert ist: Dein Vater ist gegangen, niemand weiß, warum, aber er ist gegangen. Der Eisbär in den Bergen war nur eine Ausrede.«

»Das ist nicht wahr!«, schrie Gianni.

»Doch, ist es«, widersprach Michele. »Dein Vater ist ein Lügner. Er hat dich und deine Mutter betrogen und sich aus dem Staub gemacht. Aber da ist er nicht der Einzige, weißt du? Die ganze Welt besteht aus Lügnern. Mein Vater war ein Lügner, meine Mutter ist eine Lügnerin und das Mädchen, dem ich endlich wieder vertrauen wollte, auch. Ich selbst habe auch gelogen, als ich sagte, ich hätte den Bären gesehen. Das war gar nicht so. Ich wollte dir einen Gefallen tun, aber es hat nicht gestimmt.«

Der Kleine schüttelte den Kopf und hielt sich die Ohren zu, um die Worte nicht hören zu müssen, doch Michele packte seine kleinen Hände und zog sie weg.

»Ich erzähle dir das zu deinem eigenen Besten. Man muss

wissen, wie das Leben läuft, und deine Mutter hat nicht den Mut, es dir zu sagen. Komm, lass uns nach Hause gehen.« Langsam erhob sich Michele, klopfte sich den Schnee ab, nahm Gianni an der Hand und machte sich mit ihm auf den Weg.

Die ganze Strecke bis zu Luces Haus waren sie stumm nebeneinander hergegangen. Als er jetzt die Tür aufschloss und Gianni fragte, ob ihm kalt sei, reagierte der Junge mit einem verstockten Kopfschütteln. Michele fachte das Kaminfeuer trotzdem an und ging dann ins Bad, um sich die Zähne zu putzen und sich das Gesicht zu waschen. Zurück im Wohnzimmer sah er Gianni in stummem Kummer am Fenster stehen, den Blick auf die Berge gerichtet. Da war er wieder, diese seltsame Verärgerung, dieser unbestimmte Groll dem Kind gegenüber. Entschlossen griff Michele nach seinem Rucksack.

»Du wartest hier, bis deine Mutter zurückkommt. Mach deine Hausaufgaben, sofern du welche aufhast«, meinte er kühl. »Und sag ihr, sie soll nicht auf mich warten. Ich melde mich dann schon …«

Der Junge starrte weiterhin unverwandt aus dem Fenster, so als wären die Worte gar nicht an ihn gerichtet gewesen.

Seufzend warf Michele einen Blick in den Raum, den er wahrscheinlich nicht wiedersehen würde, als wolle er ihn sich einprägen. Die Schlüssel legte er auf das Sideboard, ging zur Tür und verließ das Haus, ohne sich noch einmal umzudrehen.

20.

Das dichte Schneetreiben hatte sich ein wenig gelegt. Große Flocken, die von innen heraus zu leuchten schienen, fielen locker vom Himmel. Langsam ging Michele den Abhang hinunter, der nach Piana Aquilana führte. Er wollte den Weg zur Klinik zu Fuß zurücklegen und seine Mutter noch einmal sehen, bevor er sich auf den Weg nach Hause machte, zurück in sein altes Leben, zurück zur Einsamkeit, die er inzwischen als letzte Zuflucht empfand. In der schneidenden Kälte machte er seine Jacke bis zum Hals zu. Ein plötzlicher Windstoß wirbelte Flocken auf und trieb sie nach Westen auf die Berge zu.

Michele war schon über eine Stunde unterwegs, als er endlich in der Ferne die Dächer von Piana Aquilana ausmachen konnte. Am Himmel hatte sich eine lustlose Sonne einen kleinen Durchlass zwischen den Wolken geöffnet und die Landschaft in einen gedämpften Lichtschein getaucht. Seine Schuhe trieften vor Nässe und wogen beim Gehen so schwer, dass ihn seine Beine zunehmend schmerzten. Dass die wenigen Autos, die unterwegs waren, dicht an ihm vorbeifuhren und ihn mit schwarzem Matsch bespritzten, nahm er kaum wahr. Ungerührt ging er weiter, obwohl auch seine für das Wetter viel zu leichte Hose vollkommen durchnässt war. Er hatte das Gefühl, als wären seine Sinne in einen dunklen Sog geraten, in eine Mischung aus Bitterkeit und Enttäuschung, die ihn bis auf die Knochen durchdrang. Er hatte eine Niederlage erlitten, die, wie ihm schien, schon lange auf ihn gewartet, ja die ihm eigentlich schon in die Wiege gelegt worden war. Als wäre es seine einzige Lebensaufgabe, sich auf das Schlimmste gefasst zu machen und dieses gefasste Erwarten jeden Tag aufs Neue zu ertragen. Noch vor vier Tagen war er überzeugt gewesen, sein Schicksal ändern zu können, Antworten auf seine Fragen zu finden, den Grund zu verstehen, warum er verlassen worden war. Er wollte seine Mutter noch ein letztes Mal sehen, um ihr zu sagen, dass er etwas durchschaut hatte, dem er sich standhaft hatte verweigern wollen.

Die Sonne ging schon hinter den Bergen unter, als Michele Piana Aquilana erreichte. Er überquerte den Bahnhofsplatz, der zu dieser Stunde fast verlassen war, und schlug den Weg in die verschlungene Gasse zur Klinik ein, durch die er am Tag zuvor mit Luce gefahren war.

Er betrat die Halle. Erstickende Heizungsluft schlug ihm entgegen. Die Musiker an den Wänden schienen ihn stumm zu mustern. Der sehr junge Pfleger hinter dem Empfangstresen sah ihn überrascht an. In seinem linken Nasenflügel blitzte ein kleiner Brillant, und er hatte sein schwarzes Haar zu einem Irokesenkamm getrimmt. Michele ging zur Treppe, ohne ihn weiter zu beachten.

»Wo wollen Sie hin, bitte …?«, fragte der junge Mann perplex.

Michele drehte sich zu ihm um, erschöpft, verstrickt in seine eigenen Gedanken. Einen Moment lang blickte er zerstreut zu ihm hin und wandte sich dann wieder Richtung Treppe. Als er die ersten Stufen hinaufgestiegen war, spürte er eine Hand auf seiner Schulter.

»Hören Sie, es ist keine Besuchszeit«, sagte der Pfleger.

Michele fuhr zusammen und sah den jungen Mann verstört an. »Ich muss mit meiner Mutter sprechen«, gab er zurück.

»Besuchszeit ist ab 16.00 Uhr. Da können Sie gerne wiederkommen.«

Michele schüttelte nur den Kopf und nahm die nächste Stufe. Der Pfleger baute sich bedrohlich vor ihm auf.

»Haben Sie mich nicht verstanden? Ich sagte, dass jetzt keine Besuchszeit ist!«

Michele wollte ihn unwirsch zur Seite schieben, doch der junge Mann wich nicht von der Stelle, sondern packte ihn wütend am Kragen.

»Jetzt hören Sie mir mal gut zu …«

»Was ist hier los? Schluss damit!«

Auf dem oberen Treppenabsatz stand Lena, bleich und besorgt vor Anspannung. Michele blickte abwechselnd von der Frau zu dem jungen Mann, die aufgeregt miteinander diskutierten, ohne eins ihrer Worte zu begreifen. Ihre Stimmen wirbelten durch seinen Kopf, ein zorniges Rauschen, das nichts mit ihm und seinem Leben zu tun hatte. Lenas Blick sagte ihm, dass der Kampf zu seinen Gunsten ausgegangen war. Er sah, wie der junge Mann verärgert an seinen Posten zurückkehrte, erklomm die letzten Stufen und ging ohne jedes Zögern zum Zimmer seiner Mutter.

Sie saß auf dem Bett, den Blick auf den Schrank geheftet, in den Händen einen Teller, auf dem ein geschälter und in feine Scheiben geschnittener Apfel lag. Als Michele näher kam, hielt sie ihm mit einer mechanischen Geste den Teller hin, wie um ihn zurückzugeben. Er stellte ihn auf den Nachttisch und setzte sich auf den Stuhl ihr gegenüber. Als er sie jetzt musterte, schien sie von fast überirdischer Schönheit, trotz ihres leeren Blicks, der sich in ungewissen Abgründen verlor, und trotz der strohigen, zu einem groben Zopf geflochtenen Haare. Das von der Seite einfallende Tageslicht betonte das Grübchen auf ihrem Kinn und die leicht nach oben gebogene Nase. Michele dachte, dass es leicht gewesen sein musste, sich in sie zu verlieben. Nicht mal dem unbarmherzigen Fortgang der Zeit war es gelungen, das Licht auszulöschen, das von ihr ausging. Mit geschlossenen Augen atmete er tief ein und behielt die Luft bei sich so lange er konnte, bis er gezwungen war, sie wieder auszustoßen. Er wiederholte sein Tun immer von Neuem und machte sich dabei bewusst, dass er dieselbe Luft atmete wie seine Mutter. Als er die Augen schließlich öffnete, saß sie immer noch auf dem Bett und sah nach unten, als wollte sie um Vergebung bitten. Michele suchte ihren Blick. In seinem Herzen wartete ein verworrenes Knäuel aus Worten und Sätzen darauf, ausgesprochen zu werden.

»Ich hatte mich an den Gedanken gewöhnt, dass du mich vergessen hast«, begann er. »Und diese Gewohnheit tat mir gut, denn sich vergessen zu fühlen ist ein bisschen wie gestorben sein. Wenn man da angelangt ist, wehrt man sich nicht mehr. Man nimmt alles hin, denn man kann ja sowieso nichts an den Umständen ändern. Aber es erlaubt einem zu überleben, weiterzumachen. Dass du mich vergessen hast, war die Erklärung für deine Abwesenheit und das Ende jeder Hoffnung. Aber weißt du, Mama, im Grunde genommen ist es ein gutes Gefühl, ohne Hoffnung zu sein. Es ist, als würde man einen Schmerzschalter umlegen. Und genau das ist mir bis vor wenigen Tagen gelungen.«

Er setzte sich neben sie aufs Bett, ergriff ihre Hand und umschloss sie.

»Aber du hattest mich gar nicht vergessen. Das weiß ich jetzt. Trotzdem finde ich, dass dich auch eine Lüge nicht hätte aufhalten dürfen. Um es in Luces Worten zu sagen: Du hättest das passende Gesicht finden müssen, um zurückzukommen. Du hättest dich vor unsere Haustür setzen müssen, am Schultor auf mich warten müssen, wie ein Spürhund meiner Fährte folgen müssen, im Dunkel Posten beziehen und meinem Atem lauschen müssen, um dich dann bemerkbar zu machen … Du hättest einen Weg finden müssen, irgendeinen Weg, um mich wissen zu lassen, dass ich noch in deinen Gedanken existierte. Du hast es nicht getan, und jetzt weiß ich auch, warum. Weil ich es nicht wert bin. Ich bin es nicht mal wert, vergessen zu werden.«

Der leere, aus dem Nichts kommende Blick der Frau wanderte zur Tür. Vielleicht reagierte sie auf das Geräusch von Schritten auf dem Gang.

Michele betrachtete sie, näherte sich ihrem Gesicht und küsste sie auf die Wange.

»Leb wohl, Mama«, flüsterte er. Er stand auf und wollte gerade nach seinem Rucksack greifen, als die Schritte draußen innehielten. Einen Moment später trat Lena ins Zimmer.

»Entschuldigen Sie, aber hier ist jemand, der Sie unbedingt sehen wollte …«, sagte die Schwester. Hinter ihr wartete eine Frau.

Elena.

Michele wurde blass.

»Kann ich gehen?«, fragte Lena etwas verunsichert.

Als Michele nickte, verließ die Schwester das Zimmer und zog die Tür hinter sich zu.

»Was machst du hier?«, fragte er fassungslos und fühlte sich plötzlich unendlich müde. Elena trug seine grüne Jacke, die eigentlich viel zu leicht war für die winterlichen Temperaturen. Nachdem er mit ihrer Mutter gesprochen hatte, hatte sie vergeblich versucht, ihn zurückzurufen. Am Ende hatte sie kurzerhand beschlossen, das Auto zu nehmen und nach Piana Aquilana zu fahren. Ihr war klar, dass er verletzt war, immerhin hatte sie ihm die Wahrheit über Milù verschwiegen. Sie wollte sich so schnell wie möglich erklären. Es war kein Problem gewesen, sich bis zur Klinik durchzufragen, wo sie auf ihn hatte warten wollen. Sie warf einen liebevollen Blick auf Micheles Mutter, hob eine Hand zum Gruß und lächelte ihr freundlich zu. Die Frau zeigte keine Reaktion. Elena versuchte das Bedauern, das sie übermannte, im Zaum zu halten.

»Es tut mir leid …«, sagte sie an Michele gewandt. Ihre Lippen zitterten leicht.

»Warum bist du gekommen?«, fragte er.

»Ich habe versucht, dich anzurufen, aber das Handy ist aus«, erwiderte sie.

»Es ist nicht aus. Ich habe es kaputtgemacht. Und zwar mit Absicht«, gab Michele zurück und machte Anstalten, den Raum zu verlassen, getrieben von Misstrauen und dem Schmerz, den Elenas Gegenwart ihm bereitete. Sie packte ihn am Arm und hielt ihn zurück.

»Warte«, flehte sie.

»Wir haben uns nichts zu sagen.«

»Im Gegenteil, ich habe dir eine Menge zu sagen. Und du hörst mir bitte zu. Danach kannst du immer noch entscheiden, ob du mit mir reden willst oder nicht. Aber lass es mich zuerst erklären.«

Michele seufzte und nickte widerwillig, was Elena wie ein Almosen vorkommen musste, das ihr nur ungern gewährt wurde.

»Dann mach bitte schnell«, sagte er kalt.

»So geht das nicht, Michele. Setz dich. Setz dich und hör mir zu.«

Michele ließ sich auf dem Stuhl nieder. Elena kauerte zu seinen Füßen und verschränkte die Arme. Als er sah, dass sie zitterte, schloss er kurz die Augen, stand auf, nahm eine Decke vom Bett seiner Mutter, hielt sie Elena hin und setzte sich wieder.

»Danke«, sagte sie und wickelte sich darin ein. Er wich ihrem Lächeln aus, denn er wusste nur zu gut, es würde ihn erneut schwach werden lassen und Träume wecken, die er eigentlich für immer aus seinem Leben verbannen wollte.

»Wir waren unzertrennlich, Milù und ich. Oder besser, wie *sind* es«, korrigierte sich Elena. »Wir sind nur wenige Minuten nacheinander zur Welt gekommen und waren einfach immer zusammen. Wir haben zusammen geweint, zusammen gelacht, haben uns alles anvertraut. Es ist, als hätten wir jeden einzelnen Atemzug miteinander geteilt … Sie hätte dir gefallen. Und du ihr ebenfalls. Wenn mir etwas gefällt oder wenn ich jemanden mag, dann mag sie denjenigen auch. Ich liebe alles, was sie liebt. Ich spreche im Präsens von meiner Schwester, Michele. Ich spreche im Präsens von ihr, weil ich jeden Tag mit ihr lebe, sobald ich morgens die Augen aufschlage, den ganzen Tag hindurch, bis zum Abend, wenn ich ins Bett gehe. Sie war einundzwanzig, als sie krank wurde. Und als sie gestorben ist, bin auch ich gestorben. Aber weißt du, was das Schlimmste ist, Michele? Das Schlimmste ist, wenn du das Gefühl hast, tot zu sein und dann merkst, du bist immer noch am Leben. Wenn du die Tatsache verfluchst, dass es so ist. Du verfluchst die Luft, die du atmest. Du hast nämlich das Gefühl, du solltest sie mit deiner Schwester teilen, Atemluft, die du ihr stiehlst, die ihr genauso zustünde wie dir. Die Musik, die du hörst, gehört genauso ihr, das Wasser, das du trinkst, der Wind, der dir die Haare zerwühlt. Und weißt du, was dann passiert? Du fühlst dich wie ein Dieb, weil du für dich allein einen Sonnenuntergang bewunderst, den sie genauso bewundern müsste, denn er gehört doch auch ihr. So ist das. Ich konnte es einfach nicht ertragen, es war zu viel. Ich wollte weiter alles mit Milù teilen. Ich habe angefangen zu hoffen, dass ihre Krankheit auf mich übergeht. Dass sie auch mich mitnimmt, damit die Rechnung gerecht geteilt wird. Ich hoffte und wartete darauf, krank zu werden, so wie sie, jeden Tag wieder. Ich habe ganz ehrlich dafür gebetet, krank zu werden, habe es mit aller Kraft versucht, denn das Einzige, was ich wirklich wollte, war, mit ihr zusammen zu sein, wo immer sie auch war. Verstehst du, was ich meine?«

Michele nickte. Er sah seine Mutter an, die sich erhoben hatte und langsam zum Fenster gegangen war, den Blick hinaus ins Freie gerichtet, wo sich der Sonnenuntergang über den Berggipfeln ankündigte.

»Irgendwann kam dieser Tag im Mai …«, fuhr Elena fort. »Der Mai dieses Jahres, erinnerst du dich? Er war so warm und leuchtete so aufdringlich, dass es einem fast widerlich war. Ich zumindest habe ihn gehasst, aus tiefster Seele. Ich habe ihn gehasst, weil ich das Gefühl hatte, ihn gar nicht zu verdienen. An diesem einen Tag im Mai, am achtzehnten, um genau zu sein, bin ich nach der Arbeit auf die kleine Piazza von Prosseto gegangen, habe mich auf eine Bank gesetzt und dabei stur nach unten geschaut, auf meine Fußspitzen, weil ich wusste, dass um mich herum ein gnadenloser Frühling herrschte, und ich wollte ihn mit Nichtbeachtung strafen. Keine Ahnung, was passiert ist, aber plötzlich fühlte ich einen Schmerz in der Brust und einen Stich im Rücken. Ich hatte Angst, Michele, Todesangst. Ich bin von der Bank gesprungen und habe nach Luft geschnappt. Als ich wieder atmen konnte, habe ich geschrien. Wirklich. Ich habe einen

Schrei ausgestoßen, der mir selbst wie der von einem Tier vorkam. Ich habe mit aller Luft und aller Kraft, die in mir war, geschrien. Und auch wenn ich dabei keine Worte von mir gegeben hatte, sollte das heißen: Ich will leben! Und dass ich sehr wohl ein Recht darauf hatte. In diesem Moment habe ich etwas Grundlegendes begriffen: dass ich Milù und die Erinnerung an sie betrogen hatte, weil ich wegen meiner Todessehnsucht auf alles verzichtet hatte, was ihr genommen worden war. Dabei hatte ich doch eigentlich die Pflicht, in ihrem Namen weiterzumachen. Ich musste leben, gewissermaßen für uns beide, für sie und für mich. Ich musste ihre Träume übernehmen, ihre Hoffnungen, all ihre unerfüllten Vorsätze, und sie zu meinen eigenen machen, wie Gepäck, wie … genau, wie eine Mission. Und nichts anderes ist es, was ich jeden Tag versuche, verstehst du? Ich nehme ihr Leben auf mich, und es wird mir nie zu schwer. Ich arbeite, ertrage die Langeweile und habe gelernt, mein Dasein in jedem Moment zu lieben, egal was passiert. Ich habe gelernt, dass ich auch mal wütend sein darf, aber auf keinen Fall traurig, denn das wäre undankbar, wo ich doch so lebendig bin. Das ist meine Meinung. Und weißt du was? Ich glaube, wenn ich alt bin, werde ich mich nie über weiße Haare oder Falten oder irgend so einen Unsinn beklagen. Altwerden ist ein Privileg, Michele. Milù ist es nicht gelungen, alt zu werden. Also ist es ein Privileg, das dürfen wir nie vergessen. Und noch was, um endlich zum Ende zu kommen, denn du weißt ja, dass ich nie fertig werde, wenn ich mal angefangen habe zu reden … Ich wollte noch sagen, seit ich all diese Dinge verstanden habe, ist Milù immer bei mir. An diesem Tag im Mai ist sie zu mir zurückgekommen und hat mich daran erinnert, dass wir als Kinder einen Pakt geschlossen haben. Er hat uns dazu verpflichtet, glücklich zu sein, egal was passiert. ›Du hast ihn gebrochen‹, hat sie zu mir gesagt. Und ich habe begriffen, dass sie recht hatte und dass ich sie auf diese Weise für immer verlieren würde. Seitdem spüre ich ihre Gegenwart, ich spreche mit ihr und sie mit mir, auch wenn sie gar nicht da ist. Vielleicht kann ich sie durch die ihr innewohnende Kraft sehen und hören, als würde sie tatsächlich existieren. Keine Ahnung. Das heißt, natürlich weiß ich, dass sie nur eine Illusion ist. Oder vielleicht auch nicht. Egal … Es ist nun mal so, und mir geht es gut damit. Und es soll mir gut gehen, mir zuliebe, aber auch ihr zuliebe. Und jetzt muss diese Decke weg, mir ist schon ganz heiß.«

Michele beobachtete, wie sie die Decke sorgfältig faltete und aufs Bett legte.

»Warum hast du das nicht gleich gesagt?«, fragte er misstrauisch.

»Weil du deine eigenen Probleme hattest«, erwiderte Elena. »Und weil ich noch nie jemandem davon erzählt habe. Nicht mal meine Mutter weiß, dass ich mit Milù rede. Und mein Vater sowieso nicht. Über so was zu reden ist kein Kinderspiel. Außerdem wüsste ich gar nicht, wann ich es dir hätte sagen sollen …«

»Naja«, unterbrach Michele sie gekränkt. »Zum Beispiel, als ich dich nach deiner Schwester gefragt habe.«

»Stimmt, aber irgendwie hat es sich nicht richtig angefühlt. Keine Ahnung, vielleicht hatte ich Angst, von dir bedauert zu werden. Vielleicht wollte ich einen besseren Moment abpassen. Vielleicht hatte ich aber auch einfach nicht den Mut. Vielleicht habe ich mich geschämt oder was weiß ich …« Elena brach ab und seufzte erschöpft. »Michele, jetzt habe ich dir alles erzählt, und ich weiß wirklich nicht, warum ich so lange dafür gebraucht habe. Das ist die Wahrheit. Es gibt tausend Gründe und dann wieder gar keinen. Ich habe einen

Fehler gemacht, so hätte es nicht laufen sollen. Aber ich kann's nicht ändern. Und außerdem musst du einfach mal verstehen, dass Menschen Fehler machen. Wir sind keine Maschinen und können uns nicht ständig so verhalten, wie du es gerne hättest, nur weil du gelitten hast. Du bist nicht der Einzige auf der Welt, der etwas Schlimmes erlebt hat. Das Leben ist hart. Aber du bist schon selbst für dich verantwortlich, und du darfst nicht immer nur danach schauen, was die anderen tun oder nicht tun. Und ich bitte dich hiermit um Verzeihung, ganz offen und ehrlich. Reicht dir das nicht?«

Michele spürte, dass Elena recht hatte und dass er ihr nur hätte verzeihen müssen, und schon wäre die Heiterkeit vom Vorabend wenigstens teilweise zurückgekehrt. Doch er war schon zu lange in seiner dunklen Höhle gehockt und fand nun keinen Weg mehr hinaus. Also hörte er sich selbst die einzige Antwort geben, die ihm in diesem Moment möglich erschien.

»Nein! Das genügt mir nicht!«, brüllte er. Seine Mutter fuhr herum und sah ihn überrascht an.

Michele zog Milùs Puppe aus dem Rucksack und drückte sie Elena in die Hand. »Da, die nimmst du besser wieder zurück«, sagte er kalt. »Viel Glück noch.«

Fassungslos starrte Elena die kleine Milù an. In Micheles Blick nichts als Ablehnung. Er kam ihr vor wie ein anderer Mensch. Als wäre die Veränderung, die sie schon zuvor an ihm wahrgenommen hatte, zu einem Ende gekommen.

Als er das Zimmer verließ, wusste Elena intuitiv, dass er beschlossen hatte, in sein Leben zurückzukehren. Sie würde keinen Zugang mehr zu ihm finden, also folgte sie ihm nicht. Von nun an würde nie wieder Sonntag sein – auch das wusste Elena.

Erst jetzt fiel ihr Lauras Blick auf.

Micheles Mutter starrte die Puppe unverwandt an und kam langsam auf Elena zu, die Arme mit einem mädchenhaften Lächeln ausgestreckt. Eine tiefe Zärtlichkeit lag in ihren Augen. Sanft berührte sie Elenas Finger, die ihr die Puppe nach kurzem Zögern überließ. Laura drückte sie an ihre Brust und strich ihr übers Haar und über das weiche Gummigesicht. Sie wiegte sie wie eine Mutter und stimmte ein herzzerreißendes Klagelied an, das Elena schaudern ließ. Ihre Stimme klang zugleich liebevoll und verzweifelt, und sie schien nie gehörte Klänge hervorzubringen, eine Hymne an das Leben und ans Leid. Sie riefen Bilder und Erinnerungen aus einer fernen, unerreichbaren Vergangenheit wach.

Abrupt brach das Klagelied ab. Zurück blieb nur ein kleines Glimmen in Lauras Augen, als sie den Wandschrank neben dem Bett öffnete und sich über eine kleine Holztruhe beugte, deren abgerundeter Deckel mit Handmalereien verziert war, galoppierende Pferde auf einer grünen Wiese. Sie waren schon etwas verblasst und wiesen Kratzer und feine Risse auf. Elena trat näher und sah zu, wie Laura die Truhe öffnete, in der sich Wäsche und abgenutzte Bettlaken befanden. Laura schob die Wäsche beiseite und brachte Micheles rotes Tagebuch zum Vorschein. Elenas Herz machte einen Satz, doch Micheles Mutter beachtete sie gar nicht. Versonnen strich sie über den Einband, legte die Puppe daneben, deckte beide Gegenstände mit Wäsche zu und schloss sowohl Truhe als auch Schrank.

Als Elena ihr jetzt in die Augen sah, lag wieder nur Abwesenheit darin. Sie hatte erneut von Laura Besitz ergriffen und vielleicht auch ihren Schmerz zum Verschwinden gebracht.

21.

Als Michele aus der Klinik kam, schlug er instinktiv den Weg zur Ortschaft ein. Er hatte kein bestimmtes Ziel. Sonntagnachmittag. Er würde bis zum nächsten Tag warten müssen, um in den 14.15-Uhr-Zug zu steigen und nach Hause zu fahren. Es hatte wieder zu schneien begonnen, und er überlegte, ob er sich zu Fuß auf den Heimweg machen sollte. Die vielen Kilometer schreckten ihn nicht, er hatte im Gegenteil das Bedürfnis, allein zu sein. Im beruhigenden Gleichtakt seiner Schritte würde er womöglich auf andere Gedanken kommen. Noch zwei Tage, ehe er wieder in die Arbeit musste. Wenn ihn unterwegs die Müdigkeit überfiel, würde er ja vielleicht einen Bus finden, der ihn Richtung Miniera di Mare brachte.

Er hatte den Bahnhofsplatz gerade erreicht, als Luces Auto in einem Affenzahn auf ihn zuraste und abrupt abbremste. Michele fiel sofort auf, wie angespannt und besorgt sie wirkte. Wahrscheinlich war sie wütend auf ihn, weil er so plötzlich verschwunden war. Sie kurbelte das Fenster herunter.

»Ist Gianni bei dir?«, fragte sie aufgeregt, fast fieberhaft. Ihr Blick suchte die Gasse ab, aus der Michele gerade gekommen war.

Überrascht schüttelte Michele den Kopf. »Ich habe ihn zu Hause gelassen …«, antwortete er, als wollte er sich rechtfertigen.

»Da ist er nicht. Er ist verschwunden«, erwiderte Luce verzweifelt und bedeutete ihm einzusteigen. »Wir haben ihn überall gesucht. Ich habe so gehofft, dass er bei dir ist. So was hat er noch nie gemacht. Ich verstehe das nicht …«

Michele merkte, wie sich sein Gewissen meldete, weil er so hart mit dem Jungen umgegangen war, und das, obwohl er sich selbst in ihm wiedererkannt hatte: ein Kind, das die abwegige Hoffnung hegte, sein Leben könne irgendwann wieder normal werden.

Im selben Moment durchfuhr ihn ein Gedanke:

»Weißt du, wie man von hier aus zum Gebirgspass vom Gran Sasso kommt?«, fragte er aufgeregt.

»Ja, natürlich. Glaubst du etwa …«

»Gianni wollte, dass ich ihn dahin begleite, aber ich habe Nein gesagt«, gab Michele zu. »Ich war ziemlich grob zu ihm, es tut mir wirklich leid …«

Luce legte den Rückwärtsgang ein und drückte aufs Gaspedal. Die Räder drehten durch, gruben sich in die Schneeschicht und griffen wieder, als sie den Asphalt erreichten. Mit einem Ruck rasten sie los.

Unterwegs planten sie die weiteren Schritte. Luce rief ihre Leute an, die ganze Familie. Jeder von ihnen war sofort entschlossen, sich aufzumachen und auf der Zufahrtstraße zum Pass nach Gianni zu suchen. Danach versanken Michele und Luce in Schweigen, den Blick auf die Straße vor ihnen geheftet, als könnten sie die fehlenden Kilometer allein mit der Kraft ihrer Verzweiflung hinter sich lassen.

»Von hier aus kommt man nur zu Fuß weiter«, sagte Luce einige Zeit später, als sie an den Hängen des Gran Sasso angekommen waren, und stellte den Wagen an einer weniger zugeschneiten Stelle ab.

In der Ferne erkannten sie Gestalten, die schon ein Stück weit bergauf vorgedrungen waren, einige Verwandte, die sich als Vorhut hinaufwagten. Sie rückten in fächerartiger Formation vor, um das Gelände möglichst weiträumig abzudecken. Ihre Rufe schallten bis ins Tal hinunter, verstärkt durch das mehrfache Echo, das von den Felswänden widerhallte.

Michele und Luce versuchten sie im Sturmschritt einzuholen, doch ihre Füße versanken im tiefen Neuschnee, und jeder Schritt wurde mühevoll und schwer. Michele hatte das Gefühl, in Zeitlupe voranzukommen, als würden seine Beine verzögert auf die Impulse seines Gehirns reagieren. Und je mehr er sich anstrengte, desto langsamer kam er voran, eine Wahrnehmung, die durch sein schlechtes Gewissen noch verstärkt wurde. Er musste den Sohn seiner Schwester unbedingt finden!

Nach einigen Minuten hatten sie die anderen eingeholt und riefen aus Leibeskräften nach Gianni.

Die Sonne war zwar noch am Himmel zu sehen, doch bald schon würde ihr Licht bleicher, aufgesogen von einer Nacht, der es vollkommen gleichgültig war, welchen Schaden sie anrichtete, wenn sie das verzweifelte Menschengrüppchen der Dunkelheit überließ.

Sie hielten inne, um wieder zu Atem zu kommen. Roberto, puterrot im Gesicht und keuchend vor Anstrengung, schlug vor, dass einer von ihnen ins Dorf zurückkehren sollte, um die Carabinieri zu verständigen.

»Wir haben hier kein Netz«, sagte er mit einem Blick auf sein Handy. »Außerdem wird es bald dunkel. Die Beamten haben wenigstens die Mittel, um es bis nach oben zu schaffen. Wir hingegen können bald nur noch klettern.«

Caterinas Sohn erbot sich, umzukehren und die Polizei zu verständigen, sobald sein Handy wieder Empfang hätte.

»Es wird das Beste sein, wenn wir uns aufteilen«, sagte Roberto dann.

»Wie kommt man eigentlich auf den Pass?«, fragte Michele schwer atmend.

»Man muss um den Berg herum, und dann gibt es drei oder vier Wege, die da raufführen«, sagte der Alte. »In einer oder eineinhalb Stunden ist man oben. Abgesehen davon gibt es noch diesen direkten Weg hier, siehst du?« Roberto zeigte auf einen steilen Pfad, der aussah wie eine an der Felswand lehnende Sprossenleiter.

»Aber das ist viel zu steil, und bei dem Schnee rutscht man dauernd ab. Ein Kind könnte das unmöglich schaffen und müsste schon nach wenigen Metern wieder umdrehen. Ich bin sicher, Gianni ist um den Berg herumgegangen.«

Luce nickte, und sie beschlossen, Robertos Vorschlag zu befolgen. Sie teilten die Wege des unwegsamen Geländes unter sich auf, um jeder auf eigene Faust in das helle Weiß einzudringen. Michele wollte sich dem Gipfel zusammen mit seiner Schwester von Osten her nähern.

Nach etwa hundert Metern verlangsamte er den Schritt, blickte den anderen hinterher und wandte sich klammheimlich dem steilen, himmelwärts kletternden Pfad zu. Denn genau auf diesen Pfad hatte Gianni ihn heute Morgen hingewiesen, wie er sich eingerahmt vom Rechteck des Fensters gezeigt hatte.

Schon nach wenigen Metern spürte er seine Fußgelenke und Knöchel. In einem Punkt hatte Roberto höchstwahrscheinlich recht: Auf diesem Weg würde Gianni nie zum Pass gelangen, er war viel zu unwegsam und mühevoll für ein so kleines und zartes Kind. Trotzdem – Michele machte sich an den Aufstieg.

Eine tief sitzende Wut trieb ihn an, und ihm wurde klar,

dass sie mit der seltsamen Gereiztheit zu tun hatte, die er plötzlich empfunden hatte, als Gianni mit der absurden Idee angekommen war, auf den Spuren seines Vaters nach dem Eisbären zu suchen. Aber was war der Grund für seine Gereiztheit? Woher kam sie?

Michele hatte den schmalen Pfad erreicht und blieb stehen. Als er nach oben blickte, sah er, wie der Gipfel des Gran Sasso in den rauchigen Himmel tauchte. Er schreckte zurück, als ihm bewusst wurde, dass er seine Arme und Hände würde benützen müssen, wenn er da hinaufklettern wollte. Er bedauerte es, keine Handschuhe mitgenommen zu haben. Aber es half nichts. Mit bloßen Händen griff er in den Schnee, robbte und hangelte sich auf allen vieren Meter um Meter voran, manchmal auch nur zentimeterweise, und machte Bekanntschaft mit dem Wind, der ihn anbrüllte, ihn bedrohte, ihm Stöße versetzte und jeden verfluchte, der ihm widerstand.

Er glaubte zu spüren, dass die Zeit während seines Aufstiegs stehen blieb und sich um sich selbst drehte, Atemzug um Atemzug in einer festgenagelten Gegenwart. Und jeder Atemzug bedeutete eine rückwärtslaufende Sekunde, in deren Sog das künftige Weiterkommen ohnmächtig zurückblieb und zum Aufgeben zwang.

Michele konnte jetzt nicht aufgeben. Einen Schritt vor den anderen setzend, in namenloser Wut, bezwang er nach und nach den Anstieg. Irgendwann hatte er einen Felsspalt erreicht. Er besah sich seine tauben, blau gefrorenen Finger und beschloss, eine Atempause einzulegen. Er nahm den Rucksack ab, versuchte auf dem glatten Untergrund das Gleichgewicht zu halten, kramte zwei T-Shirts hervor, die er in den Tagen zuvor getragen hatte, und wickelte sie sich um die Hände. Nach ein paar Minuten war er so weit zu Kräften gekommen, dass er in Ruhe überlegen konnte, ob er weitergehen oder den Abhang einfach wieder hinunterrutschen sollte.

Als er nach unten blickte, spürte er für einen Moment den Sog der Tiefe. Ein lockendes Schwindelgefühl überkam ihn, drängte ihn, sich ins auslöschende Nichts gleiten zu lassen, um endlich Vergessen zu finden. Dann richtete Michele den Blick in den dunkler werdenden Himmel, der ihm sogar noch bedrohlicher erschien als der eisige Abgrund unter seinen Füßen.

Plötzlich sah er die Spur.

Die Spur eines kinderfußgroßen Schneeschuhs.

»Das muss er sein. Er ist doch tatsächlich hier entlanggekommen …«, flüsterte Michele, als hätte ihn jemand hören können. Unermüdlich arbeitete er sich weiter nach oben. Und nun fand er auch den matten Sonnenball wieder, der zwischen den verschneiten Gipfeln hing. Mit letzter Kraft schien er sich gegen sein Äquivalent zu behaupten, den noch unsichtbaren Mond, der bald übernehmen und das Ende des Tages verkünden würde.

Unverhofft flachte das Gelände ab, und der Weg wurde ebener. Er vollführte eine Rechtskehre und lief in einem Bogen zwischen Gebirgswand und Himmel dahin, um schließlich auf einer kleinen Hochebene herauszukommen, eine ins Eis getriebene Terrasse, die zwischen zwei Felswänden klemmte. Wind kam auf und wirbelte Wolken aus Schneestaub durch die Luft, die ihn von oben bis unten einhüllten. Michele kämpfte sich weiter voran, während die Sicht wieder klarer wurde und der Wind abebbte. Am Ende des Eisfelds sah er eine kleine Gestalt im Gegenlicht auftauchen.

Gianni.

Er hatte sich in den Schutz eines Felsens gekauert. Sein

Gesicht schien noch weißer als der Schnee. Als Michele auf ihn zustürzte, durchzuckte ihn der instinktive Wunsch, ihn zu schlagen.

»Gianni!«, schrie er. Aus seiner Stimme sprach hilflose Wut.

Der Junge zuckte zusammen, hob den Kopf und schenkte ihm ein schwaches Lächeln, während er am ganzen Leib zitterte. Er schloss die Augen, als ihn Michele an den Schultern packte und brutal hochriss.

»Was fällt dir ein, verdammt noch mal? Hast du irgendeine Ahnung, was du angerichtet hast?«, brüllte er.

»Es ist meine Schuld …«, stammelte das Kind.

»Natürlich ist es deine Schuld! Du hättest zu Hause bleiben sollen, anstatt so einen Wahnsinn anzustellen!«

»Es ist meine Schuld, dass Papa weggegangen ist …«, widersprach Gianni mit tränenerstickter Stimme. »Ich weiß nicht, was ich ihm getan habe, aber es ist meine Schuld …«

Micheles unselige Anspannung löste sich, und sein seit dem Morgen verhärtetes Herz schlug wieder weich in seiner Brust. Als er Gianni in die Augen sah, erblickte er den kleinen Jungen darin, der Abend für Abend am Fenster gestanden und auf den Zug gewartet hatte, den kleinen Jungen, der die ankommenden Fahrgäste aufmerksam gemustert hatte, jedes Mal aufs Neue hoffend, die Mutter sei dabei. Er erkannte seine eigene Enttäuschung, wenn der Bahnhof am Ende verlassen dalag und nur wieder sein Vater nach Hause kam. Er sah sich selbst, wie er das Fenster schloss und dachte, dass es allein seine Schuld war, wenn die Mutter ein für alle Mal gegangen war.

»Aber was redest du denn da …«, sagte er leise. »Es ist nicht deine Schuld. Niemand hat Schuld.«

Das war nun der Satz, der seine Seele wie eine lang ersehnte

Absolution beruhigte, wie ein Zeichen, dass er sich endlich vergeben konnte.

Er drückte Gianni an sich, um ihm seine Körperwärme weiterzugeben, alles, was davon noch übrig war.

»Ist Mama wütend?«

Michele lächelte.

»Sie macht sich Sorgen, aber wütend ist sie nicht. Ich war wütend auf dich … auch wenn ich keine Ahnung habe, warum.«

»Vielleicht, weil du schon wusstest, dass es hier keine Eisbären gibt. Du hast es ja gesagt.«

»Naja, vielleicht hast du ja doch recht …«, erwiderte Michele, um ihn zu trösten.

Der Junge senkte den Blick. Er nahm all seinen Mut zusammen und gestand: »Eigentlich habe ich den Eisbären nie gesehen. Ich habe ihn erfunden.«

Michele runzelte die Stirn. »Du hast ihn nie gesehen? Aber warum bist du dann hier raufgestiegen?«

Die Augen des Kleinen füllten sich mit Tränen. »Weil ich so gehofft habe, dass es ihn trotzdem gibt! Dass mein Papa kein Lügner ist! Dass er noch hier ist und nach ihm sucht!«, brachte er unter heftigen Schluchzern hervor.

Michele drückte ihn fest an sich. Seine klammen Hände streichelten das von Kummer geschüttelte Kind. Ihm fiel ein, was Roberto am Vorabend gesagt hatte: »Warum hast du so lange damit gewartet, deine Mutter zu suchen?« Er hatte recht. All die Jahre war er wie gelähmt gewesen, hatte tatenlos auf ihre Rückkehr gewartet. Gianni hingegen hatte sich aus seinem Schneckenhaus gewagt und Eis und Schnee getrotzt, um seinen Vater zu finden. Seine Hoffnung hatte ihm die Kraft gegeben, bis hier oben auf den Berg zu gelangen, während er, Michele, sich nur von Wut hatte leiten lassen.

Und diese namenlose Wut war in Wirklichkeit gegen ihn selbst gerichtet, gegen seine Weigerung zu handeln, gegen sein Selbstmitleid, das genaue Gegenteil von Giannis kühnem Tatendrang.

Er strich dem Jungen übers Gesicht und wischte ihm die Tränen weg. »Wir müssen zurück ins Tal«, sagte er.

Das Kind nickte und ergriff Micheles ausgestreckte Hand, um sich mit ihm auf den Rückweg zu machen. Sie fanden einen relativ sanften Abhang, hinunter in eine Senke, die wieder in eine Hochebene mündete. Dort gab es einen schmalen Felsenkamm, der unter dem Schnee hervorbrach und sich zu einem offenbar talwärts führenden Weg verbreiterte. Michele und Gianni hielten darauf zu. Plötzlich wehte sie ein seltsam strenger Geruch an. Hinter ihnen krachte der Schnee unter der Last schwerer Schritte. Eine warme, animalische Ausdünstung erreichte sie.

Als sie sich umdrehten, sahen sie ihn in der Ferne.

Einen Eisbär. Er kam direkt auf sie zu.

Sie erstarrten, und auch der Bär blieb stehen, bäumte sich zu voller Größe auf, riss das Maul auf und ließ ein markerschütterndes Gebrüll los. Dann sank er zurück auf seine Vordertatzen und kam weiter in ihre Richtung.

Michele löste sich aus seiner Erstarrung, riss den Jungen an sich und zerrte ihn mit sich fort.

»Los, Gianni, lauf!«, schrie er, während der Bär rasch aufholte. Sie stürmten auf den Felsenkamm zu, nichts wie abwärts, runter ins Tal, ihre einzige Hoffnung. Sie rannten mit der Kraft der Verzweiflung, rannten um ihr Leben, bis ihnen die Luft wegblieb.

Sie sprangen über eine Schneewehe, woraufhin eine Eisplatte unter ihren Füßen wegkrachte, konnten sich gerade noch fangen und rannten weiter. Sie überwanden einen Felsblock und hasteten auf der Ebene dahin, während ihnen die Beine schon halb wegsackten und ihre Kräfte mehr und mehr schwanden. Michele hielt Giannis Hand fest umklammert und drückte sie, als wäre sie der einzige Halt, der ihn noch mit dem Leben verband. Er hörte, wie das Kind vor Angst wimmerte und vor Erschöpfung heftig keuchte.

»Weiter, los!«, schrie er ihm mit dem fast schon letzten Atem zu. Ausgepumpt, wie er war, rang er mit aller Macht nach Luft.

Sie erreichten den Rand der Ebene, die plötzlich jäh abriss. Etwa zehn Meter unter ihnen befand sich ein von Felswänden umschlossenes Schneefeld.

Michele schloss die Augen. Gianni schluchzte leise auf.

»Was … was machen wir jetzt?«

Die Stimme des Kindes riss ihn aus seiner Erstarrung, während hinter ihnen die enorme Körpermasse des Bären heranwuchtete.

Michele blickte in die Tiefe, packte das Kind und stürzte sich mit ihm hinunter.

22.

Wenn du in die Tiefe stürzt, hältst du das Leben nicht mehr fest. Du spürst noch, wie es mit dem Blut durch deinen Körper strömt, wie es durch dein Herz gepumpt wird und in deinen Augen leuchtet. Aber du atmest nicht. Es ist ein Moment, in dem du deinen Willen und dein Bewusstsein zu Hilfe nehmen müsstest, um deine Lungen zu aktivieren. Aber beim Atmen denkt man nicht, dass man atmen muss, es geschieht einfach. Es geschieht, während man abgelenkt ist und mit dem Leben beschäftigt.

Wenn du in die Tiefe stürzt, erkennst du die Grenze des Lebens und akzeptierst sie. Wo das eine anfängt, hört das andere auf. Und während du im Fallen noch darüber nachdenkst, wie das alles passieren konnte und wie es wohl enden wird, verhandelt das Leben mit dem Schicksal, um über dich zu entscheiden. Währenddessen atmest du nicht. Und erst im letzten Moment bereust du, es nicht getan zu haben.

Michele schnappte nach Luft, als er auf dem weißen Untergrund aufkam. Instinktiv tastete er in dem weichen wattigen Schnee nach dem Kind. Er spürte eine Hand an seinem Ellbogen. Gianni war bei ihm. Sie waren noch am Leben. Die Schneemassen der letzten Stunden hatten sie gerettet.

Über ihren Köpfen hörten sie den Bären, der brüllend am

Rand der Schlucht stand. Die aufsteigenden Felswände um sie herum formten einen Schutzwall.

»Bist du okay?«, fragte Michele und spuckte einen Eisklumpen aus.

Gianni nickte tapfer. Vorsichtig tastete Michele über die Arme, die Beine und den Oberkörper des Jungen und ließ ihn verschiedene Bewegungen ausführen. Stolz demonstrierte Gianni, dass er vollkommen unversehrt war.

»Wir haben wirklich Glück gehabt«, seufzte Michele und drückte ihn an sich.

Gianni erwiderte die Umarmung und sah ihn mit einem neuen Ausdruck in den Augen an.

»Aber … das war doch ein Eisbär, oder?«, fragte er.

»Sieht so aus.«

»Das war nicht der Schnee, der ihn weiß gemacht hat … Er sah wirklich so aus, stimmt's?«, insistierte das Kind.

»Ja, er sah wirklich so aus«, gab Michele zurück. »Und ich habe keinen Schimmer, wie das sein kann.«

»Erzählst du den anderen davon? Mir glauben sie nicht.«

»Ich verspreche dir, es ist das Erste, was ich tue, wenn wir hier rauskommen.«

Sie sahen sich um und suchten nach einem Durchgang zwischen den Felswänden, um einen Weg zurück ins Tal zu finden.

Als sie aufstanden, suchte Giannis Hand schutzsuchend die von Michele, und es gab nichts, was selbstverständlicher gewesen wäre.

Plötzlich hörten sie Stimmen in der Ferne, die verzweifelt nach ihnen riefen. Michele und Gianni blickten einander an, Freude und Erleichterung in den Gesichtern. Dann schnellten ihre Blicke wie zwei Kompassnadeln in die Richtung, aus der die Rufe kamen.

Micheles durchdringender Pfiff überbrückte in nur einer Sekunde die Distanz, die sie von ihrer Rettung und häuslicher Geborgenheit trennte. Die Stimmen in der Ferne reagierten sofort, und die verzweifelten Rufe verwandelten sich in Jubelschreie.

Gianni und Michele kämpften sich langsam auf die Felswände zu. Immer wieder versanken ihre Füße in der dichten Schneedecke. Plötzlich blieb Gianni stehen und fasste sich ans Bein.

Michele drehte sich nach ihm um.

»Was ist?«, fragte er. »Hast du dich verletzt?«

Der Kleine schüttelte den Kopf und zeigte auf ein Schneeloch, in dem sein linker Fuß eingesunken war.

»Ich stecke fest«, sagte er. »Ich komm nicht mehr raus.«

Michele schaufelte den Schnee um die Wade des Kindes herum zur Seite und grub nach seinen Knöcheln.

Auf einmal leuchtete etwas auf, der Metallbeschlag eines Ledergurts.

Michele befreite den Jungen aus seiner Falle und holte einen schneebedeckten Gegenstand ans Licht. Er hob ihn hoch und ließ ihn an seinem Gurt baumeln. Mit staunend geöffnetem Mund und aufgerissenen Augen stand Gianni da.

»Das ist Papas Fotoapparat …«, stieß er hervor.

23.

Am nächsten Tag kreisten Helikopter über dem Gebirgspass des Gran Sasso, bis man gegen Abend tatsächlich Gerardos sterbliche Überreste im Schneefeld fand. Sie wurden geborgen und zum Klinikum von Carvagnaso gebracht, wo man in den darauffolgenden Tagen, wie in solchen Fällen üblich, eine Autopsie veranlasste.

Luce, Gianni, Michele und die ganze Familie waren bei der Überführung der Leiche dabei.

Ein paar Stunden später übergaben die Behörden Luce den Fotoapparat, den ihr Mann bei sich gehabt hatte. Das Gedächtnis der Digitalkarte enthüllte so einige Dinge, die sonst nie ans Licht gekommen wären.

Es war Luces Mann tatsächlich gelungen, den weißen Bären zu fotografieren, bei dem es sich allerdings nicht um einen Eisbären handelte, sondern um einen Marsischen Albino-Braunbären. Ein seltenes Exemplar, aber durchaus in der für diesen Landstrich typischen Tierwelt anzutreffen. Doch viel wichtiger: Gerardo hatte nicht gelogen, und die Exkursion war keine Ausrede gewesen, um seine Lieben zu verlassen. Vielleicht hatte er gehofft, Geld für die exklusiven Aufnahmen zu bekommen, oder er hatte davon geträumt, Berühmtheit zu erlangen, wenigstens für einen Moment. In jedem Fall war er kein Lügner und hatte seine Familie aufrichtig geliebt.

Die anderen Fotos auf der Karte waren in den vorangegangenen Tagen aufgenommen worden. Sie zeigten Luce und Gianni, Schnappschüsse, die ohne ihr Wissen gemacht worden waren. Eine lächelnde Luce, die ihr Kind im Arm hielt, Gianni, der ganz verdreht auf dem Sofa schlief, Mutter und Sohn auf dem Nachhauseweg, durchs Fenster fotografiert. Und ein letztes Bild von Luce, wie sie ausgestreckt auf dem Bett lag, versunken in tiefen Schlummer, ins Morgenlicht ausgerechnet jenes anbrechenden Tages getaucht, den Gerardo gewählt hatte, um mit seiner Kamera ein Abenteuer in den Bergen zu suchen.

Er hatte ihr Bild vor seinem Aufbruch im Speicher des Apparats und in seinem Herzen verewigt, wie um sie bei sich zu haben.

Seine Bilder linderten Luces und Giannis Schmerz. Beide hatten das Gefühl, dass Gerardo in dem Moment, in dem man ihn tot aufgefunden hatte, für immer zu ihnen zurückgekommen war.

Dem allem folgte eine Nacht des Schweigens, der Umarmungen und Gebete. Gianni schlief erschöpft auf den Knien seiner Mutter ein, die ihm bis zum Morgengrauen übers Haar streichelte. Der große Kliniksaal wärmte sie und den Rest der Familie und schützte sie vor fremden Blicken, während sich das Gerücht, Gerardos sterbliche Überreste seien gefunden worden, wie ein Lauffeuer im Tal verbreitete. Die Finger von alten Frauen zählten an den Perlen ihrer Rosenkränze wehmütige Erinnerungen und traurige Begebenheiten herunter, während die Männer in staunendem Austausch die Geschichten des Lebens bedachten.

Michele ging ins Freie hinaus, um eine Zigarette zu rauchen. Über ihm strahlte der Sternenhimmel. Das Firmament hatte selbst die erloschenen Sterne nicht verloren. Es bewahrte ihr Licht und ihr Gedächtnis, und jetzt, endlich, zum ersten Mal, weinte er, ganz ohne bestimmten Grund. Er spürte, wie ihm Tränen übers Gesicht liefen und was sie bedeuteten: das Glück eines wiedergefundenen Friedens.

Er sah einem neuen Leben entgegen, und die Tränen in seinen Augen gaukelten ihm vor, am Himmel stünde auf einmal ein zweiter Mond.

Am folgenden Morgen kehrten sie ins Dorf zurück. Auf dem Weg nach Hause standen die anderen Kinder aus Giannis Klasse Spalier und begrüßten ihn mit einem Respekt, der einem Helden zugestanden hätte. Den Vormittag verbrachten sie im Kreise der Familie, immer noch in das Gedenken an Gerardo versenkt, und Michele hatte das Gefühl, Teil eines großen Ganzen zu sein. Zwar würde er am nächsten Tag nach Miniera di Mare aufbrechen, aber er hegte schon jetzt den Wunsch nach einem Wiedersehen. Er erzählte Gianni von seinem Haus und dem Bahnhof und beschrieb ihm das nur wenige Schritte entfernte Meer. Zu guter Letzt entlockte er ihm das Versprechen, die Sommerferien bei ihm zu verbringen, lange Strandspaziergänge zu machen, faul am Ufer zu liegen und im Meer zu schwimmen. Er bearbeitete Roberto so lange, bis er ihm das Geheimnis seiner Grillkoteletts verriet, und er tröstete die trauernde Luce, indem er ihr versprach, immer für sie da zu sein, sollte sie ihn brauchen.

Am Nachmittag stieg er in den Bus nach Piana Aquilana und begab sich zu Fuß vom Bahnhofsplatz in die Klinik, um sich von seiner Mutter zu verabschieden. Die Welt schien anders als am gestrigen Tag, selbst der Tag leuchtete heller und sein Licht ließ die Umrisse der ihn umgebenden Dinge klarer hervortreten. In der Eingangshalle, wo ihm die Porträts der Musiker schon so vertraut entgegenblickten, fragte er nach Lena und ließ sich von ihr zu seiner Mutter bringen.

Sie saß am Fenster, wo sie wie immer blicklos nach draußen starrte. Michele drückte ihre Schulter, damit sie sich ihm zuwandte. Er umarmte sie zärtlich, roch ihren Duft nach blühenden Blumen, bat sie um Verzeihung, dass er nicht schon früher nach ihr gesucht hatte, und flüsterte ihr all das zu, was er im Lauf der letzten Woche und vor allem der letzten Stunden begriffen hatte. Er erzählte ihr von Erastos und vom irdischen Paradies, vom feuerspeienden Antonio, der in allen Sprachen »Ich liebe dich« und »Scher dich zum Teufel« sagen konnte und sich durch ein unstetes Wanderleben schlug. Er erzählte von einem Olivenbaum und einem Fingernagel-Abdruck, der seinen Stamm durchschnitt wie eine Wunde, erzählte von einem blinden Mädchen, das ihm gezeigt hatte, wie man die Welt auf tausend Arten betrachten konnte, ohne sie je wirklich zu sehen. Er berichtete ihr von Gerardo und seinem irdischen Paradies, in dem ein Eisbär hauste. Und er pries Giannis Kühnheit, der die eisigen Höhen angegangen war, um die Existenz eines Bären zu beweisen und seinem Vater Gerechtigkeit widerfahren zu lassen.

Er präsentierte ihr seine Erkenntnis, dass jeder das Recht haben müsse, seiner Vorstellung vom Leben zu folgen, genau wie Gianni und er dem Eisbären gefolgt waren. Es nicht zu wagen würde bedeuten, nicht zu leben. Das Leben war keine Haushaltsbilanz, die nur der Vernunft unterworfen war, sondern ein unaufhörlicher Fluss von Ereignissen, für die es oft keine Erklärung gab, oder auch viel zu viele, als dass man am Ende die einzig richtige hätte ausmachen können.

Und wenn also Angelo derjenige war, der für seine Mutter das irdische Paradies bedeutet hatte, und sie es für richtig befunden hatte, ihm zu folgen, dann hatte sein Vater mit seinem Brief voller Lügen vielleicht nichts anderes erreichen wollen, als Michele vor einem Wiedersehen zu schützen, das er für sinnlos gehalten und von dem er geglaubt hatte, es werde seinen Sohn nur noch mehr schmerzen. Vielleicht hatte er sich aber auch nur selber schützen und mit seiner Rache den verletzten Stolz des verlassenen Ehemanns wiederherstellen wollen.

Die richtige Antwort würde nie jemand erfahren.

»Und ist das nicht auch das Schöne am Leben, Mama?«, fragte er und streichelte ihr übers Gesicht.

Die Frau zuckte mit den Lidern, und ihre Augen richteten sich auf Michele, als würden sie ihn zum ersten Mal wirklich sehen und erkennen. Ob das allerdings wirklich so war oder nur seiner Einbildung geschuldet – auch das würde er nicht mehr erfahren.

Michele hatte erkannt: Es gab nicht nur die Erklärung für eine Tat oder ein Geschehnis, die zählte. Und es kam auch nicht immer bloß darauf an, ob etwas richtig oder falsch war. Entscheidend war das Ergebnis, das am Ende dabei herauskam. Er hatte verstanden, dass selbst dieses Ergebnis immer ambivalent sein würde, bis ganz zum Schluss, dass es aber unsere eigenen Handlungen waren, die über unser Leben entschieden, und nicht die der anderen, auch wenn es manchmal so aussah.

»Darin hat Elena völlig recht. Und sie war es auch, die mich darauf gestoßen hat.«

Jetzt, da er seiner Mutter diese Worte zuflüsterte, spürte Michele, dass ihm nur noch eines zu tun blieb, nämlich so schnell wie möglich abzureisen.

Nicht, um nach Hause zurückzukehren, sondern um seinem ganz persönlichen Eisbären zu folgen.

24.

Am nächsten Tag hielt der Interregio nach Miniera di Mare pünktlich um 18.45 Uhr am Bahnhof von Prosseto, wo Elena auf einer Bank saß und wartete. Ein langer Arbeitstag lag hinter ihr. Cosimo hatte eine billige Seife für die Toilette gekauft, und Elena schnüffelte fortwährend an ihren Händen, weil sie immer noch nach Kaffee und geröstetem Malz dufteten. Die Türen der Waggons öffneten sich mit dem gewohnten metallischen Zischen, und Elena stieg ein. Auf dem Weg zu ihrem Platz kramte sie in ihrer Tasche zwischen Handy, Portemonnaie, Hausschlüsseln, Bonbons, Kajal und anderen Utensilien nach der Packung Erfrischungstücher, die sie zu Hause eingesteckt hatte. Sie war so damit beschäftigt, dass sie kaum Notiz von dem Mann nahm, der auf dem Platz neben ihr saß, das Gesicht hinter einer Zeitung verborgen. Endlich fand sie das Päckchen, zog ein Tütchen heraus, riss es auf und rieb sich die Hände mit dem nach Lavendel duftenden Tuch ab. Sie stieß einen Seufzer aus und wandte sich dann dem Mann zu. Michele. Mit offenem Mund starrte sie ihn an wie eine Erscheinung. Michele las weiter seelenruhig seine Zeitung, als würde er nicht merken, was um ihn herum vorging. Rasch wandte Elena den Blick ab und starrte unverwandt geradeaus, was einen ihr gegenübersitzenden alten Mann veranlasste, sich geschmeichelt den Krawattenknoten zurechtzuzupfen.

Nervös sah Elena aus dem Fenster. Michele zuckte immer noch mit keiner Wimper. Endlich fuhren sie wieder am Meer entlang, dessen Oberfläche vom Wind aufgewühlt war.

»Du siehst blau aus«, sagte er plötzlich, ohne den Blick von der Zeitung zu lösen.

Elena drehte sich zu ihm hin und sah ihn überrascht an.

»Du bist blau wie der Sand«, fügte er hinzu.

Sie neigte den Kopf zur Seite und fixierte ihn mit zusammengezogenen Augenbrauen.

»Du bist rot wie der Kaffee«, fuhr er fort, während er sich den Sensationsmeldungen zuwandte.

Elena kratzte sich an der Stirn.

»Du bist grün wie der Schnee.« Er faltete die Zeitung zusammen und sah ihr in die Augen.

»Du bist violett wie der Honig.« Jetzt lächelte er.

»Michele«, sagte sie. »Ich glaube, du bist farbenblind.«

»Nein. Du hast einfach nur die Farben in meinem Leben verändert«, sagte er leise.

Ein Lächeln erschien auf Elenas Gesicht. Von einem Augenblick zum anderen schien sich der Wind zu legen, und das Meer wurde ganz ruhig.

»Was redest du denn da für ein Zeug?«, fragte sie. Das Grün in ihren Augen glitzerte vor Glückseligkeit. Ohne ein Wort griff Michele nach ihrer Hand. Sie zögerte kurz und legte dann den Kopf auf seine Schulter.

Sie verschränkten ihre Finger ineinander und ließen es zu, dass unter tausend kleinen Liebkosungen das Begehren füreinander wuchs und wuchs, und der Zug dem Abend entgegenfuhr.

Sie waren alle noch da, weggeduckt im trüben Lichtschein, der von draußen ins Zimmer drang, als der Interregio an diesem Abend pünktlich auf die Minute um 19.45 Uhr in den Bahnhof von Miniera di Mare einfuhr.

Still und ein bisschen angestaubt saßen sie auf ihrem Platz, als die Holzdielen des Fußbodens erzitterten und das Dröhnen des Zugs und das durchdringende Quietschen der Bremsen in die Stille einbrachen.

Die Haustür öffnete sich, und der Mann aus dem Zug kam herein. Aus seinen Augen sprachen tausend Gefühle. Er hielt ein Mädchen an der Hand, das mit seiner bloßen Anwesenheit das Zimmer zum Leuchten brachte, noch ehe die Lichter angingen und die Schatten der Gegenstände an die Wände warfen.

In Reih und Glied sahen sie zu, wie sich Elena und Michele tief in die Augen blickten, ihr Schweigen ein Ausdruck reinen Glücks.

Die Gegenstände äußerten sich nicht, und sie zeigten keine Überraschung, als sich die Lippen der Frau denen des Mannes näherten. Und auch nicht, als den beiden kurz darauf klar wurde, dass auch ihre Küsse eine Farbe hatten.

Die Gegenstände protestierten nicht, als die Lichter wieder ausgingen und das Rascheln von Kleidungsstücken zu hören war, die zu Boden fielen, eins nach dem anderen.

Sie blieben stumm in der Dunkelheit, während sich der Mann und die Frau auf den nach Herbst duftenden Bettlaken ausstreckten.

Der Mond verdunkelte sich. Eine leichte Brise bewegte die Blätter an den Bäumen. Ihr Rauschen war die Stille selbst.

Als sie erschöpft nebeneinander lagen, wurde Michele von einem plötzlichen Zweifel gepackt. Er erinnerte sich an Luces Worte: »Wenn du danach lieber woanders wärst, habt ihr nur gevögelt.«

Er drehte sich zu Elena um und sah sie an. Nein, es gab keinen Ort auf der Welt, an dem er lieber hätte sein mögen, von nun an und für immer – als nur in ihren Augen.

Er drückte sie an sich und streichelte ihr über die schweißnassen Haare, während sie in seinen Armen einschlief.

Als er mitten in der Nacht aufwachte, schlief sie tief und fest, den Kopf auf seiner Brust. Er rückte zur Seite, vorsichtig darauf bedacht, sie nicht zu wecken, erhob sich aus dem Bett und ging ins Wohnzimmer. Er griff nach seiner Jeans auf dem Boden, zog sie an, streifte seinen Pullover über und ging hinaus ins Freie.

Still stand der Zug im schwachen Glanz des Mondlichts. Michele betrachtete ihn und er merkte, dass er ihm gefehlt hatte, auch wenn sein Leben von heute Nacht an niemals mehr sein würde wie zuvor. Endlich wusste er, wie er es angehen musste, der Mann zu werden, der er sein wollte.

Er ging wieder ins Haus, sammelte seine verlorenen Gegenstände ein, einen nach dem anderen, und trug sie in den Zug. Schirme, Stöcke, Brillen und Sonnenbrillen, Wollmützen, unterschiedlichste Hutmodelle, Armbanduhren, die kleine Schreibtischuhr mit dem Pendel, Chromfeuerzeuge, Jacken und Blusen, Transistorradios, bunte Blechbüchsen, alte Fotoapparate, Wollknäuel mit Stricknadeln, Trinkflaschen, das alte Clarino, Schleudern, Spielzeugpistolen und so weiter und so fort.

Er setzte jeden einzelnen Gegenstand auf einen der Sitzplätze, als wären sie Fahrgäste, die verreisen und sich dem Unvorhergesehenen stellen wollten.

Nur den Boxhandschuh behielt er, denn er trug noch die Erinnerung an Elena in sich, an den Zauber ihrer ersten Begegnung. Nie würde sich Michele von ihm trennen.

Morgen um 7.15 Uhr fuhren seine verlorenen Gegenstände zusammen mit den echten Fahrgästen los.

Vielleicht würden einige von ihnen mitgenommen und später benutzt oder weiterverschenkt werden.

Andere würden vielleicht ihren alten Besitzer wiederfinden, genau wie das rote Tagebuch, das ja auch irgendjemand in den Zug gelegt hatte. Irgendjemand, dessen Namen er wahrscheinlich nie erfahren würde.

Wieder andere Dinge würden vielleicht noch am selben Abend nach Miniera di Mare zurückkehren.

Und vielleicht würde Michele sie dann wieder an sich nehmen. Oder sie am nächsten Tag noch mal auf die Reise schicken.

Wer wusste das schon?

»So ist das Leben«, sagte er sich leise.

Ein Lächeln lag auf seinem Gesicht, als er wieder ins Haus ging. Zu Elena.

Einige Tage vorher

Laura sitzt auf dem Bett. Ihre Augen sind auf einen Feuerball gerichtet, der zwischen Fußboden und Decke auf- und niederschnellt. Seine Hitze durchdringt ihre Brust, ein Schmerz, den sie schweigend akzeptiert. Dann hellt sich ihr Geist plötzlich auf. Ab und an geschieht das noch, aber immer seltener, je mehr Zeit vergeht. Doch jetzt kehrt die Erinnerung zu ihr zurück und verfestigt sich. Das Gesicht eines Kindes taucht vor ihrem inneren Auge auf. Sie erhebt sich vom Bett und flüstert einen Namen.

»Michele …«

Der Klang ruft das Geräusch zurück, wenn Meereswellen wie süße Ohrfeigen an Felsen klatschen. Fast ein anderes Leben. Aber doch noch das ihre.

»Michele«, wiederholt sie und spürt den Impuls, rasch aufzubrechen. Sie geht auf den Schrank zu, öffnet ihn und holt das Tagebuch aus der Holztruhe. Als sie es in Händen hält, kommt ihr ein altes Versprechen in den Sinn. Der Vorhang zu ihrem Leben hat sich geöffnet, und auf der Bühne wird das Drama vergangener Jahre gespielt. Sie nimmt ihren Mantel vom Bügel und zieht ihn an. Das Tagebuch presst sie an ihre Brust, öffnet die Tür und schleicht sich hinaus, vorsichtig darauf bedacht, dass sie niemand sieht.

Sie muss zu ihm zurück, sie hat versprochen, ihm das Tagebuch zurückzubringen.

Sie muss zurück, und sei es nur für einen Moment, oder vielleicht für immer.

Sie steht schon am Ausgang. Dann auf der Straße. Die Kälte an ihren Füßen bringt ihr zu Bewusstsein, dass sie vergessen hat, die Pantoffeln gegen feste Schuhe einzutauschen. Aber die Zeit ist zu knapp, um umzukehren.

Sie rennt die verschlungene Gasse hinunter. Rennend kommt sie auf dem Bahnhofsplatz an.

Sie steigt in denselben Zug, den sie unzählige Male abfahren und wiederkehren sah, dort, wo einst ihr Zuhause war.

Sie findet einen freien Platz und setzt sich. Das Tagebuch versteckt sie hinter ihrem Rücken, um es keiner Gefahr auszusetzen. Sie wird nicht eher aufstehen, bis sie nicht am Ort ihrer Bestimmung angekommen ist.

Der Ort bedeutet eine Schuld, ein Versprechen, das es zu halten gilt, die Hoffnung auf ein Verzeihen.

Der Zug vibriert, macht sich bereit zur Abfahrt.

Ihr Herz schlägt, es schlägt so stark, dass der Feuerball wieder vor ihren Augen auf- und niederzuschnellen beginnt, zwischen dem Fußboden und der Decke eines Zimmers, das sie plötzlich vermisst. Sie weiß gar nicht mehr, warum sie nicht länger auf ihrem Bett sitzt.

Sie sieht sich um und hat sich wieder verloren, das Bild in ihrem Gedächtnis versengt von dem Ball. Sie hat Angst.

Das Gesicht des Kindes ist kein Teil mehr von ihr, der Waggon eine dunkle Höhle, die sich um sie her zusammenzieht, ihr die Luft zum Atmen nimmt.

Sie muss einen Weg ins Freie finden. Schnell steht sie auf und flieht.

Sie verlässt den Zug, geht zurück zur Piazza, die Schritte langsam, der Atem schnell.

Sie sieht sich um und erkennt nichts mehr.

Sie tappt in ihrer eigenen Abwesenheit umher, bis sie eine Hand spürt, die ihren Arm ergreift.

Sie weiß nicht, sie kann nicht begreifen, dass sie Lena vor sich hat, die aus der Klinik herbeigeeilt ist, um sie zu suchen.

Sie weiß nicht, sie kann nicht begreifen, dass die Krankenschwester sie gefunden hat und sie nun wieder in die Abwesenheit ihres Zimmers bringen wird.

Sie weiß nicht, dass Lena nie ein Wort über ihre Flucht verlieren wird, aus Angst, ihren Job zu verlieren, mit dem sie ihrer Familie ein annähernd normales Leben ermöglicht.

Sie weiß nicht, sie erinnert sich nicht, sie kann sich nicht erinnern, dass das rote Tagebuch im Sitzplatz des Abteils stecken geblieben ist und gegen Abend zu Michele zurückkehren wird, endlich, nach all den Jahren, und dass es ihn dazu drängen wird, sich auf den Weg zu machen und sein Leben zu ändern.

Sie läuft durch die verschlungene Gasse, und sie friert in ihren Pantoffeln, während sie mit ahnungslosem Vertrauen der Hand folgt, die sie mit sich zieht.

Sie kehrt in ihr Zimmer zurück und setzt sich aufs Bett.

Als wäre nichts geschehen.

Danksagung

Wenn man bei der Danksagung angekommen ist, heißt das, die Reise ist wirklich zu Ende. Es war eine lange Reise, eine bewegende, in einem wundersamen Zug voller Fahrgäste, denen ich eine Menge verdanke.

Laura Ceccacci war der zündende Funke, sie hat die Lokomotive in Gang gesetzt und über tausend Wegstrecken geführt. Sie ist eher ein Heiliges Feuer als eine Literaturagentin. Sie weiß, dass ich ihr nie genug danken kann, und sie braucht keine weiteren Worte.

Elisabetta Migliavada war das Licht am Ende des Tunnels, die Ankunft im schönsten Bahnhof, den ich mir nur vorstellen kann. Dem Garzanti Verlag. Es gibt unzählige Gründe dafür, dass Elisabetta die Belletristik leitet. Und alle liegen klar auf der Hand.

Ilaria Marzi, meine Lektorin. Dass sich der Roman nicht mit unnötigem Lametta schmückt, verdanke ich ihr.

Alba Bariffi, Giulia Fossati, Cecilia Ceriani, Francesca Rodella und das ganze Garzanti-Team, von der Presseabteilung übers Marketing bis zur Redaktion: Ihr seid zu einer zweiten Familie geworden.

Stefano Mauri: danke, dass du an mich geglaubt hast.

Jean Paul Bosco: danke, dass du mir Laura vorgestellt hast und ein großes Dankeschön für all die Dinge, von denen nur wir beide wissen.

Danke auch an Dario Bonamin, einen jungen Drehbuchautor, dem ich das Bild vom Olivenbaum verdanke, dessen Rinde von einem kindlichen Fingernagel versehrt wurde.

Einen Dank an Laura »Zanzi« Minutella, die genau wie Elena spricht.

Nicola Lusuardi, Guglielmo Ariè, Elena Vecco, Anna Ippoliti, Francesco Arlanch, Rita Farricelli, Luana Troncanetti: meine Testleser. Danke für wertvolle und ermutigende Ratschläge.

Und dann sind da noch all die Reisenden, die vor vielen Jahren in einen Zug gestiegen sind …

Danke an Stefano Reali, Guido Bosco, Vittorio Sindoni, Goffredo Lombardo und Adriano Ariè, dass ihr mir den Sinn von Geschichten und des Lebens erklärt habt.

Danke an meine Frau für all die Unterstützung und vor allem, dass sie mich ertragen hat. Mich zu Hause zu haben, ich, der ich ständig mit den Gedanken woanders war – das war nicht leicht. Ich hoffe, sie wird es immer wieder tun, solange ich lebe.

Danke an alle Buchhändler, die mir seit jeher ein Buch nach dem anderen empfohlen haben. Und an meine Eltern, die mir von klein auf beigebracht haben, dass Bücher das Wesentlichste der Welt sind – nach der Liebe, einer warmen Mahlzeit und Arbeit.

Danke an mein Neapel, an Totò, Pino Daniele und Massimo Troisi. Von Hause aus.